HEYNE
BÜCHER

Das Buch

Was wäre, wenn einer sein Leben noch einmal leben könnte, wieder und immer wieder? Was geschähe, wenn einer wüßte, wie die Geschichte verlaufen wird – bevor sie sich ereignet? Ken Grimwood, der für seinen Roman 1988 mit dem *World Fantasy Award* ausgezeichnet wurde, entwirft ein sehr reales Szenario für sein phantastisches Spiel mit dem Zeitreise-Motiv: Jeff Winston telephoniert in seinem Büro gerade mit seiner Frau, als er nach einem Herzanfall stirbt. Es ist der 18. Oktober 1988. Doch Jeff erwacht wieder zum Leben und befindet sich im Schlafsaal seines alten Colleges in Emory. Es ist der 6. Mai 1963. Langsam dringt die Erkenntnis in sein Bewußtsein, daß er sein Leben ein zweites Mal leben kann, und er die einmalige Chance hat, diesmal alles besser zu machen. Jeff könnte der reichste, der mächtigste Mann der Welt werden. Tatsächlich sind seine Erfolge in geschäftlicher Hinsicht phänomenal. Aber seine Versuche, das Schicksal in positiver Weise zu korrigieren, schlagen fehl. Er kann nicht einmal den Mord an Präsident Kennedy verhindern. Auch die Liebe zu der schönen Pamela, die am selben Tag starb wie er selbst, befreit ihn nicht aus dem Alptraum, aus dem es kein Entrinnen zu geben scheint. Denn das Sterben und Wiedererwachen nimmt für Jeff Winston kein Ende.

Der Autor

Der amerikanische Autor Ken Grimwood erhielt für seinen Roman *Das zweite Spiel* hervorragende Kritiken. Booklist charakterisierte den Roman: »Teils Fantasy, teils Liebesroman und teils Alptraum.«
Der Autor erhielt für *Das zweite Spiel* 1988 den World Fantasy Award.

KEN GRIMWOOD

DAS ZWEITE SPIEL

Roman

Aus dem Englischen
von Norbert Stöbe

Deutsche Erstausgabe

WILHELM HEYNE VERLAG
MÜNCHEN

HEYNE ALLGEMEINE REIHE
Nr. 01/9075

Titel der Originalausgabe
REPLAY

Redaktion: Wolfgang Jeschke

Printed in Germany 1994
Umschlagillustration: Tony Stone – Bilderwelten – / Nicholas DeVore
Umschlaggestaltung: Atelier Ingrid Schütz, München
Gesamtherstellung: Elsnerdruck, Berlin

ISBN: 3-453-07525-0

Für meine Mutter und meinen Vater

1

Jeff Winston telefonierte gerade mit seiner Frau, als er starb.

»Wir brauchen ...« sagte sie, und er hörte sie nicht mehr sagen, was es eigentlich war, was sie brauchten, weil etwas Schweres gegen seine Brust zu schlagen schien und die Luft aus ihm herauspreßte. Der Telefonhörer fiel ihm aus der Hand und zerschmetterte den gläsernen Briefbeschwerer auf seinem Schreibtisch.

Erst in der vorigen Woche hatte sie etwas Ähnliches gesagt, nämlich: »Weißt du, was wir brauchen, Jeff?«, und es war eine Pause entstanden – keine endlose, keine endgültige, wie diese tödliche Pause, aber doch eine spürbare Unterbrechung. Er hatte am Küchentisch gesessen, an der Stelle, die Linda gerne die ›Frühstücksecke‹ nannte, obwohl es überhaupt kein abgetrennter Platz war, bloß ein kleiner Resopaltisch mit zwei Stühlen, die ungeschickt zwischen der linken Seite des Kühlschranks und der Vorderseite des Wäschetrockners plaziert waren. Linda hatte auf der Arbeitsplatte Zwiebeln gehackt, als sie das sagte, und vielleicht waren es die Tränen in ihren Augenwinkeln, die ihn nachdenklich gemacht und ihrer Frage mehr Gewicht verliehen hatten, als sie eigentlich beabsichtigt hatte.

»Weißt du, was wir brauchen, Jeff?«

Und er hätte sagen sollen: »Was denn, Schatz?«, hätte es zerstreut und ohne Interesse sagen sollen, so wie er Hugh Sideys Kolumne in der *Time* über die Präsidentschaft las. Aber Jeff war nicht zerstreut; Sideys Ergüsse scherten ihn einen Dreck. Tatsächlich war er so konzentriert und aufmerksam wie seit langer, langer Zeit nicht mehr. Deshalb sagte er eine Zeitlang gar nichts; er starrte nur auf die falschen Tränen in Lindas Augen und dachte an die Dinge, die sie brauchten, er und sie.

Zunächst einmal mußten sie verreisen, in ein Flugzeug steigen, das irgendwohin flog, wo es warm und üppig war – nach Jamaika vielleicht, oder nach Barbados. Sie hatten seit der lang geplanten, aber irgendwie enttäuschenden Rundreise durch Europa vor fünf Jahren keinen richtigen Urlaub mehr gehabt. Ihre jährlichen Reisen nach Florida zu seinen Eltern in Orlando und Lindas Familie in Boca Raton zählten für Jeff nicht; das waren Besuche in einer immer weiter zurückweichenden Vergangenheit, weiter nichts. Nein, was sie wirklich brauchten, war eine Woche, ein Monat auf einer dekadent fremden Insel: mit Liebe an endlosen leeren Stränden und nachts dem Klang von Reggaemusik in der Luft, wie der Geruch feuerroter Blumen.

Ein anständiges Haus wäre ebenfalls schön, vielleicht eins dieser vornehmen Häuser in der Upper Mountain Road in Montclair, an denen sie an so vielen wehmütigen Sonntagen vorübergefahren waren. Oder ein Wohnsitz in White Plains, ein Zwölfzimmer-Tudorhaus an der Ridgeway Avenue in der Nähe des Golfplatzes. Nicht, daß er anfangen wollte, Golf zu spielen; all diese weitläufigen Grünflächen mit Namen wie Maple Moor und Westchester Hill würden eine viel erfreulichere Umgebung abgeben als die Auffahrten zum Brooklyn-Queens-Expressway und die Flugschneise von LaGuardia.

Sie brauchten auch ein Kind, obwohl Linda unter diesem Mangel wahrscheinlich mehr litt als er. Jeff stellte sich ihr niemals geborenes Kind immer im Alter von acht Jahren vor, all den Anforderungen des Säuglingsalters entwachsen und noch nicht in den Wirren der Pubertät. Ein gutes Kind, nicht übertrieben schlau und nicht affektiert. Junge oder Mädchen, darauf kam es nicht an; nur ein Kind, ihr Kind und seines, das lustige Fragen stellte und zu nah am Fernseher saß und in dem sich der Funke seiner sich entwickelnden Individualität zeigte.

Aber es würde kein Kind geben; sie wußten seit Jahren, daß dies unmöglich war, seit Lindas Bauchhöhlenschwangerschaft im Jahre 1975. Und es würde kein Haus in Montclair geben und keins in White Plains; Jeffs Stellung als Nachrichtendirektor am WFYI-Nachrichtensender in New York klang beeindruckender, lukrativer, als sie tatsächlich war. Vielleicht würde er noch den Sprung zum Fernsehen schaffen; aber mit dreiundvierzig war das zunehmend unwahrscheinlich.

Wir brauchen, wir brauchen ... ein Gespräch, dachte er. Uns gegenseitig direkt in die Augen zu sehen und einfach zu sagen: Es hat nicht funktioniert. Nichts von alledem, weder die Liebe, noch die Leidenschaft oder die glorreichen Pläne. Es ging alles daneben, und niemand hat Schuld. Es ist einfach so gekommen.

Aber das würden sie natürlich niemals tun. Das war der Hauptgrund des Scheiterns, der Tatsache, daß sie selten über tiefere Bedürfnisse sprachen, niemals das quälende Gefühl von Ungenügen anschnitten, das immer zwischen ihnen stand.

Linda wischte sich mit dem linken Handrücken eine bedeutungslose, zwiebelerzeugte Träne ab. »Hast du zugehört, Jeff?«

»Ja. Ich habe zugehört.«

»Was wir brauchen«, sagte sie, in seine Richtung blickend, aber nicht genau zu ihm hin, »das ist ein neuer Duschvorhang.«

Höchstwahrscheinlich war das die Ebene von Bedürfnissen, die sie am Telefon im Begriff war auszusprechen, als er starb. »... ein Dutzend Eier«, würde ihr Satz wahrscheinlich geendet haben, oder: »... eine Packung Kaffeefilter.«

Doch warum dachte er das alles? wunderte er sich. Er starb, um Himmels willen; sollten seine letzten Gedanken nicht irgendwie tiefschürfender sein, philosophischer? Oder vielleicht eine Wiederholung der Höhepunkte seines Lebens im Zeitraffer, dreiundvierzig Jahre in Betavision. Das war es doch, was Menschen beim Ertrinken erlebten, oder etwa nicht?

Es *fühlte* sich wie Ertrinken an, dachte er, während die gedehnten Sekunden verstrichen: der schreckliche Druck, das hoffnungslose Ringen nach Luft, die klebrige Feuchtigkeit, die seinen Körper bedeckte, während salziger Schweiß über seine Stirn hinabströmte und in seinen Augen brannte.

Ertrinken. Sterben. Nein, verdammt, nein, das war ein unpassendes Wort, anwendbar nur auf Blumen oder Haustiere oder andere Menschen. Alte Menschen, kranke Menschen. Unglückliche Menschen.

Sein Gesicht fiel auf den Schreibtisch, die rechte Wange

flach gegen den Aktenordner gepreßt, den er gerade im Begriff war zu studieren, als Linda anrief. Der Sprung im Briefbeschwerer lag deutlich vor seinem einen offenen Auge; ein Riß durch die Welt selbst, ein zerklüftetes Spiegelbild des in seinem Innern tobenden Todeskampfs. Durch das zerbrochene Glas hindurch konnte er die leuchtend roten Ziffern der Digitaluhr oben auf seinem Bücherregal sehen:

1 : 06 18 Okt 88

Und dann gab es nichts mehr, worüber nachzudenken sich vermeiden ließ, weil der Vorgang des Denkens zum Erliegen gekommen war.

Jeff konnte nicht atmen.

Natürlich konnte er nicht atmen; er war tot.

Aber wenn er tot war, warum spürte er dann, daß er nicht atmen konnte? Oder überhaupt etwas?

Er drehte den Kopf von der zusammengeknüllten Decke weg und atmete. Abgestandene, stickige Luft, angefüllt mit seinem eigenen Schweißgeruch.

Also war er nicht gestorben. Irgendwie elektrisierte ihn die Erkenntnis nicht, genauso wenig, wie seine frühere Annahme, tot zu sein, ihn in Angst und Schrecken versetzt hatte.

Vielleicht hatte er das Ende seines Lebens insgeheim begrüßt. Jetzt würde es bloß weitergehen wie zuvor: die Unzufriedenheit, der schleichende Verlust von Ambitionen und Hoffnung, der entweder das Scheitern seiner Ehe hervorgerufen oder von ihm hervorgerufen worden war, er konnte sich nicht mehr erinnern, was davon richtig war.

Er schob die Decke von seinem Gesicht herunter und stieß mit den Füßen nach dem zerknüllten Laken. Irgendwo in dem abgedunkelten Zimmer spielte kaum hörbar Musik. Ein Oldie: ‹Da Doo Ron Ron‹ von einer dieser Phil Spector-Mädchengruppen.

Jeff tastete vollkommen desorientiert nach dem Lichtschalter. Er befand sich entweder in einem Krankenhausbett und erholte sich von dem, was im Büro geschehen war, oder er war zu Hause und erwachte gerade aus einem Traum, der schlimmer als üblich gewesen war. Seine Hand entdeckte die Nachttischlampe, schaltete sie an. Er befand sich in einem kleinen, unordentlichen Zimmer mit Kleidungsstücken und Büchern, die über den Fußboden verstreut und wahllos auf zwei benachbarten Schreibtischen und Stühlen aufgetürmt waren. Weder ein Krankenhaus noch sein und Lindas Schlafzimmer, aber irgendwie vertraut.

Eine nackte, lächelnde Frau erwiderte sein Starren. Eine große Fotografie, die an der Wand klebte. Ein *Playboy*-Ausklappbild, eins von den alten. Die dralle Brünette lag sittsam auf dem Bauch, auf einer Luftmatratze auf dem Achterdeck einer Yacht, den rot-weiß gepunkteten Bikini an der Reeling festgebunden. Mit ihrem feschen Seemanskäppi, ihrem sorgfältig gekämmten und gesprayten dunklen Haar, hatte sie eine entfernte Ähnlichkeit mit der jungen Jackie Kennedy.

Die anderen Wände, sah er, waren in demselben veralteten, kindischen Stil dekoriert: Stierkampf-Poster, eine starke Vergrößerung eines roten Jaguar XK-E, ein altes Dave Brubeck Plattencover. Über dem Schreibtisch war eine rot-weißblaue Fahne, auf der in aus den Stars and Stripes gebildeten Buchstaben ›NIEDER MIT DEM KOMMUNISMUS‹ zu lesen war. Jeff grinste, als er das sah; er hatte genau so eine bei Paul Krassners ehemals schockierendem kleinem Käseblatt *Der Realist* bestellt, als er auf dem College war, als …

Er setzte sich jäh aufrecht, mit in den Ohren klingendem Pulsschlag.

Diese alte Lampe mit dem Schwanenhals auf dem Schreibtisch nahe der Tür hatte sich stets von ihrem Sockel gelöst, wann immer er sie bewegt hatte, erinnerte er sich. Und der kleine Teppich vor Martins Bett hatte einen großen blutroten Fleck – ja, genau da – von dem Mal, als Jeff mit Judy Gordon nach oben geschlichen war und sie zu den Drifters im Zimmer herumgetanzt und eine Flasche Chianti umgeworfen hatte.

Die unbestimmte Verwirrung, die Jeff beim Erwachen empfunden hatte, machte wachsender Verblüffung Platz. Er warf die Zudecke ab, stieg aus dem Bett und ging unsicher zu einem der Schreibtische. Zu seinem Schreibtisch. Er musterte die dort aufgestapelten Bücher: *Kulturelle Gesetzmäßig-*

keiten, Jugend in Samoa, Bevölkerungsstatistik. Soziologie 101. Dr. … wer? Danforth, Sanborn? In einem großen, muffigen Saal irgendwo auf der anderen Seite des Campus gab es um 8 Uhr morgens nach der ersten Vorlesung immer Frühstück. Er hob das Benedict-Buch auf, blätterte es durch; mehrere Abschnitte waren dick unterstrichen, mit Randbemerkungen in seiner eigenen Handschrift.

»… der WQXI-Hit der Woche, von den Crystals! Das nächste Stück ist jetzt für Bobby in Marietta, von Carol und Paula. Diese reizenden Mädels wollen Bobby Bescheid geben, genau wie die Chiffons glauben sie: *›He's Soooo Fine …‹*«

Jeff schaltete das Radio aus und wischte sich einen Schweißfilm von der Stirn. Er bemerkte voller Unbehagen, daß er eine ausgewachsene Erektion hatte. Wie lange war es her, daß er so hart geworden war, ohne daß er an Sex auch nur gedacht hatte?

Also schön, es war an der Zeit, sich Klarheit zu verschaffen. Irgend jemand mußte ihm einen außergewöhnlich ausgeklügelten Streich spielen, aber er kannte keinen, der solch grobe Scherze machte. Selbst wenn er einen gekannt hätte, wie konnte sich jemand solche Mühe gemacht haben? Diese Bücher mit seinen Notizen darin waren vor Jahren weggeworfen worden, und niemand konnte sie so genau nachgemacht haben.

Auf seinem Schreibtisch lag eine Ausgabe von *Newsweek* mit einer Titelstory über den Rücktritt des westdeutschen Kanzlers Konrad Adenauer. Die Ausgabe datierte vom 6. Mai 1963. Jeff blickte starr auf die Ziffern, in der Hoffnung, daß ihm eine rationale Erklärung für all das einfallen würde.

Es fiel ihm keine ein.

Die Zimmertür schwang auf, und der Innenknopf schlug gegen ein Bücherregal. So wie er es immer getan hatte.

»Hey, was zum Teufel machst du noch hier? Es ist viertel vor elf. Ich dachte, du hättest um zehn eine Prüfung in amerikanischer Literatur.«

Martin stand im Türrahmen, in der einen Hand eine Coke und in der anderen eine Ladung Lehrbücher. Martin Bailey, Jeffs Erstsemester-Zimmergenosse; sein bester Freund während der Collegezeit und während mehrerer Jahre danach.

Martin hatte sich 1981 umgebracht, unmittelbar nach seiner Scheidung und dem darauffolgenden Bankrott.

»Was willst du also machen«, fragte Martin, »dir ein Ungenügend geben lassen?«

Jeff blickte seinen längst toten Freund wie betäubt an: das dichte schwarze Haar, das noch nicht begonnen hatte zurückzuweichen, das faltenlose Gesicht, die hellen, jugendlichen Augen, die noch keinen nennenswerten Schmerz gesehen hatten.

»Hey, was ist los? Bist du okay, Jeff?«

»Ich ... fühle mich nicht besonders.«

Martin lachte und warf die Bücher auf sein Bett. »Was du nicht sagst! Jetzt weiß ich, warum mich mein Dad davor gewarnt hat, Scotch und Bourbon zu mixen. Hey, das war ja ein richtiges Schätzchen, daß du letzte Nacht bei Manuel aufgerissen hast; Judy hätte dich umgebracht, wenn sie dagewesen wäre. Wie heißt sie?«

»Ahh ...«

»Komm schon, so betrunken warst du nicht. Willst du sie anrufen?«

Jeff wandte sich mit wachsender Panik ab. Es gab tausend Dinge, die er Martin sagen wollte, aber nichts würde mehr Sinn ergeben als diese verrückte Situation an sich.

»Was ist los, Mann? Du siehst richtig daneben aus.«

»Ich ... äh, ich muß raus. Ich brauche etwas frische Luft.«

Martin runzelte verwundert die Stirn. »Yeah, ich schätze, ja.«

Jeff schnappte sich eine Baumwollhose, die achtlos über den Stuhl vor seinem Schreibtisch geworfen war, dann öffnete er den Schrank neben seinem Bett und entdeckte ein indisches Hemd und eine Cordjacke.

»Geh zur Krankenstube«, sagte Martin. »Erzähl ihnen, du hättest die Grippe. Vielleicht läßt Garrett dich die Prüfung nachschreiben.«

»Ja, sicher.« Jeff zog sich rasch an, schlüpfte in ein Paar Korduanschuhe. Er stand auf der Schwelle zur Hyperventilation, und er zwang sich, langsam zu atmen.

»Denk an die *Birds* heute abend, okay? Paula und Judy wollen sich mit uns um sieben bei Dooley's treffen; wir wollen erst noch einen Happen essen.«

»Richtig. Bis dann.« Jeff trat auf den Korridor und schloß hinter sich die Tür. Er fand die Treppe und rannte drei Stockwerke hinunter, mechanisch mit einem »Hey!« antwortend, wenn einer der jungen Männer, an denen er vorbeikam, seinen Namen rief.

Die Eingangshalle war so, wie er sie in Erinnerung hatte: das Fernsehzimmer rechts, jetzt leer, abends immer überfüllt bei Sportübertragungen und Raketenstarts; eine Traube von kichernden Mädchen, die am Fuß der Treppe, die sie nicht hinaufgehen durften, auf ihre Boyfriends warteten; Coke-Automaten gegenüber dem Schwarzen Brett, wo Studenten Zettel anklebten, auf denen sie Wagen suchten oder anboten, Zimmer, Fahrten nach Macon oder Savannah oder Florida.

Draußen stand der Hartriegel in voller Blüte und durchflutete den Campus mit einem rosa und weißen Leuchten, das von dem sauberen weißen Marmor der würdevollen griechisch-römischen Gebäude reflektiert zu werden schien. Es war Emory, daran gab es keinen Zweifel: die gekünsteltste Anstrengung des Südens, eine Universität im Stil der klassischen Ivy League zu erschaffen, eine Universität, welche die Region ihr eigen nennen konnte. Die gewollt zeitlose Architektur war verwirrend; während er durch den viereckigen Innenhof joggte, an der Bücherei und der juristischen Fakultät vorbei, erkannte Jeff, daß es ebensogut 1988 wie 1963 sein konnte. Es gab keine bestimmten Hinweise, nicht einmal in der Kleidung und den Haarschnitten der Studenten, die auf den Grasflächen dahinschlenderten. Die Jugendmode der Achtziger war, vom postapokalyptischen Punklook abgesehen, von der seiner frühen Collegetage praktisch nicht zu unterscheiden.

Gott, die Zeit, die er auf diesem Campus verbracht hatte, die Träume, die hier ausgebrütet worden waren und sich niemals erfüllt hatten … Dort war diese kleine Brücke, die zur Konfessionsschule führte; wie oft war er dort mit Judy Gordon entlangspaziert? Und dort drüben, hinten am Psychologiegebäude, dort hatte er sich in seinem vorletzten Studienjahr fast jeden Tag mit Gail Benson zum Lunch getroffen: seine erste und letzte wahrhaft platonische Freundschaft mit einer Frau. Warum hatte er von der Bekanntschaft mit

Gail nicht mehr gelernt? Warum hatte er sich, in so vieler Hinsicht, so weit von den Plänen und Ambitionen entfernt, die in der besänftigenden Ruhe dieser grünen Wiesen, dieser prächtigen Gebäude geboren worden waren?

Als Jeff zum Haupteingang des Campus gelangte, war er über eine Meile gelaufen, und er erwartete, außer Atem zu sein, doch er war es nicht. Er stand auf der niedrigen Erhöhung unterhalb der Glen Memorial Church und blickte auf die North Decatur Road und Emory Village hinab, das kleine Geschäftsviertel, das den Campus versorgte.

Die Reihe der Bekleidungs- und Buchläden wirkte mehr oder minder vertraut. Besonders eine Stelle, Horton's Drugs, rief einen Schwarm von Erinnerungen wach: Im Geiste sah er die Magazinständer, den langen weißen Siphon, die rotledernen Sitzecken mit den einzelnen Stereo-Jukeboxen. Er sah Judy Gordons frisches junges Gesicht auf der anderen Tischseite in einer dieser Sitznischen, roch ihr sauberes blondes Haar.

Er schüttelte den Kopf und konzentrierte sich auf die Szenerie vor sich. Wiederum konnte er nicht mit Sicherheit sagen, welches Jahr es war; er war seit einer Konferenz von Associated Press über Terrorismus und die Medien im Jahre 1983 nicht mehr in Atlanta gewesen, und er hatte den Campus von Emory nicht mehr besucht, seit ... Herrgott, bestimmt seit dem ersten oder zweiten Jahr nach seinem Studienabschluß nicht mehr. Er hatte keine Möglichkeit festzustellen, ob all diese Läden dort die gleichen geblieben oder durch Hochhäuser ersetzt worden waren, vielleicht durch eine *Mall*.

Die Autos waren eine Sache für sich; jetzt, wo er darauf achtete, erkannte er, daß unten auf der Straße kein einziger Nissan oder Toyota zu sehen war. Ausschließlich ältere Modelle, die meisten von ihnen groß, benzinhungrig, Detroit-Modelle. Und ›älter‹, erkannte er, bedeutete nicht einfach nur Sechziger-Jahre-Design. Eine Menge Scheusale mit Haifischflossen fuhren dort vorbei, die weit aus den Fünfzigern zurück datierten, aber 1963 würde es natürlich ebenso viele sechs- und achtjährige Wagen auf den Straßen geben wie 1988.

Immer noch nichts Schlüssiges; er begann sich zu fragen, ob die kurze Begegnung mit Martin im Wohnheim nicht vielleicht doch nur ein ungewöhnlich realistischer Traum gewesen war, ein Traum, in dessen Verlauf er aufgewacht war. Es stand außer Zweifel, daß er inzwischen hellwach war und sich in Atlanta befand. Vielleicht war er zusammengeklappt beim Versuch, das trübselige Schlammassel, zu dem sein Leben geworden war, zu vergessen, und war in einer spontanen Anwandlung von Nostalgie hier herunter geflogen. Das Übergewicht alter Wagen konnte leicht Zufall sein. Jeden Moment würde einer in einem dieser kleinen japanischen Schuhkartons vorbeifahren, an deren permanenten Anblick er sich so gewöhnt hatte.

Es gab eine einfache Möglichkeit, dies ein für allemal zu klären. Er ging mit federnen Schritten den Hügel zu dem Taxistand auf der Decatur Road hinunter und stieg in das erste der drei dort wartenden blau-weißen Taxis ein. Der Fahrer war jung, vielleicht ein Studienanfänger.

»Wo soll's denn hingehen?«

»Peachtree Plaza Hotel«, sagte Jeff zu ihm.

»Wie bitte?«

»Das Peachtree Plaza, in der Innenstadt.«

»Ich glaube, das kenne ich nicht. Haben Sie eine Adresse?«

Gott, die Taxifahrer heutzutage. Mußten sie nicht eine Art Prüfung ablegen, Stadtpläne auswendig lernen und sich Orientierungspunkte einprägen?

»Sie wissen, wo das Regency ist, oder? Das Hyatt House?«

»Oh, ja klar. Dorthin wollen Sie?«

»Ganz in die Nähe.«

»Schon klar, Mann.«

Der Fahrer fuhr ein paar Blocks weit nach Süden und wandte sich auf der Ponce DeLeon Avenue nach rechts. Jeff griff nach seiner Gesäßtasche, sich plötzlich der Tatsache bewußt, daß er in dieser fremden Hose nicht genug Geld bei sich haben könnte, aber es steckte eine abgenutzte braune Brieftasche darin, nicht seine.

Wenigstens war Geld darin – zwei Zwanziger, ein Fünfer und ein paar Einser – also brauchte er sich wegen des Taxigelds keine Sorgen zu machen. Er würde es dem Besitzer, wer immer es war, zurückzahlen, wenn er die Brieftasche zurückgab, zusammen mit diesen alten Kleidern, die er hatte mitgehen lassen bei … – wem? Wo?

Er öffnete eins der kleinen Fächer der Brieftasche, um eine Antwort auf diese Fragen zu erhalten. Er fand einen Studentenausweis der Emory-Universität, ausgestellt auf den Namen Jeffrey L. Winston. Einen Bibliotheksausweis von Emory, ebenfalls auf seinen Namen ausgestellt. Eine Quittung von einer chemischen Reinigung in Decatur. Eine gefaltete Cocktailserviette mit dem Namen eines Mädchens und einer Telefonnummer darauf. Eine Fotografie mit seinen Eltern vor dem alten Haus in Orlando, in dem sie gelebt hatten, bevor sein Vater so krank geworden war. Einen farbigen Schnappschuß mit einer lachenden, schneeballwerfenden Judy Garland, ihr schmerzhaft junges und überglückliches Gesicht von einem weißen Kragen eingerahmt, der gegen die Kälte hochgeschlagen war. Und einen Führerschein aus Florida, ausgestellt auf Jeffrey Lamar Winston, mit dem 27. Februar 1965 als Verfallstag.

Jeff saß allein an einem Tisch für zwei in der ufoförmigen Polaris-Bar oben auf dem Hyatt Regency und sah zu, wie die entblößte Skyline von Atlanta alle fünfundvierzig Minuten an ihm vorbeirotierte. Der Taxifahrer war jedenfalls nicht beschränkt gewesen: Der siebzigstöckige Zylinder des Peachtree Plaza existierte nicht. Ebenfalls verschwunden waren die Türme des Omni International, der graue steinerne Klotz des Georgia Pacific Building und die riesige schwarze Schachtel des Equitable. Das hervorstechendste Gebäude in der Innenstadt von Atlanta war dieses hier mit seiner oft kopierten atriumartigen Lobby. Ein kurzes Gespräch mit der Bedienung hatte jedenfalls bestätigt, daß das Hotel neu und vorerst noch einzigartig war.

Der schlimmste Moment war für ihn gewesen, als Jeff in den Spiegel hinter der Bar geblickt hatte. Er hatte dies mit Absicht getan, im vollen Bewußtsein dessen, was er dann sehen würde, aber trotzdem war er schockiert, als er sich seinem eigenen blassen, hageren, achtzehnjährigen Spiegelbild gegenübersah.

Der Junge in dem Spiegel wirkte objektiv ein wenig reifer; er hatte in diesem Alter selten Probleme gehabt, Alkohol zu bekommen, genau wie bei der Bedienung eben, doch Jeff wußte, daß dies eine reine Illusion war, die durch seine Größe und die tiefliegenden Augen hervorgerufen wurde. Für ihn war das Spiegelbild das eines unerfahrenen Jungen ohne Narben.

Und dieser Junge war er selbst. Nicht in der Erinnerung, sondern hier und jetzt: diese faltenlosen Hände, mit denen er seinen Drink hielt, diese konzentrierten Augen, mit denen er sah.

»Können Sie schon einen neuen gebrauchen, Süßer?«

Die Bedienung lächelte ihn nett an, mit hellroten Lippen unter dunklen Mascara-Augen und einer veralteten toupierten Hochfrisur. Sie trug ein ›futuristisches‹ Kostüm, ein irisierendes blaues Minikleid von der Art, wie es in zwei oder drei Jahren überall von den jungen Frauen getragen werden würde.

In zwei oder drei Jahren – von *jetzt an*. Den frühen Sechzigern.

Gott im Himmel!

Er konnte nicht länger abstreiten, was geschehen war, konnte nicht mehr darauf hoffen, es wegzuargumentieren. Er war im Begriff gewesen, an einer Herzattacke zu sterben, hatte jedoch überlebt; er war in seinem Büro gewesen, im Jahre 1988, und jetzt war er ... hier. In Atlanta, 1963.

Jeff suchte nach einer Erklärung, nach etwas, das zumindest ansatzweise einen Sinn ergäbe. Er hatte als Heranwachsender eine ganze Menge Science Fiction gelesen, aber seine gegenwärtige Situation hatte keinerlei Ähnlichkeit mit den Zeitreise-Szenarios, denen er jemals begegnet war. Es gab keine Maschine, keinen Wissenschaftler, ob verrückt oder nicht; und im Gegensatz zu den Gestalten, von denen er so begierig gelesen hatte, hatte sein eigener Körper seine jugendlichen Zustand wiedererlangt. Es war, als hätte einzig und allein sein Bewußtsein die Jahre übersprungen und das frühere Bewußtsein ausgelöscht, um das Gehirn seines eigenen achtzehnjährigen Selbst zu bewohnen.

War er also dem Tode entronnen, oder war er ihm nur

ausgewichen? Lag sein lebloser Körper in einem alternativen Strom der Zukunft in einer New Yorker Leichenhalle und wurde vom Skalpell eines Pathologen aufgeschlitzt und seziert?

Vielleicht lag er in einem Koma: hoffnungslos in ein imaginäres neues Leben verstrickt, auf Geheiß eines verwüsteten, sterbenden Gehirns. Und dennoch, dennoch …

»Süßer?« fragte die Bedienung. »Soll ich nachschenken, oder nicht?«

»Ich … äh … ich glaube, ich trinke statt dessen lieber eine Tasse Kaffee, wenn das möglich ist.«

»Aber klar doch. Einen Irish Coffee vielleicht?«

»Nein, einen gewöhnlichen. Ein wenig Sahne, ohne Zukker.«

Das Mädchen aus der Vergangenheit brachte seinen Kaffee, und Jeff starrte auf die verstreuten Lichter der halberbauten Stadt hinaus, die unter dem verblassenden Himmel angingen. Die Sonne war hinter den roten Lehmhügeln verschwunden, die sich nach Alabama erstreckten, in Richtung der Jahre der umfassenden und chaotischen Veränderungen, der Tragödien und Träume.

Der dampfende Kaffee verbrannte seine Lippen, und er kühlte sie mit einem Schluck Eiswasser. Die Welt jenseits dieser Fenster war kein Traum; sie war ebenso massiv wie unschuldig, ebenso wirklich wie blind optimistisch.

Frühling 1963.

Es gab so viele Möglichkeiten der Wahl.

2

Jeff verbrachte den Rest des Abends damit, in den Straßen der Innenstadt von Atlanta herumzulaufen, Augen und Ohren weit offen für jede Nuance der wiedererstandenen Vergangenheit: Schilder für ›Weiße‹ und ›Farbige‹ an öffentlichen Toiletten, Frauen mit Hüten und Handschuhen, ein Werbeplakat für eine Europareise mit der *Queen Mary* im Schaufenster eines Reisebüros, eine Zigarette in der Hand fast jedes männlichen Passanten. Jeff bekam erst nach elf Hunger, und dann genehmigte er sich an einem kleinen Stand nahe Five Points einen Hamburger und ein Bier. Er glaubte, sich aus der Zeit vor fünfundzwanzig Jahren an die nichtssagende Imbißbude zu erinnern, als einen Ort, den er und Judy nach dem Kino gelegentlich für einen Snack aufgesucht hatten; aber inzwischen war er so verwirrt, so erschöpft von der unaufhörlichen Flut von neuen/alten Ansichten und Orten, daß er es nicht mehr genau sagen konnte. Jede Ladenfront, jedes Gesicht eines Passanten kam ihm inzwischen beunruhigend vertraut vor, obwohl er wußte, daß er sich unmöglich an alles, was er sah, erinnern konnte. Er hatte die Fähigkeit verloren, falsche Erinnerungen von denen zu trennen, die unzweifelhaft zutreffend waren.

Er brauchte unbedingt etwas Schlaf, um all dies für eine Weile los zu sein und vielleicht, wider aller Hoffnung, in der Welt zu erwachen, die er verlassen hatte. Am liebsten gewesen wäre ihm ein anonymes, zeitloses Hotelzimmer, ohne Blick auf die veränderte Skyline, ohne daß ihn Radio oder Fernsehen an das erinnerten, was geschehen war; doch er hatte nicht genug Geld, und natürlich besaß er keine Kreditkarten. Knapp davor, im Piedmont Park zu schlafen, hatte Jeff keine andere Wahl, als nach Emory und zu dem Zimmer im Wohnheim zurückzukehren. Vielleicht würde Martin eingeschlafen sein.

Er war es nicht. Jeffs Zimmergenosse war hellwach, saß an seinem Schreibtisch und blätterte in einem Exemplar von

High Fidelity. Er blickte kühl auf und legte das Magazin weg, als Jeff das Zimmer betrat.

»Aha«, sagte Martin. »Wo, zum Teufel, hast du gesteckt?«

»In der Stadt. Bin rumgelaufen.«

»Du konntest keine Zeit erübrigen, um mal bei Dooley's vorbeizuschauen, was? Oder vielleicht sogar am Fox Theatre? Wir hätten beim Warten auf dich beinahe den ersten Teil des gottverdammten Films verpaßt.«

»Tut mir leid, mir ... äh ... war nicht danach. Nicht heute.«

»Du hättest mir wenigstens eine Nachricht hinterlassen können oder so, verdammt noch mal. Du hast nicht einmal Judy angerufen, um Himmels willen. Sie war am Durchdrehen vor Sorge, was dir zugestoßen sein könnte.«

»Ich bin echt kaputt, hörst du. Mir ist nicht besonders nach Reden zumute, okay?«

Martin lachte humorlos. »Morgen ist dir besser wieder danach, wenn du Judy wiedersehen willst. Sie wird stocksauer sind, wenn sie herausfindet, daß du noch lebst.«

Jeff träumte vom Sterben, und als er aufwachte, befand er sich immer noch im Zimmer des Collegewohnheims. Nichts hatte sich verändert. Martin war weg, wahrscheinlich in einer Vorlesung; doch es war Samstagmorgen, erinnerte sich Jeff. Hatte es am Samstag Vorlesungen gegeben? Er war sich nicht sicher.

Jedenfalls war er allein im Zimmer, und er nutzte den Vorteil des Alleinseins, um in seinem Schreibtisch und seinem Schrank herumzustöbern. Die Bücher waren ihm alle vertraut: *Störungssicher, Die Erschaffung des Präsidenten – 1960, Reisen mit Charley*. Die Schallplatten in ihren neuen, unverblaßten und ungeknickten Hüllen beschworen Hunderte von zahllosen Gefühlen begleitete Bilder aus den Tagen und Nächten herauf, die er mit dem Hören dieser Musik zugebracht hatte: Stan Getz und Joao Gilberto, das Kingston Trio, Jimmy Witherspoon, Dutzende andere, von denen er die meisten schon lange verloren oder ruiniert hatte.

Jeff stellte das Harman Kardon-Stereogerät an, das ihm seine Eltern zu Weihnachten geschenkt hatten, legte ›Desafinado‹ auf und wühlte weiter in den Besitztümern seiner Jugend: mit h.i.s.-Hosen mit Umschlag und Botany 500 Sportjacken behängte Kleiderbügel, eine Tennistrophäe von dem Internat außerhalb von Richmond, das er vor Emory besucht hatte, eine in Seidenpapier eingewickelte Sammlung von Hurricane-Gläsern aus dem Pat O'Briens in New Orleans, ordentliche Stapel *Playboy* und *Rogue*.

Er entdeckte eine Schachtel mit Briefen und Fotografien, zog sie heraus und setzte sich aufs Bett, um den Inhalt durchzusehen. Da gab es Bilder von ihm als Kind, Schnappschüsse von Mädchen, an die er sich nicht mehr erinnerte, ein paar unsägliche Paßfotos ... und eine kleine Mappe mit Familienfotos, seine Mutter und sein Vater und die jüngere Schwester bei einem Picknick, an einem Strand, um einen Weihnachtsbaum versammelt.

Spontan holte er eine Handvoll Wechselgeld aus seiner Tasche, fand das Münztelefon auf dem Korridor und erkundigte sich bei der Auskunft in Orlando nach der langvergessenen alten Nummer seiner Eltern.

»Hallo?« sagte seine Mutter in dem zerstreuten Tonfall, der im Laufe der Jahre deutlicher geworden war.

»Mutter?« sagte er zögernd.

»Jeff!« Ihre Stimme war einen Moment lang gedämpft, als sie sich von der Sprechmuschel abwandte. »Liebling, heb in der Küche ab. Es ist Jeff!« Dann, wieder klar und deutlich: »Also, was soll denn dieses ›Mutter‹? Du glaubst wohl, du wirst allmählich zu alt, um mich ›Mom‹ zu nennen, ist es das?«

Er hatte seine Mutter seit seinen frühen Zwanzigern nicht mehr so genannt.

»Wie ... wie geht es dir?« fragte er.

»Nicht mehr so wie früher, seit du weg bist, das weißt du ja; aber wir halten uns auf Trab. Letzte Woche waren wir in Titusville fischen. Dein Vater hat einen dreißig Pfund schweren Pompano gefangen. Ich wünschte, ich könnte dir ein Stück davon schicken; so was Zartes hast du noch nicht gegessen. Wir haben im Gefrierschrank eine Menge für dich aufgehoben, aber er wird nicht mehr so gut sein wie frisch.«

Ihre Worte rührten einen Schwall von Erinnerungen auf,

alle lose miteinander verknüpft: Sommerwochenenden mit dem Boot seines Onkels auf dem Atlantik, die Sonne hell auf dem polierten Deck, während eine dunkle Linie von Gewitterwolken am Horizont schwebte ... die baufälligen kleinen Städtchen Titusville und Cocoa Beach vor der großen Invasion der NASA ... der große weiße Gefrierschrank in ihrer Garage zu Hause, voller Steaks und Fisch, und darüber Regale mit Schachteln, vollgestopft mit all seinen alten Comicheften und Heinlein-Romanen ...

»Jeff? Bist du noch dran?«

»Oh, klar, tut mir leid ... Mom. Ich hab bloß vergessen, weswegen ich vor einer Minute angerufen habe.«

»Na, mein Liebling, du weißt doch, daß du niemals einen Grund brauchst, um ...«

In der Leitung klickte es, und er hörte die Stimme seines Vaters. »Also, wenn man vom Teufel spricht! Wir haben gerade von dir geredet, nicht wahr, Schatz?«

»Das stimmt«, sagte Jeffs Mutter. »Vor noch nicht mal fünf Minuten habe ich gesagt, wie lange es schon her ist, daß du nicht mehr angerufen hast.«

Jeff hatte keine Ahnung, ob damit eine Woche oder ein Monat gemeint war, und er wollte nicht danach fragen. »Hi, Dad«, sagte er rasch. »Wie ich höre, hast du einen preisverdächtigen Pompano zur Strecke gebracht.«

»Hey, du hättest dabei sein sollen.« Sein Vater lachte. »Bei Bud hat den ganzen Tag keiner angebissen, und das einzige, was Janet zuwege brachte, war ein Sonnenbrand. Sie schält sich immer noch – sieht aus wie eine zu lang gekochte Garnele!«

Jeff erinnerte sich dunkel daran, daß die Namen zu einem der Ehepaare gehörten, mit denen seine Eltern befreundet waren, doch er konnte ihnen keine Gesichter zuordnen. Es verblüffte ihn, wie lebensvoll und energiegeladen seine Mutter und sein Vater beide klangen. Sein Vater hatte 1982 ein Emphysem bekommen und verließ seitdem selten das Haus. Nur mühsam konnte Jeff ihn sich draußen auf dem Meer vorstellen, mit einem kräftigen Tiefseefisch ringend, die Pall Mall im Mundwinkel aufgeweicht von der Gischt. Tatsächlich waren seine Eltern, dachte Jeff wie betäubt, fast genau in seinem Alter – oder in dem Alter, das er gestern um diese Zeit gehabt hatte

»Oh«, sagte seine Mutter, »gestern traf ich zufällig Barbara. Sie macht sich gut bei Rollins, und sie bat mich, dir zu sagen, daß Cappy dieses Problem wieder vollständig bereinigt hat.«

Barbara, erinnerte Jeff sich vage, war ein Mädchen, mit dem er sich auf der High-School getroffen hatte; aber der Name Cappy sagte ihm jetzt nichts.

»Danke«, sagte Jeff. »Sag Barbara das nächste Mal, wenn du sie siehst, daß ich wirklich froh darüber bin.«

»Gehst du immer noch mit dieser kleinen Judy aus?« fragte seine Mutter. »Das war so ein reizendes Bild, das du uns von ihr geschickt hast, wir können es gar nicht erwarten, sie kennenzulernen. Wie geht es ihr?«

»Ihr geht's gut«, sagte er ausweichend und wünschte sich, er hätte nicht angerufen.

»Was macht der Chevy?« warf sein Vater ein. »Schluckt er immer noch Öl wie früher?«

Herrgott; Jeff hatte seit Jahren nicht mehr an diesen alten Wagen gedacht.

»Der Wagen ist okay, Dad.« Das war eine Vermutung. Er wußte nicht einmal, wo er ihn abgestellt haben könnte. Den qualmenden alten Schlitten hatten ihm seine Eltern zum Schulabschluß geschenkt, und er hatte ihn gefahren, bis er schließlich in seinem letzten Studienjahr in Emory unter ihm zusammengebrochen war.

»Was machen die Zensuren? Diese Arbeit, mit der du beschäftigt warst, die über … Du weißt schon, die, von der du uns letzte Woche erzählt hast, daß du Schwierigkeiten damit hättest. Was war das noch gleich?«

»Letzte Woche? Klar, die … Geschichtsarbeit. Damit bin ich fertig. Hab aber die Note noch nicht bekommen.«

»Nein, nein, es war nicht in Geschichte. Du sagtest, es wäre was mit englischer Literatur, was war es noch?«

Auf einmal erklang in der Leitung eine aufgeregt brabbelnde Kinderstimme. Jeff begriff plötzlich, daß dieses Kind seine Schwester war – eine Frau, die zwei Scheidungen hinter sich hatte, die eine eigene Tochter hatte, welche gerade auf die High-School kam. Es rührte Jeff, den Überschwang ihrer neun Jahre zu hören. Die Stimme seiner Schwester war die äußerste Verkörperung der verlorenen Unschuld, der zurückgedrehten Zeit.

Die Unterhaltung mit seiner Familie war bedrückend geworden, ausgesprochen beunruhigend. Er brach sie ab, indem er versprach, in ein paar Tagen wieder anzurufen. Als er auflegte, war seine Stirn feucht von kaltem Schweiß, sein Mund trocken. Er ging die Treppe zur Lobby hinunter, kaufte sich für einen Vierteldollar eine Coke, trank sie in drei langen Schlucken leer. Es war jemand im Fernsehraum und schaute sich ›Sky King‹ an.

Jeff wühlte in seiner anderen Tasche, fischte einen Schlüsselring heraus. Einer der sechs Schlüssel war für das Wohnheimzimmer, den hatte er vorige Nacht benutzt, um hineinzukommen; dann waren da drei weitere, die er nicht wiedererkannte, und zwei, die eindeutig ein Satz Zünd- und Kofferraumschlüssel von General Motors waren.

Er ging nach draußen, blinzelte in den hellen Sonnenschein von Georgia. Wochenendstimmung lag über dem Campus, eine charakteristische träge Ruhe, die Jeff augenblicklich wiedererkannte. Bei der Studentenverbindung, wußte er, waren unfreiwillige Gruppen von Geiseln damit beschäftigt, die Häuser zu säubern und die Pappmaché-Dekoration für die Samstagabendrunde von Parties aufzuhängen; die Mädchen in Harris Hall und dem namenlosen neuen Mädchenwohnheim schlenderten in Bermudashorts und Sandalen umher und warteten, daß ihre Nachmittagsverabredungen sie zu einer Fahrt nach Soap Creek oder Stone Mountain abholten. Weiter weg zu seiner Linken hörte Jeff die rhythmischen Sprechchöre der ROTC-Schulung der Air Force, die ohne Ironie oder Protest vonstatten ging. Niemand spielte Frisbee auf dem Rasen, kein Marihuanaduft hing in der Luft. Die Studenten konnten nichts wissen von den Veränderungen, die der Welt bevorstanden.

Er musterte den Parkplatz vor Longstreet Hall und hielt Ausschau nach seinem blau-weißen achtundfünfziger Chevy. Er war nirgendwo zu sehen. Er ging den Pierce Drive entlang, dann schlug er auf der Arkwright Road einen weiten Bogen an Dobbs Hall vorbei und hinauf bis hinter die zweite Gruppe von Studentenwohnheimen; dort war der Wagen auch nicht.

Als er in Richtung Clifton Road ging, hörte Jeff wieder die gebellten Kommandos und mechanischen Antworten vom ROTC-Gelände. In dem Moment rastete etwas in seinem Kopf ein, und er wandte sich nach links zu einer kleinen Brücke gegenüber dem Postgebäude, dann stapfte er eine Straße hinter der Phi-Chi-Studentenverbindung der Mediziner hinauf. Das Campusgelände endete hier, und einen Block weiter entdeckte er seinen Wagen. Er war ein Erstsemester, deshalb konnte er einen Parkausweis nicht vor dem kommenden Herbst bekommen; im ersten Jahr würde er außerhalb des Campus parken müssen. Trotzdem war ein Strafmandat an der Windschutzscheibe. Er hatte den Wagen heute morgen woanders hinfahren sollen, entsprechend den Stunden, die auf dem Schild daneben ausgewiesen waren.

Er setzte sich hinter das Steuerrad, und die Atmosphäre und der Geruch des Wagens riefen ein schwindelerregendes Durcheinander von Reaktionen wach. Er hatte Hunderte, vielleicht Tausende von Stunden auf diesem ramponierten Sitz zugebracht: in Drive-in-Kinos und -Restaurants zusammen mit Judy, auf Fahrten mit Martin oder anderen Freunden oder allein – nach Chicago, Florida, einmal sogar bis hinunter nach Mexico City. Er war in diesem Wagen vom Jungen zum Erwachsenen gereift, mehr als in jedem Wohnheimzimmer oder Apartment oder jeder Stadt. Er hatte darin gebumst, sich darin betrunken, war damit zum verfrühten Begräbnis seines Lieblingsonkels gefahren, hatte den temperamentvollen, kräftigen Motor dazu benutzt, um Zorn, Freude, Niedergeschlagenheit, Langeweile, Reue auszudrücken. Er hatte dem Wagen niemals einen Namen gegeben, hatte das für kindisch gehalten; aber jetzt begriff er, wieviel er ihm bedeutet hatte, wie sehr seine eigene Identität mit der schrulligen Persönlichkeit dieses alten Chevy verwoben war.

Jeff steckte den Zündschlüssel ein, ließ den Wagen an. Der Motor hatte eine Fehlzündung, dann erwachte er grollend zum Leben. Er wendete den Wagen, bog hinter dem halbfertigen Klotz des Communicative Disease Center[1] rechts auf die Clifton Road ein. In den Achtzigern würde man es immer noch CDC nennen, doch dann stünden die Initialen für Center of Disease Control[2], und es würde weltberühmt sein für seine Untersuchungen solch schreckenerregender Zukunftsseuchen wie der Legionärskrankheit und Aids.

Die Zukunft: Schreckliche Seuchen, eine erst errungene, dann rückgängig gemachte Revolution des Sexualverhaltens, Triumph und Tragödie im Weltraum, der von blicklosen Punks in Leder und Ketten und abstehendem pinkfarbenem Haar heimgesuchten Städte, Todesstrahlen im Orbit um die luftverschmutzte, erstickende Erde … Gott, dachte Jeff erschauernd, aus dieser Perspektive erschien seine Welt wie die alptraumhafteste Science Fiction. In vielerlei Hinsicht hatte die Realität, an die er sich gewöhnt hatte, mehr mit Filmen wie *Blade Runner* gemein als mit der sorglosen Naivität des Frühlings im Jahre 1963.

Er stellte das Radio an: Prasselnde Mittelwelle in Mono. UKW war auf der Skala gar nicht vorhanden! ›Our Day Will Come‹ schmachteten Ruby und die Romantics ihn an, und Jeff lachte laut auf.

An der Briarcliff bog er nach links ab, fuhr ziellos durch die schattige Wohngegend zur Westseite des Campus. Nach einer Weile wurde die Straße zur Moreland Avenue, und er fuhr weiter, vorbei am Inman Park, vorbei am Bundesgefängnis, in dem Al Capone seine Strafe abgesessen hatte. Die Straßenschilder verschwanden, und er war auf dem Macon Highway und fuhr Richtung Süden.

Das Radio leistete ihm mit seinem unaufhörlichen Strom von Beatles-Vorläuferhits Gesellschaft: ›Surfin USA‹, ›I Will Follow Him‹, ›Puff, the Magic Dragon‹. Jeff sang sie alle mit, so als hörte er einen Oldie-Sender. Er brauchte nur einen anderen Knopf zu drücken, sagte er sich, und er würde Springsteen hören oder Prince, vielleicht einen Jazzsender, der den neuesten Pat Metheny-Hit auf CD spielte. Schließlich wurde der Sender schwächer, und seine Phantasie eben-

---

1 Zentrum für übertragbare Krankheiten
2 Zentrum für Seuchenbekämpfung

so. Er konnte quer über die ganze Skala nichts außer der gleichen veralteten Musik finden. Sogar die Countrystationen hatten noch nie etwas von Willie oder Waylon gehört; nichts als Ernest Tubbs und Hank Williams, keine einzige Ausnahme in dem ganzen Haufen.

Hinter McDonough kam er an einem Straßenstand vorbei, wo Pfirsiche und Wassermelonen verkauft wurden. Er und Martin hatten auf einer ihrer Floridafahrten an einem Stand genau wie diesem angehalten, hauptsächlich wegen des langbeinigen Farmmädchens in weißen Shorts, das die Früchte verkauft hatte. Sie hatte einen großen Deutschen Schäferhund bei sich gehabt, und nach einigem zwecklosen Geplänkel zwischen Stadtjunge und Mädchen vom Lande hatten er und Martin ihr einen ganzen Korb Pfirsiche abgekauft. Sie hatten die verdammten Dinger gar nicht gewollt, schon nach etwa dreißig Meilen wurde ihnen vom Geruch übel, und sie hatten sie für Zielübungen auf Verkehrszeichen benutzt, und hatten das *Kladderadang!*, das nach einem erfolgreichen Wurf ertönte, mit alberner Ausgelassenheit bejubelt.

Wann war das noch gewesen, im Sommer '64 oder '65? In ein oder zwei Jahren. Was die Gegenwart betraf, so hatten er und Martin diese Reise nicht unternommen, hatten nicht diese Pfirsiche gekauft, hatten nicht die Hälfte der Höchstgeschwindigkeitsschilder von hier bis Valdosta mit ihnen beschmutzt und verbeult. Was also folgte daraus? Wenn Jeff, während um ihn herum wieder dieser Junitag brauste, sich immer noch in seiner auf unerklärliche Weise wiederauferstandenen Vergangenheit befand, würde er dann die gleiche Reise unternehmen, mit Martin die gleichen Witze reißen, die gleichen reifen Pfirsiche auf die gleichen Verkehrsschilder werfen? Und wenn er es nicht täte, wenn er sich dazu entschloß, in jener Woche in Atlanta zu bleiben, oder wenn er einfach an dem Mädchen mit den Beinen und den Pfirsichen vorüberfuhr ... was würde dann aus seiner Erinnerung an die Episode? Woher stammte sie, und was würde mit ihr geschehen?

In einer Beziehung schien er sein Leben ein zweites Mal zu durchleben, es wieder abzuspulen wie ein Videoband; trotzdem hatte es nicht den Anschein, als wäre er durch das, was früher geschehen war, gebunden, jedenfalls nicht vollständig. Soweit er erkennen konnte, war er an diesen Punkt seines Lebens unter gleichgebliebenen Umständen zurückgekehrt – eingeschrieben in Emory, auf einem Zimmer mit Martin wohnend, die gleichen Vorlesungen hörend wie ein Vierteljahrhundert zuvor – aber in den vierundzwanzig Stunden, seit er hier aufgewacht war, war er bereits von den Pfaden, denen er ursprünglich gefolgt war, auf subtile Weise abgewichen.

Judy gestern abend zu versetzen – das war die größte und augenfälligste Veränderung, obwohl sie auf lange Sicht nicht notwendigerweise Auswirkungen in die eine oder andere Richtung haben mußte. Sie waren nur noch sechs oder acht weitere Monate miteinander gegangen, erinnerte er sich, bis um die Weihnachtszeit herum. Sie hatte ihn wegen eines ›älteren Mannes‹ verlassen, erinnerte er sich lächelnd, wegen eines höheren Semesters, der zur medizinischen Hochschule in Tulane übergewechselt war. Jeff war ein paar Wochen verletzt und niedergeschlagen gewesen, dann begann er mit einer Reihe anderer Mädchen auszugehen: eine Weile mit einer hageren Brünetten namens Margaret, dann mit einem anderen dunkelhaarigen Mädchen, dessen Name mit D oder V anfing, dann mit einer Blondine, die eine Zunge hatte, mit der sie einen Knoten in einen Kirschstiel und weiß Gott was noch alles machen konnte. Er hatte Linda, die Frau, die er heiraten würde, erst nach dem College kennengelernt, als er an einem Radiosender in West Palm Beach arbeitete. Sie hatte an der Florida Atlantic University studiert. Sie hatten sich am Strand von Boca Raton getroffen …

Gott, wo war Linda jetzt im Moment? Zwei Jahre jünger als er, mußte sie noch auf der High-School sein und bei ihren Eltern leben. Er verspürte plötzlich den Wunsch, sie anzurufen, vielleicht weiter nach Süden bis nach Boca Raton zu fahren und sie zu sehen, sie zu treffen … Nein, das würde bestimmt nicht funktionieren. Es wäre allzu seltsam. Etwas Derartiges könnte in ferner Zukunft gefährlich werden, könnte irgend ein schreckliches Paradoxon hervorrufen.

Oder doch nicht? Mußte er sich wirklich um Paradoxa Sorgen machen, die alte Vorstellung von der Ermordung des eigenen Großvaters? Das war vielleicht gar keine angemessene Besorgnis. Er war kein Außenseiter, der in dieser Zeit herumwanderte und Angst davor haben mußte, sich selbst in einem früheren Alter zu begegnen; er *war* tatsächlich sein jüngeres Selbst, wesentlicher Bestandteil des Gewebes dieser Welt. Nur sein Bewußtsein stammte aus der Zukunft – und die Zukunft existierte nur in seinem Kopf.

Jeff mußte von der Straße herunterfahren und ein paar Minuten anhalten, den Kopf in den Händen, während er die Schlußfolgerungen in sich aufnahm, die sich daraus ergaben. Er hatte sich früher schon einmal gefragt, ob er seine Vergangenheit nicht womöglich halluzinierte. Doch wenn nun das Gegenteil zutraf, wenn das ganze komplexe Muster der nächsten zweieinhalb Jahrzehnte – angefangen vom Fall Saigons bis zum New Wave Rock und Personalcomputern – sich als eine Fiktion herausstellte, die irgendwie komplett ausgeformt in seinem Kopf entstanden war, über Nacht, hier in der *realen* Welt von 1963, die er niemals verlassen hatte? Das ergab ebenso viel Sinn wie jede andere auf Zeitreisen oder dem Leben nach dem Tod oder Dimensionsverwerfungen beruhende Erklärung, wenn nicht noch mehr.

Jeff ließ den Chevy wieder an, fuhr auf die zweispurige US 23 zurück. Locust Grove, Jenkinsburg, Jackson ... die verfallenen, verschlafenen Kleinstädte der Provinz von Georgia glitten an ihm vorüber wie Szenen aus einem Film aus der Zeit der Depression. Vielleicht hatte ihn das zu seiner ziellosen Fahrt veranlaßt: die Zeitlosigkeit der Gegend jenseits von Atlanta, das totale Fehlen von Hinweisen darauf, welches Jahr oder welches Jahrzehnt gerade war. Verwitterte Schuppen mit Jesus-liebt-dich-Aufschriften in riesigen Buchstaben, die gestaffelten Highwayreime auf den aufeinander folgenden Werbeplakaten für Burma-Rasiercreme, ein alter schwarzer Mann, der ein Maultier nachführte ... sogar das Atlanta von 1963 wirkte im Vergleich dazu futuristisch.

In Pope's Ferry, genau nördlich von Macon, hielt er an einer winzigen Tankstelle mit angeschlossenem Laden an. Keine Selbstbedienungstanksäulen, kein Bleifrei; Gulf Super für dreiunddreißig Cent die Gallone, Normal für siebenundzwanzig. Er sagte dem Jungen draußen, er solle Super tanken und nach dem Ölstand sehen, zwei Liter nachfüllen, wenn er zu niedrig war.

Er kaufte sich im Laden ein paar Minisalamis und eine Dose Pabst, fingerte einen Moment lang irritiert an der Bierdose herum, bis er begriff, daß keine Aufreißlasche dran war.

»Sie müssen ja mächtig durstig sein, junger Mann.« Die alte Frau hinter der Theke lachte in sich hinein. »Versucht das Ding mit bloßen Händen aufzureißen!«

Jeff lächelte blöde. Die Frau zeigte auf einen Dosenöffner, der an einer Schnur neben der Kasse hing, und er drückte zwei V-förmige Löcher in die Oberseite der Dose. Der Junge von den Tanksäulen rief durch die schäbige Fliegentür: »Sieht aus, als bräuchten Sie mehr als drei Liter Öl, Mister!«

»Schön, gieß soviel rein, wie reinpaßt. Und sieh den Keilriemen nach, in Ordnung?«

Jeff nahm einen großen Schluck Bier, holte ein Magazin aus dem Regal. Darin war ein Artikel über die neue Pop-art-Mode: Lichtensteins Vergrößerungen von Comic-Illustrationen, Oldenburgs riesige weiche Vinylhamburger. Komisch, er hätte gedacht, daß all das erst später passiert war, '65 oder '66. Hatte er eine Abweichung entdeckt? War diese Welt bereits geringfügig anders als die, die er zu kennen glaubte?

Er mußte mit jemandem sprechen. Martin würde das Ganze bloß für einen großen Spaß halten, und seine Eltern würden sich um seine geistige Gesundheit sorgen. Vielleicht war es das; vielleicht sollte er einen Psychiater aufsuchen. Ein Arzt würde ihm wenigstens zuhören und das Gespräch vertraulich behandeln; einer solchen Begegnung würde jedoch die unausgesprochene Voraussetzung eines psychischen Problems zugrunde liegen, der Wunsch, von etwas ›geheilt‹ zu werden.

Nein, es gab wirklich niemanden, mit dem er dies besprechen konnte, jedenfalls nicht offen. Doch er konnte auch nicht jedermann ausweichen, aus Angst, daß es herauskommen könnte; das würde wahrscheinlich merkwürdiger wirken als jeder anachronistische Versprecher, der ihm unterlaufen könnte. Und er fing an, sich einsam zu fühlen, verdammt noch mal. Selbst wenn er nicht die Wahrheit sagen konnte, oder was auch immer er von der Wahrheit wußte, er brauchte den Trost menschlicher Gesellschaft, nach allem, was er durchgemacht hatte.

»Könnte ich etwas Kleingeld für das Telefon haben?« fragte Jeff die Frau an der Kasse, indem er ihr einen Fünfer reichte.

»Für einen Dollar reicht?«

»Ich möchte in Atlanta anrufen.«

Sie nickte, drückte den Knopf mit der Aufschrift ›Kein Verkauf‹ und nahm ein paar Münzen aus der Lade. »Ein Dollar ist mehr als genug, junger Mann.«

3

Das Mädchen am Auskunftsschalter von Harris Hall war offensichtlich verärgert, daß sie den Samstagabend-Empfangsdienst hatte übernehmen müssen, suchte ihre Wochenendunterhaltung jedoch dort, wo sie sie finden konnte, indem sie die Rituale ihrer Altersgenossen beobachtete. Sie musterte Jeff beim Hereinkommen mit einem kühl abschätzenden Blick, und in ihrer Stimme lag ein Unterton von sarkastischer Belustigung, als sie oben anrief, um Judy Gordon mitzuteilen, daß ihr Partner da war. Vielleicht wußte sie, daß Judy am Abend zuvor versetzt worden war; vielleicht hatte sie sogar das Gespräch mitgehört, als Jeff am Nachmittag von der Tankstelle nahe Macon aus angerufen hatte.

Das rätselhafte Fastlächeln des Mädchens war irgendwie entmutigend, deshalb nahm er auf einem der unbequemen Sofas im angrenzenden Warteraum Platz, wo eine Brünette mit Pferdeschwanz und ihr Freund auf einem alten Steinway neben dem Kamin ›Heart and Soul‹ spielten. Das Mädchen lächelte und winkte Jeff zu, als er den Raum betrat. Er hatte keine Ahnung, wer sie war, wahrscheinlich eine Freundin von Judy, die er längst vergessen hatte, doch er nickte und erwiderte ihr Lächeln. Acht oder neun weitere junge Männer saßen über die luftige Lounge verteilt, jeder in respektvoller Entfernung von den anderen. Zwei von ihnen hatten einen Strauß Schnittblumen dabei, und einer hielt eine herzförmige Dose mit Whitman's-Konfekt in den Händen. Alle trugen einen stoischen Gesichtsausdruck zur Schau, der ihre begierige, aber nervöse Erwartung nur unzureichend zu verbergen vermochte: Freier am Tor zum Tempel der Aphrodite, unerprobte Anwärter auf die Gunst der Nymphen im Innern dieser Festung. Die Nacht der Rendezvous, 1963.

Jeff erinnerte sich an das Gefühl nur allzu gut. Sogar jetzt, stellte er sarkastisch fest, waren seine Handflächen feucht vor Anspannung.

Vom Treppenhaus her ertönte helles Gelächter, strömte in die Lobby. Die jungen Männer strafften ihre Krawattenknoten, sahen auf die Armbanduhren, drückten Haarbüschel zurecht. Zwei Mädchen entdecken ihre Begleiter und führten sie durch die Tür in die geheimnisvolle Nacht hinaus.

Es dauerte zwanzig Minuten, bis Judy erschien, mit einer Miene, die eindeutig als ein Ausdruck kalter Entschlossenheit gemeint war. Aber Jeff hatte bloß Augen für ihre unglaubliche Jugend, eine frühlingshafte Zartheit, die weit über die reine Tatsache hinausging, daß sie noch ein Teenager war. Mädchen – Frauen – ihres Alters sahen in den achtziger Jahren nicht so aus, wurde ihm klar. Sie waren einfach nicht so jung, so unschuldig; waren es seit den Tagen von Janis Joplin nicht mehr und bestimmt nicht in der Nachfolge von Madonna.

»So«, sagte Judy. »Ich freue mich, daß du es heute abend geschafft hast.«

Jeff erhob sich unbeholfen, schenkte ihr ein entschuldigendes Lächeln. »Tut mir wirklich leid wegen gestern abend«, sagte er. »Ich ... hab mich nicht besonders gut gefühlt; ich war in einer komischen Stimmung. Du hättest mich nicht um dich haben wollen.«

»Du hättest anrufen können«, sagte sie gereizt. Sie hatte die Arme unter ihren Brüsten verschränkt, wodurch sie diese züchtigen Schwellungen unter der Peter-Pan-Bluse betonte. Ein beiger Kaschmirpullover war um einen Arm geschlungen, und sie trug einen Madrasrock und Schuhe mit Fesselriemen und niedrigen Absätzen. Jeff nahm die vermischten Gerüche von Lavin-Parfüm und einem Shampoo mit Blumenduft wahr und stellte fest, daß ihn die blonden Fransen, die über ihren großen blauen Augen tanzten, in Entzücken versetzten.

»Ich weiß«, sagte er. »Ich wünschte, ich hätte es getan.«

Ihr Gesicht entspannte sich, die Konfrontation war vorüber, ehe sie begonnen hatte. Sie hatte nie lange böse sein können, erinnerte sich Jeff.

»Du hast gestern abend einen wirklich guten Film verpaßt«, sagte sie ohne eine Spur von Verdrossenheit. »Er fängt damit an, daß dieses Mädchen in einer Tierhandlung diese Vögel kauft, und dann tut Rod Taylor so, als arbeitete er da, und ...«

Sie fuhr fort, den größten Teil der Handlung nachzuerzählen, während sie nach draußen gingen und in Jeffs Chevy einstiegen. Er täuschte Unwissenheit gegenüber den Wendungen der Geschichte vor, obwohl er den Film kürzlich in einer der periodischen Hitchock-Retrospektiven von HBO gesehen hatte. Und natürlich hatte er ihn gesehen, als er das erste Mal gelaufen war, zusammen mit Judy. Vor fünfundzwanzig Jahren gestern abend, in jener anderen Version seines Lebens.

»... und dann geht dieser Typ sich an dieser Tankstelle eine Zigarre anzünden, aber ... also, ich will dir nicht alles erzählen, was dann noch passiert; es würde dir die Spannung verderben. Es ist ein wirklich schauriger Film. Es würde mir nichts ausmachen, ihn noch mal zu sehen, wenn du Lust hast. Oder wir könnten uns *Bye Bye Birdie* ansehen. Wozu hast du Lust?«

»Ich glaube, ich würde lieber nur irgendwo sitzen und reden«, sagte er. »Irgendwo ein Bier trinken, vielleicht einen Happen essen?«

»Klar.« Sie lächelte. »Moe's und Joe's?«

»Okay. Das liegt ... auf der Ponce DeLeon, richtig?«

Judy hob eine Braue. »Nein, das ist das Manuel's. Erzähl mir nicht, du hast es vergessen – fahr hier links, gleich hier!« Sie drehte sich auf ihrem Sitz herum und schenkte ihm einen merkwürdigen Blick. »Hey, du verhältst dich wirklich irgendwie komisch. Stimmt etwas nicht?«

»Nichts Ernstes. Wie ich dir gesagt habe, ich fühl mich ein bißchen kaputt.« Er erkannte den Eingang zum alten College-Treffpunkt wieder, parkte um die Ecke.

Im Innern sah es nicht ganz so aus, wie Jeff es in Erinnerung hatte. Er hatte geglaubt, die Bar befände sich links, wenn man durch die Tür hereinkam, nicht rechts; und die Sitznischen wirkten ebenfalls irgendwie verändert, höher und dunkler oder etwas in der Art. Er geleitete Judy zu einer Sitzecke an der Rückseite, und als sie sich ihr näherten, schlug ein Mann in seinem eigenen Alter – nein, verbesserte er sich, ein Mann Anfang Vierzig, ein *älterer* Mann – Jeff freundschaftlich auf die Schulter.

»Jeff, wie geht's? Wer ist deine reizende junge Freundin?«

Jeff sah dem Mann verständnislos ins Gesicht: Brille, graumelierter Bart, breites Grinsen. Er wirkte von ferne vertraut, aber nicht mehr.

»Das ist Judy Gordon. Judy ... äh, ich möchte dich bekanntmachen mit ...«

»Professor Samuels«, sagte sie. »Meine Zimmergenossin hat Sie in Literatur des Mittelalters.«

»Und sie heißt?«

»Paula Hawkins.«

Das Grinsen des Mannes wurde noch breiter, und er nickte zweimal. »Ausgezeichnete Studentin. Eine sehr intelligente junge Dame, diese Paula. Ich hoffe doch, mein Kurs schneidet gut ab?«

»Oh, ja, Sir«, sagte Judy. »Paula hat mir alles über Sie erzählt.«

»Dann werden Sie uns im Herbst vielleicht auch mit Ihrer reizenden Gegenwart beehren.«

»Das kann ich noch nicht genau sagen, Professor Samuels. Ich habe mich für das nächste Jahr noch nicht auf einen Stundenplan festgelegt.«

»Schauen Sie in meinem Büro herein. Wir reden drüber. Und Sie, Jeff: gute Arbeit geleistet bei diesem Chaucer-Referat, aber ich mußte Ihnen ein B wegen unvollständiger Zitate geben. Passen Sie nächstes Mal auf, werden Sie das tun?«

»Ja, Sir. Ich werd dran denken.«

»Gut, gut. Bis zur nächsten Vorstellung.« Er hob grüßend die Hand und widmete sich wieder seinem Bier.

Als sie zu der Sitznische gelangten, glitt Judy neben Jeff hinein und begann zu kichern.

»Was ist denn so lustig?«

»Weißt du nicht Bescheid über ihn? Dr. Samuels?«

Jeff hatte sich nicht einmal an den Namen des Professors erinnern können.

»Nein, was ist mit ihm?«

»Er ist ein alter Schürzenjäger, das ist er. Er rennt allen Mädchen in seinen Kursen nach – jedenfalls den hübschen. Paula meinte, er hätte ihr einmal nach der Vorlesung seine Hand auf den Schenkel gelegt – so.«

Sie legte ihre mädchenhaften Finger auf Jeffs Bein, rieb und drückte es.

»Kannst du dir das vorstellen?« fragte sie in verschwörerischem Ton. »Er ist sogar älter als mein Vater. ›Schauen Sie in meinem Büro herein‹ – huh! Ich weiß, was er mit mir besprechen würde. Ist das nicht das Widerwärtigste, was du je gehört hast, ein Mann in seinem Alter, der sich so verhält?«

Ihre Hand ruhte immer noch auf Jeffs Schenkel, ein paar Zentimeter von seiner wachsenden Erektion entfernt. Er blickte in ihre unschuldigen runden Augen, auf ihren süßen roten Mund und stellte sich plötzlich vor, daß Judy ihm gleich hier in der Sitznische einen blies. Alter Schürzenjäger, dachte er und lachte.

»Was ist denn so lustig?« fragte sie.

»Nichts.«

»Du glaubst mir das mit Dr. Samuels nicht, nicht wahr?«

»Ich glaub's dir. Nein, es ist bloß ... du, ich, alles. Ich mußte lachen, das ist alles. Was möchtest du trinken?«

»Das übliche.«

»Einen dreifachen Zombie, richtig?«

Der beunruhigte Ausdruck verschwand aus ihrem Gesicht, und sie stimmte in sein Lachen mit ein. »Dummerchen; ich möchte ein Glas Rotwein, wie immer. Kannst du dich denn heute an *gar nichts* erinnern?«

Judys Lippen waren so weich, wie er es sich vorgestellt, sich erinnert hatte. Der frische Geruch ihres Haars, die jugendliche Geschmeidigkeit ihrer Haut erregten ihn in einem Maße, wie er es seit der ersten Zeit mit Linda, vor ihrer Heirat, nicht mehr erlebt hatte. Die Wagenfenster waren heruntergekurbelt, und Judy lehnte mit dem Hinterkopf gegen den gepolsterten Türrahmen, während Jeff sie küßte. Andy Williams sang im Radio ›The Days of Wine and Roses‹, und der süße Duft der Hartriegelblüten vermischte sich mit dem Duft von Judys weicher, reiner Haut. Sie hatten auf einem Waldweg in etwa einer Meile Entfernung vom Campus geparkt; Judy hatte ihn dirigiert, nachdem sie die Bar verlassen hatten.

Die Unterhaltung war den Abend über besser gelaufen, als

Jeff erwartet hatte. Hauptsächlich war er beim Gespräch Judys Beispiel gefolgt, hatte es ihr überlassen, Namen und Orte und Ereignisse zu benennen. Er hatte sich nach seiner Erinnerung verhalten oder entsprechend den Hinweisen, die er ihrem Gesichtsausdruck oder Tonfall entnahm. Ihm war nur ein anachronistischer Versprecher unterlaufen. Sie hatten sich über studentische Bekannte unterhalten, die vorhatten, den Campus nächstes Jahr zu verlassen, und Jeff hatte gemeint, er könnte vielleicht eine kleine Eigentumswohnung mieten. Judy hatte das Wort noch nie gehört, aber er redete sich rasch heraus, indem er ihr erklärte, es sei etwas Neues aus Kalifornien, von dem er gelesen hatte und wie man sie, wie er glaubte, auch bald in Atlanta bauen würde.

Im weiteren Verlauf des Abends hatte er sich entspannt und wohlgefühlt. Das Bier hatte dabei geholfen, aber vor allem war es die Nähe zu Judy gewesen, die ihn zum erstenmal hatte Ruhe finden lassen, seit die ganze Sache begonnen hatte. Manchmal hatte er sich dabei ertappt, daß er an seine Zukunft/Vergangenheit gar nicht mehr dachte. Er war lebendig; darauf kam es an. Ausgesprochen lebendig.

Er streifte Judy das lange, blonde Haar aus dem Gesicht, küßte ihre Wangen und die Nase und wieder die Lippen. Sie gab einen leisen Seufzer des Wohlbehagens von sich, und seine Finger glitten von ihrer Brust zum obersten Knopf ihrer Bluse. Sie schob seine Hand weg, zurück zu ihrer bekleideten Brust. Sie küßten sich noch eine Weile, und dann war ihre Hand auf seinem Schenkel, wie zuvor in der Bar, bis ihre zarten Finger seinen steifen Penis liebkosten und kneteten. Er streichelte ihre nylonbedeckten Waden, griff unter ihren Rock, um die weiche Haut über ihren Strümpfen zu spüren.

Judy löste sich aus seiner Umarmung, setzte sich abrupt auf. »Gib mir dein Taschentuch«, flüsterte sie.

»Was? Ich habe kein …«

Sie zerrte das weiße Taschentuch aus seiner Jackettasche, wo er es beim Anlegen der altmodischen Kleider früher am Abend automatisch eingesteckt hatte. Jeff griff wieder nach ihr, versuchte sie an sich zu ziehen, doch sie sträubte sich.

»Schhh«, flüsterte sie, dann lächelte sie lieb. »Lehn dich einfach zurück und mach die Augen zu.«

Er runzelte die Stirn, tat aber, was sie wollte. Sie öffnete den Reißverschluß seiner Hose und holte mit geübtem Griff sein Glied heraus. Jeff öffnete erstaunt die Augen, sah sie aus dem Fenster starren, während ihre Finger sich in einem gleichmäßigen Rhythmus bewegten. Er griff nach ihrer Hand, hielt sie fest.

»Judy – nein.«

Sie sah ihn besorgt an. »Du willst heute nicht?«

»Nicht so.« Er nahm ihre Hand sanft fort, schob seinen Steifen zurück in den Hosenlatz und machte ihn zu. »Ich will dich; ich will mit dir zusammensein. Aber nicht so. Wir könnten irgendwohin fahren, uns ein Hotel suchen oder ...«

Sie wich an die Wagentür zurück, funkelte ihn empört an. »Was meinst du damit? Du weißt, das ich nicht *so eine* bin!«

»Ich wollte doch nur sagen, daß ich mit dir zusammensein möchte, auf liebevolle Art und Weise. Ich möchte dir etwas geben ...«

»Du brauchst mir nichts zu geben!« Sie verzog das Gesicht, und Jeff fürchtete, sie könnte anfangen zu weinen. »Ich hab versucht, dir Erleichterung zu verschaffen, genau so, wie wir es immer gemacht haben, und auf einmal faßt du es vollkommen falsch auf und willst mich in irgendein billiges Hotel schleppen, mich behandeln wie eine ... eine ... Hure!«

»Judy, um Himmels willen, das stimmt doch gar nicht. Verstehst du nicht, daß ich dich ebenfalls glücklich machen möchte?«

Sie holte einen Lippenstift aus ihrer Handtasche, verstellte ärgerlich den Rückspiegel, damit sie ihn benutzen konnte. »Ich bin vollkommen glücklich damit, wie es zwischen uns war, vielen Dank. Oder wenigstens war ich es bis heute.«

»Hör mal, es tut mir leid, daß ich überhaupt etwas gesagt habe, okay? Ich dachte bloß ...«

»Deine Gedanken kannst du für dich behalten, und deine Hände ebenfalls.« Sie knipste die Innenbeleuchtung an, sah auf ihre schmale goldene Armbanduhr.

»Ich wollte dir nicht weh tun. Wir können morgen darüber reden.«

»Ich will nicht darüber reden. Ich will bloß zum Wohnheim zurück, jetzt gleich. Das heißt, wenn du dich erinnern kannst, wie man dort hinkommt.«

Nachdem er Judy an ihrem Wohnheim abgesetzt hatte, fand er eine Bar auf der North Druid Hills Road, in der Nähe des neuen Einkaufszentrums am Lenox Square. Sie schien ihm ein Ort zu sein, wo er nicht damit rechnen mußte, jemanden von Emory zu treffen. Es war eine Trinkerbar, ein Treffpunkt für ein älteres, ruhigeres Publikum, das nur für eine Stunde den Gedanken an Hypotheken und schale Ehen zu entfliehen versuchte. Jeff fühlte sich ganz wie zu Hause, obwohl er wußte, daß er nicht so aussah, als paßte er zur Kundschaft; der Barkeeper wollte sogar seinen Ausweis sehen, und Jeff fand tatsächlich den gefälschten Ausweis, den er für solch seltene Gelegenheiten hinten in seiner Brieftasche stecken hatte. Mit einem zweifelnden Grunzen brachte der Barkeeper Jeff einen doppelten Jack Daniels und entfernte sich, um an der Einstellung des Schwarzweißfernsehers über der Bar herumzufummeln.

Jeff nahm einen großen Schluck von seinem Drink, starrte leer auf die Nachrichten: In Birmingham gab es neue Schwierigkeiten, Jimmy Hoffa war in Nashville wegen Geschworenenbestechung angeklagt worden, Telstar II würde bald starten. Jeff dachte an Martin Luther Kings Tod in Memphis, an den auf mysteriöse Weise vom Erdboden verschluckten Hoffa und einen Himmel voller Kommunikationssatelliten, die den Planeten mit MTV und Wiederholungen von ›Miami Vice‹ überschwemmten. Oh schöne neue Welt.

Der Abend mit Judy hatte so gut angefangen, doch die Abschlußszene im Wagen hatte in ihm ein Gefühl von Niedergeschlagenheit erzeugt. Er hatte vergessen, wie verklemmt der Sex einmal gewesen war. Nein, nicht vergessen; er hatte es nie ganz begriffen, nicht, als er diese Dinge das erste Mal erlebte. Die Unaufrichtigkeit war vollkommen hinter der Glut der neuentdeckten Gefühle, des naiven, doch unwiderstehlichen sexuellen Hungers verborgen gewesen. Was einmal wundersam erotisch erschienen war, stand jetzt in all seiner fundamentalen Billigkeit entblößt da, ungetrübt durch die zeitliche Distanz: ein rasches Abwichsen auf dem Vordersitz eines Chevrolet mit schlechter Musik im Hintergrund.

Was, zum Teufel, sollte er jetzt tun, einfach mitspielen? In weiteren Sessions von schwerem Petting schwelgen, mit einer kleinen Blondine aus einer anderen Zeit, die noch nie von der Pille gehört hatte? Wieder Vorlesungen besuchen und zu Diskussionen mit Jugendlichen und Frühlingsbällen gehen, als wäre das alles neu für ihn? Statistische Tabellen auswendig lernen, die er längst vergessen hatte und die ihm nie von Nutzen gewesen waren, damit er in Soziologie mit Auszeichnung abschnitt?

Vielleicht hatte er gar keine gottverdammte Wahl, nicht wenn sich dieser unglaubliche, groteske Zeitsprung als dauerhaft herausstellte. Vielleicht würde er wirklich alles noch einmal durchmachen müssen, ein quälendes, vorhersagbares Jahr nach dem anderen. Diese alternative Realität wurde zusehends konkreter, verfestigte sich immer mehr. Jene andere Persönlichkeit von ihm war jetzt die falsche. Er mußte die Tatsache akzeptieren, daß er ein College-Erstsemester war, achtzehn Jahre alt, total abhängig von seinen Eltern und seiner Fähigkeit, ein Dutzend akademischer Kurse, die bei ihm inzwischen Verachtung und unendliche Langeweile hervorriefen, erfolgreich zu wiederholen.

Die Fernsehnachrichten waren vorüber, und ein Sportmoderator leierte eine Liste der Baseballergebnisse der AA-Liga herunter. Jeff bestellte einen weiteren Drink, und als der Barkeeper das neue Glas brachte, heftete sich Jeffs Aufmerksamkeit plötzlich mit laserartiger Intensität an jedes einzelne Wort, das aus dem alten Sylvania drang.

»... kommen ungeschlagen nach Churchill Downs und haben zwei Grünschnäbel aus dem Osten dabei, die dem Kalifornischen Braunen auf die Sprünge helfen könnten. Trainer Woody Stephens führt Never Bend frisch nach einem ordentlichen Sieg bei der Stepping Stone Vorrunde und mit guten Leistungen für das Jahr '63 in das Derby; Stephens will nicht so weit gehen, einen Sieg vorauszusagen, aber ...«

Das Kentucky Derby. Warum nicht, verdammt noch mal?

Wenn er die nächsten fünfundzwanzig Jahre wirklich durchlebt hatte, anstatt sie sich auszudenken oder von ihnen zu träumen, dann war eines klar: Er verfügte über einen riesigen Vorrat an Informationen, die ihm von höchstem Nutzen sein konnten. Nichts Technisches – er konnte keinen Computer entwickeln oder etwas in der Art –, aber er besaß eine gewisse Berufserfahrung, das Wissen eines Journalisten um die Trends und Ereignisse, welche die Gesellschaft von jetzt an bis zur Mitte der achtziger Jahre beeinflussen würden. Er konnte eine Menge Geld machen, indem er auf Sportereignisse und Präsidentschaftswahlen Wetten abschloß. Vorausgesetzt natürlich, daß er tatsächlich konkrete und zutreffende Kenntnis davon besaß, was sich im Verlauf des kommenden Vierteljahrhunderts ereignen würde. Wie er bereits erfahren hatte, war dies nicht notwendigerweise eine verläßliche Annahme.

»... nicht weit zurück. Das Pferd, das wirklich das Tempo vorgeben könnte, ist No Robbery aus dem Greentree-Stall, das zwei Rekorde hält, mit 1 : 34 über die schnellste Meile, die je von einem Dreijährigen in New York gelaufen wurde ... und das den Wood Memorial gewonnen hat, eine Woche nachdem es aufgestellt wurde ...«

Mist, wer hatte das Derby in diesem Jahr gewonnen? Jeff versuchte sich zu erinnern. Der Name Never Bend ließ, im Gegensatz zu No Robbery, zumindest eine entfernte Glocke läuten; aber es hörte sich noch nicht richtig an.

»... beide zeigen gegenüber dem Team von Willie Shoemaker und dem Wunder des Westens, Candy Spots, ansteigende Form. Diese Kombination muß erst einmal geschlagen werden, Leute; und obwohl es so aussieht, als würde es zwischen diesen dreien zu einem aufregenden Kopf-an-Kopf-Rennen kommen, ist die Mehrheit – und es ist eine starke Mehrheit – der Meinung, daß an diesem Samstag Candy Spots den Siegerkranz davontragen wird.«

Das hörte sich ebenfalls nicht richtig an. Welches Pferd war es? Northern Dancer? Oder vielleicht Kauai King? Jeff war sicher, daß diese beiden Derbies gewonnen hatten; doch in welchem Jahr?

»Moment mal, Barkeeper!«

»Das gleiche noch mal?«

»Nein, für den Augenblick reicht's; haben Sie eine Zeitung?«

»Eine Zeitung?«

»Eine Tageszeitung, von heute, gestern, das ist egal.«

»Das *Journal* oder die *Constitution?*«

»Das ist egal. Haben Sie die Sportseiten?«

»Ein bißchen bekritzelt. Weil die Braves nächstes Jahr in die Stadt kommen, hab ich ihre Ergebnisse verfolgt.«

»Kann ich mal einen Blick darauf werfen?«

»Klar.« Der Barkeeper griff unter die Stelle, wo er die Trinkgelder aufbewahrte, und brachte einen fest zusammengefalteten Sportteil zum Vorschein.

Jeff überblätterte die Baseballseiten und fand eine Übersicht der bevorstehenden Rennen in Louisville. Er überflog die Liste der Nennungen: Es waren die Favoriten dabei, die der Sprecher genannt hatte, Candy Spots, Never Bend, No Robbery; außerdem Royal Tower, Lemon Twist ... nein, nein ... Gray Pet, Devil It Is ... nie davon gehört ... Wild Card, Rajah Noor ... oh je ... Bonjour, On My Honour ... Chateaugay!

Chateaugay, gesetzt elf zu eins!

Er verkaufte den Chevy für sechshundert Dollar an einen Gebrauchtwagenhändler in der Briarcliff Road. Seine Bücher, die Stereoanlage und die Plattensammlung erbrachten in einem Ramschladen in der Stadt weitere zweihundertsechzig Dollar. In seinem Schreibtisch im Wohnheim entdeckte er ein Scheckheft und ein Sparbuch von einer Bank in der Nähe des Campus, und von beiden Konten hob er sofort alles bis auf zwanzig Dollar ab; das brachte ihm weitere achthundertdreißig Dollar ein.

Der Anruf bei seinen Eltern fiel ihm am schwersten. Es war offensichtlich, in welche Sorgen sie seine plötzliche Bitte um eine ›Notanleihe‹ stürzen würde, und sein Vater war deutlich verärgert über Jeffs Weigerung, weitere Erklärungen abzugeben: trotzdem rückte er ein paar hundert Dollar heraus, und Jeffs Mutter schickte weitere vierhundert aus ihren eigenen Ersparnissen.

Jetzt verfügte er über eine Geldsumme, die er verwetten konnte, und eine große dazu. Doch wie? Er dachte kurz daran, nach Louisville zu fahren und das Geld direkt auf der Rennbahn zu setzen; durch einen Anruf bei einer Reiseagentur erfuhr er jedoch, daß das Derby, wie er befürchtet hatte, bereits seit Wochen im voraus ausverkauft war.

Außerdem war da das Problem seines Alters. Er sah vielleicht alt genug aus, um in einer Bar einen Drink zu bestellen, aber eine Wette dieser Größenordnung abzuschließen, würde bestimmt zu einer genauen Überprüfung führen. Er brauchte jemanden, den er vorschieben konnte.

»Ein Buchmacher? Warum in aller Welt interessierst du dich denn für Buchmacher, mein Junge?«

In Jeffs Augen war Frank Maddock, ein Zweiundzwanzigjähriger, selbst ein ›Junge‹, doch unter den gegebenen Umständen war der Jurastudent im letzten Semester ein älterer, erfahrener Mann von Welt, der es offensichtlich genoß, diese Rolle voll und ganz auszuspielen.

»Ich möchte eine Wette abschließen«, sagte Jeff.

Maddock lächelte nachsichtig, entzündete einen Zigarillo und winkte nach einem Krug Bier.

»Worum dreht sich's?«

»Das Kentucky Derby.«

»Warum leierst du nicht eine Wettrunde in deinem Wohnheim an? Würden bestimmt 'ne Menge Leute drauf einsteigen. Paß aber auf, daß es unter euch bleibt.«

Der Ältere behandelte ihn mit freundlicher Herablassung. Jeff belächelte insgeheim das geübte, wenn auch ungerechtfertigte weltmännische Gehabe des jungen Mannes.

»Die Wette, die ich abschließen möchte, ist ziemlich hoch.«

»Yeah? Und das wäre?«

Das Manuel's war an einem Dienstagnachmittag halb leer, und niemand befand sich in Hörweite. »Zweitausenddreihundert Dollar«, sagte Jeff.

Maddock runzelte die Stirn. »Du redest da von einer verdammt großen Menge Geld. Candy Spots ist eine ziemlich sichere Sache, ich weiß, aber …«

»Nicht Candy Spots. Eins der anderen Pferde.«

Der ältere Junge lachte, während der Ober einen neuen Krug Bier auf den abgenutzten Eichentisch stellte. »Träum weiter, mein Sohn. No Robbery ist dieses Risiko nicht wert, und Never Bend auch nicht. Nicht in diesem Rennen.«

»Es ist mein Geld, Frank. Ich dachte daran, den Gewinn siebzig zu dreißig aufzuteilen. Wenn ich richtig liege, könntest du abkassieren, ohne auch nur ein Zehncentstück zu riskieren.«

Maddock goß jedem von ihnen ein neues Glas ein, wobei er die Gläser neigte, um den Schaum niedrig zu halten. »Ich könnte eine Menge Schwierigkeiten wegen dieser Sache bekommen, weißt du. Ich möchte nichts tun, was das Studium gefährden könnte. Ein Junge wie du, all das Geld; woher will ich wissen, daß du nicht schreiend zum Dekan läufst, wenn du es verloren hast?«

Jeff zuckte die Achseln. »Ich schätze, das ist der Punkt, wo für dich das Wagnis beginnt. Aber ich bin nicht so ein Typ, und ich habe nicht vor, zu verlieren.«

»Das hat nie jemand.«

Eine rauhe Nummer erklang aus der Jukebox, Jimmy Soul mit ›If You Wanna Be Happy‹. Jeff erhob seine Stimme über die Musik. »Kennst du also einen Buchmacher, oder nicht?«

Maddock starrte ihn lange neugierig an. »Siebzig-dreißig, hm?«

»Richtig.«

Der Ältere schüttelte den Kopf, seufzte resigniert. »Hast du das Geld dabei?«

Die Bar in der North Druid Road war an diesem Samstagnachmittag überfüllt. Als Jeff eintrat, plärrte die mit Werbespots gespickte Vorschau auf das Rennen aus dem Fernseher; Wilkinson Sword posaunte sein neuestes Produkt heraus, rostfreie Rasierklingen.

Jeff war nervöser, als er erwartet hatte: Die Planung schien perfekt gewesen zu sein, aber was, wenn irgend etwas schief ging? Soweit er hatte erkennen können, hatten die Weltereignisse der vergangenen Woche die Vergangenheit, an die er sich erinnerte, wiederholt; aber sein Erinnerungsvermögen war ebenso fehlbar wie das eines jeden anderen, und nach fünfundzwanzig Jahren konnte er nicht mit Sicherheit sagen, ob nicht tausend, eine Million verschiedener Ereignisse des Jahres 1963 anders ausgefallen waren als beim erstenmal. Ihm waren bereits ein paar Kleinigkeiten aufgefallen, die ein wenig daneben zu liegen schienen, und natürlich hatte sich sein eigenes Verhalten drastisch verändert. Dieses Rennen konnte ebenso leicht einen neuen Ausgang nehmen.

Wenn es das täte, wäre er alles los, was er besaß, und er hatte die in der Mitte des Semesters fällige Zahlung diese Woche ausfallen lassen und seinen Aufenthalt am College damit ernsthaft gefährdet. Es konnte sein, daß er, so wie die Dinge lagen, nicht einmal mehr dann die Chance hatte, seine Collegekarriere zu wiederholen, wenn er sich am Riemen riß. Es konnte sein, daß er vom College flog und pleite auf der Straße landete.

Mit Vietnam am Horizont.

»Heh, Charly«, schrie jemand. »Noch eine Runde für alle, Doppelte, bevor sie aus der Startmaschine kommen!«

Ein Chor von Hochrufen und Gelächter antwortete ihm. Einer der Kumpel des Mannes sagte: »Gibst es ein bißchen früh aus, findest du nicht?«

»Ist doch gelaufen, Mann«, sagte der Freigebige, »ist doch echt schon gelaufen!«

Auf dem Fernsehschirm wurden die Pferde in ihre Startboxen eingesperrt, sie waren unruhig, haßten die Enge, wollten laufen, wie man's ihnen angezüchtet hatte.

»Jetzt ist alles möglich, Jimbo. Genau darum geht's bei einem Pferderennen.«

Der Barkeeper teilte die Doppelten aus, die der Fremde allen spendiert hatte. Bevor Jeff sein Glas hochheben konnte, waren die Pferde heraus, mit Never Bend vorneweg, als wäre er elektrisch aufgeladen, und No Robbery fast mit ihm gleichauf. Candy Spots, von Willie Shoemaker lässig geritten, lag in der ersten Kurve nur drei Längen zurück.

Chateaugay war sechster. Noch eine Meile bis zum Ziel, und zehn Längen zurück.

Jeff stürzte seinen Drink hinunter, verschluckte sich beinahe am fast unverdünnten Whisky.

Die führenden Pferde flogen an der Halbmeilenfahne vorbei. Chateaugay hatte nicht einen Zentimeter gutgemacht.

Eine kleinere Schule, dachte Jeff. Wenn er aus Emory herausflog, würde ihn irgendein städtisches College bestimmt noch aufnehmen. Er könnte stundenweise bei einer kleinen Radiostation arbeiten. Seine langjährige Berufserfahrung existierte nicht auf dem Papier, aber sie würde ihm bei dem Job sehr zugute kommen.

Die Bargesellschaft schrie zum Bildschirm hinüber, als könnten die Pferde und die Jockeys sie hören, vierhundert Meilen weit entfernt. Jeff kümmerte sich nicht darum. Chateaugay hatte gegen Ende der Gegengerade ein wenig aufgeholt, aber es war so gut wie vorbei; ein Drei-Pferde-Rennen, genau wie ein Quotenmacher es vorausgesagt hatten.

Shoemaker nahm Candy Spots auf der Bahn nach innen, als sich das Feld zum Ziel zuwandte, dann brachte er ihn wieder heraus. Chateaugay lag an vierter Stelle, drei Längen zurück, und mit dieser Konkurrenz vor sich würde er niemals …

An der Viertelfahne schien No Robbery plötzlich zu ermüden, die Lust am zu Ende gehenden Kampf zu verlieren. Er fiel zurück, und nun stürmten Never Bend und Candy Spots auf das Ziel zu, aber Shoemaker bekam nicht den letzten Spurt aus dem kalifornischen Braunen heraus, den er brauchte.

Chateaugay zog am Favoriten vorbei und kam Never Bend stetig und unbarmherzig näher.

Der Lärm in der Bar erreichte tumultarische Ausmaße. Jeff blieb still, unbewegt, seine Hand fast eingefroren, obwohl er nicht bemerkte, daß er das eisige Glas umklammert hielt.

Chateaugay gewann das Rennen mit eineinviertel Längen vor Never Bend und verwies Candy Spots auf den dritten Platz. No Robbery lag irgendwo im Feld zurück, auf dem fünften oder sechsten Platz, erschöpft.

Jeff hatte es geschafft. Er hatte gewonnen.

Die anderen Männer in der Bar fingen an, das eben gesehene Rennen lautstark und erbost zu analysieren, wobei sich ihr Zorn größtenteils auf Willie Shoemakers Taktik während der letzten halben Meile konzentrierte. Jeff verstand kein Wort von dem, was sie sagten. Er wartete darauf, daß die Zahlen auf dem Totalisator erschienen.

Chateaugay brachte 20,80 $ auf Sieg. Jeff griff automatisch nach der Casio-Rechnerarmbanduhr, dann lachte er, als ihm einfiel, wie lange es dauern würde, bis so etwas existierte. Er nahm eine Cocktailserviette von der Bar, kritzelte mit einem Kugelschreiber ein paar Zahlen darauf.

Die Hälfte von 2300 mal 20,8, minus Frank Maddocks Dreißig-Prozent-Anteil für das Plazieren der Wette ... Jeff hatte fast siebzehntausend Dollar gewonnen.

Noch wichtiger, das Rennen war so ausgegangen, wie er es in Erinnerung gehabt hatte.

Er war achtzehn Jahre alt, und er wußte über alles Wichtige Bescheid, was sich während der nächsten zwei Jahrzehnte auf der Welt ereignen würde.

4

Jeff warf die Karten eine nach der anderen auf die dunkelgrüne Tagesdecke des Hollyday Inn, mit der Bildseite nach oben. Er schnippte sie von dem abnehmenden Packen herunter, so rasch er seine Finger bewegen konnte, und während er dies tat, leierte Frank in einem inzwischen vertrauten hypnotischen Singsang: »Plus vier, plus vier, plus fünf, plus vier, plus drei, plus drei, plus drei, plus vier, plus drei, plus vier, plus fünf – stopp! Verdeckte Karte ist 'n As.«

Jeff drehte das Karo-As langsam um, und dann grinsten sie beide.

»Scheiße noch eins!« gluckste Frank, indem er auf die Tagesdecke schlug, daß die Spielkarten herumflogen. »Wir sind ein Team, Mann, wir sind unschlagbar!«

»Willst 'n Bier?«

»Aber klar doch.«

Jeff legte seine Beine gerade, ging durchs Zimmer zum Kühlbehälter auf dem Tisch. Die Vorhänge des Erdgeschoßzimmers waren offen, und während er zwei Flaschen Coors aufmachte, blickte Jeff mit stolzer Bewunderung auf seinen neuen grauen Studebaker Avanti am Bordstein, der im Licht der Parkplatzleuchten des Tucumari Motels schimmerte.

Der Wagen hatte den ganzen Weg von Atlanta herüber neugierige Blicke und Kommentare auf sich gezogen und würde es wahrscheinlich auch den Rest der Fahrt nach Las Vegas über tun. Jeff war vollkommen damit zufrieden, fand sogar einen gewissen Trost in seinem ›futuristischen‹ Design und seiner Ausstattung. Der langnasige Wagen mit dem gestutzten Heck würde 1988 angenehm modern gewirkt haben; tatsächlich glaubte er sich zu erinnern, daß eine unabhängige Firma noch in den Achtzigern eine begrenzte Auflage von Avantis hergestellt hatte. Für ihn, hier im Jahre 1963, war das Auto wie ein Gefährte auf seiner Zeitreise, ein feudaler Kokon, gesponnen nach dem Muster seiner eigenen Epoche. So nostalgisch auch die Gefühle gewesen waren, die er dem alten Chevy entgegengebracht hatte, dieser Wagen löste sogar ein noch stärkeres Heimweh aus.

»Heh, wo bleibt der Saft?«

»Kommt schon.«

Er reichte Frank das kalte Bier, nahm einen langen Zug von seinem. Sie waren gleich nach Maddocks Examen aufgebrochen, Ende Mai. Jeff hatte seit langem aufgehört, Vorlesungen zu besuchen, rasselte durch Prüfungen durch und scherte sich nicht mehr darum. Frank hatte die südliche Route nehmen und in New Orleans Zwischenstation machen wollen, um ein paar Tage zu feiern, aber Jeff hatte darauf bestanden, einen direkteren Weg zu nehmen und über Birmingham und Memphis und Little Rock zu fahren. Außerhalb der Städte gab es alle paar hundert Meilen neu eröffnete Highwaystücke mit einer Geschwindigkeitsbegrenzung auf 70 oder 75, und Jeff hatte ihren glatten, breitspurigen Belag dazu benutzt, den Avanti bis nahe an seine Spitzengeschwindigkeit von 160 mph zu treiben.

Die Niedergeschlagenheit und Verwirrung, die Jeff nach dem mißlungenen Abend mit Judy Gordon empfunden hatte, hatte der Derbygewinn weitgehend zerstreut. Er hatte sie seit diesem Abend nicht mehr gesehen, außer im Vorbeigehen auf dem Campus. Und er hatte aufgehört, über mögliche Erklärungen für seine mißliche Lage nachzugrübeln, abgesehen von den Malen, wo er in der Dämmerung aufgewacht war und sein Verstand nach Antworten verlangt hatte, die es nicht gab. Wie auch immer die Wahrheit aussehen mochte, er hatte jetzt wenigstens den Beweis, daß seine Kenntnis der Zukunft mehr war als bloße Einbildung.

Bis jetzt hatte Jeff es verstanden, Franks Fragen danach, was ihn zu einem so spektakulären Gewinn geführt hatte, auszuweichen. Maddock nahm jetzt an, daß Jeff ein Naturtalent im Betrügen war, mit irgend einer geheimen Methode. Jeffs Weigerung, auf dem Preakness Rennen zwei Wochen nach dem Derby eine Folgewette zu machen, hatte diese Vorstellung noch bestärkt. Er war sicher, daß Chateaugay zwei von drei Rennen des diesjährigen Triple Crown gewinnen würde, aber er konnte sich nicht erinnern, welches der Folgederbys das Pferd verloren hatte; deshalb hatte Jeff trotz

Franks Protesten darauf bestanden, Preakness auszulassen. Candy Spots hatte das Rennen mit dreieinhalb Längen Vorsprung gewonnen. Jetzt war sich Jeff nicht nur des Sieges beim kommenden Belmont Stakes Rennen sicher, sondern die Wiederauferstehung von Candy Spots hatte auch die Quoten für Chateaugay wieder nach oben getrieben.

Das Wetten hatte Jeff neue Entschlußkraft gegeben, ihn von dem Morast der Metaphysik und Philosophie abgelenkt, in dem die Antworten auf seine Lage begraben lagen. Wenn er nicht bereits wahnsinnig war, hätte ihn ein weiterer Monat des Brütens über diesen Unwägbarkeiten mit Sicherheit an diesen Punkt gebracht. Das Glücksspiel war so klar umrissen, so wohltuend unkompliziert: Sieg oder Niederlage, Verlust oder Gewinn, richtig oder falsch. Keine Mehrdeutigkeiten, keine Hintergedanken; besonders dann nicht, wenn man den Ausgang im voraus kannte.

Frank hatte die verstreuten Karten aufgesammelt, packte und mischte sie. »Hey«, sagte er, »laß es uns mit einem doppelten Satz versuchen!«

»Klar, warum nicht?« Jeff setzte sich rittlings auf einen Stuhl neben dem Bett. Er nahm die Karten, mischte sie erneut, begann sie auszuteilen.

»Plus eins, plus eins, null, plus eins, null, minus eins, minus zwei, minus zwei, minus drei, minus zwei …«

Jeff lauschte zufrieden der vertrauten Litanei, der fortlaufenden Zählung der Asse und Zehnen, die ausgegeben wurden. Frank hatte begeistert Diagramme und Tabellen aus einem neuen Buch mit dem Titel *Schlagen Sie den Bankhalter* auswendig gelernt, eine Computeruntersuchung der Setzstrategien beim Black Jack. Von seiner eigenen Lektüre her wußte Jeff, wie gut die Kartenzählmethode tatsächlich funktionierte. Mitte der Siebziger Jahre hatten die Casinos damit begonnen, jeden auszusperren, der diese Techniken benutzte. In dieser Epoche jedoch hatten die Geber und Spielmacher alle Arten von Systemspielern willkommen geheißen, sie als leichte Beute betrachtet. Frank sollte nur mal machen, wenigstens eine Zeitlang im Mittelpunkt stehen; und wenn er vom Kitzel seiner eigenen Triumphe an den Black-Jack-Tischen gefangen war, mochte dies seine Aufmerksamkeit etwas von dem spektakuläreren Gewinn ablenken, den Jeff in Belmont zu erzielen hoffte.

»… minus eins, null, plus eins – stopp! Verdeckte Karte ist eine Zehn.«

Jeff zeigte ihm den Kreuzbuben, und sie warfen eine Fünf ab. Frank leerte sein Bier, stellte die Flasche auf den Nachttisch neben einem halben Dutzend anderer leerer Flaschen. »Hey«, sagte er. »An einem dieser Drive-ins, an denen wir auf dem Weg in die Stadt vorbeigekommen sind, lief *Dr. No;* Lust hinzufahren?«

»Mein Gott, Frank, wie oft hast du diesen Film schon gesehen?«

»Drei oder viermal. Er wird mit jedem Mal besser.«

»Es reicht inzwischen; von James Bond hab ich 'ne Überdosis verpaßt bekommen.«

Frank sah ihn merkwürdig an. »Du hast *was?*«

»Vergiß es. Mir ist einfach nicht danach; nimm den Wagen, die Schlüssel liegen auf dem Fernseher.«

»Was ist los, trauerst du um den Papst? Ich wußte nicht mal, daß du katholisch bist.«

Jeff lachte, griff nach seinen Schuhen. »Ach, was soll's, also gut. Wenigstens ist es nicht Roger Moore.«

»Wer, zum Teufel, ist Roger Moore?«

»Eines Tages wird er ein Heiliger sein.«

Frank schüttelte den Kopf und runzelte die Stirn. »Redest du vom sterbenden Papst oder von James Bond, oder was? Weißt du, mein Freund, manchmal hab ich nicht den leisesten Schimmer, *wovon* du überhaupt redest.«

»Ich auch nicht, Frank; ich auch nicht. Komm schon, laß uns ins Kino gehen. Eine kleine Flucht aus der Realität, das ist genau das, was wir brauchen.«

Am nächsten Tag fuhren sie direkt nach Las Vegas durch, sich gegenseitig am Steuer des Avanti ablösend. Jeff war noch nie in Nevada gewesen, und der neonbeleuchtete Strip erschien ihm leerer, weniger grell, als er ihn aus Filmen und Fernsehshows der achtziger Jahre in Erinnerung hatte. Dies war ein Las Vegas vor Howard Hughes, bevor das hereinströmende Hilton- und MGM-Kapital die gewaltigen, ›respektablen‹ Casinohotels aufgebaut hatte. Casinos, die jetzt dieses unwirklich kleine Teilstück der Nevada State Road 604 dominierten, waren niedrige, urwüchsige Überbleibsel der Gangsterära der Nachkriegszeit: Das Dunes, das Tropicana, das Sands. *Rat Pack*-Las Vegas, geradewegs aus alten Gaunerfilmen mit swingenden, fingerschnippenden Soundtracks entsprungen. In der heißen, trockenen Luft lag noch eine provozierende Andeutung von Lasterhaftigkeit.

Sie checkten im Flamingo ein, hinterlegten im Hotelcasino sechzehntausend Dollar in bar. Der zweite Geschäftsführer, nichts als Zähne und Großspurigkeit, gewährte ihnen eine Gratis-Dreizimmersuite und all das Essen und Trinken, das sie für die Dauer ihres Aufenthalts benötigten.

Frank verbrachte den Abend damit, sich die Black-Jack-Tische anzusehen: die Zahl der in Gebrauch befindlichen Tische, die Regeln des Aufteilens und Verdoppelns, die Geschwindigkeit und die Persönlichkeit der verschiedenen Kartengeber. Jeff sah sich eine Weile mit ihm zusammen um, dann begann er sich zu langweilen und ging weg, um im Casino herumzuwandern, die bizarre Atmosphäre des Ortes in sich aufzunehmen. Alles wirkte hier illusionistisch. Die hellfarbenen Chips repräsentierten riesige Geldsummen, die auffällig gekleideten Männer und Frauen ... verzweifelte Fassaden sexueller Herausforderung und eines vorgetäuschten, grenzenlosen und unbekümmerten Reichtums.

Jeff ging früh auf sein Zimmer zurück, schlief beim Ansehen der ›Jack Paar Show‹ ein. Als er am nächsten Morgen aufstand, entdeckte er Frank herumwandern im Wohnzimmer der Suite, vor sich hin murmelnd und wiederholt einen Satz behelfsmäßiger Diagramme konsultierend.

»Kommst du mit mir frühstücken?«

Frank schüttelte den Kopf. »Ich will die hier noch einmal durchsehen und vor Mittag an die Tische gehen. Die Dealer gegen Ende der Morgenschicht erwischen, wenn sie anfangen nachzulassen.«

»Klingt gut. Viel Glück; ich bin wahrscheinlich draußen am Pool. Sag mir Bescheid, wie's läuft.«

Jeff aß allein an einem Tisch für sechs im Hotelrestaurant und las die *Racing Form.* Die Quoten für Chateaugay im Belmont Derby kletterten noch, nahm er zufrieden zur Kenntnis; aber keines der Dutzenden von anderen Rennen sagte ihm etwas. Er verschlang eine doppelte Portion Rühreier mit einer dicken Scheibe Landschinken, dann genehmigte er sich einen großen Stapel Pfannkuchen und ein drittes Glas Milch. In den letzten Jahren hatte er sich angewöhnt, das Frühstück ganz auszulassen, vielleicht ein Stück Dänischen Käse und die erste von vielen Tassen Kaffee auf dem Weg zur Arbeit zu sich zu nehmen; aber sein neuer, junger Körper hatte seine eigenen Gelüste.

Als Jeff ins Zimmer zurückkehrte, um seinen Badeanzug anzuziehen, war Frank zum Casino hinuntergegangen. Er schnappte sich ein überdimensionales Handtuch und ein Exemplar von *V*, machte am hoteleigenen Geschenkeladen halt, um sich eine Flasche Sonnenmilch zu kaufen (ohne aufgedruckten Lichtschutzfaktor, fiel ihm auf) und suchte sich einen Clubsessel neben dem Pool.

Er sah sie sofort: nasses schwarzes Haar, hohe Wangenknochen. Die Brüste groß, aber fest, flacher Bauch, die Beine elegant und wohlgeformt. Sie stemmte sich aus dem Pool, lächelnd und in der Wüstensonne leuchtend, und kam zu Jeff herüber.

»Hi«, sagte sie. »Ist dieser Stuhl noch frei?«

Jeff schüttelte den Kopf, lud sie mit einer Handbewegung ein, sich neben ihn zu setzen. Sie streckte sich auf dem Rükken aus, warf ihr tropfendes Haar zum Trocknen über die Rücklehne der leinenbezogenen Chaiselongue.

»Kann ich Ihnen etwas zu trinken bestellen?« fragte er, bemüht, seinen Blick nicht zu lange oder zu offensichtlich auf ihrem tropfenbesetzten Körper verweilen zu lassen.

»Nein, danke«, sagte sie, lächelte jedoch und sah ihn offen an, der Ablehnung die Schärfe nehmend. »Ich hatte gerade einen Bloody Mary, und die Hitze macht mich ein wenig benommen.«

»Das kommt vor, wenn man nicht daran gewöhnt ist«, stimmte er ihr zu. »Woher kommen Sie?«

»Illinois, aus der Gegend von Chicago. Aber ich bin schon ein paar Monate hier, ich glaube, ich werd eine Weile bleiben. Und Sie?«

»Im Moment gerade aus Atlanta«, teilte er ihr mit, »aber ich bin in Florida aufgewachsen.«

»Oh, da sind Sie ja bestimmt an Sonne gewöhnt, hmm?«
»So ziemlich.« Er zuckte die Achseln.
»Ich war ein paarmal in Miami. Es ist hübsch, aber ich wünschte, man könnte dort spielen.«
»Ich bin in Orlando aufgewachsen.«
»Wo liegt das?« fragte sie.
»Es liegt nahe bei ...« Er hätte beinahe ›Disneyland‹ gesagt, hielt sich aber noch rechtzeitig zurück, dann setzte er an, ›Cape Kennedy‹ zu sagen, obwohl er wußte, daß dies nicht der richtige Name des Ortes war, nicht einmal 1988. »... nahe Cape Canaveral«, schloß er endlich. Sein Zögern schien sie zu verwundern, doch der peinliche Moment ging vorüber.
»Haben Sie jemals eine dieser Raketen aufsteigen sehen?« fragte sie.
»Klar«, sagte er und dachte an die Fahrt, die er und Linda 1969 zum Start von *Apollo II* nach Cape Canaveral unternommen hatten.
»Glauben Sie, daß sie jemals zum Mond gelangen werden, wie sie sagen?«
»Wahrscheinlich.« Er lächelte. »Oh, mein Name ist Jeff, Jeff Winston.«
Sie streckte eine schlanke, unberingte Hand aus, und er ergriff einen Moment lang ihre Finger.
»Ich bin Sharla Baker.« Sie zog ihre Hand zurück, fuhr sich damit durch ihr glattes, nasses Haar und am Hals hinunter. »Was tun Sie in Atlanta?«
»Nun ... ich gehe eigentlich noch aufs College. Ich denke daran, in den Journalismus zu gehen.«
Sie lächelte gutmütig. »Ein College-Junge, hmm? Ihre Eltern müssen eine Menge Geld haben, um Sie aufs College *und* nach Las Vegas zu schicken.«
»Nein«, sagte er amüsiert; sie konnte selbst nicht älter als zweiundzwanzig oder dreiundzwanzig sein, und er hatte den Altersunterschied automatisch aus der entgegengesetzten Perspektive beurteilt. »Ich hab die Fahrt selbst bezahlt. Hab beim Kentucky Derby Kasse gemacht.«
Sie hob beeindruckt ihre zarten Augenbrauen. »Wirklich? Hey, haben Sie hier einen Wagen?«
»Klar, warum?«

Ihre langen, sonnengebräunten Arme verschränkten sich lässig über dem Kopf und ließen ihre Brüste unter dem Nylon des altmodischen, züchtig gestylten Badeanzugs anschwellen. Die Wirkung auf Jeff war so erotisch, als hätte sie eins dieser Modelle im französischen Schnitt der Achtziger oder gar nichts getragen.

»Ich dachte gerade, wir könnten vielleicht für eine Weile aus der Sonne verschwinden«, sagte sie. »Vielleicht eine Fahrt nach Lake Mead machen. Interessiert?«

Sharla lebte in einer schmucken kleinen Maisonette nahe dem Paradise und dem Tropicana. Sie teilte sich die Wohnung mit einem Mädchen namens Becky, das von vier Uhr nachmittags bis Mitternacht am Auskunftsschalter des Flughafens arbeitete. Sharla schien überhaupt nicht viel zu tun, außer des Nachts in den Casinos herumzuhängen und nachmittags an den Swimmingpools der Hotels.

Sie war keine richtige Nutte, nur eins dieser Vegas-Mädchen, die sich eine schöne Zeit machten und die von einem kleinen Geschenk oder ab und zu einer Handvoll Chips nicht beleidigt waren. Jeff verbrachte die nächsten vier Tage größtenteils mit ihr und kaufte ihr mehrere kleinere Geschenke – ein silbernes Fußkettchen, eine Ledertasche, deren Farbe zu ihrem Lieblingskleid paßte – aber niemals sprach sie von Geld. Sie segelten auf dem See, fuhren nach Boulder Dam hinauf, sahen Sinatras Show im Desert Inn.

Hauptsächlich aber vögelten sie. Regelmäßig und ausgiebig, in ihrem Apartment oder in Jeffs Suite im Flamingo. Sharla war die erste Frau, mit der er im Bett gewesen war, seit diese ganze Sache angefangen hatte, und die erste andere als Linda, seit er geheiratet hatte. Sharlas Lust am Sex entsprach der seinen. Sie war ebenso geil, wie Judy schüchtern gewesen war, und Jeff schwelgte in der Glut ihres ungehemmten Erotismus'.

Frank Maddock ließ sich gelegentlich mit den Mädchen ein, bei denen Liebe ausschließlich für Geld zu haben war und die zum Inventar jeder Lounge und jedes Casinos gehörten, doch den Großteil seiner Zeit verbrachte er an den Black-Jack-Tischen. Und gewann. Bis zu dem Tage des Belmont-Rennens hatte er seinen Gewinnanteil um weitere neuntausend Dollar erhöht, von denen er Jeff generös ein Drittel dafür anbot, daß in erster Linie er dieses Unternehmen finanziert hatte. Zusammen hatten sie jetzt fast fünfundzwanzigtausend Dollar im Hotel hinterlegt; und Frank willigte unter einigen Bedenken in Jeffs Vorschlag ein, alles bei einem einzigen Rennen zu setzen.

Als an jenem Samstag die Startzeit näherrückte, befand sich Jeff mit Sharla am Swimmingpool des Flamingo.

»Willst du es dir nicht mal im Fernsehen anschauen?« fragte sie, als er keine Anstalten machte, sich von seiner Schilfmatte zu erheben.

»Muß ich nicht. Ich weiß, wie's ausgeht.«

»Ach, du!« Sie lachte, versetzte ihm einen Klaps auf den Hintern. »Reicher Collegejunge, du glaubst, du wüßtest alles.«

»Ich werde nicht reich sein, wenn ich mich irre.«

»Der Tag wird kommen«, sagte sie und griff nach der Coppertone-Flasche.

»Was? Daß ich mich irre, oder daß ich arm bin?«

»Ach Dummerchen du, ich weiß nicht. Hier, schmier mir die Rückseite der Beine ein.«

Jeff war in der Sonne fast eingenickt, als Frank mit einem schockierten Ausdruck im Gesicht aus dem Hotel kam. Jeff sprang auf die Füße, als er das Gesicht seines Freundes sah; Herrgott, vielleicht hätten sie nicht alles setzen sollen.

»Was ist los, Frank?« fragte er gespannt.

»Das ganze Geld«, krächzte Frank. »Das ganze Scheißgeld.«

Jeff packte ihn an der Schulter. »Was ist passiert? Sag mir endlich, was passiert ist!«

Frank fletschte die Zähne in einem halbverrückten Lächeln. »Wir haben gewonnen«, flüsterte er.

»Wieviel?«

»Hundertundsiebenunddreißigtausend Dollar.«

Jeff entspannte sich, löste seinen Griff um Franks Arm.

»Wie machst du das?« fragte Maddock, Jeff hart in die Augen blickend. »Wie, zum Teufel, machst du das? Dreimal hintereinander hast du sie jetzt richtig vorausgesagt.«

»Reine Glückssache.«

»Glück, Scheißdreck. Du hast alles getan, außer den Familienschmuck zu verpfänden, um beim Derby auf Chateaugay zu setzen. Du weißt etwas, das du verschweigst, oder?«

Sharla biß sich auf die Unterlippe und blickte nachdenklich zu Jeff auf. »Du hast gesagt, du wüßtest, wie's ausgehen würde.«

Jeff gefiel die Wendung nicht, die das Gespräch nahm. »Hey«, sagte er mit einem Lachen, »beim nächsten Mal verlieren wir bestimmt wieder alles.«

Frank grinste wieder, seine Neugier war offenbar verschwunden. »Mit dieser Erfolgsliste werde ich dir überallhin folgen. Wann wagen wir's noch einmal? Hast du irgendwelche guten Vorahnungen?«

»Klar«, sagte Jeff. »Ich habe eine Vorahnung, daß sich Sharlas Zimmergenossin heute krank melden wird und wir alle vier eine Riesenfeier veranstalten werden. Das ist alles, worauf ich im Moment wetten würde.«

Frank lachte und ging zur Pool-Bar, um eine Flasche Champagner zu holen, während Sharla weglief, um ihre Freundin anzurufen. Jeff sank wieder auf die Matte zurück, verärgert darüber, daß er soviel gesagt hatte, und mit der Frage beschäftigt, wie er Frank beibringen sollte, daß es mit ihrer Wettgemeinschaft aus war, zumindest für diese Saison.

Er würde jedenfalls bestimmt nicht zugeben, daß er in diesem Jahr deshalb keine Wetten auf Rennen mehr abschließen würde, weil er sich nicht erinnern konnte, wer sie gewonnen hatte.

Jeff verteilte eine dünne Schicht Marmelade über das warme Croissant, biß eine flockige Ecke davon ab. Vom Balkon über der Avenue Foch aus konnte er den Arc de Triomphe und die grünen Rasenflächen des Bois de Boulogne sehen, beide einen kurzen Spaziergang von der Wohnung entfernt.

Sharla lächelte ihn von der anderen Seite des leinengedeckten Frühstückstisches aus an. Sie nahm eine große rote Erdbeere von ihrem Teller, stippte sie erst in die Sahneschale und dann in den Puderzucker und begann langsam an der reifen Beere zu saugen, den Blick unverwandt in Jeffs Augen gesenkt, während ihren Lippen die Frucht umschlossen.

Er legte seinen Hügel von einer *International Herald Tribune* beiseite und sah ihrer improvisierten Vorstellung mit der Erdbeere zu. Die Nachrichten jedenfalls waren deprimierend vertraut; Kennedy hatte seine *›Ich bin ein Berliner‹*-Rede in der geteilten Stadt östlich von hier gehalten, und in Vietnam hatten buddhistische Mönche damit begonnen, sich aus Protest gegen das Diem-Regime an Straßenecken zu verbrennen.

Sharla tunkte die Erdbeere wieder in die dicke Sahne, hielt sie sich über den geöffneten Mund, während sie die weißen Tropfen mit der Zungenspitze ableckte. Ihr seidener Bademantel war durchscheinend im Morgenlicht, und Jeff sah, wie sich ihre Brustwarzen gegen den dünnen Stoff versteiften.

Er hatte das Apartment mit den zwei Schlafzimmern im Pariser Stadtviertel Neuilly für den ganzen Sommer gemietet, und sie hatten die Stadt nur für einen gelegentlichen Tagesausflug nach Versailles oder Fontainebleau verlassen. Es war Sharlas erste Europareise, und Jeff wollte Paris auf eine andere Weise erkunden als bei der oberflächlichen Pauschalreise, die er mit Linda unternommen hatte. Er hatte sicherlich erreicht, was er wollte: Sharlas üppige Sinnlichkeit verband sich perfekt mit der romantischen Aura der Stadt. An schönen Tagen schlenderten sie durch die Nebenstraßen und Boulevards, kehrten in dem Bistro oder Café ein, das gerade ihre Aufmerksamkeit erweckte; und wenn es regnete, was diesen Sommer oft der Fall war, dann machten sie es sich lange, träge Tage voller Glut und Fleischeslust in dem komfortablen Apartment bequem, mit der nicht der Jahreszeit entsprechenden dunstigen Kälte von Paris draußen vor den Fenstern als perfekter Hintergrund ihrer Leidenschaft. Jeff barg seine Ängste in Sharlas glänzendem schwarzem Haar, versteckte seine unverminderte Verwirrung in den Mulden ihres süß duftenden, geschmeidigen Körpers.

Sie sah ihn über den Tisch hinweg mit einem schelmischen Leuchten in den Augen an und verschlang die pralle Erdbeere mit einem sinnlichen Bissen. Ein dünnes Rinnsal des hellroten Safts färbte ihre Unterlippe, und sie wischte es langsam mit einem schmalen, langnagligen Finger ab.

»Ich möchte heute abend tanzen gehen«, gab sie bekannt. »Ich möchte dieses neue schwarze Kleid anziehen, mit nichts darunter, und mit dir tanzen gehen.«

Jeff ließ seinen Blick an ihrem Körper hinunterwandern,

dessen Konturen sich unter dem weißen Seidenstoff abzeichneten. »Mit nichts darunter?«

»Ich könnte ein Paar Strümpfe tragen«, sagte sie mit leiser Stimme. »Und dann tanzen wir, wie du es mir beigebracht hast.«

Jeff lächelte, fuhr mit den Fingerspitzen leicht über ihren nackten Schenkel, wo ihr Morgenmantel sich geöffnet hatte. An einem Abend vor drei Wochen hatten sie in einer der neuen *discothéques* getanzt, die hier kürzlich entstanden waren, und Jeff hatte spontan damit begonnen, Sharla in die wellenförmigen, freien Tanzbewegungen einzuführen, die sich im Verlauf der nächsten zehn Jahre entwickeln würden. Sie hatte den Stil auf der Stelle übernommen und mehrere eigene erotische Schnörkel hinzugefügt. Die anderen Paare, die alle entweder Twist oder Watusi tanzten, waren eines nach dem anderen zurückgetreten, um zuzusehen, wie Jeff und Sharla sich bewegten. Dann, zaghaft zunächst, doch mit wachsender Begeisterung, hatten sie auf ähnlich unstrukturierte, freimütig sexuelle Weise zu tanzen begonnen.

Inzwischen besuchten er und Sharla das New Jimmy's oder Le Slow Club beinahe jeden Abend, und er hatte begonnen, ihre Kleider daraufhin auszuwählen, wie verführerisch sie sich darin über den Tanzboden bewegen würde. Der Gedanke amüsierte ihn, daß er mit einem Abend zusammen mit Sharla ungewollt die Geschichte der populären Tänze verändert und die sexuelle Revolution im Verhalten der Frauen beschleunigt haben könnte, welche die mittleren und späten Sechziger Jahre prägen würde.

Sie nahm seine Hand, legte sie sich unter dem Kleid zwischen die Schenkel. Sein Croissant und der *café au lait* wurde auf dem Frühstückstisch kalt, vergessen wie auch die Mysterien der Zeit, die ihn im Frühling so beschäftigt hatten.

»Wenn wir nach Hause kommen«, flüsterte sie, »lasse ich die Strümpfe an.«

»Und«, fragte Frank, »wie war's in Paris?«

»Wirklich sehr schön«, antwortete ihm Jeff, in einem der geräumigen Sessel im Eichensaal des Plaza Platz nehmend. »Genau das, was ich brauchte. Wie gefällt dir Columbia?«

Sein ehemaliger Partner zuckte die Achseln, machte dem Ober ein Zeichen. »Sieht so aus, als wär's soviel Paukerei, wie ich befürchtet habe. Du trinkst immer noch Jack Daniels?«

»Wenn ich ihn kriegen kann. Die Franzosen haben noch nie was von saurer Maische gehört.«

Frank bestellte den Bourbon und noch einen Glenlivet für sich selbst. Leise Violinenklänge wehten durch die offene Tür der Bar vom Palmenhof neben der Lobby des eleganten New Yorker Hotels herein. Vor diesem heiteren Hintergrund hörte man gelegentliches leises Gläserkirren und das gedämpfte Summen der Gespräche ringsum, deren Worte die dicken Vorhänge und das vornehme Leder des Raumes verschluckten.

»Nicht unbedingt die Art Laden, in dem ich in meinem ersten Jahr Jurastudium herumzuhängen erwartet hätte.« Frank strahlte.

»Von Moe's und Joe's ist es ein Schritt nach oben«, stimmte Jeff zu.

»Ist Sharla hier bei dir?«

»Sie sieht sich heute abend *Beyond the Fringe* an. Ich habe ihr gesagt, dies wäre eine geschäftliche Unterredung.«

»Ihr kommt beide gut miteinander aus, nehme ich an?«

»Sie ist leicht zu nehmen. Spaß.«

Frank nickte, rührte den neuen Drink um, den der Ober vor ihn hingestellt hatte. »Ich nehme an, du hast das kleine Mädchen aus Emory, von dem du mir erzählt hast, dann nicht mehr gesehen.«

»Judy? Nein, das war zu Ende, bevor wir beide nach Las Vegas fuhren. Sie ist ein nettes Mädchen, lieb, aber ... naiv. Sehr jung.«

»Gleich alt mit dir, nicht wahr?«

Jeff blickte ihn scharf an. »Du spielst wieder großer Bruder, Frank? Versuchst mir zu sagen, daß ich mich mit Sharla vergriffen habe oder was?«

»Nein, nein, es ist bloß ... Du überraschst mich immer wieder, das ist alles. Als ich dich kennenlernte, dachte ich, du wärst so ein grüner Junge, der noch eine Menge über Pferderennen lernen müßte, unter anderem; aber du hast mir selbst ein oder zwei Dinge gezeigt. Ich meine, mein Gott, all dieses

Geld zu gewinnen und in diesem Avanti rumzugondeln und mit einer Frau wie Sharla nach Europa zu fliegen ... Manchmal kommst du mir viel älter vor, als du wirklich bist.«

»Ich glaube, jetzt ist wirklich der Moment gekommen, das Thema zu wechseln«, sagte Jeff kurzangebunden.

»Hey, hör mal, ich wollte niemanden beleidigen. Sharla ist wirklich in Ordnung; ich beneide dich. Ich habe bloß das Gefühl, du wärst ... ich weiß nicht, schneller erwachsen geworden als jeder, den ich sonst kenne. Ohne jede Wertung. Ich schätze, du kannst das als Kompliment auffassen. Es ist bloß irgendwie komisch, das ist alles.«

Jeff zwang die Spannung aus seinen Schultern heraus, lehnte sich mit seinem Drink zurück. »Ich glaube, ich habe einen großen Hunger nach dem Leben«, sagt er. »Ich möchte eine Menge Dinge tun, und ich möchte sie bald tun.«

»Nun, du hast einen Riesenvorsprung gegenüber den Randfiguren der Welt. Viel Erfolg! Ich hoffe nur, es klappt weiterhin so gut wie bisher.«

»Danke. Darauf werde ich einen trinken.« Sie erhoben ihre Gläser, stillschweigend übereingekommen, den Moment der Spannung zwischen ihnen zu ignorieren.

»Du erwähntest, du hättest Sharla gesagt, dies wäre eine geschäftliche Besprechung«, sagte Frank.

»Das stimmt.«

Frank nippte an seinem Scotch. »Und, ist es das?«

»Hängt davon ab.« Jeff zuckte die Achseln.

»Wovon?«

»Ob du an dem, was ich vorzuschlagen habe, interessiert bist.«

»Nach dem, was du diesen Sommer zuwege gebracht hast? Du glaubst, ich würde nicht jeder verrückten Idee zuhören, die du vorschlagen könntest?«

»Diese hier wird noch verrückter klingen, als du dir vorstellst.«

»Versuch's.«

»Die Baseball-Meisterschaft. In zwei Wochen.«

Frank hob eine Augenbraue. »Wie ich dich kenne, willst du bestimmt auf die Dodgers setzen.«

Jeff machte eine Pause. »Das stimmt.«

»Hey, jetzt aber mal im Ernst, ich meine, das mit dem Derby und mit Belmont hast du prima gemacht, aber komm schon! Mit Mantle und Maris im Rückstand und den ersten beiden Spielen hier in New York? Unmöglich, Mann. Vollkommen unmöglich.«

Jeff beugte sich vor, sprach leise, aber eindringlich. »Genauso wird es kommen. Ein Zu-Null-Sieg, mit den Dodgers viermal hintereinander vorn.«

Frank sah ihn stirnrunzelnd an. »Du bist *wirklich* verrückt.«

»Nein. Es wird so kommen. Eins-zwei-drei-vier. Wir könnten ein Leben lang gemachte Leute sein.«

»Du meinst, wir könnten wieder bei Moe's und Joe's sitzen und uns betrinken.«

Jeff stürzte den Rest des Drinks hinunter, lehnte sich zurück und schüttelte den Kopf. Frank fuhr fort, ihn anzustarren, als suchte er nach dem Ursprung von Jeffs Wahnsinn.

»Vielleicht eine kleine Wette«, räumte Frank ein. »Sagen wir, ein paar Tausend, fünf vielleicht, wenn du wirklich in diese Idee vernarrt bist.«

»Alles«, konstatierte Jeff.

Frank zündete sich eine Tareyton an, ohne seine Augen dabei von Jeffs Gesicht abzuwenden. »Was ist mit dir eigentlich los? Hast du's darauf abgesehen, zu verlieren? Man soll sein Glück nicht versuchen, weißt du.«

»Ich irre mich nicht, Frank. Ich setze alles, was ich übrig habe, und ich biete dir das gleiche Geschäft an wie beim letzten Mal: Mein Geld, du plazierst die Wetten, geteilt wird siebzig zu dreißig. Du riskierst nichts, wenn du nicht willst.«

»Weißt du, welche Quoten du bekommen würdest?«

»Nicht genau. Du?«

»Nicht aus dem Kopf, aber – es wären Wahnsinnsquoten, weil nur ein Wahnsinniger eine solche Wette abschließen würde.«

»Warum rufst du nicht mal an, findest heraus, wie wir stehen würden?«

»Könnte ich machen, aus reiner Neugier.«

»Mach schon! Ich warte hier, bestelle uns einen neuen Drink. Denk dran, nicht bloß ein Sieg; ein Durchmarsch der Dodgers.«

Frank blieb dem Tisch weniger als zehn Minuten fern.

»Mein Buchmacher hat mich ausgelacht«, sagte er, als er sich setzte und nach dem frischen Scotch griff. »Er hat mich am Telefon tatsächlich ausgelacht.«

»Wie stehen die Quoten?« fragte Jeff ruhig.

Frank stürzte die Hälfte seines Whiskys hinunter. »Hundert zu eins.«

»Willst du die Wetten für mich abschließen?«

»Du wirst es wirklich tun, nicht wahr? Du machst nicht bloß Spaß.«

»Ich mein's todernst«, sagte Jeff.

»Wie kannst du dir bei diesen Sachen bloß so gottverdammt sicher sein? Was weißt du, was niemand sonst auf der Welt weiß?«

Jeff blinzelte, ließ seine Stimme unverändert klingen. »Ich kann dir das nicht sagen. Alles was ich sagen kann, ist, daß dies weit mehr als eine Ahnung ist. Es ist eine Gewißheit.«

»Das klingt verdächtig nach ...«

»Ich schwöre, es ist nichts Illegales mit im Spiel. Du weißt, daß man heutzutage keine Serie festlegen könnte, und wenn man es könnte, wie, zum Teufel, sollte ich davon wissen?«

»Du redest, als wüßtest du eine Menge.«

»Ich weiß soviel: Wir können diese Wette nicht verlieren. Es ist absolut unmöglich, daß wir sie verlieren.«

Frank sah ihn intensiv an, stürzte seinen restlichen Scotch hinunter und bestellte einen neuen. »Nun gut«, murmelte er. »Bevor ich dich letzten April kennenlernte, dachte ich, ich würde dieses Jahr von einem Stipendium leben.«

»Das heißt?«

»Das heißt, ich schätze, ich mache bei deinem Wahnsinnsplan mit. Frag mich nicht, warum, und wahrscheinlich werde ich mir nach dem ersten Spiel eine Kugel durch den Kopf jagen. Aber da ist noch was.«

»Sag.«

»Schluß mit diesem Siebzig-zu-dreißig-Quatsch und daß du das ganze Geld vorlegst. Wir versuchen beide unser Glück, schmeißen zusammen, was wir von Vegas übrig haben – einschließlich dem, was ich an den Tischen eingesackt habe – und mit dem Gewinn machen wir halbe-halbe. Top?«

»Top, Partner.«

Es war der Oktober von Koufax und Drysdale.

Jeff nahm Sharla zu den ersten beiden Spielen ins Yankee Stadion mit, aber Frank konnte sich nicht einmal dazu aufraffen, sie sich im Fernsehen anzusehen.

Die Dodgers gewannen das Eröffnungsspiel 5:2, mit Koufax als Werfer. Am nächsten Tag stand Johnny Podres auf dem Abwurfmal, und mit Unterstützung von Starläufer Ron Perranoski ließ er den Yankees nicht mehr als einen Lauf, während die Dodgers vier von zehn Schlägen nach Hause brachten.

Das dritte Spiel, in LA, war typisch für Drysdale: ein 1:0 Sieg, bei dem ›Big Don‹ dafür sorgte, daß kaum einer der Yankees auch nur das dritte Base erreichte. In sechs der neun Innings gewann Drysdale nur gegen die Mindestzahl von drei Schlägern.

Spiel Nummer Vier war eng; sogar Jeff, der es sich im Pierre in New York in Farbe ansah, begann zu schwitzen. Whitey Ford, der für die Yankees warf, war wieder gegen Koufax aufgestellt, und beide wollten sie Blut sehen. Mickey Mantle und Frank Howard aus LA legten beide einen Homerun hin und brachten das Spiel gegen Ende des siebten Innings zu seinem 1:1 Gleichstand. Dann machte Joe Pepitone bei einem Wurf des dritten Yankee-Malhüters Clete Boyer einen Fehler, und Jim Gilliam von den Dodgers stürmte zum dritten Base. Als nächster war Willie Davis dran, und Gilliam schaffte den entscheidenden Lauf nach Davis' Flugball ins tiefe Center.

Die Dodgers hatten die Yankees bei der Meisterschaft besiegt, das war dem New Yorker Club zum ersten Mal passiert, seit die Giants es 1922 geschafft hatten. Es war eine der großen Überraschungen der Baseballgeschichte, ein Ereignis, das Jeff ebensowenig hätte vergessen können wie seinen eigenen Namen.

Auf Jeffs Drängen hin hatte Frank ihre 122 000 Dollar-Wette auf dreiundzwanzig Buchmacher in sechs Städten und elf verschiedene Casinos in Las Vegas, Reno und San Juan aufgeteilt.

Ihr Gesamtgewinn belief sich auf mehr als zwölf Millionen Dollar.

5

Mit dem Wetten war es vorbei; sie beide wußten das. Er und Frank waren im Gespräch, und kein Buchmacher und kein Casino im ganzen Land hätte eine größere Wette von einem von ihnen akzeptiert.

Natürlich gab es andere Arten von Wetten, unter vornehmeren Bezeichnungen.

»... die Buchführung in diesem Büro hier untergebracht und die Rechtsabteilung dort auf der anderen Seite der Halle. Jetzt hier entlang ...«

Frank fand offenbar großes Vergnügen daran, Jeff in der immer noch lediglich halb eingerichteten Bürosuite im fünfzigsten Stock des Seagram Buildings herumzuführen. Er hatte die Örtlichkeit mit Jeffs Billigung ausgewählt und sich um alle notwendigen organisatorischen Einzelheiten gekümmert, angefangen von der eigentlichen Gründung der ›Future Incorporation‹ bis zur Einstellung der Sekretärinnen und Buchhalter.

Frank hatte das Jurastudium aufgegeben, und sie waren stillschweigend übereingekommen, daß er die Tagesgeschäfte der Gesellschaft beaufsichtigen würde, während Jeff die weitreichenderen Entscheidungen hinsichtlich der Investitionen und der Gesamtentwicklung der Firma traf. Frank hatte die Gültigkeit von Jeffs Empfehlungen nicht mehr in Frage gestellt, doch seit dem Meisterschaftscoup gab es zwischen beiden Partnern eine merkwürdige Entfremdung. Sie verkehrten wenig miteinander, doch Jeff wußte, daß Frank mehr trank als je zuvor. Seine frühere Neugier war einer sichtlich wachsenden Furcht davor gewichen, wieviel Jeff wußte und woher er es wußte. Über diese Angelegenheiten hatten sie nie wieder gesprochen.

»... durch diesen Empfangsraum hier – warte mal ab, bist du die Attraktion zu sehen bekommst, die in ein paar Wochen an *diesem* Schreibtisch sitzen wird – und da ... wären ... wir!«

Das Büro war geräumig und dennoch irgendwie gemütlich, eindrucksvoll, ohne einschüchternd zu wirken. Hinter dem großen ovalen Schreibtisch gegenüber einer gutbestückten Bar und einer praktischen Fernseh- und Stereotruhe wartete ein schwarzer Barcelona-Sessel auf seinen Besitzer. An zwei Wänden hatte man durch vom Boden bis zur Decke reichende Fenster auf der einen Seite Aussicht auf den Hudson River und auf die Türme des Zentrums von Manhattan auf der anderen. Mehrere üppige Pflanzen in den Zimmerecken vermittelten luxuriöse Atmosphäre, und die gerahmten Pollocks legten Zeugnis ab vom Wert der menschlichen Kreativität. Amüsanterweise und vollkommen passend war ein Teil der Wand einer Vergrößerung eines blumengeschmückten Pferdes gewidmet: Chateaugay im Siegerkreis nach dem Kentucky Derby.

»Alles deins, mein Freund«, sagte Frank lächelnd.

Jeff war gerührt davon, was sein Freund getan hatte. »Frank, das ist phantastisch!«

»'türlich können wir alles, was dir nicht gefällt, gleich ändern. Der Innenarchitekt hat volles Verständnis dafür, daß alles provisorisch ist – du mußt es gutheißen. Schließlich bist du es, der hier drinnen arbeiten soll.«

»Alles ist toll, gerade so wie es ist. Ich bin verblüfft. Und du kannst mir nicht erzählen, daß irgendein Innenarchitekt auf die Idee mit diesem Foto von Chateaugay gekommen ist.«

»Nein«, räumte Frank ein, »das war mein Vorschlag. Hab mir gedacht, es würde dich vielleicht auf Trab bringen.«

»Es wird mich inspirieren.«

»Genau darauf zähle ich.« Frank lachte. »Mein Gott, wenn ich daran denke, wie schnell das alles passiert ist, wie ... Na, du weißt schon, was ich meine.« Der Moment jungenhafter Ausgelassenheit war vorüber, so rasch wie er begonnen hatte. Diese ganze Erfahrung ließ Frank altern: die unausgesprochenen und unbeantwortbaren Fragen, der schockierend plötzliche und unerklärliche Erfolg ... Das alles war mehr, als er ohne weiteres verkraften konnte.

»Wie auch immer«, sagte Frank, indem er den Blick abwandte und in Richtung des menschenleeren Empfangsraums sah, »ich habe noch eine ganze Reihe von Dingen, um die ich mich heute kümmern muß. Hab einen ganzen Haufen der neuen Bürorechner von Monroe bestellt; sie hätten vor zwei Tagen hier sein sollen. Wenn du es dir also eine Weile hier gemütlich machen willst, dich an den Raum gewöhnen …«

»Ist schon gut, Frank; zieh nur los. Ich setz mich wirklich gern hier hin und denk eine Weile nach. Und nochmals danke. Du leistest hervorragende Arbeit – Partner.«

Sie schüttelten sich die Hand, klopften sich gegenseitig mit befangener Kameradschaftlichkeit auf die Schultern. Frank verschwand in Richtung der fast leeren Büros, und Jeff ließ sich vorsichtig in der sich entfaltenden Behaglichkeit des Barcelona-Sessels hinter dem Schreibtisch nieder.

Es war alles so einfach gewesen, leichter noch, als er es sich vorgestellt hatte. Die Rennen, die Spiel-für-Spiel-Wiederholung der Baseballmeisterschaft … und mit der aus diesen todsicheren Wetten angesammelten riesigen Menge Kapitals gab es keine Grenze mehr für das, was er jetzt tun konnte, mit gleicher oder größerer Ruhe.

Er hatte bereits damit begonnen, die Aktienkurse zu studieren, zu repetieren, was er von der zukünftigen Welt wußte und dieses Wissen zu einer Extrapolation der gegenwärtigen Marktsituation zu benutzen. Er konnte sich nicht an jedes Nachlassen und Anziehen der Wirtschaft während all dieser Jahre erinnern, doch er war überzeugt davon, daß er über einen ausreichenden allgemeinen Überblick verfügte, um die kleineren Rezessionen und Rückschläge außer acht lassen zu können.

Einige Investitionen lagen auf der Hand: IBM, Xerox, Polaroid. Andere erforderten ein wenig mehr Nachdenken, um in seinem Kopf die sozialen Veränderungen, die bereits im Entstehen begriffen waren oder bald eintreten würden, mit den Firmen zu verknüpfen, die von diesen Veränderungen profitieren würden. Der Rest der Dekade, wußte Jeff, würde eine Zeit allgemeinen Wohlstands sein, in der die Amerikaner ausgedehnte Geschäfts- und Vergnügungsreisen unternahmen; die Future Inc. mußte stark in Hotels und Fluggesellschaften investieren. Desgleichen mußte Boeing vor seinem langen Aufschwung stehen, auch wenn das weltberühmte SST-Programm bald eingestellt werden würde; die

727 und 747, beide noch nicht angekündigt, würden die wichtigsten kommerziellen Flugzeuge der nächsten fünfundzwanzig Jahre werden. Andere Raumfahrtfirmen würden ihre Erfolge und Mißerfolge haben, und Jeff hatte das sichere Gefühl, daß behutsames Nachforschen seiner Erinnerung daran, welche von ihnen mit den lukrativsten Aufträgen des Apollo-Programms bedacht worden waren und schließlich die Spaceshuttle-Flotte bauen würden, auf die Sprünge helfen würde.

Er blickte zum Hudson hinunter, wo dichter Verkehr herrschte. Die japanische Autoinvasion würde noch einige Zeit auf sich warten lassen, wie er an jenem ersten Tag bemerkt hatte, und Amerikas Liebe zu großen Wagen befand sich auf ihrem Höhepunkt; es könnte nicht schaden, eine Million oder so in Chrysler, GM und Ford zu stecken. RCA wäre wahrscheinlich ebenfalls eine gute kurzfristige Wahl, da das Farbfernsehen im Begriff war, allgemeiner Standard zu werden, und es würden viele Jahre vergehen, bis Sony auf vernichtende Weise in diesen Markt einbrechen würde.

Jeff schloß die Augen, schwindelig von all diesen Möglichkeiten. Die monatlichen Finanzkrisen, unter denen er einmal gelitten hatte, die lebenslange Frustration in Stellungen mit zuviel Verantwortung und zu wenig Bezahlung waren jetzt nicht nur Sorgen der Vergangenheit, sondern gehörten einer Zukunft an, die nie eintreffen würde. Wen scherte es, wie es dazu gekommen war? Er war jung, er war reich, und er würde bald noch unendlich reicher sein. Er hatte nicht den Wunsch, etwas daran zu ändern oder auch nur in Frage zu stellen, geschweige denn in jene andere Realität zurückzukehren, in der er gelebt oder die er sich ausgedacht hatte. Jetzt konnte er alles haben, was er sich je gewünscht hatte, dazu die Zeit und Energie, es alles zu genießen.

»... entweder der republikanische Kandidat Goldwater oder Rockefeller. Es ist unwahrscheinlich, daß der Baker-Skandal größere Auswirkungen auf die Chancen der Wiederwahl des Präsidenten haben wird, obwohl eine ›Kippt Johnson‹-Bewegung im inneren Zirkel des Weißen Hauses im Bereich des Möglichen liegt, wenn die Untersuchung weiter eskaliert. Für den Kennedy-Stab wird es von unmittelbarerer Bedeutung sein, ob ...«

»Können wir uns nicht etwas anderes anschauen?« schmollte Sharla. »Ich weiß überhaupt nicht, warum du dir so viel aus diesem politischen Kram machst. Es ist noch ein ganzes Jahr bis zur nächsten Wahl.«

Jeff schenkte ihr ein angedeutetes beschwichtigendes Lächeln, antwortete jedoch nicht.

»... Steuersenkung und Bürgerrechte. Wenn sie nicht vor Ende der Kongressberatungen am zwanzigsten Dezember durchgebracht werden, werden die Vorlagen während der Sitzungsperiode im Frühling im Repräsentantenhaus und Senat Gegenstand einer noch härteren Auseinandersetzung sein, und Kennedy wäre gezwungen, die Wahlkampagne im Schatten andauernder Auseinandersetzungen im Kongress zu beginnen, anstatt mit der erhofften Aura eines zweifachen Siegs.«

Sharla erhob sich in schweigender Verärgerung vom Sofa, ging auf die Treppe zu, die zu den oberen Stockwerken des Reihenhauses in der Dreiundsiebzigsten Straße Ost hinaufführten. »Ich warte im Bett auf dich«, rief sie über die Schulter zurück, in dem pfirsichfarbenen hauchdünnen Nachthemd wie nackt. »Das heißt, wenn dir noch was daran liegt.«

»... trotz andauernder Kritik am Schweinebucht-Disaster, trotz schwerer Probleme mit so verschiedenartigen Dingen wie der AFL-CIO[1] und der Stahlindustrie, bleiben das Image und die Person für die Mehrheit der Öffentlichkeit untrennbar. Seine sturmerprobte Jugendlichkeit, seine bezaubernde Frau und seine anhänglichen Kinder, die Tragödien und Triumphe seiner Familie haben überlebt, sein müheloser Charme und sein steter Sinn für Humor, das alles ...«

Jeff spulte das Band des Videorecorder-Prototyps von Sony zurück, der ihn über elftausend Dollar gekostet hatte und zum Scheitern verurteilt war, ein Produkt, das seiner Zeit um zehn Jahre voraus war. Die Schwarzweißbilder der Dokumentationen über John F. Kennedy erhellten den Bildschirm ein weiteres Mal, so vertraut und trotzdem immer noch herz-

---

1 American Federation of Labor and Congress of Industrial Organizations; größter amerikanischer Gewerkschaftsverband – Anm. d. Übers.

zerreißend: grinsend in seinem berühmten Schaukelstuhl, John-John und Caroline auf einer Flughafenlandebahn auf den Arm nehmend; mit seinen Brüdern am Strand von Hyannisport herumtollend. So viele Male hatte Jeff diese kurzen öffentlichen Ausschnitte aus dem Leben des Mannes gesehen; und immer, ein Vierteljahrhundert lang, war ihnen die offene Limousine in Dallas gefolgt, das wahnsinnige Entsetzen, das Blut auf Jackies Kleidern und den Rosen in ihrem Arm. Doch solche Bilder existierten jetzt noch nicht. Heute, in dieser Nachrichtensendung, vor noch nicht ganz zwei Stunden aufgezeichnet, würde es kein Bild von Lyndon B. Johnson geben, der die Macht übernahm, keinen Trauerzug durch Washington, keine Ewige Flamme bei der Abblende. Der Mann, von dem sie sprachen, war am Leben, war voller Kraft, voller Pläne für seine eigene Zukunft und die der Nation.

»... Charme und sein steter Sinn für Humor, das alles verlieh dem Gedanken einer *New Frontier,* eines neuen Anfangs zumindest oberflächlich Gewicht ... die Herabkunft, wie manche es ausdrücken würden, eines modernen Camelot. Das kürzlich zusammengestellte Team zur Wiederwahl Kennedys wird eher mit diesem unglaublich positiven Image arbeiten müssen als mit einer soliden Auflistung der Erfolge der ersten Amtszeit. Sorensen, O'Donnell, Salinger, O'Brien und Bobby Kennedy sind sich der Stärken und Schwächen des Kandidaten sowie der Macht von Augenblicksmythen wohl bewußt. Man kann sicher sein, daß sie wissen, worauf sie während der bevorstehenden Kampagne ihr Augenmerk zu richten haben.«

Als nächstes brachten die Nachrichten eine Einstellung, in der Charles de Gaulle mit viel Pomp und Zeremoniell den Schah von Persien besuchte, und Jeff schaltete das Gerät ab. Kennedy am Leben, dachte er, wie schon so oft während der vergangenen paar Wochen. Kennedy, der das Land führte, der Himmel wußte wohin – zu wachsendem Wohlstand, einem Miteinander der Rassen, einem frühen Abzug aus Vietnam?

John F. Kennedy am Leben – noch drei Wochen.

Es sei denn, es sei denn ... – was? Der Gedanke war unwiderstehlich, so ausgefallen und so abgedroschen er auch sein mochte. Aber das hier war kein Fernsehfilm, keine Science-

Fiction-Geschichte; Jeff war hier, in dieser noch unzerstörten Welt von 1963, mit der größten Tragödie dieser Ära vor seinen nur allzu wissenden Augen. War es möglich für ihn zu intervenieren, und wäre es angebracht? Er hatte bereits damit begonnen, größere Veränderungen in den ökonomischen Realitäten der Zeit vorzunehmen, schon durch die Gründung der Future Inc., und das Raum-Zeit-Kontinuum hatte bislang noch keine Anzeichen von Überbeanspruchung gezeigt.

Bestimmt, dachte Jeff, gab es etwas anderes, das er gegen die drohende Ermordung unternehmen konnte, als sich dem Killer in jenem Zimmer im sechsten Stock des Schulbuchdepots von Texas am 22. November selbst entgegenzustellen. Ein Anruf beim FBI, ein Brief an den Secret Service? Aber dort würde natürlich niemand seine Warnungen ernstnehmen, und selbst wenn es jemanden gab, würde er wahrscheinlich unter dem Verdacht der Verschwörung festgenommen werden.

Er schenkte sich an der nassen Bar am Verandaeingang einen Drink ein und bedachte das Problem. Jeder, mit dem er darüber sprach, würde ihn als Verrückten abtun; das hieß, solange, bis die Wagenkolonne des Präsidenten am Dealey Plaza vorbeigekommen war und den Tatort erreicht und so tragischerweise wieder verlassen hatte. Dann würde der Teufel los ein, und es wäre zu spät, noch etwas zum Besseren zu richten.

Was sollte er also tun, einfach dasitzen und zusehen, wie der Mord passierte? Zulassen, daß sich die Geschichte brutal wiederholte, weil er Angst hatte, als verrückt abgestempelt zu werden?

Jeff blickte sich in dem geschmackvoll eingerichteten Reihenhaus um, das jedem Haus, das zu bewohnen er oder Linda sich jemals erhofft hatten, überlegen war. Er hatte nur sechs Monate gebraucht, um all das zu erwerben, und das fast ohne jede Anstrengung. Jetzt konnte er ein Leben lang fortfahren, seinen Komfort und seinen Reichtum dank seines Wissens grenzenlos zu erweitern; doch diese Errungenschaften würden ihm für immer im Magen liegen, wenn er darin versagte, aufgrund dessen zu handeln, war er *sonst* noch wußte.

Etwas, irgend etwas mußte geschehen.

Am 15. flog er nach Texas und hielt an der ersten Telefonzelle an, der er auf dem Flugplatz begegnete. Er blätterte durchs *O*, und da war er, eine Eintragung wie jede andere, obwohl sich die Buchstaben in seinen Augen von der Seite abhoben, als wären sie in Flammenschrift geschrieben:

Oswald, Lee H. 1026 N. Berkely ... 555-4821

Jeff notierte sich die Adresse, dann mietete er bei Avis einen schlichten blauen Plymouth. Das Mädchen am Schalter erklärte ihm, wie er in den Stadtteil gelangen konnte, den er suchte.

Er fuhr sechsmal an dem weißen Holzhaus vorbei. Er stellte sich vor, wie er zur Tür ging, den Klingelknopf drückte und mit der leise sprechenden jungen Russin redete, Marina, die öffnen würde. Was würde er ihr sagen? ›Ihr Mann hat vor, den Präsidenten zu ermorden; Sie müssen ihn aufhalten‹? Was, wenn der Mörder selbst an die Tür käme? Was würde er dann tun?

Jeff fuhr erneut langsam an dem gewöhnlichen kleinen Haus vorbei, in Gedanken an den Mann, der darin wohnte, der wartete und sich anschickte, die Selbstzufriedenheit der Welt zu erschüttern.

Er verließ die Gegend, ohne anzuhalten. An einem K-Mart in Forth Worth kaufte er eine billige tragbare Schreibmaschine, etwas Schreibpapier und ein Paar Handschuhe. Wieder in seinem anonymen Holiday Inn am East Airport Expressway angelangt, zog er die Handschuhe an, packte das Papier aus und begann einen Brief zu entwerfen, den zu schreiben ihm Übelkeit verursachte.

Präsident John F. Kennedy;
Weißes Haus
1600 Pennsylvania Avenue
Washington, DC

Mister President,
Sie haben den Vorsitzenden Fidel Castro und das befreite kubanische Volk angegriffen.

Sie sind der Unterdrücker, der Feind der freien Menschen in Lateinamerika und auf der ganzen Welt.
Wenn Sie nach Dallas kommen, werde ich Sie töten. Ich werde Sie mit einem Hochleistungsgewehr in den Kopf schießen, und mit Ihrem vergossenen Blut wird für die Freiheitskämpfer der westlichen Welt GERECHTIGKEIT geschrieben werden.
Das ist keine bloße Drohung. Ich bin gut bewaffnet und darauf vorbereitet, falls nötig selbst zu sterben.
Ich werde Sie ermorden.

VENCEREMOS!
Lee Harvey Oswald

Jeff fügte Oswalds Anschrift hinzu, fuhr wieder quer durch die Stadt und steckte den Brief zwei Blocks von dem nichtssagenden Holzhaus entfernt in einen Briefkasten. Eine Stunde später und vierzig Meilen südöstlich von Dallas begann er in den Handschuhen zu schwitzen. Das sich zusammenziehende Leder machte seine Hände taub, als er die Schreibmaschine von einer Brücke in einen großen See mitten im Niemandsland schleuderte. Es war ein gutes Gefühl, die verdammten Handschuhe endlich auszuziehen, sie nahe einer gottverlassenen Stadt, die ausgerechnet Gun Barrel hieß, aus dem Wagenfenster zu werfen. Seine Hände fühlten sich anschließend freier an, sauberer.

Die nächsten vier Tage über blieb er auf seinem Zimmer im Holiday Inn, sprach mit niemandem außer dem Zimmermädchen und ging nur nach draußen, um sich die Lokalzeitungen zu kaufen. Am Dienstag dem Neunzehnten stand im *Dallas Herald* die Meldung, auf die er gewartet hatte, auf Seite fünf: Lee Harvey Oswald war vom Secret Service wegen Bedrohung des Lebens des Präsidenten festgenommen worden und würde ohne Kaution festgehalten werden, bis Kennedy seine Eintagesreise nach Texas zum Wochenende beendet hatte.

Jeff betrank sich schwer auf dem Rückflug nach New York an diesem Abend, doch der Alkohol hatte nichts mit dem

Triumph zu tun, den er empfand, den frohlockenden Gedanken, die seinen Geist erfüllten: Bilder von einer Welt, in der Verhandlungen an die Stelle des Vietnamkrieges traten, in der die Hungrigen satt wurden, die Gleichberechtigung der Rassen ohne Blutvergießen verwirklicht wurde ... eine Welt, in der John Kennedy und der hoffnungsvolle Geist der Menschlichkeit nicht sterben, sondern auf der Erde blühen und gedeihen würden.

Als das Flugzeug landete, schienen die Lichter von Manhattan ein leuchtendes Vorzeichen der glorreichen Zukunft zu sein, die Jeff soeben erschaffen hatte.

Am Freitagnachmittag öffnete seine Sekretärin zehn Minuten nach eins ohne anzuklopfen die Tür in seinem Büro. Sie stand mit tränenüberströmtem Gesicht im Türrahmen, unfähig zu sprechen. Jeff brauchte sie nicht zu fragen, was geschehen war. Er fühlte sich, als hätte ihm jemand mit einem unsichtbaren, schweren Gegenstand in den Magen geschlagen.

Frank trat hinter ihr ein und teilte der jungen Frau ruhig mit, daß heute nicht mehr gearbeitet würde; sie und alle anderen sollten nach Hause gehen. Er nahm Jeff ins Schlepptau, und sie verließen zusammen das Gebäude. Unter den Menschen, die auf der Park Avenue herumirrten, herrschte allgemeine Ratlosigkeit. Einige weinten offen; andere hatten sich um Auto- oder Kofferradios versammelt. Die meisten starrten leer vor sich hin, indem sie in einer langsamen, zerstreuten Gangart, die für New Yorker vollkommen untypisch war, geistesabwesend einen Fuß vor den anderen setzten. Es war, als hätte ein Erdbeben die massive Betondecke von Manhattan gelockert, und niemand wäre sich mehr sicher, ob er seine Füße wieder gefahrlos aufsetzen konnte. Niemand wußte, ob die Straßen nicht erneut erzittern und nachgeben oder sogar aufreißen würden, um die Welt zu verschlingen. Die Zukunft war eingetroffen, mit einem niederschmetternden Satz.

Frank und Jeff fanden einen Tisch in einer Bar nahe Madison Square in der jedes Gespräch verstummt war. Auf dem Fernsehschirm startete die Air Force One von Dallas aus, an Bord den Leichnam des Präsidenten. Vor seinem geistigen

Auge sah Jeff das Foto von L. B. J., der mit einer benommenen Jacqueline Kennedy neben sich den Amtseid ablegte. Das blutverschmierte Kleid, die Rosen.

»Was geschieht jetzt?« fragte Frank.

Jeff riß sich aus seinen makabren Tagträumereien. »Was meinst du?«

»Was steht der Welt jetzt bevor? Wohin gehen wir von jetzt an?«

Jeff zuckte die Achseln. »Ich glaube, eine Menge hängt von Johnson ab. Davon, welche Figur er als Präsident abgeben wird. Was glaubst du?«

Frank schüttelte den Kopf. »Du ›glaubst‹ gar nichts, Jeff. Ich hab noch nie erlebt, daß du etwas glaubst. Du *weißt* es.«

Jeff sah sich nach einem Ober um; sie blickten alle zum Fernseher, hörten zu, wie ein junger Dan Rather zum zwanzigsten Mal die folgenschweren Ereignisse des Nachmittags rekapitulierte. »Ich weiß nicht, wovon du redest.«

»Ich auch nicht, jedenfalls nicht genau. Aber da ist etwas, das ... mit dir nicht stimmt. Irgend etwas Seltsames. Und es gefällt mir nicht.«

Jeff sah, daß die Hände seines Partners zitterten; er brauchte dringend einen Drink.

»Frank, es ist ein schrecklicher, merkwürdiger Tag. Wir haben im Moment alle eine Art Schock.«

»Du nicht. Nicht so wie ich und alle anderen. Niemand im Büro hat dir auch nur gesagt, was passiert ist; es war, als bräuchten sie das nicht, als wüßtest du, was käme.«

»Sei nicht albern.« Ein stämmiger Polizeibeamter wurde im Fernsehen interviewt, und er beschrieb die landesweite Menschenjagd, die jetzt in Texas im Gange war.

»Was hast du letzte Woche in Dallas gewollt?«

Jeff betrachtete Frank erschöpft. »Was hast du gemacht, bei der Reiseagentur nachgefragt?«

»Yeah. Was hast du dort gesucht?«

»Mich nach etwas Grundbesitz für uns umgesehen. Es ist ein wachsender Markt, trotz allem, was dort heute passiert ist.«

»Vielleicht wird sich das ändern.«

»Das glaube ich nicht.«

»Du glaubst es nicht, hm? Warum nicht?«

»Bloß so ein Gefühl.«

»Wir haben es mit deinen sogenannten ›Gefühlen‹ weit gebracht.«

»Und wir können es noch weiter bringen.«

Frank seufzte, fuhr mit der Hand durch sein sich vorzeitig lichtendes Haar. »Nein. Ich nicht. Mir reicht's. Ich will aussteigen.«

»Herrgott noch mal, wir haben doch gerade erst angefangen!«

»Ich bin sicher, du wirst sensationell erfolgreich sein. Aber mir wird es zu unheimlich, Jeff. Mir ist nicht wohl dabei, mit dir weiter zusammenzuarbeiten.«

»Um Himmels willen, du glaubst doch nicht, ich hätte etwas zu tun mit ...«

Frank hob die Hand, schnitt ihm das Wort ab. »Das habe ich nicht gesagt. Ich will es nicht wissen. Ich will bloß ... aussteigen. Du kannst den Großteil meines Anteils weiter als Arbeitskapital einsetzen, mich aus den Gewinnen der nächsten paar Jahre auszahlen, oder wie lange es dauert. Ich würde dir raten, meine Tätigkeiten Jim Spencer zu übertragen; er ist ein guter Mann, der weiß, was er tut. Und er wird deine Anweisungen wortwörtlich befolgen.«

»Verdammt, wir waren doch Partner! Damals beim Derby, in Emory ...«

»Das waren wir, und es war eine höllische Strähne. Aber ich sammle meine Chips ein, alter Partner. Ich steh auf vom Tisch.«

»Um was zu tun?«

»Das Jurastudium beenden, nehme ich an. Um ein paar eigene nette, konservative Investitionen zu machen; ich habe soviel, daß es für mein ganzes Leben reicht.«

»Tu das nicht, Frank. Du würdest die Gelegenheit deines Lebens verpassen.«

»Daran habe ich keinen Zweifel. Eines Tages werde ich es vielleicht bedauern, aber im Moment ist es das, was ich tun muß. Um meines eigenen Seelenfriedens willen.« Er stand auf, streckte die Hand aus. »Viel Glück, und danke für alles. Es hat Spaß gemacht, solange es gedauert hat.«

Sie schüttelten sich die Hand, während Jeff sich fragte,

was er hätte tun können, um dies zu verhindern. Vielleicht nichts. Vielleicht mußte es so kommen.

»Ich werde am Montag mit Spencer sprechen«, sagte Frank. »Vorausgesetzt, es herrscht dann noch Frieden auf der Welt und das Land funktioniert.«

Jeff maß ihn mit einem langen, sachlichen Blick. »Das wird es.«

»Gut zu wissen. Paß auf dich auf, Partner.«

Als Frank gegangen war, zog Jeff zu einem Barhocker um und bekam schließlich einen Drink. Er war bei seinem dritten angelangt, als CBS die Kurznachrichten unterbrach: »... im Zusammenhang mit der Ermordung von Präsident Kennedy einen Verdächtigen festgenommen. Ich wiederhole, die Polizei von Dallas hat im Zusammenhang mit der Ermordung von Präsident Kennedy einen Verdächtigen festgenommen. Bei dem Mann soll es sich um einen Herumtreiber und linksradikalen Gelegenheitsaktivisten namens Nelson Bennett handeln. Wie behördlicherseits verlautet, wurde in Bennetts Tasche eine Telefonnummer der sowjetischen Botschaft in Mexico City gefunden. Mehr über diese gerade hereingekommene Meldung bringen wir, sobald ...«

Die Terrasse des Wohnhauses an der East Side war in der spätnovemberlichen Kälte trostlos; sie war ein Ort, der für den Sommer geschaffen war, in einer Welt, aus der der Sommer vertrieben war. Der glasbedeckte Tisch, die polierten Chromstreben der Clubsessel ließen diesen sonnelosen Tag irgendwie noch öder erscheinen.

Jeff zog seine dicke Strickjacke fest zusammen und fragte sich zum hundertsten Mal während der vergangenen zwei Tage, was an jenem nicht zu verhindernden Tag in Dallas eigentlich geschehen war. Wer, in aller Welt, war Nelson Bennett? Ein gekaufter Ersatzmörder, der in den Kulissen gewartet hatte, als Oswald festgenommen worden war? Oder ein reiner Zufall, ein beliebiger Verrückter, manipuliert durch Kräfte, die viel mächtiger waren als jede menschliche Verschwörung, damit der Fluß der Wirklichkeit nicht unterbrochen wurde?

Gewißheit darüber würde es nicht geben, erkannte er. In diesem wiederhergestellten Leben sah er sich mit genügend anderem konfrontiert, das außerhalb seines Begriffsvermögens lag; warum sollte dieses spezielle Element weniger unbegreiflich sein als der ganze Rest? Und dennoch ärgerte es ihn, stimmte es ihn nachdenklich. Er hatte versucht, sein Vorauswissen dafür zu benutzen, dem Schicksal eine neue positive Richtung zu geben, etwas, das weit über die Banalität seiner Wetten und Investitionen hinausgegangen war – und seine Anstrengungen hatten nicht mehr bewirkt als ein leichtes Sichkräuseln des Stroms der Geschichte. Der Name eines Mörders war verändert worden, mehr nicht.

Was, fragte er sich, bedeutete das für seine eigene Zukunft? Seine ganzen Hoffnungen, sein Leben mit Hilfe seines Vorauswissens neu einzurichten ... waren sie dazu verdammt, bloße oberflächliche Veränderungen quantitativer, nicht qualitativer Art zu bleiben? Würden seine Versuche, wahres Glück zu finden, auf ebenso unerklärliche Weise vereitelt werden wie seine Intervention bei der Kennedy-Affäre? Dies alles entzog sich seiner Kenntnis. Vor sechs Wochen hatte er das Gefühl gottähnlicher Allwissenheit gehabt, und alles schien erreichbar. Jetzt war alles wieder in Frage gestellt. Er hatte ein Gefühl lähmender Hoffnungslosigkeit, das schlimmer war als alles, was er seit dem Internat erlebt hatte, seit jenem schrecklichen Tag an der kleinen Brücke, wo er ...

»Jeff! Oh mein Gott, komm mal her! Bennett wurde umgebracht, es war im Fernsehen, ich hab gesehen, wie es passiert ist!«

Er nickte langsam, folgte Sharla ins Haus. Der Mord wurde wieder und wieder gezeigt, wie er es hatte kommen sehen. Da war Jack Ruby in seinem B-Movie-Ganovenhut, aus dem Nichts aus dem Kellergang im Gefängnis von Dallas County aufgetaucht. Da war die Pistole und Nelson Bennett, der wie gerufen starb, die verzerrte Agonie seines bärtigen Gesichts wie ein verzerrtes Spiegelbild von Lee Harvey Oswalds wohldokumentiertem Tod.

Präsident Johnson, wußte Jeff, würde bald eine vollständige Untersuchung der Ereignisse dieses blutigen Wochenendes anordnen. Eine Sonderkommission unter der Leitung von Gerichtspräsident Earl Warren. Man würde emsig nach Antworten suchen und keine finden. Das Leben würde weitergehen.

6

In der Folgezeit engagierte Jeff sich nicht viel, außer darin, Geld zu verdienen. Im Geldverdienen war er wirklich gut.

Aktien von Filmgesellschaften waren eine ziemlich naheliegende Wahl. Die Mitte der Sechziger Jahre war eine Zeit der vollen Kinos und der ersten Millionendollar-Verkäufe von Filmen wie *Die Brücke am Kwai* und *Kleopatra* an die Fernsehgesellschaften. Jeff scheute vor kleinen Elektronikfirmen zurück, obwohl er wußte, daß viele von ihnen eine enorme Wertsteigerung erfahren würden; er erinnerte sich einfach nicht an die Namen der Gewinner. Statt dessen steckte er Geld in die Konzerne, von denen er wußte, daß sie im Laufe des Jahrzehnts mit solchen Investitionen reich geworden waren: Litton, Teledyne, Ling-Temco-Vought. Die ausgewählten Firmen erwiesen sich fast ausnahmslos vom Tag des Aktienkaufs an als profitabel, und er steckte den Großteil dieses Gewinns in weitere Anteile.

So hatte er wenigstens etwas zu tun.

Sharla hatte der Kampf Spaß gemacht, der Tatsache zum Trotz, daß sie perverserweise auf Liston gesetzt hatte, als Jeff ihr geraten hatte, sich an Cassius Clay zu halten. Jeffs Reaktionen auf den Abend waren entschieden gemischter Natur: ausgelöst nicht durch den eigentlichen Kampf, sondern durch das Drumherum, die Zuschauer. Mehrere anwesende Profispieler und Buchmacher hatten Jeff aufgrund der Publizität wiedererkannt, die er nach seinem Rekordgewinn bei der Baseballmeisterschaft in der Welt der Spieler gehabt hatte; selbst einige der Männer, die ihm große Anteile an diesem Millionendollargewinn hatten auszahlen müssen, schenkten ihm ein breites Grinsen und deuteten mit dem Daumen nach oben. Auch wenn man ihn aus ihrem Kreis ausgestoßen hatte, so war er doch für sie zur Legende geworden, und man erwies ihm die ganze Ehre, die einer Legende von solcher Größe gebührte.

Das hatte ihn immer irgendwie gestört – der sichtliche Respekt der Spieler. Er war eine ständige Erinnerung daran, daß er diese Version seines Lebens damit begonnen hatte, die amerikanische Unterwelt mit einem gewaltigen, wenn auch unbegreiflichen Trick aufs Kreuz zu legen. Sie würden ihn für immer in diesem Zusammenhang in Erinnerung behalten, ungeachtet seiner anschließenden gesellschaftlichen Erfolge im allgemeinen. Es weckte in ihm das Bedürfnis, lang und heiß zu duschen, damit er den damit verbundenen Gestank nach Zigarrenrauch und schmutzigem Geld los wurde.

Doch das Problem hatte auch seine konkreteren Aspekte, dachte er, während die Limousine die Collins Avenue entlangschoß, vorbei an den vulgären Fassaden des Hotelviertels von Miami Beach. Genauer gesagt, das Problem war Sharla.

Sie hatte genau zu dem Publikum gepaßt, hatte zwischen den anderen kurvenreichen jungen Frauen in ihren engen, auffälligen Kleidern und mit dem übertriebenen Make-up vollkommen zu Hause gewirkt. Sei ehrlich, dachte er, indem er sie auf dem Beifahrersitz anschaute: Sie sieht billig aus. Kostspielig, aber billig; wie Las Vegas, wie Miami Beach. Auf den allerflüchtigsten Blick war klar, daß Sharla ganz einfach eine Fickmaschine war. Nichts sonst. Das personifizierte Bild des Mädchens, das man nicht seiner Mutter vorstellte, und er verzog das Gesicht, als er daran dachte, daß er genau das getan hatte: Auf der Fahrt hier herunter zum Titelkampf hatten sie in Orlando haltgemacht. Seine Familie war vom Ausmaß seiner plötzlichen finanziellen Triumphe überwältigt und mehr als nur ein wenig eingeschüchtert, doch selbst das konnte ihre Verachtung Sharla gegenüber nicht verbergen, ihre besorgte Enttäuschung auf die Nachricht hin, daß Jeff mit ihr zusammenlebte.

Sie beugte sich vor, um ein Päckchen Zigaretten aus ihrer Handtasche zu fischen, und dabei gab das schwarzseidene Oberteil ihres Kleides nach, und Jeff erhaschte einen flüchtigen Blick auf die cremefarbene Ausdehnung ihrer üppigen Brüste. Selbst in diesem Moment begehrte er sie, spürte er einen vertrauten Drang, sein Gesicht in dieses Fleisch hineinzupressen, das Kleid in die Höhe und sich zwischen ihre perfekten Beine zu schieben.

Er war mit dieser Frau fast ein Jahr zusammen gewesen, in dem er alles mit ihr geteilt hatte außer seinem Verstand und seinen Gefühlen. Dieser Gedanke war plötzlich ekelerregend, gerade ihre Schönheit ein Affront gegenüber seiner Sensibilität. Warum hatte er dies so lange zugelassen? Ihre ursprüngliche Anziehungskraft war unverständlich; Sharla war ein Phantasiegebilde innerhalb des Wachtraums, ein aufreizendes *pièce de résistance,* das zu seiner wiederhergestellten Jugend paßte. Doch es war eine im Kern leere Anziehungskraft, mit seinem Mangel an Substanz und Komplexität ebenso pubertär und infantil wie die Stierkampfposter an den Wänden seines Collegezimmers.

Er beobachtete, wie sie sich die Zigarette anzündete, ihr trügerisch aristokratisches Gesicht in der düsteren roten Glut des Zigarettenanzünders badete. Sie bemerkte sein Starren, hob ihre schmalen Augenbrauen mit einem Blick von sexueller Herausforderung und Versprechen. Jeff sah weg, hinaus zu den Lichtern von Miami auf der anderen Seite des stillen, klaren Wassers.

Sharla verbrachte den nächsten Morgen mit Einkaufen in der Lincoln Road, und Jeff erwartete sie in der Suite im Doral, als sie zurückkehrte. Sie stellte die Pakete in der Diele ab, ging sofort zum nächsten Spiegel, um ihr Make-up aufzufrischen. Ihr kurzes weißes Strandkleid hob ihre prachtvolle Sonnenbräune hervor, und die hochhackigen Sandalen ließen ihre nackten braunen Beine noch länger und schlanker erscheinen, als sie tatsächlich waren. Jeff fuhr mit dem Daumen über die scharfen Kanten des dicken braunen Umschlags in seiner Hand, und er war kurz davor, es sich anders zu überlegen.

»Was machst du drinnen?« fragte sie und griff nach hinten, um den Reißverschluß des luftigen Baumwollkleids zu öffnen. »Laß uns die Badesachen anziehen, etwas Sonne tanken.«

Jeff schüttelte den Kopf, bedeutete ihr, sich in den Sessel ihm gegenüber zu setzen. Sie runzelte die Stirn, zog den

Reißverschluß über ihrem lohfarbenen Rücken hoch und setzte sich.

»Was hast du?« fragte sie. »Warum diese komische Stimmung?«

Er setzte zu sprechen an, aber er war Stunden zuvor zu der Überzeugung gekommen, daß Worte unangemessen wären. Sie hatten sowieso nie über irgend etwas wirklich miteinander geredet; verbale Kommunikation hatte mit dem, was zwischen ihnen vorging, wenig zu tun. Er reichte ihr den Umschlag.

Sharla spitzte die Lippen, als sie ihn nahm und aufriß. Eine Weile starrte sie die sechs säuberlichen Bündel von Hundertdollarnoten an. »Wieviel?« fragte sie schließlich mit ruhiger, beherrschter Stimme.

»Zweihunderttausend.«

Sie spähte wieder in den Umschlag hinein, zog das Erste-Klasse-Einzelticket der Panagra Airlines nach Rio heraus. »Das ist für morgen vormittag«, sagte sie, es inspizierend. »Was ist mit meinen Sachen in New York?«

»Ich schick sie dir nach, wohin du willst.«

Sie nickte. »Ich werde hier noch ein paar Sachen kaufen müssen, bevor ich aufbreche.«

»Was immer du willst. Laß es auf die Zimmerrechnung schreiben.«

Sharla nickte wieder, steckte das Geld und das Ticket in den Umschlag zurück, den sie neben sich auf den Tisch legte. Sie stand auf, machte ihr Kleid auf und ließ es um ihre Füße herum zu Boden fallen.

»Was soll's«, sagte sie, ihren BH aufhakend, »für zweihunderttausend hast du einen letzten Durchgang verdient.«

Jeff kehrte allein nach New York und zu seinen Investitionen zurück.

Die Röcke, das wußte er, würden in den nächsten paar Jahren kürzer werden und eine enorme Nachfrage nach gemusterten Strümpfen und Strumpfhosen schaffen. Jeff kaufte dreißigtausend Anteile an Hanes. All diese entblößten Schenkel mußten Konsequenzen haben; er investierte stark in pharmazeutische Firmen, die Antibabypillen herstellten.

Achtzehn Monate nach dem Umzug ins Seagram Building waren die Aktienbestände der Future Inc. auf einen Papierwert von siebenunddreißig Millionen Dollar angewachsen. Jeff zahlte Frank vollständig aus und legte dem letzten Scheck einen langen persönlichen Brief bei. Er erhielt nie eine Antwort.

Natürlich lief nicht alles so, wie Jeff es geplant hatte. Er wollte einen größeren Anteil an Comsat erwerben, als sie sich in eine Aktiengesellschaft umwandelte, doch die Nachfrage nach den Aktien war so stark, daß die Ausgabe auf fünfzig Anteile pro Käufer limitiert war. IBM-Aktien stagnierten überraschenderweise ganz 1965 über, wenngleich sie im folgenden Jahr wieder anzogen. Fast-Food-Ketten – Jeff wählte Denny's, Kentucky Fried Chicken und MacDonalds – durchliefen 1967 eine starke Baisse vor dem raketengleichen Anstieg um durchschnittlich fünfhundert Prozent im Jahr darauf.

1968 belief sich das Vermögen seiner Gesellschaft auf Hunderte von Millionen, und er hatte einem Entwurf von I. M. Pei für ein sechzigstöckiges Firmenhauptgebäude an der Ecke Park Avenue und Dreiundfünfzigste Straße zugestimmt. Jeff hatte ebenfalls den Kauf ausgedehnter Grundstücksflächen in ausgewählten Geschäfts- und Wohngegenden von Houston, Denver, Atlanta und Los Angeles veranlaßt. Die Gesellschaft erwarb nahezu die Hälfte des unerschlossenen Geländes für das neue Century-City-Projekt von LA, zu einem Preis von fünf Dollar pro Quadratfuß. Zu seinem persönlichen Gebrauch kaufte Jeff einen Dreihundert-Acre-Landsitz in Dutchess County, zwei Stunden den Hudson hoch von Manhattan entfernt.

Er ging mit einer Vielzahl von Frauen aus, schlief mit einigen von ihnen, haßte den ganzen bedeutungslosen Ablauf. Drinks, Dinner, Theaterstücke und Konzerte und Ausstellungseröffnungen ... Er begann die steife Förmlichkeit des Datings zu verabscheuen, vermißte die behagliche Vertrautheit des einfachen *Zusammenseins* mit jemandem, des gemeinschaftlichen freundschaftlichen Schweigens und ungezwungenen Lachens. Davon abgesehen, waren die meisten Frauen, mit denen er sich traf, entweder allzu offen an seinem Reichtum interessiert oder ihm gegenüber zu bemüht gleichgültig. Einige haßten ihn sogar deswegen, lehnten es deshalb ab, mit ihm auszugehen; ein riesiges persönliches Vermögen war in den späten Sechzigern vielen jungen Menschen verhaßt, und bei mehr als einer Gelegenheit wurde Jeff dazu veranlaßt, sich für alle Übel der Welt unmittelbar verantwortlich zu fühlen, angefangen von der Verödung der Innenstädte bis zur Herstellung von Napalm.

Er wartete auf den rechten Augenblick, konzentrierte seine Energien auf seine Arbeit. Der Juni rückte näher, daran dachte er ständig. Juni 1968; dann würde alles anders werden.

Am vierundzwanzigsten Juni, um genau zu sein.

Robert Kennedy war noch nicht ganz drei Wochen tot, und Cassius Clay, inzwischen seines Titels ledig und als Muhammad Ali wiedergeboren, legte Berufung gegen seine Verurteilung wegen Wehrdienstverweigerung ein. In Vietnam schlugen die Raketen aus dem Norden seit dem Frühjahr in Saigon ein.

Es war am frühen Nachmittag gewesen, erinnerte sich Jeff, an einem Montag. Er hatte nachts und an den Wochenenden bei einer Top 40-Station in West Palm Beach gearbeitet, die Beatles und die Stones und Aretha Franklin gespielt und in seiner Freizeit die Grundlagen des Rundfunkjournalismus erlernt, indem er seine Interviews und Stories auf Stückhonorarbasis an den Sender und gelegentlich an UPI verkaufte. Er erinnerte sich an das Datum, weil es am Anfang seines Montag/Freitag-›Wochenendes‹ lag, und als er an diesem Mittwoch wieder zu seiner Arbeit zurückkehrte, hatte er es irgendwie geschafft, das erste große Interview seiner Karriere zu führen, ein langes und freimütiges Telefongespräch mit dem in Ruhestand gehenden Präsidenten des US Supreme Court, Earl Warren. Er wußte jetzt noch nicht, warum Warren darin eingewilligt hatte, mit ihm zu sprechen, einem nicht akkreditierten Anfängerreporter von einer kleinen Radiostation in Florida; aber irgendwie hatte er es geschafft, es durchzuziehen, und NBC hatte sich die pointierten Grübeleien des großen Manns über seine kontroverse Amtszeit eine stattliche Summe kosten lassen. Innerhalb eines Monats hatte Jeff eine Vollzeitbeschäftigung als Nachrichtenreporter bei WIOD im Miami. Er hatte den Durchbruch geschafft; sein ganzes Leben als Erwachsener, so wie es gewesen war, ließ sich bis zu dieser Sommerwoche zurückverfolgen.

Er hatte keinen Grund gehabt, sich Boca Raton auszusuchen; keinen Grund, es nicht zu tun. Eines Montags war er nach Norden gefahren, nach Juno Beach; an anderen Montagen fuhr er vielleicht nach Delray Beach oder Lighthouse Point hinunter, an einen der Hunderten von zusammenhängenden Streifen von Sand und Zivilisation, welche die Atlantikküste von Melbourne bis nach South Miami Beach säumten. Doch am 24. Juni 1968 hatte er eine Decke und ein Handtuch und eine Kühlbox voller Bier an den Strand von Boca Raton mitgenommen, und jetzt befand er sich wieder am selben Ort, am selben sonnigen Tag.

Und dort war *sie*, lag in einem gelben Bikini mit Hakverschluß auf dem Bauch, den Kopf auf ein aufblasbares Strandkissen gelegt, und las in einer Hardcoverausgabe von *Airport*. Jeff blieb in zehn Fuß Entfernung von ihr stehen und blickte auf ihren jugendlichen Körper hinab, die zitronengelben Strähnen in ihrem dichten braunen Haar. Der Sand unter seinen Füßen war heiß; die Brandung war das Echo des Hämmerns in seinem Gehirn. Einen Moment lag hätte er sich beinahe abgewandt und wäre weggegangen, doch er tat es nicht.

»Hi«, sagte er. »Ist das Buch gut?«

Das Mädchen blickte durch seine scharfrandige, eulenhafte Sonnenbrille zu ihm auf und zuckte die Achseln. »Ein bißchen kitschig, aber es macht Spaß. Würde wahrscheinlich einen besseren Film abgeben.«

Oder mehrere, dachte Jeff. »Schon *2001* gesehen?«

»Klar, aber ich weiß nicht, was das Ganze soll, und gegen Schluß war es ein bißchen langatmig. *Petulia* hat mir besser gefallen, mit Julie Christie, weißt du?«

Er nickte, versuchte sein Lächeln natürlicher wirken zu lassen, entspannter. »Ich heiße Jeff. Was dagegen, wenn ich mich zu dir setze?«

»Nur zu. Ich bin Linda«, sagte die Frau, die einmal achtzehn Jahre lang mit ihm verheiratet gewesen war.

Er breitete seine Decke aus, öffnete die Kühlbox und bot ihr ein Bier an. »Sommerferien?« fragte er.

Sie verlagerte ihr Gewicht auf einen Ellbogen, nahm die taubenetzte Flasche. »Ich gehe aufs Florida Atlantic College, aber meine Familie lebt hier in der Stadt. Was ist mit dir?«

»Ich bin in Orlando aufgewachsen, hab eine Zeitlang Emory besucht. Jetzt lebe ich jedenfalls in New York.«

Jeff war um ein lässiges Auftreten bemüht, hatte aber damit seine Mühe, er konnte seinen Blick nicht von ihrem Gesicht abwenden und wünschte, sie hätte diese verdammte Sonnenbrille abgenommen, damit er die Augen sehen konnte, die er einmal so gut gekannt hatte. Die letzte Erinnerung an sie hallte in seinem Schädel wider, blechern und entfernt, eine Telefonstimme: »Wir brauchen … Wir brauchen … Wir brauchen …«

»Ich sagte, was machst du hier oben?«

»Oh, tut mir leid, ich …« Er nahm einen kräftigen Schluck von dem eiskalten Bier, versuchte einen klaren Kopf zu bekommen. »Ich bin wegen Geschäften hier.«

»Welcher Art?«

»Investitionen.«

»Du meinst, wie ein Börsenmakler?«

»Nicht genau. Ich habe meine eigene Gesellschaft. Wir arbeiten mit einer Menge Makler zusammen. Aktien, Immobilien, Investmentfonds … halt so was.«

Sie senkte die großen runden Gläser der Sonnenbrille, sah ihn überrascht an. Er starrte in die vertrauten braunen Augen und wollte sagen: »Dieses Mal wird es anders«, oder: »Bitte, versuchen wir's noch mal«, oder sogar bloß: »Du hast mir gefehlt; ich hatte vergessen, wie schön du warst.« Er sagte nichts, blickte nur mit stiller Hoffnung in ihre Augen.

»Dir gehört die ganze Gesellschaft?« fragte sie ungläubig.

»Jetzt ja. Bis vor ein paar Jahren hatte ich einen Partner, aber … es gehört jetzt alles mir.«

Sie stellte ihr Bier in den Sand, bewegte die Flasche knirschend vor und zurück, bis sie eine Vertiefung gegraben hatte, in der sie aufrecht stehenblieb.

»Hast du eine große Erbschaft gemacht, oder etwas in der Art? Ich meine, die meisten Jungen, die ich kenne, könnten nicht mal einen *Job* bei so einer Gesellschaft in New York bekommen … oder sie würden ihn nicht haben wollen.«

»Nein, ich hab sie selbst aufgebaut, von Grund auf.« Er lachte, begann sich in ihrer Gegenwart entspannter zu fühlen, zum ersten Mal seit Jahren überzeugt von seinen Leistungen und stolz darauf. »Ich hab bei ein paar Wetten eine Menge Geld gewonnen, Pferderennen und so was, und ich habe es alles in diese Gesellschaft gesteckt.«

Sie musterte ihn spektisch. »Wie alt bist du eigentlich?«

»Dreiundzwanzig.« Er hielt einen Herzschlag lang inne, machte sich klar, daß er zuviel von sich selbst sprach, nicht genug Neugier an ihr bekundet hatte. Sie konnte nicht wissen, daß er bereits alles über sie wußte, mehr – an diesem Punkt ihres Lebens – als sie selbst über sich wußte. »Was ist mit dir; was studierst du?«

»Soziologie. Hattest du in Emory Wirtschaftslehre als Hauptfach, oder was?«

»Geschichte, aber ich bin ausgestiegen. In welchem Semester bist du?«

»Im Herbst im letzten. Wie groß ist deine Gesellschaft denn nun? Ich meine, hast du eine Menge Leute, die für dich arbeiten? Hast du ein Büro direkt in Manhattan?«

»Ein ganzes Gebäude, an der Park Avenue. Kennst du New York?«

»Du hast also dein eigenes Gebäude, an der Park Avenue. Das ist nett.« Sie sah ihn nicht weiter an, malte rund um die Flasche Gänseblümchen-Schnörkel in den Sand. Jeff erinnerte sich an einen Tag, Monate bevor sie geheiratet hatten, als sie unerwartet mit einem Strauß Gänseblümchen vor seiner Tür aufgetaucht war; die Sonne hatte hinter ihrem Haar gestanden, und in ihrem Lächeln lag der ganze Sommer.

»Nun, es … hat eine Menge Anstrengung erfordert«, sagte er. »Und was hast du vor, wenn du mit der Schule fertig bist?«

»Oh, ich dachte daran, vielleicht ein paar Warenhäuser zu kaufen. Klein anzufangen, weißt du.« Sie faltete ihr Handtuch, fing an, ihre Sachen von der Decke aufzusammeln und in einen großen blauen Strandbeutel zu stopfen. »Vielleicht könntest du mir zu einem guten Deal mit Saks Fifth Avenue verhelfen, hm?«

»Hey – warte, bitte geh nicht. Du glaubst, ich verarsche dich, ist es das?«

»Vergiß es einfach«, sagte sie, indem sie ihr Buch in den Beutel hineinstopfte und Sand von der Decke schüttelte.

»Nein, sieh mal, ich mein's ernst. Ich hab dich nicht beschwindelt. Meine Gesellschaft heißt Future Incorporation. Vielleicht hat du sogar schon von ...«

»Danke für das Bier. Vielleicht klappt's beim nächsten Mal.«

»Hey, bitte, laß uns einfach noch ein bißchen miteinander reden, okay? Ich habe das Gefühl, als würde ich dich kennen, als hätten wir vieles gemeinsam. Kennst du dieses Gefühl, du wärst mit jemandem in einem früheren Leben zusammen gewesen, oder ...«

»Ich glaube nicht an solchen Unsinn.« Sie warf sich die gefaltete Decke über den Arm und begann in Richtung Highway und der Reihe parkender Autos zu gehen.

»Hör mal, gib mir doch eine Chance«, sagte Jeff, neben ihr hergehend. »Ich weiß genau, daß wir eine Menge Gemeinsamkeiten entdecken werden, wenn wir uns erst kennenlernen; wir werden ...«

Sie drehte sich auf ihren bloßen Füßen um und funkelte ihn über die Sonnenbrille hinweg an. »Wenn du nicht aufhörst, mir zu folgen, rufe ich nach dem Bademeister. Jetzt hau ab, Freundchen. Gabel dir jemand anderes auf, verstanden?«

»Hallo?«

»Linda? Hier ist Jeff, Jeff Winston. Wir haben uns heute nachmittag am Strand getroffen. Ich ...«

»Wie, um Himmels willen, bist du an diese Nummer gekommen? Ich habe dir nicht mal meinen Nachnamen gesagt!«

»Das ist unwichtig. Hör zu, ich schicke dir eine kürzlich erschienene Nummer von *Business Week*. Es steht ein Artikel über mich darin, mit einem Foto. Seite achtundfünfzig. Du wirst sehen, daß ich nicht gelogen habe.«

»Du hast auch meine *Adresse?* Was für eine Masche ist das eigentlich? Was willst du von mir?«

»Ich will dich einfach bloß kennenlernen und muß dich dazu bringen, daß du weißt, wer ich bin. Zwischen uns ist so vieles noch offen, so viele wunderbare Möglichkeiten …«

»Du bist verrückt! Ich meine es, wie ich's sage; du bist ein Psychopath!«

»Linda, ich weiß, es hat schlecht angefangen, aber gib mir doch die Gelegenheit, es zu erklären. Laß *uns* die Zeit, offen und ehrlich aufeinander zuzugehen, um herauszufinden …«

»Ich will dich nicht kennenlernen, wer du auch sein magst. Und es ist mir egal, ob du reich bist, es ist mir egal, ob du der gottverdammte J. Paul Getty bist, okay? Laß – mich – einfach in – Ruhe!«

»Ich habe Verständnis dafür, daß du verärgert bist. Ich weiß, daß das alles ziemlich komisch für dich klingen muß …«

»Wenn du diese Nummer noch einmal anrufst oder wenn du bei mir auftauchst, rufe ich die Polizei. Ist das deutlich genug?«

Das Telefon knallte laut in Jeffs Ohr, als sie auflegte.

Er hatte die Chance bekommen, den größten Teil seines Lebens neu zu gestalten; jetzt hätte er alles dafür gegeben, diesen Tag wiederholen zu können.

Die Mirassou-Weinberge wimmelten von Pflückern, die südöstlich von San Jose die Hänge abernteten und sich mit großen Körben voller frischer grüner Trauben auf den Köpfen wie Blattschneideameisen zur Zerkleinerungsmaschine und den Pressen vor dem alten Weinkeller herabschlängelten. Die Hügel waren mit großzügig voneinander getrennten Reihen von Rebenspalieren besetzt, und hier zwischen den Backsteinhäusern standen die Eichen und Ulmen in oktoberlicher Farbenpracht.

Diane war den ganzen Tag lang böse auf ihn gewesen, und die ländliche Umgebung und die geheimnisvolle Kompliziertheit der Weinkellerei hatte wenig dazu beigetragen, sie zu besänftigen. Jeff hätte sie an diesem Morgen nicht mitnehmen sollen; er hatte geglaubt, sie würde von den beiden jungen Genies fasziniert sein oder wenigstens Gefallen an ihnen finden, doch er hatte sich geirrt.

»Hippies waren das, weiter nichts. Dieser hochgewachsene Junge ging *barfuß,* um Himmels willen, und der andere sah aus wie ein … ein Neandertaler!«

»Ihre Idee hat eine Menge für sich; es kommt nicht darauf an, wie sie aussahen.«

»Also, jemand sollte ihnen sagen, daß die sechziger Jahre vorbei sind, wenn sie aus ihrer blöden Idee irgend etwas machen wollen. Ich kann einfach nicht glauben, daß du darauf hereingefallen bist und ihnen dieses ganze Geld gegeben hast!«

»Es ist mein Geld, Diane. Und ich habe dir schon einmal gesagt, daß alle geschäftlichen Entscheidungen ebenfalls meine Sache sind.«

Er konnte ihr keinen Vorwurf machen für die Art und Weise, in der sie reagiert hatte; ohne den Vorteil der Voraussicht mußten die beiden jungen Männer mit ihrer Garage voller gebrauchter Elektronikteile tatsächlich als ungeeignete Kandidaten für einen Glückstreffer erscheinen. Doch in fünf Jahren würde die Garage in Cupertino, Kalifornien, berühmt sein, und Steve Jobs und Steve Wozniak würden sich als die vernünftigste Anlage des Jahres 1976 erweisen. Jeff hatte ihnen eine halbe Million Dollar gegeben, darauf bestanden, daß sie auf den Rat eines im Ruhestand lebenden jungen Marketingleiters von Intel hörten, den er vor kurzem kennengelernt hatte, und ihnen gesagt, daß sie tun sollten, was immer sie wollten, solange sie es nur weiterhin ›Apple‹ nannten. Er hatte ihnen neunundvierzig Prozent des neuen Unternehmens überlassen.

»Welcher Mensch möchte schon einen Computer in einem Haus? Und wer sagt dir eigentlich, daß diese schmuddligen Jungs überhaupt wissen, wie man einen baut?«

»Reden wir nicht mehr davon, einverstanden?«

Diane verfiel in ihr übliches verdrießliches Schweigen, und Jeff wußte, daß das Thema nicht wirklich fallengelassen war, nicht einmal dann, wenn sie von jetzt an kein Wort mehr darüber verlor.

Er hatte sie vor einem Jahr hauptsächlich aus Bequemlichkeit geheiratet, bald nachdem er dreißig geworden war. Sie war eine dreiundzwanzigjährige Angehörige der oberen

Zehntausend aus Boston gewesen, Erbin einer der ältesten und größten Versicherungsfirmen des Landes; auf eine schrille Art attraktiv und in der Lage, sich bei jeder beliebigen Zusammenkunft, bei der das individuelle Vermögen der Teilnehmer mehr als siebenstellig war, annehmbar aufzuführen. Sie und Jeff kamen so gut miteinander aus, wie man es von zwei Menschen erwarten konnte, die wenig mehr gemeinsam hatten als ihre Vertrautheit mit Geld. Diane war jetzt im siebten Monat schwanger, und Jeff hoffte, daß das Kind das beste in ihr zum Vorschein bringen, ein festeres Band zwischen ihnen schmieden würde.

Die junge blonde Frau in dem maßgeschneiderten marineblauen Kostüm führte sie in das Hauptgebäude der Weinkellerei, zu dem Probierraum in einen der vorderen Winkel. An den Wänden entlang standen rautenförmige Regale voller Weinflaschen, durchbrochen von weich erleuchteten Nischen, in denen neben Schnittblumen und aufrecht stehenden Flaschen der Mirassou-Erzeugnisse Fotos der Weinberge zu sehen waren. Jeff und Diane stellten sich an die Rosenholzbar in der Mitte des Raumes und nahmen rituelle Schlückchen Chardonnay entgegen.

Linda hatte offenbar alles, was sie vor sieben Jahren nach jenem unglückseligen Treffen am Strand gesagt hatte, auch so gemeint. Seine Briefe an sie waren ungeöffnet zurückgekommen, und die Geschenke, die er ihr geschickt hatte, waren alle abgelehnt worden. Nach einigen Monaten hatte er seine Versuche, mit ihr in Kontakt zu treten, schließlich aufgegeben, auch wenn er ihren Namen der mit ›Personen/Dringlich‹ überschriebenen Liste der Individuen hinzufügte, die von dem Zeitungsausschnitt verfolgt werden sollten, auf den er abonniert war. Auf diese Weise hatte er im Mai 1970 erfahren, daß Linda einen Architekten aus Houston geheiratet hatte, einen Witwer mit zwei kleinen Kindern. Jeff wünschte ihr Glück, konnte aber nichts daran ändern, daß er sich verlassen vorkam ... von jemandem, der ihn nie gekannt hatte.

Wiederum hatte er Trost in seiner Arbeit gesucht. Sein neuester Coup war der Verkauf seiner Ölfelder in Venezuela und Abu Dhabi mit enormem Profit und ihr sofortiger Ersatz durch gleichartige Besitzungen in Alaska und Texas plus der Kontrakte für ein Dutzend Offshore-Bohrtürme. Wobei natürlich alle Transaktionen ausgeführt waren, kurz bevor die OPEC zugeschlagen hatte.

Die Frauen, deren Gesellschaft er gesucht hatte, glichen in mehrfacher Hinsicht Diane: attraktive, gutsituierte Gefährtinnen, versiert selbst in den verfeinertsten gesellschaftlichen Fertigkeiten, gebildet und manchmal phantastisch im Bett. Töchter des Glücks, eine Schwesternschaft, die als amerikanische *beau monde* galt. Frauen, die die Grundregeln kannten, die von Geburt an die Grenzen und Verpflichtungen begriffen hatten, denen die Besitzer großer Vermögen unterworfen waren. Sie waren jetzt seine Gleichrangigen; sie stellten den Pool dar, aus dem er mit voller Überlegung eine Partnerin auswählen sollte. Daß er unter ihnen Diane gewählt hatte, war beinahe ein Zufall gewesen. Sie genügte den erforderlichen Kriterien. Wenn etwas Größeres aus ihrer Partnerschaft entstehen sollte, gut und schön … und wenn nicht, dann war er die Ehe wenigstens nicht mit unrealistisch hohen Erwartungen eingegangen.

Jeff reinigte seinen Gaumen mit einem Stück Käse und probierte einen halbsüßen Fleuri Blanc. Diane enthielt sich diesmal, tätschelte zur Erklärung ihren angeschwollenen Bauch.

Vielleicht würde das Kind doch noch eine Veränderung bringen. Man konnte nie wissen.

Die pummelige orangefarbene Katze jagte in einem stürmischen Lauf über den Hartholzboden, der es mit der besten Vorstellung O. J. Simpsons hätte aufnehmen können. Ihre Beute, ein leuchtend gelbes Seidenband, war bereits außer Gefecht gesetzt und würde bald zerfetzt werden, wenn die Katze so mit ihm weitermachte.

»Gretchen!« rief Jeff. »Wußtest du, daß Chumley eins von deinen gelben Bändern zerreißt?«

»Macht nichts, Daddy«, antwortete seine Tochter aus der gegenüberliegenden Ecke des großen Wohnzimmers, nahe dem Fenster, von dem aus man auf den Hudson sah. »Ken ist jetzt zu Hause, und Chumley und ich helfen beim Feiern.«

»Wann ist er nach Hause gekommen? Ist er nicht mehr in dem Krankenhaus in Deutschland?«

»Aber nein, Daddy; er hat den Ärzten gesagt, er wäre nicht krank und müßte auf der Stelle nach Hause. Deshalb hat ihm Barbie ein Ticket für die Concorde geschickt, und kaum daß er durch die Tür hereingekommen war, machte sie ihm sechs Blaubeermuffins und vier Hot Dogs.«

Jeff lachte laut, und Gretchen warf ihm den vernichtendsten Blick zu, dessen ihr großäugiges Fünfjährigengesicht fähig war. »Im Iran gibt es keine Hot Dogs«, erklärte sie. »Und auch keine Blaubeermuffins.«

»Ich glaube nicht«, sagte Jeff, sein düster blickendes Gesicht sorgfältig unter Kontrolle haltend. »Ich nehme an, er war inzwischen richtig hungrig auf amerikanisches Essen, hm?«

»Natürlich war er das. Barbie weiß, wie sie ihn glücklich machen kann.«

Die Katze schoß in die andere Richtung, das zerfetzte Band mit den Pfoten vor sich hertreibend, dann legte sie sich in einem Flecken Sonnenlicht auf die Seite, um ihre Eroberung verzückt zu betrachten und in gelegentlichen Gefühlsausbrüchen mit den Hinterbeinen nach ihr zu schlagen. Gretchen wandte sich wieder ihren eigenen Spielen zu, von der anderen Wirklichkeit des erlesenen Puppenhauses in Anspruch genommen, das zu bauen und es nach ihren Angaben zu erweitern Jeff ein Jahr Arbeit gekostet hatte. Die Miniaturbäume in seinem grünen Filzvorgarten waren heute mit hellgelben Bändern geschmückt, und die letzte Woche über hatte sie die Nachrichten vom Ende des Geiseldramas mit einem so starken Interesse verfolgt, wie es die meisten Kinder nur für die Zeichentrickfilme am Samstagmorgen aufbrachten. Jeff hatte sich wegen ihrer Faszination von den Ereignissen in Teheran zunächst Sorgen gemacht, hatte sie vor der möglicherweise traumatisierenden Wirkung der Bilder dieses rabiaten ›Tod den USA!‹ schreienden Mobs schützen wollen; doch er hatte gewußt, daß die Episode ein friedliches, optimistisches Ende nehmen würde, deshalb entschied er sich, den frühreifen Griff seiner Tochter nach der Welt zu respektieren und Vertrauen in ihre emotionale Robustheit zu haben.

Er liebte sie in einem Maße, das er nicht für möglich gehalten hätte, ertappte sich dabei, sie gleichzeitig von allem Bösen beschützen und alles Schöne mit ihr teilen zu wollen. Gretchens Geburt hatte keine Befestigung seiner Ehe mit Diane bewirkt, die höchstens verstimmt wegen der Beschränkungen war, welche das Kind ihrem Leben auferlegte. Aber wie auch immer, Gretchen selbst war Quelle und Gegenstand jeglicher tiefen Zuneigung, die er aufbringen oder sich nur vorstellen konnte.

Jeff beobachtete, wie sie ein weiteres Band aus einem der Puppenhausbäume nahm, den fetten alten Chumley damit neckte. Der Kater war müde, wollte nicht mehr spielen; er legte flehentlich eine weiße Pfote auf Gretchens Wange, und diese barg das Gesicht an seinem wolligen goldenen Bauch, liebkoste das Tier zu seiner vollen Zufriedenheit. Jeff konnte sein Schnurren quer durch das Zimmer hören, vermischt mit dem leisen Lachen seiner Tochter.

Die Sonne fiel schräg durch die hohen Erkerfenster, warf leuchtende geriefelte Strahlen auf den polierten Boden, wo Gretchen mit der Katze koste. Dieses Haus, dieser stille, waldige Ort in Duchess County waren gut für sie; seine heitere Atmosphäre war Balsam für jede menschliche Seele, ob jung oder alt, ob unschuldig oder sorgenbeladen.

Jeff dachte an seinen alten Zimmergenossen Martin Bailey. Er hatte Martin kurz nach Gretchens Geburt angerufen, den Kontakt, der in diesem Leben irgendwie abgebrochen war, wiederhergestellt. Jeff hatte es nicht geschafft, ihn von seiner Ehe, die sich als besonders unglücklich erweisen würde und den Mann ursprünglich zum Selbstmord getrieben hatte, abzubringen; doch er hatte dafür gesorgt, daß Martin eine sichere Stellung bei der Future Inc. und ab und zu ein paar ausgezeichnete Aktientips bekam. Sein Freund war wieder geschieden, was an sich traurig war, aber wenigstens war er am Leben und solvent dazu.

Jeff dachte dieser Tage selten an Linda oder an seine frühere Existenz. Inzwischen erschien ihm jenes erste Leben als ein Traum; die emotionale Sackgasse mit Diane war jetzt die Realität, die Glückseligkeit, bei Gretchen, seiner Tochter zu sein, und die verschiedenen Wohltaten seines ständig wachsenden Reichtums und seiner Macht. Sein Wissen war die Realität, und alles, was es ihm eingebracht hatte – Gutes wie Böses.

Das Bild auf dem Monitor zeigte eine rein organische Bewegung: ruhig durch gewölbte Kammern hindurchfließende Flüssigkeit, Expansion und Kontraktion, die einander in perfektem, ruhigem Rhythmus ablösten.

»... bei keiner von beiden Herzkammern eine Blockade feststellbar, wie Sie sehen können. Und selbstverständlich hat das EKG während der vierundzwanzig Stunden, die Sie es getragen haben, keinen Hinweis auf das Vorliegen einer Tachykardie erbracht.«

»Und worauf läuft das alles im Endeffekt hinaus?« fragte Jeff.

Der Kardiologe stellte das Videogerät aus, das die Ultraschalluntersuchung von Jeffs Herz wiedergegeben hatte, und lächelte.

»Das bedeutet, daß Ihr Herz sich in einem so perfekten Zustand befindet, wie es sich ein dreiundvierzigjähriger Amerikaner männlichen Geschlechts nur wünschen kann. Ebenso Ihre Lungen, den Röntgenbildern und den Lungenfunktionstests nach.«

»Dann ist meine Lebenserwartung ...«

»Halten Sie sich in dieser Verfassung, und Sie werden wahrscheinlich hundert Jahre alt. Sie treiben noch Sport, nehme ich an?«

»Dreimal die Woche.« Jeff hatte in mehr als einer Hinsicht von seiner Voraussicht der Fitnesswelle der späten Siebziger Jahre profitiert. Er besaß nicht nur Adidas und Nautilus und die Holiday Health Spa-Kette; er machte seit über zehn Jahren von ihrer Ausrüstung voller Gebrauch.

»Nun, hören Sie nicht auf damit«, sagte der Doktor. »Ich wünschte nur, alle meine Patienten würden so gut auf sich achten.«

Jeff schwatzte noch ein paar Minuten mit ihm weiter, aber seine Gedanken waren woanders: Bei seinem genau gleichaltrigen Selbst, um diese Zeit, doch vor mehr als zwanzig Jahren. Bei sich als einem sitzenden, überlasteten und leicht übergewichtigen leitenden Angestellten, der seine Brust umklammert hatte und mit dem Gesicht auf den Schreibtisch geschlagen war, während die Welt verblaßte.

Diesmal nicht. Diesmal ging es ihm glänzend.

Jeff bevorzugte das gemütliche Hinterzimmer im La Grenouille, doch Diane betrachtete jeden Lunch als eine Gelegenheit, bei der das Sehen und Gesehenwerden an erster Stelle standen. Deshalb speisten sie immer im vorderen Raum, auch wenn es dort stets überfüllt und laut war.

Jeff genoß seinen pochierten Lachs mit Estragon, Basilikum und milder Essigsauce und tat sein Bestes, sowohl Dianes augenblickliches Schmollen wie auch die Unterhaltungen an den anderen Tischen zu ignorieren, die von beiden Seiten auf sie eindrangen. Ein Pärchen sprach von Heirat, das andere von Scheidung. Jeffs und Dianes Tischgespräch lag irgendwo in der Mitte.

»Du willst doch, daß sie ins Sarah Lawrence aufgenommen wird, oder?« fauchte Diane zwischen zwei Bissen Kammuscheln mit Lorbeer *á la nage.*

»Sie ist dreizehn Jahre alt«, seufzte Jeff. »Dem Aufnahmebüro im Sarah Lawrence ist es scheißegal, was sie in diesem Alter tut.«

»Ich bin zur Concord Academy gekommen, als ich elf war.«

»Und zwar deshalb, weil es deinen *Eltern* scheißegal war, was du in diesem Alter gemacht hast.«

Sie legte ihre Gabel weg, funkelte ihn an. »Meine Erziehung geht dich nichts an.«

»Aber Gretchens.«

»Dann solltest du wollen, daß sie die bestmögliche Erziehung bekommt, von Anfang an.«

Ein Ober nahm ihre leeren Teller mit, während ein anderer sich mit dem Dessertwagen näherte. Jeff nutzte die Unterbrechung, um sich in den vielfachen Reflexionen der zahlreichen Spiegel des Restaurants zu verlieren: den tannengrünen Wänden, den karmensinroten Polsterbänken, den prächtigen Blumensträußen, die aussahen, als wären sie soeben in einer Landschaft von Cézanne gepflückt worden.

Er wußte, daß sich Diane weniger um Gretchens Erziehung Sorgen machte als um ihre eigene Befreiung von der Last der täglichen Verantwortung. Jeff sah seine Tochter so jung, wie sie tatsächlich war, und er konnte den Gedanken nicht ertragen, daß sie zweihundert Meilen von zu Hause lebte.

Diane stocherte mürrisch in ihren Himbeeren mit Grand Marnier-Sauce. »Ich nehme an, du hältst es für richtig, daß sie sich weiter mit all diesen kleinen Bälgern abgibt, die sie andauernd von der Schule mit nach Hause schleppt.«

»Mein Gott, ihre Schule liegt in Rhinebeck, nicht in der South Bronx. Es ist eine wundervolle Umgebung, in der sie aufwächst.«

»Was auch für Concord gilt. Wie ich aus eigener Erfahrung weiß.«

Jeff stach tief in seinen Pfirsich á la Charlotte, unfähig dazu auszudrücken, was er wirklich dachte: daß er nicht die Absicht hatte, Gretchen zu einem Ebenbild ihrer Mutter heranwachsen zu lassen. Die schneidende Blasiertheit, diese Die-Welt-kann-mich-mal-Haltung, großer Reichtum als Geburtsrecht, etwas, das vorausgesetzt wurde und auf das man sich vollkommen verließ. Jeff hatte seine eigenen Reichtümer aufgrund eines zufälligen übernatürlichen Glücksfalles und durch Willenskraft erworben. Jetzt wollte er seine Tochter vom potentiell korrumpierenden Einfluß des Geldes ebenso schützen, wie er wollte, daß sie in den Genuß seiner Wohltaten kamen.

»Wir reden ein anderes Mal darüber«, sagte er zu Diane.

»Wir müssen ihnen bis nächsten Dienstag Bescheid geben.«

»Dann werden wir Mittwoch darüber sprechen.«

Sie zog einen Flunsch, einen, den er, wie er wußte, erst wieder durch konzentriertes, beinahe wütendes Geldausgeben bei Bergdorf's und Saks loswerden würde.

Er tätschelte seine Sakkotasche, holte zwei folienverpackte Tabletten Gelusil heraus. Sein Herz mochte in exzellenter Verfassung sein, doch dieses Leben, das er sich selbst geschaffen hatte, spielte seiner Verdauung übel mit.

Gretchens schlanke junge Finger bewegten sich anmutig über die Tasten, spielten die ergreifende Melodie von Beethovens ›Für Elise‹. Der fette orangefarbene Kater namens Chumley schlief neben ihr auf dem Klavierhocker ausgestreckt, inzwischen zu alt, um so unbekümmert ausgelassen herumzutoben, wie er es früher einmal getan hatte, zufrieden damit, ihr einfach nahe zu sein, beschwichtigt von der sanften Musik.

Jeff beobachtete das Gesicht seiner Tochter, während sie spielte, ihre weiche, blasse Haut, eingefaßt von den dunklen Locken ihres Haars. Es lag Anspannung in ihrem Gesichtsausdruck, doch er wußte, daß sie nicht durch die Konzentration auf die Noten oder das Tempo des Stückes verursacht wurde. Ihre natürliche Begabung für Musik war so groß, daß sie sich niemals anzustrengen brauchte, um sich die Grundlagen einer Komposition einzuprägen oder sie zu üben, sobald sie sie einmal durchgespielt hatte. Der Ausdruck ihrer Augen zeugte vielmehr von Entzücken, von einem Verschmelzen mit der wehmütigen Melodie der trügerisch einfachen kleinen Bagatelle.

Sie gestaltete den Schlußteil aus Akkorden und Doppelnoten über einer mehrfach wiederholten langen Pedalnote mit geschicktem Legato, und als sie fertig war, saß sie eine Weile stumm da, kehrte von dem Ort zurück, an den die Musik sie entführt hatte. Dann lächelte sie vergnügt, und ihre Augen waren wieder die eines verspielten Mädchens.

»Ist das nicht schön?« fragte Gretchen kindlich-unbefangen und nur bezogen auf die Schönheit der Musik an sich.

»Ja«, sagte Jeff. »Fast so bezaubernd wie die Pianistin.«

»Oh, Daddy, laß das.« Sie errötete, schwang sich übermütig vom Hocker. »Ich werd ein Sandwich essen. Willst du auch eins?«

»Nein, danke, mein Schatz. Ich glaube, ich warte bis zum Lunch. Deine Mutter müßte jeden Moment aus der Stadt zurück sein. Wenn sie heimkommt, sag ihr, ich mache einen Spaziergang am Fluß, okay?«

»Okay«, rief Gretchen und hüpfte in die Küche. Chumley wachte auf, gähnte und folgte ihm in seinem eigenen gemächlichen Tempo.

Jeff ging nach draußen, folgte dem Weg durch den Wald. Im Herbst war die Ulmenallee wie ein orangeroter Tunnel, wie der eine halbe Meile lange Schaft einer ihn umhüllenden Flamme. Als er daraus auftauchte, sah Jeff zuerst die ausgedehnte Wiese, die sich sanft zum Hudson absenkte, dann die steilere Senke hundert Yards zur Linken, wo eine felsige Kette von Wasserfällen kaskadenartig in die Kühle hinabstürzte. Der dramatische Zugang zu diesem Ort verfehlte niemals, einen Schauer der Ehrfurcht darüber bei ihm auszulösen, daß etwas so Schönes existieren konnte, und des Stolzes, daß es ihm gehörte.

Er stand nahe am Scheitelpunkt der abfallenden Grünfläche, vertieft in die Aussicht. Zwei kleine Boote bewegten sich unter dem Leuchten der Regenbogenfarben des Wasserfalls auf der gegenüberliegenden Seite geräuschvoll den Fluß hinunter. Drei kleine Jungen schlenderten am anderen Ufer entlang, warfen lässig Kieselsteine in das vorbeifließende Wasser. Auf der Spitze einer Erhebung hinter ihnen befand sich ein stattliches Haus, weniger groß als Jeffs, aber immer noch eindrucksvoll.

In drei Monaten würde der Fluß zugefroren sein, ein riesiger weißer Highway, der sich nach Süden zur Stadt hin und nach Norden in Richtung der Adirondacks erstreckte. Die Bäume würden ihrer Blätter beraubt, aber kaum nackt sein: Schnee würde ihre Äste schmücken, und eines Tages würden selbst die kleinsten Zweige von einem Zylinder aus Eis umschlossen sein und zu Millionen im winterlichen Sonnenlicht glitzern.

Dies war das Land, das County, welches Currier und Ives als das amerikanische Ideal mythologisiert hatten, sie hatten sogar von dieser speziellen Aussicht eine Skizze gemacht. Wenn er hier stand, fiel es leicht zu glauben, daß sich alles, was er getan hatte, lohnend gewesen war. Wenn er hier stand oder Gretchen in seinen Armen hielt, das Kind umarmte, nach dem er und Linda sich gesehnt hatten, das sie aber nicht hatten bekommen können.

Nein, er würde seine Tochter nicht nach Concord schicken. Dies war ihr Zuhause. Hierher gehörte sie, bis sie alt genug war, selbst darüber zu entscheiden, ob sie es verlassen wollte. Wenn dieser Tag kam, würde er sie unterstützen, welche Entscheidung sie auch treffen mochte, doch bis dahin …

Etwas Unsichtbares durchbohrte seine Brust, etwas Schmerzhafteres und Stärkeres, als alles, was er je gefühlt hatte … außer einmal.

Er sank auf die Knie, versuchte sich zu erinnern, welcher Tag es war, wie spät es war. Sein starrer Blick nahm die Herbstszenerie auf, das Tal, das eben noch das Sinnbild wiedererlangter Hoffnung und unbegrenzter Möglichkeiten gewesen war. Dann fiel er auf die Seite, das Gesicht vom Fluß abgewandt.

Jeff Winston starrte hilflos den orangeroten Ulmentunnel an, der ihn zu dieser Wiese des Versprechens und der Erfüllung geführt hatte, und dann starb er.

7

Er war umgeben von Dunkelheit und von Schreien. Ein Händepaar umklammerte seinen rechten Arm, die Fingernägel bohrten sich durch den Stoff seines Hemdsärmels.

Vor sich sah Jeff ein Abbild der Hölle: weinende Kinder, die im Laufen schrien und stolperten, ohne den schwarzen geflügelten Wesen entkommen zu können, die herabstießen und auf die Gesichter, Münder, Augen der Kinder einhackten …

Dann zog eine eisig perfekte Blondine zwei der kleinen Mädchen in ein Auto, brachte sie vor dem Angriff in Sicherheit. Er sah sich einen Film an, begriff Jeff; einen Hitchock Film: *Die Vögel.*

Der Druck ließ zusammen mit der Intensität des Geschehens nach, und als er den Kopf zur Seite wandte, sah er Judy Garland, die ein mädchenhaftes, verlegenes Lächeln lächelte. Zu seiner Linken schmiegte sich Judys Freundin Paula in die schützende Armwölbung des jungen Martin Bailey.

1963. Es hatte alles von neuem begonnen.

»Wie kommt es, daß du heute abend so still bist, Liebling?« fragte ihn Judy auf dem Rücksitz von Martins Corvair, als sie nach dem Film zu Joe's and Moe's fuhren. »Du findest doch nicht, es war dumm von mir, mich so zu fürchten, oder?«

»Nein. Nein überhaupt nicht.«

Sie verschränkte ihre Finger mit seinen, lehnte ihren Kopf an seine Schulter. »Okay, dann findest du also nicht, daß ich ein Dummerchen bin.« Ihr Haar war frisch und sauber, und sie hatte sich ein paar Tropfen Lanvin auf den schmalen, bleichen Nacken getupft. Ihr lieblicher Duft war genau der gleiche wie an jenem peinlichen Abend in Jeffs Wagen vor fünfundzwanzig Jahren … und wie fast ein halbes Jahrhundert zuvor, in der gleichen Nacht.

Alles, was er erreicht hatte, war ausgelöscht worden: sein

Finanzimperium, das Haus in Dutchess County ... doch was am schlimmsten war, er hatte sein Kind verloren. Gretchen mit ihrer schlaksigen, fast schon erwachsenen Art und den intelligenten, liebevollen Augen existierte nicht mehr. Sie war tot, oder noch schlimmer: in dieser Realität hatte es sie einfach nie gegeben.

Zum ersten Mal in seinem langen, zerrissenen Leben verstand er Lears Klage über Cordelia ganz:

> ... Oh, du kehrst nimmer wieder,
> Niemals, niemals, niemals, niemals, niemals!

»Was war das, Schatz? Hast du was gesagt?«

»Nein«, flüsterte er und zog das Mädchen an seine Brust. »Ich habe bloß laut gedacht.«

»Mmmm. Ich gäb was dafür zu wissen, was du jetzt denkst.«

Kostbare Unschuld, dachte er; selige süße Ahnungslosigkeit, die nichts von den Wunden weiß, die ein wahnsinnig gewordenes Universum schlagen kann.

»Ich habe überlegt, wieviel es mir bedeutet, dich hier bei mir zu haben. Wie sehr ich es brauche, dich zu umarmen.«

Seine alte Internatsschule außerhalb von Richmond war, wie der Campus von Emory auch, unverändert geblieben. Einige Einzelheiten des Ortes schienen von seinen Erinnerungen geringfügig abzuweichen: Die Gebäude wirkten kleiner, der Speisesaal lag näher am See, als er es im Gedächtnis hatte. Er erwartete diese Art von unbedeutender Diskontinuität inzwischen geradezu, war vor langer Zeit zu dem Schluß gekommen, daß sie eher auf einem fehlerhaften Gedächtnis als auf irgendeiner konkreten Veränderung im Wesen der Dinge beruhte. Diesmal waren fast fünfzig Jahre der verblassenden Erinnerung vergangen, seit er das letztemal hier gewesen war. Ein ganzes Erwachsenenleben, auch wenn es in zwei aufgeteilt gewesen war und jetzt wieder begonnen hatte.

»Behandeln sie dich am College gut?« fragte Mrs. Braden.

»Nicht schlecht. Wollte einfach nur ein paar Tage wegkommen – dachte, ich komme mal rauf und seh mir die alte Schule an.«

Die pummelige kleine Bibliothekarin lachte mütterlich. »Es ist noch nicht einmal ein Jahr her, seit du deinen Abschluß gemacht hast, Jeff; schon so früh nostalgische Gefühle?«

»Ich schätze, ja.« Er lächelte. »Es kommt mir viel länger vor.«

»Warte bis es zehn oder zwanzig Jahre sind; dann wirst du sehen, wie weit weg einem all das vorkommen kann. Ich frage mich, ob du dann immer noch wiederkommen und uns besuchen wollen wirst.«

»Bestimmt werde ich das.«

»Das hoffe ich. Es tut gut zu sehen, was aus den Jungen wird, wie ihr alle mit der Welt dort draußen zurechtkommt. Und ich glaube, du wirst es schon schaffen.«

»Danke, Ma'am. Ich tue mein Bestes.«

Sie sah auf ihre Armbanduhr, blickte zerstreut zur Vordertür der Bibliothek. »Nun, ich soll mich um drei mit einer Gruppe von neuen Schülern treffen, die Fünfundzwanzig-Cent-Führung mit ihnen machen; du siehst doch bestimmt auch bei Dr. Armbruster vorbei, bevor du fährst, nicht wahr?«

»Das mache ich bestimmt.«

»Und besuch mich nächstes Mal in meiner Wohnung; wir trinken ein Glas Sherry miteinander und schwelgen in Erinnerungen an die gute alte Zeit.«

Jeff sagte ihr Auf Wiedersehen, suchte sich seinen Weg durch die Regale und ging durch einen Nebenausgang nach draußen. Er hatte nicht vorgehabt, mit einem Angehörigen des Lehrkörpers oder einem der Angestellten zu sprechen, hatte jedoch, als er hierher gefahren war, gewußt, daß ein oder zwei Zufallsbegegnungen unvermeidbar sein würden. Alles in allem hatte er sich Mrs. Braden gegenüber recht gut verhalten, dachte er, doch er war erleichtert darüber, daß die Unterhaltung kurz gewesen war. Er war sich inzwischen sicher, daß er mit solchen Begegnungen im Emory zurechtkam, doch hier würde es viel schwieriger sein, sie zu bestehen; seine Erinnerungen an den Ort, die Leute, waren zu schwach.

Er schlenderte einen Weg hinter der Bibliothek entlang, hinein in den abgeschiedenen Wald von Virginia, der den Campus umgab, auf dem er vom Jüngling zum jungen Mann geworden war. Etwas hatte ihn hierher gezogen, etwas Stärkeres, etwas Zwingenderes als bloßes Heimweh. Gott, inzwischen hatte er es mit viel zuviel Realität gewordener Nostalgie zu tun, um noch mehr davon zu suchen.

Vielleicht war es die Tatsache, daß dies die letzte noch lebendige Umgebung war, die er noch *nicht* neu durchlebt hatte, und daß sie noch so existierte, wie er sie in Erinnerung hatte. Er hatte bereits das Haus seiner Kindheit in Orlando besucht, war zweimal nach Emory zurückgekehrt. Und die Orte, an denen er nach dem College ursprünglich gelebt hatte, als Junggeselle und später mit Linda verheiratet, enthielten nichts von ihm, was aus diesem Leben oder dem kürzlich beendeten stammte. Hier jedoch erinnerte man sich an ihn; er hatte dieser Schule den kleinen Stempel seiner Persönlichkeit aufgeprägt, ebenso wie diese, in diesem Leben wie in den vorhergehenden, ihre größeren Auswirkungen auf ihn gehabt hatten. Vielleicht hatte er einfach das Bedürfnis, hier mit sich ins Reine zu kommen, sich einer eigenen Existenz zu versichern und sich an eine Zeit zu erinnern, als die Realität festgefügt und unwiederholbar gewesen war.

Jeff stieß den ausladenden Zweig einer Ulme beiseite, der auf den Weg herunterhing, und sah plötzlich die Brücke, die ihn die ganze Zeit über mit Schuld- und Schamgefühlen verfolgt hatte.

Er stand wie gelähmt da, starrte auf den Schauplatz, der während fünf Jahrzehnten seine Träume gestört hatte. Es war nur eine kleine hölzerne Fußgängerbrücke über einen Bach, eine einfache Konstruktion von nicht mehr als zehn Fuß Länge, aber Jeff konnte die Panik, die bei ihrem Anblick in seiner Brust emporstieg, kaum unter Kontrolle halten. Er hatte nicht gewußt, daß der Weg hierher führte.

Er ließ den Ulmenzweig los, ging langsam auf die kleine Brücke mit den handgesägten Bohlen und dem liebevoll gefertigten drei Fuß hohen Geländer zu. Sie war selbstverständlich wiederaufgebaut worden; das hatte er immer vermutet. Trotzdem war er nie wieder an diesen Ort zurückgekehrt, solange er in die Schule ging, nicht seit jenem Tag.

Er setzte sich auf die Bank nahe der Brücke, fuhr mit der Hand über das verwitterte Holz. Am anderen Bachufer knabberte ein Eichhörnchen an einer Eichel, die es zwischen den Pfoten hielt, und beobachtete ihn mit einem sanften, aber wachsamen Auge.

Jeff war in jenem ersten Jahr hier an der Schule im Grunde kein schüchterner Junge gewesen; ruhig und ernsthaft beim Lernen, aber keinesfalls ängstlich. Er schloß sehr rasch einige Freundschaften und beteiligte sich an den derben Späßen im Wohnheim: Rasiercremeschlachten, das Schmücken des Zimmers eines anderen Schülers mit Toilettenpapier, derartige Dinge. Was Mädchen anging, besaß er soviel oder so wenig Erfahrung, wie man in jener unschuldigeren Zeit von einem Fünfzehnjährigen erwarten konnte. Während seines letzten Jahres in der Unterstufe hatte er eine feste Freundin gehabt, aber bislang noch keine unter den High School-Mädchen, die an Wochenenden aus Richmond kamen, um hier auf dem Campus zu tanzen; jene Begegnung mit einem Mädchen namens Barbara, an das er sich gern erinnerte, würde warten müssen, bis er sechzehn war.

Dennoch verliebte er sich in jenem ersten Jahr heftig, besinnungslos in seine Französischlehrerin, eine Frau Mitte Zwanzig namens Deirdre Rendell. Mit dieser Obsession stand er nicht allein; grob geschätzt waren achtzig Prozent der Jungen auf dem mädchenlosen Campus in die gertenschlanke Brünette verliebt, deren Ehemann amerikanische Geschichte unterrichtete. Täglich kam es beim Abendessen im Speisesaal zu einer wilden Balgerei um die sechs Schülerplätze am Tisch der Rendells; er schaffte es zwei- oder dreimal die Woche, sich einen Platz zu ergattern.

Er war überzeugt, daß sie ihm gegenüber etwas Besonderes empfand, mehr als nur die strahlende Herzlichkeit, die sie den anderen Jungen entgegenbrachte; er war sicher, ein besonderes Leuchten, eine Flamme in ihren Augen wahrzunehmen, wenn sie mit ihm sprach. Einmal stand sie im Klassenzimmer hinter seinem Stuhl und massierte langsam, wie beiläufig seinen Nacken, während sie die Schüler Baudelaire rezitieren ließ. Das war ein Moment großer erotischer Intensität für ihn gewesen, und er hatte sich an den neidischen Blicken seiner Klassenkameraden geweidet. Eine Zeitlang hatte er sogar aufgehört, über den Ausklappbildern des *Playboy* zu masturbieren, hatte er seine sexuellen Phantasien für Deirdre aufgespart, wie er sie insgeheim nannte, für Deirdre allein.

Gegen Ende November wurde es offensichtlich, daß Mrs. Rendell schwanger war. Jeff tat sein Bestes, zu übersehen, was dies über die Beziehung zu ihrem Mann aussagte, und konzentrierte sich statt dessen auf die neue Schönheit, welche die bevorstehende Mutterschaft in ihr Gesicht zeichnete.

Sie nahm im Winter ihren Mutterschaftsurlaub, und eine neue Lehrerin übernahm ihre Stunden, bis sie wieder zurückkommen konnte. Das Kind wurde Mitte Februar geboren. Im April war Mrs. Rendell wieder an den Tisch des Ehepaars im Speisesaal zurückgekehrt, ihre Brüste von der Milch prachtvoll angeschwollen. Sie ließ das Kind in einer Korbkindertrage, wenn sie es nicht in den Armen hielt; und ihr Mann schwärmte sie vom Nachbarstuhl aus unaufhörlich an. Beide nahmen jeden Moment ihrer zärtlichen Aufmerksamkeit in Anspruch; Jeff konnte sich nicht mehr länger vorstellen, aus dem seltenen Lächeln, das sie ihm schenkte, geheime Koseworte herauszulesen.

Die Rendells lebten in einem Haus außerhalb des Campus, auf der anderen Seite des Waldes hinter der Bibliothek. An sonnigen Tagen ging Mrs. Rendell gerne zu Fuß zur Schule und wieder nach Hause, durch den friedvollen Ulmen- und Birkenbestand. Es gab einen ausgetretenen Fußpfad, der in diese Richtung führte, doch wurde er von einem Bach durchbrochen. Im Herbst hatte sie das schmale Rinnsal leicht durchwaten können; doch jetzt, wo sie das Baby im Kinderwagen vor sich herschob, bedeutete es ein ernsthaftes Hindernis.

Ihr Mann mühte sich sechs Wochen lang ab und baute die kleine Brücke. Er schnitt das Holz mit der Bandsäge in der Schulwerkstatt zurecht, glättete es, machte die Balken und Querträger für die geringe Spannweite zweimal so fest, wie sie zu sein brauchten. Am Abend des Tages, als sie fertig war, küßte ihn Mrs. Rendell gleich am Tisch im Speisesaal, küßte ihn lang und zärtlich. Etwas Derartiges hatte sie noch nie vor einem der Jungen getan. Jeff starrte auf sein ungegessenes Abendessen; sein Magen war wie zugeschnürt.

Am nächsten Tag ging er in den Wald, um allein zu sein, um die schrecklichen Gefühle loszuwerden, die ihn überschwemmten; doch als er zufällig auf die Brücke stieß, schien etwas in ihm zu zerspringen.

Sein Kopf dröhnte vor ungewohnter Wut, als er den erstbesten großen Stein aus dem Bachbett hob, ihn mit aller Kraft gegen das hölzerne Geländer schleuderte.

Einen Stein nach dem anderen schleuderte er, die schwersten, die er finden und hochheben konnte. Die Stützen waren am schwersten zu zerbrechen; sie waren gebaut, um zu überdauern, doch unter Jeffs wütenden Angriffen gaben sie schließlich nach und stürzten zusammen mit den gesplitterten Überbleibsel des Brückenrestes in den Bach.

Als es vollbracht war, stand Jeff da und starrte die durchnäßten Trümmerstücke an, vor Erschöpfung und Angst in heftigen Stößen atmend. Dann blickte er auf und sah Mrs. Rendell auf dem Weg der anderen Bachseite stehen. Ihre Blicke verhakten sich mehrere Sekunden lang, und dann stürzte Jeff davon.

Er erwartete, von der Schule geworfen zu werden; doch der Vorfall wurde niemals erwähnt. Jeff setzte sich nie wieder an den Tisch der Rendells. Er wich vor ihnen aus, so gut er nur konnte. Sie war im Unterricht weiterhin unverändert höflich, ja freundlich zu ihm, und am Jahresende bekam er in Französisch ein A.

Er warf einen Kiesel in den trägen Bach, sah zu, wie er von einem Felsen absprang und ins Wasser plumpste. Die Brükke zu zerstören war ein gemeiner, nicht zu verzeihender Akt gewesen. Dennoch hatte Mrs. Rendell ihm verziehen, ihn beschützt, hatte sogar das Feingefühl besessen, ihn nicht dadurch noch weiter zu beschämen, daß sie ihrem Verzeihen mit Worten Ausdruck gab. Sie mußte die einsame, besinnungslose Wut verstanden haben, die ihn zu einem solchen Extrem geführt hatte, mußte begriffen haben, daß er auf seine kindliche Weise in ihrer Liebe zu ihrem Mann und dem Baby einen Verrat der schlimmsten Sorte gesehen hatte.

Und das war es in Jeffs verliebt-verdrehter Sichtweise auch gewesen. Es war seine erste einführende Begegnung mit dem Verlust der Hoffnung gewesen.

Jetzt wußte er, was ihn hierher zur Schule zurückgezogen hatte, zu dieser stillen Lichtung im Wald seiner Jugend. Er mußte wieder der Leere eines unermeßlichen Verlusts ins Gesicht sehen, doch diesmal auf einem komplexeren Niveau. Diesmal wußte er, daß er nicht unter dem Gewicht des Unerträglichen zusammenbrechen würde. Es gab keine Brücken mehr, die er zerstören konnte; er mußte lernen, nach vorne zu schauen und neu anfangen, trotz der Qual, die ihm der Tod seiner Tochter verursachte, trotz seines Wissens darum, was niemals sein konnte.

Viertel vor elf an einem Freitagabend umarmten sich mindestens zwanzig Pärchen im Schatten außerhalb von Harris Hall: die Arme umeinandergelegt, die Gesichter ein paar letzte Minuten des fiebrigen Kontakts zusammengepreßt, bevor die jungen Frauen von ihrer wachsamen Hausmutter ins Wohnheim gerufen werden würden. Jeff und Judy teilten sich eine steinerne Bank abseits von den aneinandergeschmiegten Paaren. Sie war verärgert.

»Es ist dieser Frank Maddock, nicht wahr? Es war alles seine Idee; ich weiß, daß es das war.«

Jeff schüttelte den Kopf. »Ich habe dir erzählt, daß ich es ihm vorschlug.«

Judy hörte nicht zu. »Du solltest nicht mit ihm herumhängen. Ich wußte, daß so etwas passieren würde. Er hält sich für so cool, glaubt, er wäre Mister Superschlau. Kannst du denn sein Verhalten nicht durchschauen?«

»Schatz, es ist nicht seine Schuld. Die ganze Sache war meine Idee, und am Ende wird alles gut.«

»Oh, was weißt du davon?« Ein kühler Nachtwind erhob sich, und sie löste ihre Hand aus seiner, um ihre Kaninchenfelljacke zuzuziehen. »Du bist nicht einmal alt genug, um die Wetten selbst abzuschließen; du mußt ihn anheuern, um es zu tun.«

»Ich weiß genug«, sagte Jeff lächelnd.

»Sicher genug, um dein ganzes Geld rauszuschmeißen.

Genug, um dein Auto zu verkaufen. Ich kann es immer noch nicht glauben – du hast tatsächlich deinen Wagen verkauft, um bei einem Pferderennen zu wetten.«

»Morgen nachmittag kaufe ich einen neuen. Du kannst mich begleiten, mir beim Aussuchen helfen. Welcher würde dir gefallen, ein Jaguar, eine Corvette?«

»Red keinen Quatsch, Jeff. Ich dachte, ich würde dich ziemlich gut kennen, weißt du, aber das hier ...«

Der Wind löste eine Hartriegelblüte und ließ sie in ihr Haar fallen. Er streckte seine Hand aus, um die Blüte wegzunehmen, und die Bewegung wurde zu einer Liebkosung. Sie entspannte sich unter seiner Berührung, und er fuhr mit den weißen Blütenblättern zärtlich über ihre Wange, drückte sie leicht an ihre Lippen und dann an seine.

»Ach Schatz«, flüsterte sie, näher zu ihm rückend, »ich will doch kein Zankteufel sein. Ich hab mir wegen dieser Sache einfach solche Sorgen um dich gemacht, daß ich nicht ...«

»Psst!« machte er, ihr Gesicht in beiden Händen haltend. »Es besteht kein Grund, sich Sorgen zu machen, das verspreche ich dir.«

»Aber du weißt nicht ...«

Er brachte sie mit einem Kuß zum Schweigen, der andauerte, bis die scharfe Stimme einer Frau sie unterbrach, welche rief: »Sperrstunde in fünf Minuten!«

Mädchen eilten an ihnen vorbei, als er sie zu der hellerleuchteten Eingangstür des Wohnheims geleitete. »Also«, sagte er, »willst du morgen mit mir ein Auto kaufen gehen?«

»Oh, Jeff.« Sie seufzte. »Ich muß morgen nachmittag eine Semesterarbeit fertigmachen, aber wenn du gegen sieben vorbeikommst, kaufe ich dir bei Dooley's einen Hamburger. Und sei nicht zu traurig, wenn du verlierst; es wird dir wenigstens eine Lehre sein.«

»Jawohl, Ma'am.« Er grinste. »Ich werde bestimmt daran denken.«

Ein rot gekleideter Hausdiener parkte am Coach and Six für sie den Jaguar. Jeff steckte dem Weinkellner einen Zwanziger zu, und niemand fragte nach Judy's Personalausweis, als er eine Zweiliterflasche Moët et Chandon bestellte.

»Auf Chateaugay«, toastete Jeff ihr zu, als der Champagner ausgeschenkt war.

Judy zögerte, das Glas halb erhoben. »Ich würde lieber einfach bloß auf heute abend trinken«, sagte sie.

Sie stießen mit ihren Gläsern an, nippten am Champagner. Judy sah wundervoll aus in dem blauen, tief ausgeschnittenen Kleid, das sie für den Frühjahrsball gekauft hatte: halb Verkleiden spielendes Mädchen, halb sexsprühende Frau. Er hatte sie letztes Mal zu schnell aufgegeben, hatte nach einer Frau gesucht, deren Erfahrung seiner eigenen entsprach. Doch das war natürlich ein unerreichbares Ziel. Jetzt genoß er verzückt ihre warme, naive Offenheit, die so verschieden war von Sharlas billiger Erotik oder Dianes kalter, überfeinerter Art. Eine solche Unschuld verdiente es, gehätschelt und nicht abgelehnt zu werden.

Das Essen im Coach and Six war gehobener amerikanischer Standard, ohne etwas Aufregendes auf der Speisekarte, doch Judy schien beeindruckt und strengte sich sichtlich an, ein möglichst erwachsenes Verhalten an den Tag zu legen. Jeff bestellte Hummer für sie, Rippensteak für sich selbst. Sie beobachtete, welche Gabeln er für den Salat und die Vorspeise benutzte, und er liebte sie um ihrer Unwissenheit willen.

Nach dem Essen, beim Drambuie, reichte Jeff ihr die kleine blaue Schmuckkassette von Claude S. Bennett. Sie öffnete sie und starrte eine Weile den vollkommenen zweikarätigen Diamantring an, bevor sie zu weinen begann.

»Das kann ich nicht annehmen«, murmelte sie, indem sie die Kassette behutsam schloß und auf seine Seite des Tisches legte. »Ich kann einfach nicht.«

»Ich dachte, du hättest gesagt, du liebtest mich.«

»Das tue ich«, sagte sie. »Oh verdammt, verdammt, verdammt.«

»Was stimmt denn nicht? Wir könnten ein oder zwei Jahre warten, wenn du meinst, du wärst zu jung, aber ich würde unsere Absichten am liebsten sofort bekanntgeben.«

Sie trocknete sich die Augen mit einer Serviette, das wenige Make-up verschmierend, das sie aufgelegt hatte. Jeff wollte die Streifen wegküssen, wollte sie mit seinem Mund baden, wie es eine Katze mit ihrem Jungen tat.

»Paula meint, du bist seit Wochen nicht mehr beim Unterricht gewesen«, sagte sie. »Sie meint, du könntest sogar vom College fliegen.«

Jeff strahlte, nahm ihre Hand. »Ist das alles? Das ist unwichtig, Schatz. Ich verlasse das College sowieso. Ich habe soeben siebzehntausend Dollar gewonnen, und bis Oktober kann ich es ... Sieh mal, es gibt nichts, worüber man sich Sorgen machen müßte. Wir werden eine Menge Geld haben; dafür werde immer ich sorgen.«

»Wie?« fragte sie bitter. »Durch Spielen? Sollen wir so leben?«

»Investitionen«, sagte er. »Absolut einwandfreie Investitionen, in große Firmen wie IBM und Xerox und ...«

»Sei realistisch, Jeff. Du hattest wirklich Glück bei einem Pferderennen, und jetzt glaubst du auf einmal, du könntest an der Börse zu Geld kommen. Und was ist, wenn die Kurse fallen? Was ist, wenn es eine Baisse oder so was gibt?«

»Es wird keine geben«, sagte er ruhig.

»Das weißt du nicht. Mein Daddy meint ...«

»Es ist mir egal, was dein Daddy meint. Es wird keine Baisse geben ...«

Sie legte ihre Serviette ab, stieß ihren Stuhl vom Tisch zurück. »Nun, mir ist es nicht egal, was meine Eltern sagen. Und ich denke höchst ungern daran, wie sie reagieren würden, wenn ich ihnen sagte, daß ich einen achtzehnjährigen Jungen heiraten wollte, der die Schule verlassen hat, um ein Spieler zu werden.«

Jeff wußte nicht, was er sagen sollte. Sie hatte natürlich recht. Er mußte ihr als unverantwortlicher Narr erscheinen. Es war ein schrecklicher Fehler gewesen, ihr zu sagen, was er vorhatte.

Er steckte den Ring wieder in seine Sakkotasche. »Den behalte ich erst mal«, sagte er. Und vielleicht überlege ich's mir mit der Schule noch anders.«

Ihre Augen wurden wieder feucht, ihr lebhaftes Blau schimmerte durch die Tränen hindurch. »Bitte tu das, Jeff. Ich will dich nicht verlieren, nicht durch eine solche Verrücktheit.«

Er drückte ihre Hand. »Eines Tages wirst du diesen Ring tragen«, sagte er. »Du wirst stolz auf ihn sein, und stolz auf mich.«

Sie wurden im Juni 1968 in der First Baptist Church in Rockwood, Tennessee getraut, eine Woche nachdem Jeff der Magister der Betriebswirtschaftslehre verliehen worden war. Genau vier Tage vor diesem Datum hatte er in jenen anderen Leben Linda getroffen – zweimal, mit so drastisch verschiedenen Ausgängen. Rockwood war Judys Heimatstadt, und der Empfang, den ihre Eltern anschließend gaben, war ein großes, ungezwungenes Barbecue an ihrem Sommerhaus am nahegelegenen Watts Bar Lake. Jeff fiel auf, daß der Husten seines Vaters allmählich schlimmer wurde, doch noch immer wollte er nicht auf die inständigen Bitten seines Sohnes hören, mit dem Kettenrauchen der Pall Malls aufzuhören. Er würde es solange nicht aufgeben, bis in einigen Jahren das Emphysem festgestellt werden würde. Jeffs Mutter war glücklicher, als sie es bei seinen Hochzeiten mit Linda und Diane gewesen war, wenngleich sie sich natürlich an keinen von beiden Anlässen erinnerte. Seine Schwester, eine schüchterne Fünfzehnjährige mit Zahnspangen, hatte sofort für Judy Feuer gefangen.

Die Familie der Gordons hatte Jeff ebenfalls aus ganzem Herzen in ihrem Kreis willkommen geheißen. Er hatte sich in das perfekte Ebenbild einer guten Partie verwandelt: dreiundzwanzig, eine gute Ausbildung, fleißig, verantwortungsbewußt. Schon mit einem netten kleinen Notgroschen auf der hohen Kante und einem konservativen, doch stetig wachsenden Portefeuille an Aktien, das auf seinen und Judys Namen lautete.

Es war nicht leicht gewesen. Die fünf Jahre Schule waren ziemlich hart, zwangen sie ihn doch unter das längst abgeschüttelte Joch des Lernens, der Semesterarbeiten und Prüfungen zurück; doch die schwierigste Aufgabe war gewesen, es fertigzubringen, nicht reich zu werden. Das letztemal war er in diesem Alter ein Finanzgenie gewesen, der Haupteigner eines mächtigen Mischkonzerns. So plötzlich mit Reichtum überschüttet zu werden, hätte Judy aus dem Gleichgewicht geworfen und zwischen ihnen ernsthafte Probleme geschaffen. Deshalb hatte er beim Belmont-Rennen und der Baseballmeisterschaft ganz auf das Wetten verzichtet und sorgfältig die vielen Spitzengewinne abwerfenden Investitionen vermieden, mit denen er leicht ein weiteres Multimillionenvermögen hätte machen können.

Er und Frank Maddock hatten sich diesmal bald nach dem Kentucky Derby einander entfremdet. Sein unwissender ehemaliger Partner beim Höhenflug der Firma hatte die Rechtsakademie von Columbia beendet und war jetzt Anwaltspraktikant bei einer Firma in Pittsburgh.

Jeff und Judy erwarben ein gepfändetes nettes kleines Haus im Kolonialstil an der Cheshire Bridge Road in Atlanta, und Jeff mietete sich ein Vierzimmerbüro in einem Gebäude nahe Five Points, das ihm einmal gehört hatte. An fünf Tagen die Woche zog er Anzug und Krawatte an, fuhr ins Stadtzentrum, wünschte seiner Sekretärin und den Angestellten einen guten Morgen, schloß sich im Büro ein und las. Sophokles, Shakespeare, Proust, Faulkner ... all die Werke, die er hatte schmökern wollen, die zu lesen er jedoch nie die Zeit gehabt hatte.

Gegen Ende des Tages warf er ein paar Notizen für seine Partner aufs Papier, empfahl ihnen etwa, nicht das Risiko einzugehen, in ein so unbeschriebenes Blatt wie Sony zu investieren, sondern ihr allmählich wachsendes Kapital in etwas Sicherem anzulegen, zum Beispiel AT & T. Jeff steuerte die kleine Gesellschaft behutsam an allen Quellen plötzlichen Reichtums vorbei, sorgte dafür, daß er und seine Mitgesellschafter komfortabel, doch auf unspektakuläre Weise in der oberen Mittelschicht verwurzelt blieben. Seine Partner folgten regelmäßig seinem Rat; wenn sie es nicht taten, tendierten die Verluste dazu, die Gewinne aufzuwiegen, also lief es auf den von Jeff beabsichtigten Nettoeffekt hinaus.

Abends machten er und Judy es sich zu Hause gemütlich und schauten sich ›Laugh-In‹ oder ›The Name of the Game‹ an, dann spielten sie vielleicht eine Partie Scrabble, ehe sie sich schlafen legten. An warmen Wochenenden segelten sie auf dem Lake Larnier oder spielten Tennis und wanderten die Naturlehrpfade von Callaway Gardens entlang.

Das Leben verlief ruhig, geordnet, wunderbar normal. Jeff fühlte sich vollkommen zufrieden. Nicht überschwenglich – es fehlte jenes Gefühl von absoluter Verzückung, das er empfunden hatte, während er seine Tochter Gretchen auf dem Landsitz in Dutchess County hatte heranwachsen sehen – doch er war glücklich und mit sich im Einklang. Zum erstenmal war sein langes, chaotisches Leben von äußerster Einfachheit und dem Fehlen von Aufregung bestimmt.

Jeff grub seine Zehen in den Sand, stützte sich auf die Ellbogen und schirmte die Augen mit einer Hand vor der Sonne. Judy war auf der Decke neben ihm eingeschlafen, die Finger immer noch um ein Exemplar von *Der Weiße Hai* gekrümmt. Er küßte sanft ihren halboffenen Mund.

»Magst du etwas Piña Colada?« fragte Jeff, als sie sich erwachend streckte. »Wir haben noch eine halbe Thermosflasche übrig.«

»Mmm. Möchte hier einfach nur so liegen bleiben. Ungefähr zwanzig Jahre lang.«

»Dann solltest du dich aber alle sechs Monate besser umdrehen.«

Sie verdrehte den Kopf, um sich ihr rechtes Schulterblatt anzusehen, und sah, daß es sich rötete. Sie rollte sich auf den Rücken, nahe zu ihm, und wieder küßte er sie; länger diesmal, und intensiver.

Ein paar Meter den Strand hinunter hatte ein anderes Pärchen ein Radio laufen, und Jeff unterbrach den Kuß, als die Musik endete und ein Sprecher mit jamaikanischem Akzent eine Meldung über John Deans Zeugenaussage vom heutigen Tag bei den Watergate-Anhörungen zu verlesen begann.

»Ich lieb dich«, sagte Judy.

»Ich lieb dich«, antwortete er und berührte ihre sonnenverbrannte Nasenspitze. Und das tat er wirklich, Gott wußte, wie sehr.

Jeff gönnte sich, im Einklang mit seinem Vorsatz regelmäßige Arbeitszeiten einzuhalten, sechs Wochen Urlaub im Jahr. Die absichtlich auferlegte Beschränkung ließ ihn diese Zeit umso mehr genießen. Im Jahr zuvor waren sie durch Schottland geradelt, und diesen Sommer planten sie, mit dem Heißluftballon eine Reise durch die Weingegenden von Frankreich zu unternehmen. In diesem Moment jedoch hätte er keinen anderen Ort gewußt, an dem er lieber gewesen wäre als ich Ocho Rios, zusammen mit der Frau, die gesunden Menschenverstand und Freude in sein aus den Fugen geratenes Leben gebracht hatte.

»Hey, Mann, Halskette für die hübsche Missy? Schöne Cochinahalskette?«

Der kleine jamaikanische Junge war nicht älter als acht oder neun. Seine Arme waren mit Dutzenden von bezaubernden Muschelketten und Armbändern behängt, und ein an seiner Hüfte befestigter Stoffbeutel war voller Ohrringe, die aus den gleichen farbenprächtigen Muscheln gemacht waren.

»Wieviel für ... dieses hier?«

»Acht Shilling.«

»Sagen wir, ein Pfund, sechs Shilling, und ich nehm sie.«

Der Junge hob verwirrt die Brauen. »Hey, Sie verrückt, Mann? Sie sollten runtergehen, nich höher.«

»Dann zwei Pfund.«

»Will mich nich mit ihnen streiten. Es is ihr's.« Das Kind nahm die Halskette rasch von seinem Arm, reichte sie Judy. »Wenn Sie noch mehr kaufen woll'n, ich hab Masse davon. Jeder am Strand kennt mich, ich heiß Renard, okay?«

»Okay, Renard. Hat mich gefreut, mit dir zu handeln.« Jeff reichte ihm zwei Einpfundnoten, und der Junge hüpfte grinsend über den Strand davon.

Judy streifte sich die Halskette über, schüttelte mit gespielter Mißbilligung den Kopf. »Schäm dich«, sagte sie, »ein Kind so übers Ohr zu hauen.«

»Hätte schlimmer kommen können.« Jeff lächelte. »Noch eine Minute oder so, und ich hätte ihn womöglich auf vier oder fünf Pfund hochgehandelt.«

Sie sah an sich hinunter, um die Halskette neu zu ordnen, und als sich ihre Blicke wieder trafen, lag Traurigkeit in ihren Augen. »Du bist so gut zu Kindern«, sagte sie. »Das ist das einzige, was ich bedauere, das wir niemals ...«

Jeff legte ihr seine Finger leicht auf die Lippen. »Du bist mein kleines Mädchen. Alles was ich brauche.«

Von der Vasektomie, die er 1966 hatte vornehmen lassen, bald nachdem sie angefangen hatten, miteinander zu schlafen, durfte er ihr nichts sagen, es sie nicht einmal vermuten lassen. Nie wieder würde er einem Kind das Leben schenken, wie er es damals bei Gretchen getan hatte, nur um ihre ganze Existenz ausgelöscht zu sehen. Für alle außer Jeff lebte sie nicht einmal mehr in der Erinnerung; und aufgrund der undenkbaren Möglichkeit, daß er dazu verdammt sein könnte, sein Leben noch einmal zu wiederholen, weigerte er sich, in dieser Art von bodenloser Hölle jemanden zurückzulassen, den er nicht nur liebte, sondern sogar gezeugt hatte.

»Jeff … ich hab nachgedacht.«

Er sah wieder Judy an, darum bemüht, den Schmerz und das Schuldgefühl nicht zu zeigen. »Worüber?«

»Wir könnten – antworte nicht gleich; laß dir Zeit, darüber nachdenken – wir könnten ein Kind adoptieren.«

Mehrere Sekunden lang sagte er gar nichts, sah sie einfach nur an. Sah die Liebe in ihrem Gesicht, sah das Bedürfnis nach einem weiteren Betätigungsfeld, auf dem sie diese Liebe ausdrücken konnte.

Es würde anders sein als mit eigenen Kindern, dachte er. Selbst wenn er sie liebgewinnen würde, wäre er nicht dafür verantwortlich, daß sie in die Welt gesetzt worden waren. Sie existierten bereits, waren geboren worden, von wem auch immer. Das Schlimmste konnte passieren, und sie würden immer noch weiterleben, wenn auch mit einer anderen Lebensgeschichte vor sich.

»Ja«, sagte er zu ihr. »Ja, das fände ich wirklich gut.«

Die Ablegestelle war an einem Ort namens Earl's Ford, am Südrand des ausgedehnten Waldes von Appalachia, nahe der Stelle, wo North und Southcarolina mit der oberen Spitze von Georgia zusammentrafen. Es gab insgesamt sechs Flöße: schwarze, plump wirkende Dinger, im Basislager aufgeblasen und mühsam zum Rand des Chattooga River geschleppt. Jeff, Judy und die Kinder teilten sich ein Floß mit einer lustigen grauhaarigen Frau und einem Führer, der im Collegealter schien, das Gesicht und die Arme sonnengebräunt.

Als das Floß in das klare, gemächlich dahinfließende Wasser glitt, streckte Jeff die Hand aus, um die Schwimmweste enger um den mageren Körpers des Kindes zu befestigen. Dwayne sah die väterliche Geste und stellte seine eigene Weste enger, in den jungen Augen einen Ausdruck männlicher Entschlossenheit.

April war ein bezauberndes kleines blondhaariges Mädchen, das von ihren leiblichen Eltern schwer mißbraucht worden war; ihr Bruder war ein gefühlsbetontes, sehr lebhaftes Kind, dessen Mutter und Vater bei einem Autounfall gestorben waren. Die Namen der Kinder waren notgedrungen nicht die, welche Jeff und Judy für sie ausgesucht hätten, doch sie waren sechs und vier Jahre alt, als sie adoptiert wurden, und es schien das beste zu sein, ihr Selbstwertgefühl nicht weiter dadurch zu beeinträchtigen, daß man ihre ursprünglichen Namen änderte.

»Daddy, guck mal! Ein Hirsch!« April zeigte zum weiter entfernten Flußufer, das Gesicht strahlend vor Aufregung. Das Tier erwiderte selbstgefällig ihr Starren, bereit, falls nötig wegzulaufen, doch nicht willens, mit dem Fressen nur deshalb aufzuhören, weil es diese seltsamen Erscheinungen gesehen hatte.

Alsbald begannen die bewaldeten Ufer zu beiden Seiten anzusteigen, sich in eine Felsenschlucht zu verwandeln. Während der Canyon tiefer wurde, nahm die Geschwindigkeit des Flusses zu, und es dauerte nicht lang, bis die Floßflottille die ersten Stromschnellen erreicht hatte. Die Kinder jauchzten vor Freude, als das Floß in der Abwärtsströmung bockte und schaukelte.

Jeff sah Judy an, als sie das weißschaumige Wasser hinter sich gelassen hatten und wieder sanft flußabwärts glitten. Er war erfreut zu sehen, daß ihre erste Ängstlichkeit einer Heiterkeit gewichen war, die der der Kinder entsprach. Sie hatte Bedenken gehabt, sie auf diesen Ausflug mitzunehmen, doch Jeff hatte den Kindern eine so anregende Erfahrung nicht vorenthalten wollen.

Die Expedition ging auf einer kleinen Insel an Land, und Judy breitete das Mittagessen aus, das sie in einer wasserdichten Kiste verpackt hatte. Jeff kaute geräuschvoll an einem Hühnerbein und trank sein kaltes Bier, während er zusah, wie April und Dwayne den dreieckigen Inselkeil erkundeten. Die Neugier und Einbildungskraft der Kinder hörte nie auf, ihn zu faszinieren; durch ihre Augen hatte er diese verbrauchte Welt neu schätzen gelernt. Als er und Judy sich entschlossen hatten, sie zu adoptieren, hatte er zum richtigen Zeitpunkt einige Atari- und Apple-Aktien gekauft; nicht viele, gerade genug, um das Familieneinkommen ein bißchen anzuheben. Sie hatten ein größeres Haus gekauft, an der West Paces Ferry Road; es hatte einen riesigen Garten mit einem flachen Fischteich und drei großen Eichen. Ideal für die Kinder.

Die Flöße setzten ihre Fahrt fort, überwanden eine weitere, größere Ansammlung von Stromschnellen, etwa eine Meile weiter flußabwärts. Die Strömung bewegte sich jetzt viel rascher, selbst in den Blauwasserabschnitten der Reise; doch Jeff konnte erkennen, daß seine Frau die Angst vor dem Fluß verloren hatte, daß dessen Schönheit und die damit verbundene Erregung sie gefangennahmen. Sie hielt fest seine Hand, als sie durch die Schnelle von Bull Sluice Falls hindurchschossen, und dann war es vorbei, das Wasser war wieder ruhig, und die Sonne wich hinter die Pinien zurück.

April und Dwayne waren ausgesprochen traurig, den Bus zu sehen, der darauf wartete, sie nach Atlanta zurückzubringen, aber Jeff wußte, daß ihre Abenteuer, so wie dieser Sommer, gerade erst begonnen hatten. Bald würde er seine Familie auf eine gemütliche zweimonatige Fahrt durch Frankreich und Italien mitnehmen; für das nächste Jahr plante er für sie eine Reise nach Japan und in die neuerdings zugängliche Weite von China.

Jeff wollte, daß sie alles sahen, daß sie die ganze Herrlichkeit und alle Wunder kennenlernten, welche die Welt zu bieten hatte. Trotzdem hatte er insgeheim Angst, daß diese ganzen Erinnerungen zusammen mit all der Liebe, die er ihnen gegeben hatte, bald durch eine Macht zunichte gemacht werden könnten, die er nicht besser zu verstehen mochte als sie.

Nach drei Tagen hatte seine Brust dort, wo die Elektroden festgeklebt waren, ziemlich unangenehm zu jucken begonnen, doch er wollte das EKG nicht abnehmen lassen, nicht eine Minute lang.

Die Krankenschwestern waren ihm gegenüber voller Verachtung; Jeff wußte das. Sie lachten über ihn, wenn sie ihn außer Hörweite wähnten, ärgerten sich darüber, einen vollkommen gesunden Hypochonder versorgen zu müssen, der ein wertvolles Krankenbett in Anspruch nahm.

Sein Arzt empfand mehr oder weniger gleich, hatte dies auch offen gesagt. Jeff hatte gefordert, war heftig geworden. Nachdem er den Krankenhausfond eine beträchtliche Schenkung gemacht hatte, war er schließlich für diese Woche aufgenommen worden.

Die dritte Oktoberwoche 1988. Wenn es geschehen würde, dann in dieser Zeit.

»Hallo, Schatz; wie fühlst du dich?« Judy trug ein rostfarbenes Herbstkleid; ihr Haar war locker auf ihrem Kopf aufgetürmt.

»Es juckt. Davon abgesehen, gut.«

Sie lächelte mit einer Durchtriebenheit, die für ihr immer noch unschuldiges Gesicht untypisch war. »Etwas, wo ich kratzen kann?«

Jeff lachte. »Wär gar nicht schlecht. Ich glaube, wir werden aber noch ein paar Tage warten müssen, bis die Drähte abgenommen werden.«

»Also gut«, sagte sie, zwei Einkaufstüten hochhaltend, die eine vom Oxford-Buchladen und die andere von Turtle Records. »Hier ist etwas, um dich in der Zwischenzeit zu beschäftigen.«

Sie hatte ihm die neuesten Kriminalromane von Travis McGee und Dick Francis mitgebracht (eine Vorliebe, die er diesmal entwickelt hatte), außerdem eine neue Biographie von André Malraux und eine Geschichte der Cunard-Schiffahrtslinie. In Anbetracht all dessen, was sie nie über ihn erfahren hatte, hatte Judy großes Verständnis für die eklektische Natur seiner Interessen. Die andere Tüte enthielt ein Dutzend CD-Kassetten, angefangen von Bach und Vivaldi bis zur Digitalaufnahme von ›Sergeant Pepper‹. Sie schob eine der glänzenden Scheiben in den tragbaren CD-Player auf seinem Nachttisch, und die erlesenen Klänge von Pachelbels Kanon in D-dur füllten das Krankenzimmer.

»Judy …« Seine Stimme brach. Er räusperte sich und begann von neuem. »Ich möchte nur, daß du weißt … wie sehr ich dich immer geliebt habe.«

Sie antwortete in gemessenem Tonfall, konnte aber die Angst in ihren Augen nicht verbergen. »Wir werden uns immer lieben, hoffe ich. Noch lange, lange Zeit.«

»So lange wie möglich.«

Judy runzelte die Stirn, setzte zu sprechen an, doch er brachte sie zum Schweigen. Sie lehnte sich über das Bett, um ihn zu küssen, und ihre Hand zitterte, als sie die seine fand.

»Komm bald nach Hause«, flüsterte sie an seinem Gesicht. »Wir haben noch gar nicht richtig begonnen.«

Es passierte eine knappe Stunde nachdem Judy das Zimmer verlassen hatte, um in der Krankenhauscafeteria zu Mittag zu essen. Jeff war froh, daß sie nicht da war und es mitansah.

Selbst durch seinen Schmerz hindurch konnte er die Überraschung auf dem Gesicht der Krankenschwester erkennen, als das EKG Amok lief; sie verhielt sich jedoch vollkommen professionell und zögerte keinen Moment, den Notalarm auszulösen. Innerhalb von Sekunden war Jeff von einem ganzen Medizinerteam umgeben, die Anweisungen und Statusmeldungen riefen, während sie sich an ihm zu schaffen machten:

»Epi, ein Milliliter!«

»Bikarbonat zwei Ampullen? Drei-sechzig Watt!«

»Achtung …« WHOMM!

»Tachykardie! Blutdruck achtzig, tastbar; zweihundert Wattsekunden, Lidokain fünfundsiebzig Milligramm, gleichbleibend!«

»Guck mal – Kammerflimmern.«

»Nochmal Epi und Bikarbonat, defibrillieren mit dreisechzig; Achtung …« WHOMM!

Immer weiter, während ihre Stimmen zusammen mit dem Licht verblaßten. Jeff versuchte vor Wut zu schreien, weil es ungerecht war; diesmal war er vollkommen darauf vorbereitet gewesen. Doch er konnte nicht schreien, es blieb ihm nichts anderes übrig, als wieder zu sterben.

Und wieder zu erwachen, auf dem Rücksitz von Martin Baileys Corvair, mit Judy an seiner Seite. Judy war achtzehn, die Judy von 1963, bevor sie sich verliebt und geheiratet und ihr gemeinsames Leben aufgebaut hatten.

»Halt den Wagen an!«

»Nur Geduld, mein Freund«, sagte Martin. »Wir sind gleich am Mädchenwohnheim. Wir ...«

»Ich sagte, halt den Wagen an! Halt sofort an!«

Verwirrt den Kopf schüttelnd, brachte Martin den Wagen am Kilgo Circle zum Stehen, hinter dem Geschichtsgebäude. Judy legte ihre Hand aufs Jeffs Arm, versuchte, ihn zu beruhigen, aber er zuckte vor ihr zurück und riß die Wagentür auf.

»Mein Gott, was, zum Teufel, machst du eigentlich?« rief Martin, doch Jeff war schon aus dem Wagen und rannte, rannte schnell in irgendeine Richtung; es war nicht wichtig, wohin.

Nichts war mehr wichtig.

Er lief durch den viereckigen Innenhof, vorbei an den Chemie- und Psychologiegebäuden, während sein starkes junges Herz in seiner Brust pochte, als hätte es ihn nicht Minuten zuvor und fünfundzwanzig Jahre in der Zukunft im Stich gelassen. Seine Beine trugen ihn am Biologiegebäude vorbei, über die Straßenecke von Pierce und Arkwright Drive hinaus. Schließlich stolperte er und fiel in der Mitte des Fußballfeldes auf die Knie, die verschwimmenden Augen zu den Sternen erhoben.

»Verdammt!« Er schrie zum gleichgültigen Himmel empor, schrie mit aller Kraft und Verzweiflung, die er auf jenem Sterbelager im Krankenhaus nicht hatte ausdrücken können. »Der Teufel soll euch holen! Warum ... tut ... ihr ... MIR DAS AN!«

8

Danach war Jeff alles so ziemlich scheißegal. Er hatte getan, was er konnte, hatte erreicht, was zu erreichen ein Mann sich nur erhoffen konnte – materiell, in der Liebe, als Vater – und doch blieb unter dem Strich nichts davon übrig, stand er immer noch allein und machtlos da, mit leeren Händen und leerem Herzen. Wieder am Anfang; aber warum überhaupt beginnen, wenn sich all seine Mühen unvermeidlich als nutzlos erweisen würden?

Er brachte es nicht über sich, Judy wiederzusehen. Dieses herzige junge Mädchen war nicht die Frau, die er einmal geliebt hatte, sondern bloß ein unbeschriebenes Blatt mit dem Potential, zu dieser Frau zu werden. Es wäre sinnlos, sogar masochistisch, diesen Prozeß wechselseitiger Annäherung mechanisch zu wiederholen, wo er nur zu gut den emotionalen und seelischen Tod kannte, auf den alles hinauslief.

Er kehrte zu jener anonymen Bar zurück, die er vor so langer Zeit an der North Druid Hills Road entdeckt hatte, und begann zu trinken. Als die Zeit gekommen war, unterzog er sich erneut der Farce, Frank Maddock davon zu überzeugen, die Wette auf das Kentucky Derby für ihn zu plazieren. Sobald das Geld eintraf, flog er nach Las Vegas – allein.

Nach drei Tagen des Herumwanderns in Hotels und Casinos fand er sie schließlich an einem Black-Jack-Tisch mit einem Dollar Minimumeinsatz im Sands. Das gleiche schwarze Haar, der gleiche makellose Körper, sogar das gleiche rote Kleid, das er einmal in einem Moment gemeinsamer ungeduldiger Lust ihr auf dem Wohnzimmersofa ihrer kleinen Maisonette vom Leib gerissen hatte.

»Hi«, sagte er. »Ich heiße Jeff Winston.«

Sie lächelte ihr vertrautes verführerisches Lächeln. »Sharla Baker.«

»Schön. Was würd'st du davon halten, nach Paris zu fliegen?«

Sharla warf ihm einen verwirrten Blick zu. »Was dagegen, wenn ich erst mein Blatt ausspiele?«

»In drei Stunden geht ein Flugzeug nach New York. Es hat einen direkten Anschluß zu Air France. Das läßt dir Zeit zum Packen.«

Sie versuchte es mit einer Sechzehn, verlor.

»Bist du wirklich, oder was?«

»Ich bin wirklich. Fertig aufzubrechen?«

Sharla zuckte die Achseln, schaufelte die wenigen übriggebliebenen Chips in ihre Handtasche. »Klar. Warum nicht?«

»Genau«, sagte Jeff. »Warum nicht?«

Der süßlich-strenge Geruch von hundert glimmenden Gauloises- und Gitanes-Zigaretten hing in der Luft des Clubs wie ein ranziger Nebel. Durch den Dunst hindurch konnte Jeff Sharla allein in einer Ecke tanzen sehen, mit geschlossenen Augen, betrunken. Sie schien diesmal mehr zu trinken als er sich erinnerte; oder vielleicht lag es einfach daran, daß sie mit ihm Schritt hielt, und er trank jetzt mehr als je zuvor. Zumindest machte ihn der Alkohol gesellig; heute waren mehr als ein Dutzend Leute an seinem Tisch, die meisten von ihnen vorgebliche ›Studenten‹ der einen oder anderen Sorte, doch alle mehr am endlosen Nachtleben der Stadt interessiert als an ihren Büchern.

»Diese Clubs gibt's auch in Staaten, *hein?*« fragte Jean-Claude.

Jeff schüttelte den Kopf. Das Caveau de la Huchette war ein Pariser Jazzkeller der klassischen Art, ein Verlies mit Steinwänden voller Musik, die ebenso verraucht und stechend war wie die Zigaretten, von denen jeder hier zu leben schien. Anders als die neueren *discothèques* war dies ein Stil, der niemals in den Staaten würde Fuß fassen können.

Mireille, Jean-Claudes zierliche rothaarige Freundin, lächelte schmerzlich und träge. *»C'est dommage«*, sagte sie. »Die Schwarzen, niemand mag sie in ihrem Heimatland, deshalb müssen sie hierher kommen, um ihre Musik zu spielen.«

Jeff machte eine nichtssagende Handbewegung, goß sich

ein weiteres Glas Rotwein ein. Die gegenwärtigen Rassenunruhen in Amerika waren in Frankreich im Moment ein Hauptgesprächsthema, aber er hatte kein Interesse daran, sich in diese Diskussion hineinziehen zu lassen. Nichts Ernsthaftes, nichts, das ihn zum Nachdenken oder Sicherinnern bringen würde, interessierte ihn derzeit.

»Du müssen *l'Afrique* besuchen«, sagte Mireille. »Es dort gibt viel Schönheit, viel zu verstehen.«

Sie und Jean-Claude waren kürzlich von einem Monatsaufenthalt in Marokko zurückgekehrt. Jeff erwähnte Frankreichs kürzliches Debakel in Algerien freundlicherweise nicht.

»Attention, attention, s'il vous plaît!« Der Besitzer des Clubs stand auf der winzigen Bühne, eng an das Mikrofon gelehnt. *»Mesdames et messieurs, copains et copins ... Le Caveau de la Huchette a le plaisir extraordinaire de vous présenter l'eißen Blues ... avec le maître du* Blues, *personne d'autre que – Monsieur Sidney ... Bechet!«*

Es gab wilden Applaus, als der alte Exilmusiker auf der Bühne erschien, die Klarinette in der Hand. Er legte mit einer starken Nummer los, ›Blues in the Cave‹, und machte weiter mit einer gefühlvoll-erotischen Version von ›Frankie and Jonny‹. Sharla fuhr mit ihrem Solotanz in der Ecke fort, ihr Körper vom inneren Drängen der Musik in wellenförmige Bewegung versetzt. Jeff leerte die Weinflasche, winkte nach einer neuen.

Der alte Bluesmann grinste und nickte, als das zweite Stück beendet und die jugendlichen Zuhörer ihre Anerkennung seiner fremdartigen Kunstform aus sich herausbrüllten. *»Mercy, mercy, mercy!«* rief Bechet. *»Mon francais n'est pas très bon«*, sagte er mit breitem schwarzamerikanischem Akzent, »deshalb muß ich's auf meine Art sagen, ihr könnt mir glauben, ihr wißt Bescheid über den Blues. *You heah me?«*

Wenigstens die Hälfte des Publikums verstand genug Englisch, um begeistert zu antworten. *»Mais oui!«* jubelten sie, *»Bien sûr!«* Jeff stürzte sein neues Glas Wein hinunter, wartete darauf, daß die Musik ihn wieder hinwegtrug, alle Erinnerungen auslöschte.

»Well, all right!« sagte Bechet auf der Bühne, das Mund-

stück seiner Klarinette reinigend. »Also, dieses nächste is eins, worum es beim Blues hauptsächlich geht. Es gibt 'ne Menge Blues für Leute, die niemals was besessen haben, wißt ihr, und das is 'n trauriger Blues ... aber die traurigste Sorte Blues is für die, wo alles hatten, was sie nur wollten, und es verloren haben und wissen, sie kriegen's nicht mehr wieder. Gibt kein Leiden auf der Welt, das schlimmer wär; und diesen Blues nennen wir ›Ich hatt' es, aber jetzt ist alles futsch‹.«

Die Musik begann, kehlige Laute von Vergeblichkeit und Bedauern in einer Molltonart. Unwiderstehlich, unerträglich. Jeff rutschte auf seinem Stuhl herum, versuchte die Klänge auszulöschen. Er griff nach seinem Glas, verschüttete Wein.

»Etwas?« sagte Mireille und berührte seine Schulter.

Jeff versuchte zu antworten, konnte es nicht.

»Allons-y«, sagte sie, zog ihn in dem rauchgefüllten Nachtclub auf die Füße. »Wir gehen nach draußen, etwas Luft schnappen.«

Ein leichter Nieselregen fiel, als sie auf die Rue de la Huchette hinaustraten. Jeff hob sein Gesicht in den kühlen Regen, ließ ihn über seine Stirn rinnen. Mireille legte eine schmale Hand auf seine Wange.

»Musik kann weh tun«, sagte sie sanft.

»Mhm.«

»Nicht gut. Besser man ... *comment dit-on ›oublier‹?«*

»›Vergessen‹.«

»Yeah.«

»Qui, c'est ça. Besser man vergessen.«

»Yeah.«

»Eine Zeitlang.«

»Eine Zeitlang«, stimmte er zu, und sie machten sich auf den Weg Richtung Boulevard Michel, um ein Taxi aufzutreiben.

Im Wohnzimmer von Jeffs Apartment in der Avenue Foch angelangt, füllte Mireille eine kleine Pfeife mit krümeligem braunen Haschisch und einer entsprechenden Menge Opium. Sie setzte sich neben ihn auf den Orientteppich, entzündete die kräftige Mischung und reichte ihm die Pfeife. Er inhalierte tief, zündete sie neu an, nachdem sie ausgegangen war.

Jeff hatte ab und zu einen Joint geraucht, hauptsächlich in seinem ersten Leben, aber niemals war dabei eine so tiefe glückselige Ruhe über ihn gekommen wie dieses Mal. Es war so, wie Maulraux die Opiumerfahrung beschrieben hatte, ›als würde man auf großen, unbewegten Schwingen fortgetragen‹; doch das Haschisch hielt seinen Geist aktiv und offen, hinderte ihn daran, vollständig in Träume abzugleiten.

Mireille legte sich auf dem Teppich zurück, wobei ihr grünes Seidenkleid über die Schenkel hochrutschte. Der Regen trommelte in beharrlichem Rhythmus gegen das Fenster, und sie schwang ihren Kopf zu dem Geräusch rhythmisch im Kreis, während ihr das glänzende rostbraune Haar einmal über das Gesicht fiel, dann wieder über die nackten Schultern. Jeff streichelte ihre Wade, dann die Innenseite des Schenkels, und sie gab ein leises Murmeln der Ergebung und des Verlangens von sich. Er beugte sich vor, öffnete das Vorderteil ihres Kleids, ließ den weichen Stoff von ihren mädchenhaften Brüsten gleiten.

Dort auf dem Boden benutzten sie wortlos, fast wütend, gegenseitig ihre Körper. Als sie fertig waren, füllte Mireille eine weitere Pfeife mit dem opiumvermischten Hasch, und sie rauchten sie im Schlafzimmer. Diesmal liebten sie sich schläfrig unter der daunengefüllten Decke, schlangen sie ihre Beine und Arme in frischgewonnener Ungezwungenheit umeinander; und später, als die Glocken von Saint-Honoré d'Eylau zur Frühmesse riefen, schwang Mireille sich ein weiteres Mal auf ihn, ritt ihn in spielerischer Lust mit ihren schlanken Hüften.

Sharla sperrte im frühen Morgengrauen die Tür zum Apartment auf. »Morgen«, sagte sie, als sie die Schlafzimmertür öffnete; sie sah mitgenommen aus. »Wollt ihr beiden einen Kaffee?«

Mireille setzte sich im Bett auf, schüttelte ihr zerzaustes Haar. »Vielleicht mit einem bißchen Cognac?«

Sharla zog ihr zerknittertes Kleid aus, fischte im Schrank nach einem Morgenmantel. »Klingt gar nicht schlecht«, sagte sie. »Für dich das gleiche, Jeff?«

Er blinzelte, rieb sich den Drogenschleier aus den Augen. »Yeah, glaub schon.«

Mireille stand auf und tappte zwanglos ins Bad, um zu duschen. Als Sharla mit dem Frühstückstablett zurückkam, saß der kleine Rotschopf immer noch nackt auf der Bettkante und trocknete sich das Haar. Während sie ihren Kaffee mit einem Schuß Cognac tranken, unterhielten sich die beiden Frauen angeregt über ein neues Geschäft für Damenwäsche in der Rue de Rivoli.

Kurz nach neun sagte Mireille, sie müsse nach Hause gehen und sich umziehen; sie wolle sich mit einem anderen Freund zum Brunch treffen und nicht in ihrem Kleid von letzter Nacht im Café erscheinen. Sie küßte Jeff zum Abschied, umarmte Sharla rasch, und war verschwunden.

Sobald Mireille gegangen war, räumte Sharla die Kaffeetassen vom Bett, zog die Decke zurück und fuhr mit ihrer warmen Zunge Jeffs Bauch hinab. Er war schlaff, als sie ihn in den Mund nahm, doch bei ihrer Zuwendung war es unvermeidlich, er wurde wieder steif.

Jeff fragte Sharla nie danach, wo sie die ganze Nacht gewesen war; es war auch gar nicht wichtig.

Das Mittelmeer schwappte sanft an den kiesbestreuten Strand, seine ruhigen Wellen ein Flüstern der Ewigkeit, der Beständigkeit. Der Geruch eines frischen Topfes Bouillabaisse zog von einem der nahegelegenen Cafés heran. Jeff wurde allmählich hungrig; sobald die Mädchen mit Schwimmen fertig waren, würde er vorschlagen, zu Mittag zu essen.

Anfang Juli war das Wetter für etwa eine Woche umgeschlagen, und sie waren zusammen mit Jean-Claude und Mireille und dem Rest der Clique mit dem *Mistral* nach Süden gefahren. Sie waren alle betrunken gewesen, als der Zug Toulon erreichte, wo sie sich alle acht lärmend in zwei Taxis quetschten, um die siebzig Kilometer nach St. Tropez zu fahren.

Das kleine Fischerdorf hatte in den letzten sechs Jahren, seit Vadim und die Bardot es entdeckt und als jugendliche Alternative zu den gesetzteren, vom Geldadel beanspruchten Urlaubsorten Antibes und Menton populär gemacht hatten, eine größere Umwälzung erlebt; doch so lebhaft es dort auch zuging, fehlten in dem Städtchen doch noch die erstikkenden Urlauberhorden, die es in den folgenden Jahrzehnten vollkommen unbewohnbar machen würden.

Ein Schatten wanderte an Jeffs halbgeschlossenen Augen vorüber, und er wurde von einem Paar weicher weiblicher Schenkel, von einer auf seinem Hinterteil sitzenden Person in den Sand gedrückt. Sharla? Mireille? Dann strichen die nackten Brüste der Frau über seinen Rücken, liebkosend, die Brustwarzen steif von der Meeresbrise.

»Chicca?« riet er und hob eine Hand zum Haar des Mädchens, um zu fühlen, wie lang es war, wie dick. Sie warf ihren Kopf zurück, kicherte.

»T'es fou«, neckte ihn das Mädchen, indem sie seine Schenkel mit ihren noch fester umklammerte und ihre Brüste platt an ihn drückte: kleiner als Sharlas, voller als Chiccas.

»Mireille jedenfalls nicht«, sagte er und griff nach hinten, um ihren straffen kleinen Arsch zu tätscheln. »Viel zu fett.«

Mireille stieß auf französisch einen Schwall von Flüchen aus und unterstrich sie, indem sie das Gummiband seiner kurzen Shorts anhob und einen Becher eisgekühlter Limonade darunter goß. Er schüttelte sie mit einem Aufschrei ab und drückte sie, auf dem Rücken liegend, in den Sand, während sie sich mit den Armen spielerisch gegen seine Umklammerung wehrte.

»Sadique.« Sie lächelte. Jeff gab eine Hand lange genug frei, um sich das Eis aus seinen Shorts zu schütteln, und sie packte seinen Schwanz durch den dünnen Stoff. »Siehst du?« sagte sie. »Du hast es gern.«

Er wollte sie auf der Stelle nehmen, ihr Haar aufgelöst und wirr, ihre Brüste und der Bauch im Sonnenlicht glitzernd, die leichte Schwellung ihrer Scham deutlich abgehoben unter dem weißen Bikinihöschen. Sie ließ ihre Finger vorn an seiner Shorts hinuntergleiten, drückte ihn fester. Er atmete scharf ein.

»Leute in der Nähe«, sagte er mit gepreßter Stimme.

Mireille zuckte die Achseln, mit der Hand gleichmäßig an seinem Penis zugange. Er sah den bevölkerten Strand entlang, sah Sharla auf sie zukommen, mit schwingenden bloßen Brüsten, einen Arm um Jean-Claudes Hüfte gelegt.

»Mireille«, flüsterte er drängend.

Sie preßte ihre sandigen Hüften gegen seine, knetete ihn härter, schneller. Er konnte es jetzt nicht mehr aufhalten. Er schloß die Augen und stöhnte, und da waren Lippen, die seine berührten, eine Zunge, die seinen Mund erforschte, ein paar Brustwarzen gegen seiner Brust und ein anderes gegen seine Schulter gepreßt, Haar und Brüste und Münder und Hände ... Er kam, von Sharla geküßt, während Mireille ihn zum Orgasmus brachte; oder war es anders herum? Und welchen Unterschied machte es letztendlich aus?

»Man kommen auf den Geschmack, *hein?*« sagte Jean-Claude und lachte.

Jeff sagte es Mireille an diesem Abend im Garten des Hotels, nachdem sie alle mehrere Pfeifen opiumvermischtes Haschisch miteinander geraucht hatten und Sharla sich mit Jean-Claude und Cicca und einem weiteren Paar in eins der Zimmer nach oben verzogen hatte. Die Drogen halfen ihm, seine Zunge zu lösen, und jetzt brach das Geheimnis, das so viele Jahre über in ihm geschmort hatte, aus eigenem Antrieb aus ihm heraus; Mireille war zufällig einfach da, als es passierte.

»Ich habe dieses Leben schon einmal gelebt«, sagte er, durch die Pinien der Résidence de la Pinède auf den Sonnenuntergang hinausstarrend.

Mireille schlug ihre bloßen Beine zum Lotussitz übereinander, während sich das weiße Baumwollkleid auf dem Gras um sie herum bauschte. *»Déjà vu.«* Sie lächelte. »Ich auch, manchmal fühl ich mich so.«

Jeff schüttelte den Kopf, runzelte die Stirn. »Ich meine es wortwörtlich. Ich meine – nicht dieses spezielle Leben, hier mit dir und Sharla und allem, sondern ...«

Und es sprudelte aus ihm heraus, alles, ein Schwall von Worten und Erinnerungen, die er so lange verborgen hatte: der Herzanfall in seinem Büro, jener erste Morgen im Wohnheim in Emory, die gewonnenen und verlorenen Vermögen, seine Frauen, seine Kinder, das Sterben und Sterben und immer wieder Sterben.

Mireille hörte wortlos zu. Die sinkende Sonne beleuchtete ihr Haar von hinten, gab ihm die Farbe einer Flamme und ließ das Gesicht in tiefer werdendem Schatten. Schließlich verlor sich seine Stimme, besiegt von der Unglaublichkeit dessen, was er ihr mitzuteilen versucht hatte.

Es war inzwischen dunkel, und Mireilles Gesichtsausdruck war unmöglich zu deuten. Glaubte sie, er wäre verrückt oder erzählte einen Opiumtraum nach? Ihr Schweigen begann die kathartische Erleichterung auszuhöhlen, die er beim Erzählen empfunden hatte.

»Mireille? Ich wollte dich nicht schockieren; ich ...«

Sie kniete sich hin, legte ihre dünnen Arme um seinen Hals. Die festen Locken ihres kupferfarbenen Haars drückten sanft gegen seine Wange.

»Viele Leben«, flüsterte sie. »Viele Schmerzen.«

Er hielt ihren schlanken, jungen Körper fest umarmt, atmete die frische, nach Pinien duftende Luft in tiefen, langen Zügen. Vereinzeltes Gelächter wehte durch die Bäume zu ihnen herüber, und dann die klaren, süßen, lebhaften Klänge der neuesten Aufnahme von Sylvie Vartan.

»Viens«, sagte Mireille, stand auf und nahm Jeff bei der Hand. »Laß uns zu der Party gehen. *La vie nous attend.*«

Im August, als es wieder zu regnen begann, fuhren sie alle nach Paris zurück. Mireille erwähnte Jeff gegenüber nie wieder etwas von dem, was er ihr an jenem Abend in dem Garten in St. Tropez erzählt hatte; sie mußte es alles dem Hasch zugeschrieben haben, und das war auch gut so. Ebensowenig sprachen Jeff und Sharla offen über Gruppensex und die Drogen, die inzwischen Teil ihres Alltags waren. Diese Dinge waren passiert, sie passierten auch weiterhin. Es gab keinen Grund, über sie zu sprechen, solange jeder seinen Spaß dabei hatte.

Eins der neuen Paare, das sich regelmäßig in der Szene zeigte, führte sie bei einer *partouze* in der Rue de Chatelier ein, ein paar Blocks nördlich dessen, was bis zu de Gaulles Tod im Jahre 1970 Place de L'Étoile genannt werden würde. Die *partouze*, eine von mehreren, die seit den Zwanzigern in der Stadt gediehen, war ein gut geführtes, luxuriös eingerichtetes Etablissement: eine in Glaskästen eingeschlossene Sammlung alter Puppen im Salon, dicke, kastanienbraune

Teppiche, die zu den mit Fin-de-siècle-Drucken behängten Wänden paßten ... und drei uniformierte Maiden, welche die dreißig oder vierzig nackten Paare bedienten, die in beiden Stockwerken voller gut ausgestatteter, sehr großer Schlafzimmer umherwanderten und -tollten.

Die St. Tropez-Clique begann die *partouze* jedes Wochenende zu besuchen. Eines Nachts arrangierten Jeff und Sharla einen Dreier mit einem übermütigen amerikanischen Starlet, das neu in Paris war und bald mehr für ihren radikalen Feminismus als für ihre Schauspielkunst bekannt sein würde; an einem anderen Abend veranstalteten Mireille, Sharla und Chicca einen improvisierten Wettstreit, um herauszufinden, wer von ihnen es als erste schaffte, mit zwanzig Männern auf einer Party zu ficken. Sharla gewann.

Jeff war verblüfft, wie rasch dieser unaufhörliche Ringelreihen von öffentlichem Gelegenheitssex mit schönen Fremden zu einer vollkommen normalen Sache geworden war; die Tatsache, daß derlei Aktivitäten ohne die geringste Angst vor den Seuchen seiner Zeit, wie Herpes oder Aids, vonstatten gehen konnten, beeindruckte ihn. Dieses unbeschwerte Gefühl von Sicherheit vermittelte den dekadenten Vorgängen im Nachhinein einen Hauch von Unschuld – nackte spielende Kinder im Paradies vor dem Sündenfall. Er fragte sich, was aus den *partouzes* und ihren Gegenstücken in Amerika und dem restlichen Europa in den Achtzigern geworden war. Wenn sie überhaupt überlebt hatten, mußten sie angefüllt sein mit krankheitsausgelöster Paranoia und Schuldgefühlen.

Die Achtziger: ein Jahrzehnt des Verlustes, der gescheiterten Hoffnungen, des Todes. All das würde wiederkehren, und zwar schon allzu bald.

9

Sie waren noch keinen ganzen Monat in London, als er das Mädchen kennenlernte, das ihm LSD anbot; genauer gesagt, als er es beim Herauskommen aus der Chelsea-Apotheke kennenlernte. Darüber amüsierten sie sich köstlich, als er sich bei einem Campari Soda an sie heranmachte. Jeff sagte, er wäre hinuntergegangen, um sein Rezept einzulösen, und hätte *genau* das bekommen, was er gewollt hatte. Sie hielt das für einen Scherz, denn natürlich bekam sie die Anspielung nicht mit; die Stones würden das Stück erst in einem Jahr aufnehmen.

Sie hieß Sylvia, vertraute sie ihm an, doch alle würden sie Sylla nennen, »wie die Sängerin Cilla Black, weiß'te?« Ihre Eltern lebten in Brighton (sie verzog das Gesicht), doch sie teilte sich zusammen mit zwei anderen Mädchen eine Wohnung in South Kensington und hatte einen Job bei Granny Takes a Trip, wo sie alle ihre Kleider zum halben Preis bekommen konnte – wie den blauen Vinylminirock und die gelbgemusterten Strümpfe, die sie im Moment trug.

»Wir haben dort die schärfsten Klamotten, weiß'te; 'ne Menge schärfer als im Countdown oder bei Top Gear. Cathy McGowan kauft dort immer ein, und Jean Shrimpton war erst gestern da.«

Jeff lächelte und nickte, blendete ihr geistloses Geplapper aus. Es war nicht sie, für die er sich interessierte, sondern die Droge; schon seit langem, und er gab ungern zu, daß er immer Angst gehabt hatte, sie zu probieren. Das Mädchen schien recht nachlässig damit umzugehen, hatte keine offensichtlichen Schäden davongetragen (wenn man davon ausging, daß sie von Geburt aus so öde war). Er hatte sie vor allem aus Gewohnheit aufgelesen, indem er einen Kommentar zu dem neuen Album der Animals abgab, das sie unter dem Arm trug, und nach fünf Minuten hatte sie ihn gefragt, ob er einen Trip einwerfen wolle. Warum, zum Teufel, eigentlich nicht?

Bei ihrer Ankunft in seinem Stadthaus in Sloane Terrace lag Sharla mit irgendeinem Typ, den sie in der Nacht zuvor im Dolly's kennengelernt hatte, schlafend im Bett. Jeff schloß die Schlafzimmertür, stellte im Wohnzimmer leise eine Platte von Marianne Faithful an, fragte Sylla, ob sie noch einen Drink wolle.

»Nicht, wenn wir auf Trip gehen«, sagte sie. »Verträgt sich nicht, weiß'te?«

Jeff zuckte die Achseln, goß sich trotzdem noch einen Scotch ein. Er brauchte den Alkohol, um sich zu entspannen, um seine Nervosität vor der psychedelischen Erfahrung zu mindern. Was konnte es schon schaden?

»Is das deine Frau da im anderen Zimmer?« fragte Sylla.

»Nein. Eine Freundin.«

»Ob sie was dagegen hat, daß ich hier bin?«

Jeff schüttelte den Kopf und lachte. »Nicht im geringsten.«

Sylla grinste, schüttelte sich das glatte braune Haar aus den Augen. »Ich ... hab's noch nie mit 'ner anderen Frau dabei gemacht, weiß'te. Außer mit meinen Mitbewohnerinnen, und das nur, weil wir nicht genug Platz haben.«

»Nun, sie ist *meine* Mitbewohnerin, und es ist okay. Unten ist noch ein Schlafzimmer. Würdest du dich da wohler fühlen?«

Sie wühlte in der gelben Vinylhandtasche, deren Material zum Rock und deren Farbe zu den Strümpfen paßte. »Laß uns erst den Trip einwerfen und warten, bis er kommt. Dann können wir runter gehen.«

Jeff nahm das kleine rotgefleckte Löschpapierquadrat, das sie ihm reichte, spülte es mit dem restlichen Whisky hinunter. Sylla wollte etwas Orangensaft für ihres, also holte er einen Karton aus dem Kühlschrank.

»Wie lange dauert es, bis man die Wirkung spürt?«

»Kommt drauf an. Hast du heut zu Mittag gegessen?«

»Nein.«

»Dann 'ne halbe Stunde«, sagte sie. »So ungefähr.«

Es dauerte weniger lang. Nach zwanzig Minuten hatten sich die Wände in Gummi verwandelt, bewegten sich vor und zurück. Jeff wartete auf die Visionen, mit deren Erscheinen er gerechnet hatte, doch es gab keine; statt dessen erschien ihm alles um ihn herum nur ein wenig verschoben, auf undefinierbare Weise schief und irgendwie Funken sprühend.

»Fühlst du's, Lieber?« fragte sie.

»Es ist ... nicht so wie ich's mir vorgestellt habe.« Die Worte kamen deutlich heraus, aber sein Mund fühlte sich angeschwollen an. Syllas Gesicht veränderte sich, floß auseinander, wie heißes Wachs; ihr Lippenstift und ihr Rouge wirkten jetzt obszön und grell, Schichten roter Farbe, die ihr Fleisch bedeckten.

»Aber klasse, wie?«

Jeff schloß die Augen, und, ja, da waren Muster, Kreise innerhalb von Kreisen, miteinander durch ein kompliziertes, schimmerndes Netzwerk verbunden. Räder, Mandalas; Symbole ewiger Zyklen, illusionärer Veränderung, die nur wieder dorthin zurückführte, wo die Veränderung begonnen hatte und wieder beginnen würde ...

»Fühl meinen Strumpf; fühl das mal.« Sylla legte seine Hand auf ihren Schenkel, und die gelbgemusterte Strumpfhose wurde zu einer Landschaft aus Strukturen und Graten, erhellt von einer fremden Sonne; auch diese Sonne ein Teil der endlosen Zyklen des Seins, des ...

Sylla kicherte, preßte seine Hand zwischen ihre Beine. »Machen wir's jetzt unten, okay? Wart mal, bis du siehst, wie sich *das* auf Trip anfühlt.«

Er fügte sich, obwohl er sich einfach nur zurücklegen und seinen Geist diesen wiederkehrenden Wellen von Ruhe und Einverstandensein ausliefern wollte. Unten in dem kleinen Schlafzimmer zog Sylla ihn aus, fuhr mit ihren rotlackierten Fingernägeln über seinen Körper, eine Spur kalten Feuers überall dort zurücklassend, wo sie ihn berührte. Sie streifte ihren Minirock und die Strümpfe ab, zog sich die dünne Bluse über den Kopf, zog seinen Mund an ihre rechte Brustwarze. Er saugte mit mehr Neugier als Verlangen daran, wie ein Säugling, der sich plötzlich seiner Stellung in der Kette des Lebens bewußt geworden war, ein allwissendes Kind, das seine eigene Geburt sah, seinen Tod, seine Wiedergeburt.

Sylla ergriff sein Glied und führte es in sich ein, und er wurde automatisch steif. Ihr feuchtes Innenfleisch war wie etwas Urtümliches, etwas Vormenschliches; empfangendes

Yang für sein lebendiges Yin, beide zusammen die Erschaffer dieser sich endlos erneuernden Kreisläufe, dieser …

Jeff öffnete die Augen, und das Gesicht des Mädchens veränderte erneut seine Form. Es war zu Gretchens Gesicht geworden. Er bumste mit Gretchen, fickte seine eigene Tochter: sie, die er gezeugt und die dennoch nie existiert hatte.

Er zog sich mit plötzlichem Abscheu aus ihr zurück.

»Awwrr!« schrie das Mädchen vor Enttäuschung und griff nach seinem schlaffen Penis, streichelte ihn. »Mach schon, Mann, mach schon!«

Die Wellen in seinem Kopf trösteten nicht mehr; sie peitschten mit wütender Gewalt auf seine Emotionen ein. Kreisläufe, Räder … innerhalb dieser universalen Kette war kein Platz für ihn, gab es kein Muster, das zu seiner mutierten Existenz außerhalb der Zeit paßte.

Das Mädchen teilte ihre blutroten Lippen und beugte sich vor, um ihn zu blasen. Er stieß ihr Gesicht von sich weg gegen die pulsierende Wand, versuchte abzuwehren, was er in ihr gesehen hatte.

»Was dagegen, wenn wir bei der Party mitmachen?« Sharla stand in der offenen Tür, nackt. Hinter ihr war ein magerer junger Mann mit langem, zotteligem Haar und einem zernarbtem Gesicht. Sylla blickte den Neuankömmlingen mit gerunzelter Stirn unsicher entgegen, dann entspannte sie sich und ließ das Laken fallen, mit dem sie ihre Brüste bedeckt hatte.

»Könnt ihr ruhig«, sagte Sylla. »Der Trip scheint deinem Freund hier nicht zu bekommen.«

»LSD?« sagte der junge Mann aufgeregt. »Du hast was dabei?«

Sylla nickte, griff in die Handtasche, die sie mit nach unten genommen hatte.

»Hier, gib uns 'n paar Trips, machste das?« sagte er. Dann, zu Sharla: »Hast du jemals auf Trip gebumst? Das ist Wahnsinn!«

Sie lagen auf dem Bett, alle miteinander, und Sharla streichelte Syllas Haar, Gretchens Haar – oder tat dies Linda? –, und dann wurde der Fremde zu Martin Bailey, Blut aus dem von ihm ausgelösten Gewehrschuß überströmte seinen Kopf und spritzte auf die Laken, benetzte die nackten Körper von Jeffs Frau und Tochter, sie waren tot, alle miteinander tot, außer ihm, und er konnte nicht sterben, gleich wie viele Male er starb. Er war das Rad; er war der Kreislauf.

Sharla wippte ungeduldig mit dem Fuß, während sie in der Erste-Klasse-Lounge des San Francisco International warteten. Ihr Gesicht war, der neuesten Mode entsprechend, leichenhaft blaß, eingerahmt von der geschmeidigen Glätte ihres schwarzen Haars. Ihre Augenbrauen waren fast bis zur Unsichtbarkeit gebleicht, ihr Lippenstift wie ein Kreidestrich. Das verrückte zebragestreifte Pop-Art-Kleid und die weißen Strumpfhosen, die sie trug, vervollständigten den völligen Mangel an Farbe.

»Wie lange noch?« fragte sie kurzangebunden.

Jeff blickte auf seine Armbanduhr. »Müßte jeden Moment an Bord gehen.«

»Und wie lange dann noch, bis wir da sind?«

»Der Flug dauert viereinhalb Stunden.« Er seufzte. »Wir haben das schon mal durchgekaut.«

»Ich weiß trotzdem nicht, warum wir das machen. Ich dachte, du wärst die gottverdammten Tropen leid. Genau das hast du gesagt, bevor wir Brasilien verlassen haben. Warum müssen wir plötzlich nach Hawaii fliegen?«

»Ich möchte eine Weile ruhig in der Sonne liegen, ausnahmsweise mal ohne jemand anderen dabei. Ich möchte eine Weile nachdenken, okay? Und das haben wir auch schon durchgekaut.«

Sie warf ihm einen zynischen Blick zu. »Yeah, also, du glaubst, wir haben *alles* schon mal durchgekaut, oder?«

Er erwiderte ungläubig ihren Blick. »Was meinst du damit?«

»Den ganzen Mist von wegen daß du dein Leben von neuem lebst, diese ganze Reinkarnationsscheiße oder was auch immer.«

Jeff drehte sich auf dem unbequemen Sitz herum, packte sie fest am Handgelenk. »Wo hast du das her? Ich habe nie …«

»Laß mich los«, sagte sie, seine Hand abschüttelnd. »Herrgott noch mal, du kriegst ihn nicht einmal bei einer hergelaufenen Pussi hoch, du flippst auf LSD aus, und plötzlich willst du weglaufen, fängst an, mich zu betatschen ...«

»Halt den Mund, Sharla! Sag mir einfach nur, was du gehört hast, und wo.«

»Mireille hat mir letztes Jahr davon erzählt. Sie meinte, du hättest versucht, sie auf so einen mystischen Trip zu bringen, hättest ihr gesagt, daß du gestorben und wiedergeboren worden wärst. Was für ein Schwachsinn!«

Die Enthüllung traf Jeff mit beinahe physischer Gewalt. Von allen Menschen, die er in seinen vielen Leben gekannt hatte, hatte er einzig bei Mireille einen Ansatz von Mitgefühl und Verständnis gefunden, der ihn dazu gebracht hatte, sein Geheimnis mit ihr zu teilen. Er hatte geglaubt, sie würde kein Urteil fällen über das, was er ihr sagte, würde es als so vertraulich behandeln, wie es nötig war ...

»Warum ...« seine Stimme krächzte – »warum hat sie es dir erzählt?«

»Weil sie es lustig fand. Alle taten wir das; alle, die wir in Paris kannten, lachten monatelang hinter deinem Rücken.«

Er barg den Kopf in seinen Händen, versuchte die Implikationen des Gesagten zu begreifen. »Ich habe Mireille vertraut«, sagte er leise.

Sharla schnaubte höhnisch. »Klar, dein kleiner Spezi, haha. Ich hab's zuerst mir ihr gemacht, weißt du; wer, glaubst du, hat ihr wohl gesagt, sie sollte mit dir ins Bett gehen, dich aus der blöden trübseligen Stimmung rausholen, die du die halbe Zeit über hattest? Du fingst an, mir auf den Geist zu gehen. Ich wollte einfach meinen Spaß haben und gebumst werden. Mireille hätte sich auch von einem Affen ficken lassen, wenn Claude oder ich es ihr gesagt hätten. Warst du nicht ein richtiger Glückspilz?«

Eine Frauenstimme rief ihren Flug auf. Jeff bewegte sich mit ungläubiger Benommenheit zum Flugsteig, neben sich Sharla, deren Gesicht ein kleinliches, befriedigtes Lächeln zeigte. Sie fanden ihre Plätze auf der rechten Seite der noch neuen Boeing 707, direkt hinter der Tragfläche. Keiner von beiden sprach, während sie ihr Bordgepäck verstauten und die Sicherheitsgurte anlegten. Eine Stewardess kam vorbei, bot Süßigkeiten und Kaugummi an; Jeff lehnte schweigend ab. Sharla nahm ein orangefarbenes Bonbon, das sie mit Behagen lutschte.

»Guten Morgen, sehr verehrte Damen und Herren, und willkommen an Bord des Fluges 843 der Pan American Airways von San Francisco nach Honolulu. Ihr Pilot ist Captain Charles Kimes, und bei ihm im Cockpit sind der Erste Offizier Fred Miller, der Zweite Offizier Max Webb und Fluginenieur Fitch Robertson. Unsere Flughöhe wird annähernd ...«

Jeff starrte durch das Fenster auf die triste graue Rollbahn hinaus, die langsam vorüberzog.

In Wahrheit hatte er es sich selbst zuzuschreiben. Er hatte den Ton für diese unbedachte, genußsüchtige Wiederholung vorgegeben, als er eigens zu dem Zweck, Sharla ausfindig zu machen, nach Las Vegas gegangen war.

»... servieren wir den Lunch ungefähr dreißig Minuten nach dem Start. Bitte beachten Sie in ihrem eigenen Interesse die Schilder ›Nicht Rauchen‹ und ›Bitte Anschnallen‹, wenn diese aufleuchten ...«

Was sollte er jetzt empfinden, fragte er sich – Zorn, Niedergeschlagenheit? Keine von beiden Emotionen würde ihm irgend etwas nützen. Offenbar hatte niemand – nicht einmal Mireille – geglaubt, was er ihr in St. Tropez erzählt hatte. Wenigstens bedeutete die Täuschung, die sie und Sharla begangen hatten, keinerlei Gefahr für ihn; sie machte ihn lediglich noch einsamer, als er es bereits gewesen war.

Das Flugzeug raste die Rollbahn entlang, hob anmutig ab. Er blickte in den Vorderteil der Kabine. Keine Filmleinwand, natürlich; TWA hatte immer noch das Exklusivrecht an Filmvorführungen auf Inlandflügen. Schade. Die Zerstreuung wäre ihm gelegen gekommen.

Jeff sah aus dem Fenster, während der Jet über dem geschäftigen Bayshore Highway emporstieg. Er hätte ein Buch mitnehmen sollen. Tom Wolfes *Bonbonfarbenes tangerin-rot gespritztes Stromlinienbaby* war soeben erschienen; er hätte nichts dagegen gehabt, es noch einmal zu lesen ...

Das riesige Flugzeug erbebte plötzlich, erschüttert von einer dumpfen Explosion. Jeff sah voller Entsetzen, wie das rechte Außentriebwerk sich aus seiner Befestigung löste und ein gezacktes Loch in die Tragfläche riß, bevor es zur unter ihnen liegenden Stadt hinunterfiel. Kerosin spritzte aus dem Tank in der Tragflächenspitze, dann explodierte es in einem weißen Flammenwirbel, der Stücke geschmolzenen Metalls ausspie.

»Da, die Tragfläche brennt!« schrie jemand hinter ihm. Die Kabine füllte sich mit Schreien und dem Jammern der Kinder.

Das äußere Drittel der brennenden Tragfläche fiel ab, und das Flugzeug gierte heftig nach rechts. Jeff sah Häuser in den Paß zwischen den Hügel geschmiegt, dann das blaue Wasser des Pazifik, keine tausend Fuß unter ihnen.

Sharla umklammerte seine linke Hand. Er erwiderte ihren Druck, angesichts dieses erschreckenden Moments waren sein Groll und sein Schmerz vergessen.

Erst zwei Jahre in dieser verschwendeten Wiederholung, dachte er voll Furcht; würde er von einem so frühen, so gewalttätigen Tod wiederkehren? So sehr er seine wiederholten Leben verflucht hatte, jetzt wünschte er verzweifelt, daß das Leben weiterging.

Das Flugzeug schüttelte sich wieder, kippte weiter nach rechts. Die Golden Gate Bridge kam in Sicht, ihre Türme erschreckend nah.

»Wir werden sie treffen!« flüsterte Sharla drängend. »Wir werden die Brücke treffen!«

»Nein«, brachte Jeff krächzend heraus. »Wir sind immer noch mehr oder weniger auf gleicher Höhe. Wir sind seit dem Ausfall des Triebwerks nicht gesunken. Die Brücke werden wir jedenfalls verfehlen.«

»Hier spricht Captain Kimes«, sagte eine bemüht ruhige Stimme. »Meine Damen und Herren, wir haben ein kleines Problem … Nun, vielleicht ist es nicht ganz so klein.«

Sie schleppten sich jetzt wieder über Land dahin, zurück zu den Hügeln und den Wolkenkratzern von San Francisco.

»Wir werden versuchen … wir werden versuchen, zum Luftwaffenstützpunkt Travis zu kommen – das sind ungefähr dreißig Meilen – denn dort haben sie eine schöne, lange Rollbahn für uns, länger als alles in San Francisco. Ich werde hier ziemlich beschäftigt sein, also behalten Sie die Ruhe, und ich werde es dem Zweiten Offizier Webb überlassen, Ihnen zu sagen, was Sie über die Landung wissen müssen.«

»Er glaubt, wir schaffen es nicht«, jammerte Sharla. »Wir werden abstürzen, ich weiß es!«

»Sei ruhig«, sagte Jeff. »Die Kinder gegenüber können dich hören.«

»Hier spricht Zweiter Offizier Max Webb«, sagte eine andere Stimme aus den blechern klingenden Lautsprechern. »Wir werden in ungefähr zehn Minuten in Travis notlanden, deshalb ...«

Sharla begann zu wimmern, und Jeff hielt ihre Hand noch fester.

»... Wenn wir die Rutschen benutzen, behalten Sie bitte die Ruhe. Denken Sie daran, sich hinzusetzen, wenn Sie hinunterrutschen. Wenn wir landen, lehnen Sie sich für den Fall, daß es eine rauhe Landung ist – was immerhin möglich ist –, auf ihren Sitzen nach vorn. Umfassen Sie ihre Fußknöchel und bleiben Sie unten, oder legen Sie Ihre Arme unter die Knie. Beugen Sie sich so weit vor, wie Sie nur können. Bewegen Sie sich nicht, bis wir Ihnen sagen, was Sie zu tun haben ...«

Das Flugzeug verlor rasch an Höhe. Als sie sich dem ausgedehnten Gelände des Militärstützpunkts näherten, sah Jeff Löschfahrzeuge und Krankenwagen am Rand der längsten der kreuz und quer verlaufenden leeren Rollbahnen stehen.

Sie begannen eine lange Schleife, nur wenige hundert Meter über den Baracken und Hangars der Luftwaffe. Jeff hörte die Räder ruckweise aus dem Fahrwerk der Maschine herauskommen. Die Crew mußte sie von Hand hinunterkurbeln, dachte er. Die Explosion hatte wahrscheinlich die Hydraulik beschädigt.

Sharla murmelte etwas neben ihm; es klang, als betete sie. Jeff warf einen letzten Blick aus dem Fenster und sah, wie eine Windhose Staub am nahen Ende der Landebahn aufwirbelte, auf die sie zuflogen. Das konnte Probleme geben; mit dem Schaden, den das Flugzeug bereits erlitten hatte, könnte eine Turbulenz in letzter Minute ... Nun, es war sinnlos, darüber nachzudenken. Er zog seine Hand von Sharlas weg, half ihr, eine Embryohaltung einzunehmen, dann barg er seinen Kopf ebenfalls zwischen den Knien und umklammerte seine Fußknöchel.

Die verbliebenen Triebwerke arbeiteten plötzlich mit voller Kraft, und das Flugzeug neigte sich nach links, dann taumelte es wieder auf Kurs. Der Pilot mußte versucht haben, der Windhose auszuweichen, mußte …

Die Räder berührten den Boden, kreischten über den Teerbelag, schienen zu halten. Mehrere quälende Sekunden lang rasten sie die Rollbahn entlang. Dann brüllten die Triebwerke wieder auf, und sie wurden langsamer, kamen zum Stehen … sie waren gelandet.

Die Passagiere brachen in Applaus aus. Dann öffneten die Stewardessen die Notausgänge, und alle rappelten sich auf, um über die Notrutschen hinauszukommen. Das beschädigte Flugzeug verlor Treibstoff, und draußen angelangt, sah Jeff die klare, entzündliche Flüssigkeit aus Rissen in der gebrochenen rechten Tragfläche strömen. Er zog Sharla mit sich, und sie rannten vom Flugzeug weg.

In dreihundert Metern Entfernung brachen sie auf einem Rasenstreifen zwischen zwei Rollbahnen zusammen. Militärlöschfahrzeuge überzogen die 707 mit weißem Schaum, und überall irrten Leute im Schockzustand umher.

»Oh Jeff«, schluchzte Sharla, indem sie ihre Arme um seinen Hals und ihr Gesicht an seine Schulter legte. »Oh mein Gott, ich hatte solche Angst dort oben. Ich dachte … ich dachte …«

Er löste ihre Arme, schob sie weg und stand auf. Ihr starres, schwarzweißes Make-up hatte von den Tränen Streifen, ihr Op-Art-Kleid war verschmutzt von der Notrutsche, dem Rauch, dem Gras.

Jeff blickte sich um, machte ein Gebäude weiter zur Linken aus, um das sich die Aktivitäten zu konzentrieren schienen, ein Bienenschwarm von Krankenwagen und asbestgekleidetem Rettungspersonal. Er begann in diese Richtung zu gehen und ließ Sharla weinend liegen, wo sie gerade lag.

»Jeff!« schrie sie ihm nach. »Du kannst mich nicht alleinlassen, nicht jetzt! Nicht nach allem, was passiert ist!«

Warum nicht? dachte er und setzte an, es laut zu sagen, aber dann ging er einfach schweigend weiter.

10

Jeff aß seine Eier mit Speck auf während die Sonne aufging, wusch das Geschirr und ließ die Pfanne zum Einweichen stehen. Für gewöhnlich nahm er eine Tasse Kaffee auf die Veranda des weißen Hauses mit dem Steildach hinaus, aber an diesem Morgen war er zu spät dran, und es gab viel zu tun.

Er zog eine Jacke über sein Flanellhemd, und ging nach draußen. Die dritte Woche im Mai, doch in der Luft lag noch eine gewisse Schärfe; tags zuvor hatte es den letzten Nachtfrost gegeben. Er nickte dem Steinhaufen respektvoll zu, unter dem der alte Smyth begraben lag, und ging zu einem der kürzlich umgepflügten Maisfelder hinüber, alles abgesteckt und bereit für die Saat. Smyth hatte dieses Land ebenfalls allein bearbeitet, nachdem er sich in der 1880ern hier niedergelassen hatte. Er war nach einem Unfall krank geworden, hatte man Jeff erzählt, und wochenlang hatte niemand seine Leiche gefunden. Die Leute, die das Grundstück bei der anschließenden Auktion kauften, hatten nie etwas angebaut; hatten sich nicht einmal mehr um das Land gekümmert, sobald sie das kleine Vermögen an Goldmünzen entdeckt hatten, das Smyth im Backsteinofen versteckt hatte. Der alte Mann hatte ein paar Geheimnisse gehabt, so schien es.

Jeff grub die Kappe seines Stiefels in die dicke schwarze Ackerkrume, in die er am Nachmittag den ersten Mais dieser Saison aussäen würde, die Frühsorten *Sugar* und *Gold*. Guter kalifornischer Mutterboden vulkanischen Ursprungs war das, reich an Mineralien. Er hatte für die Familie, die sie vor so langer Zeit hatte brachliegen lassen, Symths Gold genommen und The Cove auf der Suche nach unverdienten Freuden und Annehmlichkeiten verlassen hatte, nichts als Verachtung übrig. Land wie dieses hier verlangte danach, bestellt zu werden, und die neue Nahrung, die es im Austausch hervorbringen würde, bedeutete einen viel größeren Wert als alles Geld. So lautete der Bund, der vor zehntausend Jahren in Mesopotamien zwischen Mensch und Erde abgeschlossene Vertrag.

Gutes Land aufzugeben, glaubte Jeff, das hieße, einen uralten und beinahe heiligen Bund zu brechen.

Er ging an der Parzelle vorbei, wo bald der Spargel hervorkommen würde; er würde mindestens zwei weitere Jahre aus dieser ersten Pflanzung herausholen, und jetzt war die Zeit gekommen, den Spargel als erste von den jährlichen zwei Malen zu versorgen. Der späte Frühlingsfrost hatte den Pflanzen nicht geschadet; Jeff glaubte, daß er die Stengel knackiger machte. Er kniete neben dem Bach nieder, der sein Grundstück durchfloß, schöpfte sich zwei Handvoll des eisigen Wassers in den Mund. Während er trank, schwamm ein Paar deutscher Braunforellen vorbei. Wenn er mit der Maisaussaat und dem Spargel vor der Dämmerung fertig war, würde er eine Angelrute nehmen und sich etwas zum Abendessen fangen, beschloß er.

Die Sonne stieg weiter am Himmel hinauf, beleuchtete die Spitzen der Pinien auf dem Bergrücken des Hogback Mountain im Südwesten. Jeff folgte dem sich bergauf windenden Bachlauf, wobei er etwa alle zwanzig Minuten anhielt, um ihn von angeschwemmtem Schutt zu säubern und die verstopften Sammelbehälter und Röhren freizumachen, die für die Bewässerung seiner Felder nötig waren.

Er hatte das Grundstück vor neun Jahren gekauft, wenige Wochen nach der Beinahekatastrophe auf dem Flug nach Honolulu. Er hatte Sharla seit jenem Tag neben der verrauchten Rollbahn nicht mehr gesehen. Hatte kaum jemanden seit jenem Sommer wiedergesehen, um die Wahrheit zu sagen.

Sein nächster Dauernachbar lebte in Turtle Pond, drei Meilen über einen alten Planwagenpfad nach Osten. Der einzige Weg zu Jeffs Grundstück führte über eine Serpentinenstraße, die häufig weggewaschen wurde. Von November bis Januar machten der Schnee und der Regen und der Schlamm die Überquerung des Marble Creek so gut wie unmöglich; er hatte gelernt, für den Winter sorgfältig Vorräte anzulegen.

Den Rest des Jahres über blieb er fast ebenso sehr für sich. Etwa jede Woche fuhr er in die Kleinstadt Montgomery Creek, kaufte dort im Laden ein paar Sachen oder ließ seinen Pickup an der Zwei-Pumpen-Shelltankstelle warten. Er hatte im großen und ganzen zu trinken aufgehört, aber wenn es eine gute Ernte gab, dann feierte er vielleicht mit einem Bier und einem Essen im Forked Horn oder der Hillcrest Lodge. Das Forked Horn gehörte einer liebenswerten Familie, den Mazzinis, und die Frau, Eleanor, unterhielt in ihrem großen, verschachtelten Haus in der Stadt eine Zweigstelle der Shasta County Bibliothek. Gelegentlich schwatzte Jeff mit dem einen oder anderen über dies und jenes. Ihr Sohn Joe war einige Jahre jünger als Jeff, und seine intelligente Neugier auf die Welt außerhalb schien keine Grenzen zu kennen. Doch keiner aus der Familie mischte sich je in seine Angelegenheiten ein; sie forschten niemals allzu tief nach dem Grund, warum sich Jeff ein so isoliertes Leben ausgesucht hatte. Joe hatte ihm geholfen, in The Cove eine Kurzwellenanlage aufzustellen, und das Radio war Jeffs einzige Verbindung zur Zivilisation geworden, abgesehen von seinen gelegentlichen Gesprächen mit den Mazzinis.

Diese kleine Ecke von Nordkalifornien wurde überwiegend von Holzfällern und Indianern bewohnt, zu denen Jeff keinerlei Kontakt hatte. Ein Haufen Hippies und andere Zurück-zur-Natur-Typen waren aufgetaucht, kurz nachdem Jeff hierher gezogen war, aber die meisten von ihnen waren nicht lange geblieben. Die Landarbeit war härter, als sie sich vorgestellt hatten, und es war mehr nötig als Marihuanapflanzen, um über die Runden zu kommen.

Das Schlimmste an diesen Jahren, vermutete er, war die Enthaltsamkeit, wenngleich nicht aus den Gründen, die er erwartet hätte. Er war, während seiner Zeit mit Sharla und Mireille verdammt nahe daran gewesen, des Sexes um seiner selbst willen überdrüssig zu werden.

Eine Zeitlang hatte es so ausgesehen, als könnte er ausgesprochen gut ohne sexuellen Kontakt leben, und er war überrascht gewesen, wie leicht es war, diesen Teil seiner selbst abzutöten. Doch bald hatte er entdeckt, sehr zu seiner unangenehmen Überraschung, wie stark sein Bedürfnis nach einfachem menschlichem Kontakt doch war. Ihn verloren zu haben, nagte täglich an ihm, quälte ihn sowohl beim Erwachen wie beim Einschlafen. Manchmal träumte er von einer Frau, die bloß seine Wange berührte, oder daß er ihren Kopf an seine Brust gedrückt hielt. Die Frau in diesen Träumen konnte Judy oder Linda sein, sogar Sharla; häufiger war sie gesichtslos, eine Abstraktion des Weiblichen.

Stets erwachte er aus diesen Träumen mit einer überwältigenden Traurigkeit und dem vertrauten Wissen, daß dieser Mangel nicht ohne das Risiko erneuten Verrats und der letztendlichen Gewißheit absoluter Auslöschung gemildert werden konnte. Beide Schmerzen waren zu stark, um sie wieder auf sich zu nehmen. Besser schien es, seine Seele langsam sterben zu lassen, Stück für einsames Stück.

Sein Rücken begann von all dem Bücken beim Säubern des Bewässerungssystems zu schmerzen, deshalb setzte er sich neben dem Bach nieder. Weit im Norden, hinter den Flatwoods und auf halbem Weg nach Oregon, ragte der erstaunlich weiße Kegel des Mount Shasta über den Horizont empor, wie der schlafende Gott, für den die Indianer in dieser Gegend ihn einmal gehalten hatten.

Er kaute einen Streifen getrocknetes Rindfleisch, spülte es mit einem weiteren kalten Schluck Bachwasser hinunter. Diese, seine neue Heimat lag genau auf dem Grat der windigen Cascade Hochebene, in der Mitte zwischen Mount Lassen und Mount Shasta. Nördlich befanden sich die Trümmer des mächtigen prähistorischen Vulkans, bei dessen Zusammenbruch sich der Kratersee gebildet hatte, und dann kam der Mount Hood, und weiter im Staate Washington hinein grollte friedlich der Mount St. Helen's – für den Augenblick noch. In sieben Jahren würde er mit tödlicher Heftigkeit explodieren, wie er es bereits dreimal zuvor getan hatte; ein Ereignis, an das sich Jeff, und Jeff allein, erinnerte.

Er befand sich in der Gewalt von Kräften, die einen Berg zerstören, ihn dann wieder zusammenfügen und erneut zerstören konnten, wieder und wieder und wieder, wie ein Kind, das im Sandkasten spielte. Welchen Sinn hatte es, auch nur zu versuchen, etwas ·Derartiges zu begreifen? Wenn er jemals soweit kommen sollte, es zu verstehen, und sei es teilweise, mochte das Wissen mehr sein, als ein menschliches Gehirn fassen konnte, und ihm weiterhin erlauben, sich ein gewisses Maß an geistiger Gesundheit zu bewahren.

Jeff wickelte den Rest des Trockenfleischs in die Cellophanhülle ein und steckte es wieder in die Tasche. Die Sonne stand jetzt hoch am Himmel; Zeit mit der Maisaussaat zu beginnen. Er ging den Hügel wieder hinunter, indem er dem Bach folgte und den Blick nicht einmal hob, um zu den verschneiten Höhen des fernen Berges hinüberzusehen.

»Wie steht's mit Torfmoos? Genug angepflanzt?«

»Ich könnte noch ein paar hundert Pfund gebrauchen«, sagte Jeff. »Und ich werde noch weitere vierzig Gallonen Sevin brauchen.«

Der Verkäufer schnalzte verständnisvoll, fügte der Bestellung das Insektizid hinzu. »Yeah, mit den Ohrwürmern ist es dieses Jahr so 'ne Sache, wie? Der alte Charlie Reynolds dort oben in Buckeye hat schon drei Acre an sie verlor'n.«

Jeff nickte, grunzte so höflich, wie er es aus der Erinnerung nur konnte. Diese halbjährlichen Versorgungsfahrten nach Redding hinunter waren sein einziger Kontakt mit vollkommen Fremden.

»Was denken Sie über die Araber und die Ölversorgung hier«, fragte der Mann. »Hätt ich nicht gedacht, daß ich das erleben tät.«

»Ich schätze, es wird wieder besser«, sagte Jeff. »Geben Sie mir auch noch eine dieser großen Schachtel Trockenfleisch; von den gewürzten.«

»Hätt ich nicht gedacht, daß ich das erleben tät. Wenn Se mich fragen, Nixon sollt' 'ne Bombe auf diese Araber werfen, statt rüberzufliegen und mit ihnen zu reden. Als ob er nicht schon genug eigene Probleme hier hätt'.«

Jeff musterte gleichgültig die hinter der Kasse des Versorgungsladens an die Wand gehefteten Plakate und Notizzettel, in der Hoffnung, der Mann würde bald begreifen, daß er nicht in eine politische Unterhaltung hineingezogen werden wollte. Der Sheriff, las Jeff, versteigerte jemandes gepfändeten Besitz in Burney; die in der Gegend ausharrenden Hippies veranstalteten einen großen Tanz im Iron Canyon; Mengen von Limousinen und Pickups waren zu verkaufen … Dann sah er etwas Merkwürdiges. Es wirkte wirklich fehl am Platze: ein blauschwarzes Poster vom Nachthimmel, mit einer phosphoreszierenden Welle, die im Raum über dem halbvollen Mond brach. In schmalen goldenen Buchstaben stand ein Wort am unteren Rand: *Starsea.*

»Worum geht's da eigentlich?« fragte Jeff, auf das Poster zeigend.

Der Verkäufer wandte sich um, dann sah er wieder Jeff mit einem ungläubigen Stirnrunzeln an. »Mann, wie weit draußen waren Sie? Sie ham *Starsea* nicht gesehn?«

»Verdammt, es is 'n Film. Der letzte Film, den ich davor gesehn hab, war, glaube ich, *The Sound of Music,* aber den konnte ich mir auf keinen Fall entgehen lassen. Die Kinder ham mich und meine Frau vor drei, vier Monaten nach Sacramento runtergeschleppt, damit wir ihn uns ansehen. Haben ihn schon zweimal gesehen, und wir gehen wahrscheinlich wieder rein, jetzt wo er in Redding angelaufen ist. Noch nie so was gesehen, sag ich Ihnen.«

»Bekannter Film, oder?«

»Bekannt?« Der Mann lachte. »Der verdammt größte Film aller Zeiten, heißt es. Es heißt, er hat schon hundert Millionen Dollar eingebracht, und läuft immer noch gut. Hätt ich nicht gedacht, daß ich das erleben tät.«

Das war unmöglich; kein Film würde vor dem Weißen Hai, in mehr als einem Jahr, soviel Geld einspielen. Jeff hatte von so etwas wie *Starsea* noch nicht einmal etwas gehört, und ganz bestimmt nicht 1974. Die großen Filme dieses Jahres, erinnerte er sich, waren *Chinatown* und der zweite Teil des *Paten.*

»Wovon handelt er?«

»Wenn Sie's nicht wissen, möchte ich's Ihnen nicht verderben. Er läuft unten im Cascade; Sie sollten ihn sich vor der Rückfahrt ansehen. Ist die Verspätung wert, das können Sie mir glauben.«

Jeff spürte einen Funken Neugier, eine Empfindung, die er seit Jahren nicht mehr gehabt hatte.

Der Verkäufer blätterte durch ein Exemplar des *Redding Record-Searchlight.* Auf der Titelseite umarmte Kissinger Yitzhak Rabin. »Hier is es, nächste Vorstellung um ... 3 Uhr 20.« Der Mann sah auf die große Uhr an der Rückseite des Ladens. »Ich kann Ihre Bestellung hierbehalten, wenn Sie möchten. Sie könnten sich den Film ansehen und trotzdem noch vor der Dunkelheit nach Hause kommen.«

Jeff lächelte. »Bekommen Sie eine Provision vom Kino oder so was?«

»Ich hab's Ihnen schon gesagt, ich mach mir normalerweise nichts aus Filmen, aber der hier is was Besonderes. Nur los, ich hab Ihre Sachen eingepackt und fertig zum Aufladen, wenn Sie wiederkommen.«

Die Schlange für *Starsea* erstreckte sich über mehr als einen Block, an einem Dienstagnachmittag in Redding. Jeff schüttelte vor Verwunderung den Kopf, kaufte sich eine Eintrittskarte und gesellte sich zu der wartenden Menschenmenge. Alle Altersgruppen waren vertreten, angefangen von großäugigen Sechsjährigen bis zu schweigsamen Ehepaaren in den Siebzigern in abgetragenen Overalls. Aus den leisen Unterhaltungen um ihn herum erfuhr Jeff, daß viele den Film bereits mehr als einmal gesehen hatten. Ihr Verhalten war beinahe so, als ob sie zu einer gemeinsamen religiösen Erfahrung zusammen gekommen wären, Kirchgänger, die sich ruhig, aber freudig einem geliebten Schrein näherten.

Der Film löste die Versprechungen des Verkäufers ein, und übertraf sie noch. Selbst in Jeffs Augen war er thematisch, nach Machart und Spezialeffekten seiner Zeit um Jahre voraus; wie eine Unterwasserversion von Kubricks *2001: Eine Odyssee im Weltraum,* doch mit der Wärme und Menschlichkeit von Truffaut auf der Höhe seines Schaffens.

Der Film begann mit einer elegischen Erläuterung des alten Bundes zwischen Menschen und Delphinen, dann weitete er diese mythische Verbindung auf eine philosophische Rasse von Extraterrestriern aus, die vor langer Zeit einen Kontakt zu den intelligenten Säugern der irdischen Meere hergestellt hatten. Diese Rasse hatte, dem Plot zufolge, die Cetaceaner als gültige Beschützer der Menschheit eingesetzt, bis zu der Zeit, da diese bereit war, in der galaktischen Familie willkommen geheißen zu werden. Doch gegen Ende des zwanzigsten Jahrhunderts erfuhren die Delphine, daß die Ratgeber von Cygnus IV, deren Rückkehr seit Jahrtausenden erwartet worden war, durch eine interstellare Katastrophe vernichtet worden waren. Daraufhin enthüllten die Delphine der Menschheit ihre wahre Natur und ihre große Geschichte, in einem Moment gleichzeitiger Heiterkeit und tiefer Trauer. Zum ersten Mal wurde dieser Planet ein wirkliches Ganzes, eine vernetzte Gemeinschaft von Intelligenzen zu Lande und zu Wasser, doch einsamer in der Leere des Raumes als jemals zuvor, jetzt, wo die unbekannten Wohltäter auf ewig verschwunden waren.

Der Film vermittelte mit Raffinesse und seltenem cineastischen Scharfblick meisterhaft die unerträgliche Ironie von elementaren Hoffnungen, die gerade im Moment der Erfüllung zunichte gemacht wurden. Jeff wurde zusammen mit dem übrigen Publikum zu Tränen bitterer Verzückung gerührt, seine Jahre des selbstauferlegten Exils und der Distanz wurden im Verlauf von zwei Stunden zerschmettert.

Und er war neu, alles daran. Jeff hätte eine künstlerische Leistung, die so großartig und in jeder Beziehung erfolgreich war, unmöglich entgehen können, wäre sie in einer seiner früheren Wiederholungen aufgetaucht.

Er las den Nachspann mit beinahe ebensolchem Erstaunen, wie es der Film hervorgerufen hatte: Regie Steven Spielberg … Geschrieben und produziert von Pamela Philipps … Künstlerische Beratung und Spezialeffekte George Lucas.

Wie war das alles möglich? Die Dreharbeiten zu Spielbergs erstem großen Film, *Der Weiße Hai*, hatten noch gar nicht begonnen, und es würde noch zwei Jahre dauern, bis Lucas die Filmindustrie mit *Star Wars* aufscheuchen würde. Aber am rätselhaftesten, interessantesten von allem – Wer, zum Teufel, war Pamela Phillips?

»Es ist mir egal, was es kostet, Alan, abgesehen von Zeit. Ich möchte, daß dieses Treffen zustande kommt, und zwar nächste Woche.«

»Mr. Winston, ganz so einfach ist das nicht. Diese Leute dort haben ihre eigene kleine Hierarchie, und gerade jetzt steht diese Frau ziemlich weit oben. Die Hälfte aller Schreiber und Produzenten von Hollywood versuchen, mit ihr in …«

»Ich habe nicht vor, ihr etwas zu verkaufen, Alan. Ich bin Geschäftsmann, kein Filmemacher.«

Am anderen Ende der Leitung entstand eine lange Pause.

Jeff wußte, was der Broker denken mußte. Es war neun Jahre her, daß er mit seinem Klienten direkt gesprochen hatte. Als welche Art von Geschäftsmann ließ ihn das erscheinen? Jeff Winston war ein Eremit, ein Einsiedler, der sich in dem Maklerbüro in San Francisco nur einmal, 1965, hatte sehen lassen, um dort einen Batzen Bargeld zu hinterlegen. Er lebte in der Einöde und schickte gelegentlich eine geheimnisvolle Nachricht, in der er sie anwies, in seinem Namen große Mengen irgendwelcher obskurer oder schlecht bewerteter Aktien zu kaufen. Und dennoch, und dennoch …

»Auf wieviel beläuft sich der aktuelle Wert meiner Anteile, Alan?«

»Sir, ich habe diese Information nicht unmittelbar parat. Ihr Depot ist ein sehr komplexes und in höchstem Maße diversifiziertes; ich würde mehrere Tage brauchen, um …

»Nur ungefähr.«

»Nun, in Anbetracht der möglichen Schwankungen, der …«

»Ich sagte, ich möchte eine grobe Schätzung, frei heraus gesagt. Sofort.«

Der Mann gab einen resignierten Seufzer von sich. »Ungefähr fünfundsechzig Millionen, plus oder minus fünf Millionen etwa. Sie werden verstehen, daß ich nicht …«

»Ja, ich verstehe. Ich möchte nur sichergehen, daß *Sie* verstehen, worüber wir hier reden. Wir reden über jemanden mit einer großen Menge Geld für Investitionen und jemanden, der in einer Branche ist, die vom Zufluß von frischem Kapital vollkommen abhängig ist. Ergibt das für Sie irgendeinen Sinn?«

»Gewiß, Sir. Aber erinnern Sie sich, daß Miss Philipps' Gesellschaft gegenwärtig in frischem Kapital aus dem Erfolg ihres Filmes schwimmt. Das hat vielleicht im Moment nicht die höchste Priorität bei ihr.«

»Ich bin sicher, sie wird den langfristigen Wert meines Interesses begreifen. Falls nicht, versuchen Sie einen anderen Weg; haben Sie dort nicht jemanden mit Erfahrung im Filmgeschäft?«

»Nun, ja … ich glaube, Harvey Greenspan in unserem Büro in Los Angeles hat eine Reihe von Klienten, die mit den Studios in Verbindung stehen.«

»Dann lassen Sie ihn ein paar Gefälligkeiten abrufen, nutzen Sie alle Kanäle, die ihm zur Verfügung stehen.«

An der Tür von Jeffs Hotelsuite wurde höflich geklopft.

»Bellman, Sir. Der Mann von Brooks Brothers ist zur Anprobe erschienen.«

»Ich muß los, Alan«, sagte Jeff ins Telefon. »Sie können mich im Fairmont erreichen, wenn Sie dies hier arrangiert haben.«

»Ich werde tun, was ich kann, Mr. Winston.«

»Tun Sie es bald. Ich würde mein Depot ungern jemand anderem anvertrauen, nach all den Jahren.«

Die Büros der Starsea Productions befanden sich in einem zweistöckigen weißen Stuckgebäude südlich von Pico, in einem nichtssagenden Industriegebiet zwischen MGM und Twentieth Century Fox. Der Empfangsraum war in Blau und Weiß gehalten, mit einem billardtischgroßen Filmposter hinter dem Empfangsschalter. Eine eklektische Mischung aus abstrakter Kunst und Unterwasserfotografien schmückte die übrigen Wände, und auf dem großen gekachelten spanischen Kaffeetisch waren ein halbes Dutzend Bücher ausgelegt, die mit dem Thema des Films zu tun hatten: *Intelligentes Leben im Universum, Die Intelligenz der Delphine, Programmierung und Metaprogrammierung im menschlichen Biocomputer ...* Jeff blätterte eine Sammlung von Farbfotos vom Jupiter der ersten *Pioneer*-Mission durch und wartete.

»Mr. Winston?« Die muntere kleine brünette Empfangsdame lächelte ihn professionell an. »Miss Philipps hat jetzt Zeit für Sie.«

Er folgte ihr durch einen langen Korridor, vorbei an einem halben Dutzend offener Bürotüren. Jeder, den er sah, telefonierte gerade.

Pamela Philipps' weitläufiges Büro hatte die gleiche blauweiße Farbzusammenstellung wie der Empfangsraum, aber hier gab es keine Filmmemorabilien an den Wänden, keine Pollock-Drucke oder Delphinfotos. Hier gab es nur ein visuelles Motiv, das sich in einem Dutzend Variationen wiederholte: Mandalas, Räder, Kreise.

»Guten Morgen, Mr. Winston. Hätten Sie gern einen Kaffee oder etwas Saft?«

»Nicht nötig, danke.«

»Das ist dann alles, Natalie. Danke.«

Jeff musterte die Frau, die zu sehen er einen Monat gewartet hatte. Sie war hochgewachsen, bestimmt einsfünfundsiebzig; breiter Mund, rundes Gesicht, sehr wenig Make-up; glattes, gepflegtes blondes Haar in einem modifizierten Bubischnitt. Jeff war froh, daß er sich bei Brooks Brothers ausgestattet hatte; Pamela Philipps war geschäftsmäßig gekleidet, mit einem gutgearbeiteten grauen Kostüm, einer hochgeschlossenen kastanienbraunen Bluse und dazu passenden Schuhen mit flachen Absätzen. Kein Schmuck, außer einer kleinen goldenen Reversnadel mit einem Muster aus konzentrischen Kreisen.

»Nehmen Sie Platz, Mr. Winston. Man sagte mir, Sie wünschten über die Starsea Productions als Investitionsobjekt zu sprechen?«

Geradewegs auf den Punkt gebracht, ohne Zeit zu vertrödeln, ohne aufwärmendes Geschwätz. Wie eine Geschäftsfrau der achtziger Jahre, aber 1974.

»Ja, das ist richtig. Ich verfüge über einiges überschüssiges Kapital, das ich ...«

»Lassen Sie mich von Anfang an klarmachen, Mr. ...«

»Jeff, bitte.«

Sie ignorierte seinen Versuch, mittels Vornamen Vertrautheit herzustellen, fuhr unmittelbar mit dem fort, was sie hatte sagen wollen. »Meine Firma ist privat finanziert und vollkommen selbständig. Ich habe Ihnen diesen Termin aus Gefälligkeit einem Freund gegenüber gewährt, aber wenn Sie in die Filmindustrie investieren wollen, dann sind Sie, fürchte ich, hier an der falschen Stelle. Wenn Sie möchten, kann Ihnen mein Anwalt eine Liste einiger anderer Produktionsfirmen vorlegen, die vielleicht ...«

»Ich interessiere mich für Starsea, nicht für das Geschäft im allgemeinen.«

»Falls die Gesellschaft jemals an die Börse geht, werde ich dafür sorgen, daß ihr Broker ein Angebot erhält. Bis dahin ...« Sie erhob sich hinter dem Schreibtisch, um ihn zu verabschieden.

»Sind Sie nicht einmal neugierig, welcher Art mein Interesse ist?«

»Nicht besonders, Mr. Winston. Seit der Film im Dezember angelaufen ist, hat er an vielen Stellen erhebliches Interesse hervorgerufen. Meine Energie widme ich gegenwärtig anderen Projekten.« Sie stand auf, streckte ihre Hand aus. »Wenn es Ihnen also nichts ausmacht, ich habe einen engen Terminkalender ...«

Die Frau machte alles schwieriger, als er erwartet hatte; er hatte keine andere Wahl, als vorwärtszustürmen. »Wie steht es mit *Star Wars?*« fragte er. »Wird Ihre Gesellschaft dabei ihre Hand mit im Spiel haben?«

Ihren grünen Augen verengten sich. »Gerüchte von geplanten Filmen überschwemmen andauernd diese Stadt, Mr. Winston. Wenn ich Sie wäre, würde ich nicht auf alles hören, was ich im Bel-Air am Swimmingpool zu hören bekomme.«

Könnte ebensogut Nägel mit Köpfen machen, dachte Jeff. »Und *Unheimliche Begegnung?*« fragte er. »Ich bin mir nicht sicher, ob Spielberg den überhaupt jetzt machen möchte – was meinen Sie? Er könnte wie ein Plagiat zu *Starsea* aussehen.«

Der Zorn war nicht aus ihren Augen gewichen, aber jetzt war er mit etwas anderem gepaart. Sie setzte sich wieder hin, starrte ihn wachsam an. »Wo haben Sie diesen Titel je gehört.«

Er erwiderte ihren festen Blick, wich der Frage aus. »Aber *E. T.*«, sagte er, »das ist ganz etwas anderes. Ich sehe da keinen Zusammenhang zwischen diesen beiden. Das gleiche gilt natürlich für *Jäger des verlorenen Schatzes.* Ein Film ohne jede Beziehung dazu. Die erste Fortsetzung war jedenfalls jämmerlich. Vielleicht können Sie mit ihm darüber sprechen.«

Jetzt hatte er ihre volle Aufmerksamkeit. Ihre Finger strichen nervös über ihre Kehle, und aus ihrem Gesicht war jede Emotion mit Ausnahme von Überraschung gewichen.

»Wer sind Sie?« fragte Pamela Phillips mit leiser Stimme. »Wer, zum Teufel, sind Sie?«

»Komisch«, erwiderte Jeff lächelnd. »Das gleiche habe ich mich bei Ihnen auch schon gefragt.«

11

Pamelas Haus im Topanga Canyon war so isoliert und schwer zu erreichen, wie irgendein Haus so nahe an einer größeren Stadt es nur sein konnte, gelegen in der Mitte eines Fünf-Acre-Grundstücks, das von Pflanzen überwuchert war: von Jacarandas, Lemonenbäumen, Weinstöcken, Brombeerbüschen ... alles in einem undisziplinierten Gewirr ungehinderten Wachstums.

»Sie sollten ein paar davon zurückschneiden«, sagte Jeff, als sie sich in ihrem Land Rover zu dem Haus hindurchschlängelten. Sie steuerte den Vierradantrieb mit ruhiger Selbstsicherheit, sich der Tatsache, wie unpassend sie mit ihrem eleganten grauen Rock und den lackierten Fingernägel darin aussah, entweder nicht bewußt oder ohne etwas darauf zu geben. Sie hatte ihre maßgeschneiderte Kostümjacke auf den Rücksitz gelegt und die Schuhe abgestreift, um die Kupplung besser bedienen zu können, sah auf der anderen Seite aber immer noch so aus, als gehörte sie in den Sitzungssaal einer Versicherungsgesellschaft und führe nicht gerade eine schmutzige Straße am Rand eines unerschlossenen Canyons entlang.

»So wächst es eben.« Sie zuckte die Achseln. »Wenn ich einen konventionellen Garten wollte, wohnte ich in Beverley Hills.«

»Ihnen wird jedenfalls eine Menge gutes Obst verderben.«

»Ich bekomme alles Obst, das ich brauche, auf dem Markt ...«

Er ließ das Thema fallen. Sie konnte mit ihrem Land tun, was immer sie wollte, obwohl es Jeff ärgerte, eine solche Fülle verwahrlosen zu sehen. Er wußte immer noch nicht viel über sie. Nachdem er seinen Verdacht kurz und bündig bestätigt hatte, nämlich daß sie ebenfalls eine Wiederholerin war, hatte sie darauf bestanden, seine Geschichte von Anfang an zu hören, und hatte ihn regelmäßig unterbrochen, um weitere Details aus ihm herauszuquetschen. Er hatte eine Menge ausgelassen, natürlich, insbesondere einige der Episoden mit Sharla, und von ihren Erfahrungen zu hören, hatte er noch vor sich. Jedenfalls war klar, daß sie ein Mensch voller Widersprüche war. Was absolut Sinn machte; das gleiche galt für ihn. Wie konnte es bei ihnen auch anders sein?

Das Haus war schlicht, aber komfortabel ausgestattet, mit einem Geländer aus Eichenbalken und einem großen Panoramafenster, durch das man über den unordentlichen Dschungel ihres Grundstücks bis zum weit unterhalb gelegenen Ozean schaute. Wie in ihrem Büro waren die Wände mit gerahmten Mandalas verschiedener Herkunft behängt: der Navajos, Mayas, aus Indien. Nahe dem Fenster befand sich ein großer Schreibtisch mit darauf gestapelten Büchern und Notizbüchern, und in der Mitte davon stand ein klobiges, grünlich-graues Gerät, das einen Bildschirm, ein Keyboard und einen Drucker enthielt. Er blickte es mit gerunzelter Stirn spöttisch an. Was tat sie so früh mit einem Homecomputer? Es gab keinen ...

»Das ist kein Computer«, sagte Pamela. »Ein Wang 2000 Textverarbeitungsgerät, eins der ersten. Kein Diskettenlaufwerk, nur Kassetten, aber immer noch besser als eine Schreibmaschine. Möchten Sie ein Bier?«

»Klar.« Er war noch ein wenig verblüfft darüber, wie rasch sie seine Gedanken gedeutet hatte, als er das Gerät ansah. Es würde noch einige Zeit dauern, bis er sich an den Gedanken gewöhnte, daß er, nach all diesen Jahrzehnten, jemanden um sich hatte, der sein Bezugssystem tatsächlich teilte.

»Zum Kühlschrank geht's da lang«, sagte sie und zeigte die Richtung. »Holen Sie mir auch eins, während ich dieses Kostüm ausziehe.« Sie ging zur Rückseite des Hauses, die Schuhe in der Hand. Jeff fand die Küche und öffnete zwei Flaschen Becks.

Er musterte die Regale voller Bücher und Schallplatten, während er darauf wartete, daß sie mit dem Umziehen fertig wurde. Sie schien nicht viel Literatur zu lesen oder Popmusik zu hören. Die Bücher waren überwiegend Biographien, Sachbücher oder betrafen die geschäftliche Seite der Filmindustrie; bei ihren Platten überwogen Bach, Händel und Vivaldi.

Pamela kam in verwaschenen Jeans und einem sackartigen Sweatshirt mit dem Aufdruck ›USC‹ ins Wohnzimmer zurück, nahm das Bier, das er ihr reichte, und ließ sich in einen zu prall gepolsterten Sessel fallen. »Was Sie mir von dem Flugzeug erzählt haben, das beinahe abgestürzt wäre; das war dumm, wissen Sie.«

»Wie meinen Sie das?«

»Gegen Ende meines zweiten Zyklus, als ich begriff, daß ich ihn womöglich noch einmal durchlaufen würde, lernte ich eine Liste aller Flugzeugabstürze seit 1963 auswendig. Ebenso der Hotelbrände und Eisenbahnunglücke, Erdbeben ... aller größeren Katastrophen.«

»Ich habe daran gedacht, das gleiche zu tun.«

»Sie hätten es bereits tun sollen. Jedenfalls, was passierte dann? Was haben Sie seitdem gemacht?«

»Ist das nicht ein bißchen einseitig? Ich bin ebenso neugierig auf Sie, wissen Sie.«

»Bringen Sie Ihre Geschichte zu Ende; dann kommen wir zu meiner.«

Er setzte sich auf ein Sofa ihr gegenüber und versuchte sein freiwilliges Exil während der letzten neun Jahre zu erklären: sein asketisches Gefühl der Verbundenheit mit den Dingen, die in der Erde wuchsen, seine Faszination von ihrer ewigen Symmetrie mit der Zeit – lebende Wesenheiten, die verwelkten, damit sie wieder blühten, Blüten und grüne Früchte, die aus den verschrumpelten Trieben des vergangenen Jahres periodisch zum Leben erwachten.

Sie nickte nachdenklich, auf eines ihrer verschlungenen Mandalas konzentriert. »Haben Sie über den Hinduismus gelesen?« fragte sie. »Die *Rig-Veda*, die *Upanishaden?*«

»Nur die *Bhagavadgita.* Vor langer, langer Zeit.«

»Schon viele der Geburten sind für mich so wie für dich dahin«, zitierte sie mühelos. »Mir sind sie alle wohlbekannt, doch nicht so, Tapfrer, deinem Sinn.« Ihre Augen leuchteten vor Intensität. »Manchmal denke ich, es ist *unsere* Erfahrung, worüber sie in Wirklichkeit reden: nicht Reinkarnation entlang einer linearen Zeitachse, sondern kleine Bruchstücke der Geschichte der ganzen Welt, die angelegentlich wieder und immer wiederkehren ... bis wir erkennen, was geschieht und wir fähig sind, den normalen Fluß wiederherzustellen.«

»Aber wir sind uns dessen bewußt, und es geschieht weiter.«

»Vielleicht hält es an, bis jeder einzelne über das Wissen verfügt«, sagte sie ruhig.

»Das glaube ich nicht; wir wußten beide augenblicklich Bescheid, und es scheint so, als würde man es entweder erkennen oder nicht. Jeder andere durchläuft einfach nur die gleichen Muster.«

»Ausgenommen die Leute, deren Leben wir berühren. Wir können Veränderungen einführen.«

Jeff lächelte zynisch. »Dann sind wir beide Propheten, Erlöser?«

Sie schaute aufs Meer hinaus. »Vielleicht sind wir das.«

Er setzte sich aufrecht hin, starrte sie an. »Warten Sie einen Moment; das ist doch nicht das, worum es in Ihrem Film im Grunde geht, oder, die Leute vorzubereiten auf …? Sie haben doch nicht vor …«

»Ich bin mir nicht sicher, was ich vorhabe, noch nicht. Alles ist anders geworden, jetzt wo Sie aufgetaucht sind. Damit habe ich nicht gerechnet.«

»Was wollen Sie tun, irgendeine Art von Kult in die Welt setzen? Wissen Sie nicht, welche Katastrophe …

»Ich bin nicht allwissend!« erwiderte sie heftig. »Ich bin genauso durcheinander wie Sie, und ich will nichts weiter, als meinem Leben einen Sinn geben. Wollen Sie einfach aufgeben, nicht einmal herauszufinden versuchen, was es bedeutet? Dann viel Glück! Gehen Sie zurück, zu Ihrer gottverdammten Farm und vegetieren Sie, aber erzählen Sie mir nicht, wie ich mit all dem zurechtzukommen habe, okay?«

»Ich habe Ihnen lediglich meinen Rat angeboten. Können Sie sich sonst jemanden vorstellen, der dazu qualifiziert wäre, unter den gegebenen Umständen?«

Sie blickte ihn finster an, ohne daß ihr Ärger schon abgekühlt war. »Wir können später darüber reden. Wollen Sie sich jetzt meine Geschichte anhören, oder nicht?«

Jeff ließ sich in die weichen Kissen zurücksinken, beäugte sie vorsichtig. »Natürlich will ich«, sagte er in ausgeglichenem Tonfall. Es ließ sich nicht vorhersagen, was sie explodieren ließ. Nun, er konnte verstehen, was sie durchgemacht haben mußte; er konnte nachsichtig sein.

Sie nickte einmal heftig. »Ich hole uns noch ein Bier.«

Pamela Philipps, erfuhr Jeff war 1949 in Westport, Connecticut geboren, als Tochter eines erfolgreichen Immobilienmaklers. Sie hatte eine normale Kindheit gehabt, die üblichen Krankheiten, die gewöhnlichen Freuden und Träumen der Adoleszenz. Sie hatte in den späten Sechzigern am Bard College Kunst studiert, eine Menge Dope geraucht, war gegen Washington marschiert, war mit ebenso vielen Männern ins Bett gegangen wie die anderen jungen Frauen ihrer Generation. Den Konventionen entsprechend, war sie nicht lange nach Nixons Rücktritt ›vernünftig‹ geworden; sie hatte einen Rechtsanwalt geheiratet, war nach New Rochelle gezogen. Bekam zwei Kinder, einen Jungen und ein Mädchen. Sie las gerne Liebesromane, ihr Hobby war Malen; wenn sie die Gelegenheit dazu hatte, leistete sie sich ab und zu etwas Wohltätigkeitsarbeit. Sie hatte sich darüber geärgert, keine Karriere gemacht zu haben, hatte gelegentlich heimlich einen Joint geraucht, wenn die Kinder im Bett waren, hatte Aerobic gemacht, um ihre Figur in Form zu halten.

Sie war im Alter von neununddreißig Jahren an einem Herzanfall gestorben. Im Oktober 1988.

»An welchem Tag?« fragte Jeff.

»Dem achtzehnten. Am gleichen Tag, an dem es bei Ihnen passierte, aber um viertel nach eins.«

»Neun Minuten später.« Er grinste. »Sie haben die Zukunft gesehen. Mehr davon als ich.«

Das ließ sie beinahe lächeln. »Es waren öde neun Minuten«, sagte sie. »Abgesehen vom Sterben.«

»Wo waren Sie, als Sie aufwachten?«

»Im Freizeitraum im Haus meiner Eltern. Der Fernseher lief, eine Wiederholung von ›My Little Margie‹. Ich war vierzehn.«

»Mein Gott, was haben Sie gemacht – Waren sie zu Hause?«

»Meine Mutter war Einkaufen. Mein Vater war noch arbeiten. Eine Stunde lang wanderte ich benommen durchs Haus, besah mir die Kleider in meinem Schrank, blätterte im Tagebuch, das ich verloren hatte, als ich aufs College ging … betrachtete mich im Spiegel. Ich konnte nicht aufhören zu weinen. Ich glaubte noch, ich wäre tot und dies wäre die bizarre Art, auf die Gott mich einen letzten Blick auf mein irdisches Leben werfen ließ. Die Haustür versetzte mich in Angst und Schrecken; ich glaubte tatsächlich, wenn ich hindurchginge würde ich im Himmel sein, oder in der Hölle, oder im Fegefeuer oder wo auch immer.«

»Waren Sie katholisch?«

»Nein, mein Kopf schwirrte einfach von all diesen vagen Bildern und Ängsten. Vergessen, das ist ein besseres Wort; das war es, was ich wirklich zu finden erwartete, wenn ich nach draußen ginge. Nebel, Leere … einfach der Tod. Dann kam meine Mutter nach Hause, marschierte durch die Tür herein, vor der ich solche Angst hatte. Ich glaubte, sie wäre eine Art verkleideter Erscheinung und wäre gekommen, um mich vor das Jüngste Gericht zu schleppen, und ich begann zu schreien.

Sie brauchte lange, um mich zu beruhigen. Sie rief den Hausarzt, er kam vorbei, gab mir eine Injektion – Demerol vermutlich – und ich wurde ohnmächtig. Als ich wieder aufwachte, war mein Vater da, stand über dem Bett und sah sehr besorgt aus, und ich glaube, da begann ich erst zu begreifen, daß ich nicht wirklich tot war. Er wollte mich nicht aufstehen lassen, aber ich lief die Treppe hinunter und öffnete die Haustür, ging in meinem Morgenmantel auf den Hof hinaus … und natürlich war alles vollkommen normal. Die Nachbarschaft war genau so, wie ich sie in Erinnerung hatte. Der Hund von nebenan kam zu mir her, und leckte meine Hand, und aus irgendeinem Grund mußte ich da wieder weinen.

Die folgende Woche über ging ich nicht zur Schule, lag in meinem Zimmer herum und gab vor, krank zu sein, dachte einfach nur nach … versuchte zunächst herauszufinden, was geschehen war, aber ich brauchte nicht lange, um herauszufinden, daß dies ein hoffnungsloses Vorhaben war. Dann, als die Tage verstrichen und sich nichts veränderte, versuchte ich mir zu überlegen, was ich tun würde.

Erinnern Sie sich, ich hatte nicht die Möglichkeiten, die Sie hatten; ich war erst vierzehn, lebte noch zu Hause, besuchte noch die Junior High-School. Ich konnte keine Pferdewetten abschließen oder nach Paris reisen. Ich saß fest.«

»Das muß schrecklich gewesen sein«, sagte Jeff voller Mitgefühl.

»Das war es, aber irgendwie kam ich zurecht. Mir blieb keine Wahl. Ich wurde ... Ich zwang mich dazu, wieder ein junges Mädchen zu werden, versuchte alles zu vergessen, was ich in meinem ersten Leben erlebt hatte: das College, die Ehe ... die Kinder.«

Sie machte eine Pause, sah zu Boden. Jeff dachte an Gretchen, streckte seinen Arm aus und legte eine Hand auf Pamelas Schulter. Sie zuckte von seiner Berührung zurück, und er zog die Hand zurück.

»Wie auch immer«, fuhr sie fort, »nach ein paar Wochen – einigen Monaten – schien diese erste Existenz in meinem Bewußtsein zu verblassen, als wäre sie ein langer Traum gewesen. Ich ging wieder zur Schule, begann wieder alles von Anfang an zu lernen, so als hätte ich vorher nichts davon studiert. Ich wurde sehr scheu, ein Bücherwurm; vollkommen anders, als ich beim erstenmal gewesen war. Ging niemals aus, hörte auf, mit dem Haufen Jugendlicher rumzuhängen, die ich gekannt hatte. Ich konnte es nicht ertragen, diese Erinnerungen oder Visionen zu haben, wie meine Freunde in den darauffolgenden Jahren als Erwachsene werden würden. Ich wollte das alles auslöschen, vor mir so tun, als hätte ich diese Art von Bewußtsein nicht.«

»Haben Sie es jemals ... jemandem erzählt?«

Sie nippte am Bier, nickte. »Gleich nach der Schreiepisode, als ich zum erstenmal zurückkehrte, schickten mich meine Eltern zu einer Psychiaterin. Nach ein paar Sitzungen glaubte ich, ihr vertrauen zu können, also begann ich ihr zu erklären, was ich durchgemacht hatte. Sie lächelte und gab leise aufmunternde Laute von sich und verhielt sich sehr verständnisvoll, aber ich wußte, daß sie alles für eine Phantasievorstellung hielt. Natürlich wollte ich das ebenfalls glauben ... also wurde es eine. Bis ich ihr von der Sache mit Kennedy erzählte, eine Woche bevor es passierte.

Das entnervte sie vollkommen. Sie wurde sehr wütend und weigerte sich, mich weiterhin zu sehen. Sie kam nicht mit der Tatsache zu Rande, daß ich die Ermordung so detailliert beschrieben hatte, daß diese meine ›Phantasievorstellung‹ plötzlich auf die schrecklichste, überwältigendste Weise, die man sich nur vorstellen kann, Wirklichkeit geworden war.«

Pamela sah Jeff einen Moment lang schweigend an. »Es erschreckte mich ebenfalls«, fuhr sie fort. »Nicht nur, weil ich gewußt hatte, daß er erschossen werden würde, sondern weil ich mir so sicher war, daß Lee Harvey Oswald der Täter sein würde. Von diesem Nelson Bennett hatte ich nie gehört – ich hatte natürlich keine Ahnung davon, daß Sie nach Dallas geflogen waren und eingegriffen hatten, wie Sie es getan haben – und danach veränderte sich mein Realitätsempfinden. Es war, als wüßte ich den einen Moment alles über die Zukunft, und dann wußte ich auf einmal absolut nichts mehr. Ich war in einer anderen Welt mit anderen Regeln. *Alles* konnte geschehen – meine Eltern konnten sterben, es konnte einen Atomkrieg geben ... oder, auf niederer Ebene, ich konnte eine ganz andere Person werden als die, die ich gewesen war oder die gewesen zu sein ich vielleicht glaubte.

Ich ging nach Columbia anstatt nach Bard, mit Biologie als Hauptfach, dann studierte ich Medizin. Es war ein hartes Stück Arbeit. Ich hatte mir vorher nicht viel aus den Naturwissenschaften gemacht; meine ganze Ausbildung während des ersten Durchgangs erstreckte sich auf Kunst. Aber aus dem gleichen Grund machte es das viel interessanter, weil ich nicht mehr nur einfach wiederholte, was ich bereits einmal gelernt hatte. Ich lernte ein vollkommen neues Gebiet kennen, eine neue Welt, passend zu meinem neuen Leben.

Ich hatte nicht viel Zeit für mein Privatleben, aber während meiner Assistenzzeit am Columbia Presbyterium lernte ich einen jungen Orthopäden kennen, der ... na ja, er erinnerte mich nicht unbedingt an meinen ersten Ehemann, aber er besaß eine ähnliche Intensität, die gleiche Art von Drive. Nur daß es diesmal anders war, was wir miteinander gemein hatten, eine von uns beiden geteilte Hingabe zur Medizin. Vorher hatte ich kaum gewußt, was mein Mann täglich tat, und er hatte folglich angenommen, ich mache mir nichts daraus, deshalb redete er nicht mit mir über seine Anwaltstätigkeit. Aber mit David – so hieß der Orthopäde – war es das genaue Gegenteil. Wir konnten über alles sprechen.«

Jeff schenkte ihr einen neugierigen Blick. »Sie meinen doch nicht ...«

»Nein, nein; ich erzählte ihm niemals, was mir zugestoßen war. Er würde mich für verrückt gehalten haben. Ich versuchte immer noch, es zu verdrängen. Ich wollte alle diese Erinnerungen begraben und so tun, als wären sie nie geschehen.

David und ich heirateten, sobald ich meine Assistenzzeit beendet hatte. Er war aus Chicago, und wir zogen wieder dorthin; er eröffnete eine Privatpraxis, und ich arbeitete auf der Intensivstation des Memorial Hospitals für Kinder. Nachdem ich meine eigenen Kinder unwiederbringlich verloren hatte – Sie wissen ja, wie das ist – sperrte ich mich dagegen, noch eins zu bekommen, aber inzwischen hatte ich ein ganzes Krankenhaus voller Ersatzsöhne und -töchter, und sie brauchten mich so nötig, sie ... Es war jedenfalls eine außergewöhnlich lohnende Karriere. Ich tat genau das, wovon ich als frustrierte Hausfrau in New Rochelle geträumt hatte: benutzte meinen Verstand, bewirkte Positives in der Welt, rettete Leben ...« Ihre Stimme verlor sich. Sie räusperte sich und schloß die Augen.

»Und dann sind Sie gestorben«, sagte Jeff sanft.

»Ja. Ich starb, zum zweiten Mal. Und war wieder nur vierzehn Jahre alt und total unfähig, auch nur einen Deut zu verändern.«

Er wollte ihr sagen, wie sehr er sie verstand, daß er wußte, was ihr tiefster Schmerz gewesen war, weil die Kinder, die sie gepflegt hatte, dazu verurteilt waren, ihre Leiden neu zu durchleben, weil ihre Anstrengungen, ihnen zu helfen, zunichte gemacht worden waren; aber es waren keine Worte nötig. Der Schmerz stand ihr deutlich ins Gesicht geschrieben, und er war der einzige Mensch auf Erden, der die Tiefe ihres Verlustes nachempfinden konnte.

»Warum machen wir nicht eine Pause«, schlug Jeff vor, »und gehen irgendwo einen Happen essen? Sie können mir den Rest Ihrer Geschichte nach dem Dinner erzählen.«

»Einverstanden«, sagte sie, dankbar für die Unterbrechung. »Ich kann uns hier etwas machen.«

»Das ist nicht nötig. Wir fahren einfach zu einem dieser kleinen Fischrestaurants, an denen wir auf dem Pacific Coast Highway vorbeigekommen sind.«

»Kochen macht mir nichts aus, wirklich ...«

Jeff schüttelte den Kopf. »Ich bestehe darauf. Das Dinner übernehme ich.«

»Also ... dann werd ich mich wieder umziehen müssen.«

»Jeans reichen. Ziehen Sie einfach ein paar Schuhe an, wenn Ihnen danach ist, förmlich auszugehen.«

Zum erstenmal, seit er sie kennengelernt hatte, lächelte Pamela.

Sie aßen an einem abgetrennten Tisch auf einer Veranda mit Blick auf die Brandung. Als sie fertig waren und ihren Kaffee mit Grand Marnier tranken, ging der Mond über dem Pazifik auf. Das Spiegelbild der weißen Scheibe in den großen Fenstern hinten im Restaurant schien mit der Schwärze des Ozeans zu verschmelzen.

»Sehen Sie da?« sagte Jeff, indem er auf die Sinnestäuschung zeigte. »Es sieht genauso aus wie ...«

»... das Poster für *Starsea.* Ich weiß. Was glauben Sie, wo ich die Idee für die Grafik her habe?«

»Große Geister.« Jeff lächelte, sein Likörglas zu einem Toast erhebend. Pamela zögerte, dann hob auch sie ihr Glas, stieß kurz mit ihm an.

»Hat Ihnen der Film wirklich gefallen?« fragte sie. »Oder war das nur ein Trick, um herauszufinden, wer ich war?«

»Das brauchen Sie nicht zu fragen«, sagte er ernst. »Sie wissen, wie gut der Film ist. Ich war so gerührt davon wie alle anderen, obwohl ich sicher bin, daß niemand anderes so schockiert über sein Erscheinen war wie ich.«

»Jetzt wissen Sie, wie ich mich bei diesem ersten Mal fühlte, als jemand, von dem ich nie gehört hatte, Präsident Kennedy umbrachte. Was, glauben Sie, hat das zu bedeuten?

Warum kam es noch zu der Ermordung, nach allem, was Sie getan hatten, um sie zu verhindern?«

Jeff zuckte die Achseln. »Zwei Möglichkeiten. Erstens bestand vielleicht wirklich eine große Verschwörung zur Ermordung Kennedys, und Oswald war eine unbedeutende, entbehrliche Figur. Wer auch immer es plante, hatte Bennett auf Abruf bereitstehen für den Fall, daß etwas schiefging, und wahrscheinlich außerdem noch weitere Ersatzleute. Alles war von vornherein gründlich arrangiert, bis zu Jack Ruby, der töten sollte, wer auch immer den Fall übernahm. Oswald von der Bildfläche verschwinden zu lassen, bedeutete für die Leute im Hintergrund nicht mehr als eine banale Unbequemlichkeit. Kennedy wäre gestorben, egal was ich gemacht hätte, weil seine Mörder einfach zu gut organisiert waren, als daß jemand oder etwas sie hätte aufhalten können, wer auch immer sie waren.

Das ist eine Möglichkeit. Die andere ist weniger spezifisch, aber sie hat viel tiefere Auswirkungen auf Sie und mich, und es ist die, an die ich eher glauben möchte.«

»Und das heißt?«

»Das es uns unmöglich ist, unser Vorauswissen zu benutzen, irgendeine *größere* Veränderung der Geschichte zu bewirken. Es gibt Grenzen für das, was wir tun können; ich weiß nicht, was das für Grenzen sind oder wie sie uns auferlegt werden, aber ich glaube, sie existieren.«

»Aber Sie haben einen internationalen Konzern gegründet. Ihnen gehörten bedeutende Firmen, die nie zuvor verbunden waren ...«

»Nichts davon hat den allgemeinen Lauf der Dinge wirklich beeinflußt«, sagte Jeff. »Die Firmen existierten, wie sie es immer getan hatten, brachten die gleichen Produkte heraus, beschäftigten die gleichen Leute. Alles, was ich tat, war, den Fluß der Profite ein wenig umzulenken, in meine Richtung. Die Veränderungen in meinem Leben waren zwar extrem, aber im größeren Zusammenhang der Dinge war das, was ich tat, unbedeutend. Außerhalb der Finanzwelt wußten die meisten Leute – Sie eingeschlossen – nicht einmal, daß ich existiere.«

Pamela zupfte nachdenklich an ihrer Serviette. »Aber wie

steht es dann mit *Starsea?* Die halbe Erdbevölkerung kennt diesen Film. Ich habe einen neuen Gedanken eingeführt, eine neue Sichtweise für die Menschheit, sich in Beziehung zum Universum zu sehen.«

»Arthur Knight in *Variety,* stimmt's?«

Sie errötete, hob die Hand, um es zu verbergen.

»Ich habe alle Besprechungen durchgesehen, bevor ich zu Ihnen ging. Es ist ein wundervoller Film, zugegeben, aber er ist immer noch im wesentlich ein Stück Unterhaltung, nichts weiter.«

Ihre Augen blitzten ihn im Mondlicht an, Strahlen des Zorns und des verletzten Stolzes. »Er könnte viel mehr sein. Er könnte der Anfang sein einer ...« Sie brach ab, faßte sich. »Vergessen Sie es. Ich teile Ihren Pessimismus über unsere Möglichkeiten nicht; lassen wir's dabei bewenden. Wollen Sie jetzt etwas über mein zweites ... ›Replay‹ hören – so nennen Sie doch die Zyklen, nicht wahr?«

»Das habe ich mir so angewöhnt. Die Bezeichnung ist so gut wie jede andere. Ist Ihnen danach, weiterzuerzählen?«

»Sie haben mir ihre Erfahrungen erzählt. Ebensogut kann ich Sie über meine auf den neuesten Stand bringen.«

»Und dann?«

»Ich weiß nicht«, sagte sie. »Wir scheinen demgegenüber sehr unterschiedliche Standpunkte zu haben.«

»Aber es gibt niemand anderen, mit dem wir darüber sprechen können, nicht wahr?«

»Lassen Sie mich einfach zu Ende erzählen, wo ich dran war, in Ordnung?« Sie hatte die Papierserviette in Streifen gerissen, die sie jetzt zusammenknüllte und im Aschenbecher aufhäufte.

»Schießen Sie los!«, sagte Jeff zu ihr. »Noch einen Drink? Oder eine neue Serviette?«

Sie blickte ihn kurz an, auf der Suche nach Sarkasmus in seinem Gesicht. Sie entdeckte keinen und nickte kurz. Jeff machte in der Luft eine kreisförmige Handbewegung und bedeutete der Bedienung, noch eine Runde Grand Marnier zu bringen.

»Als ich zum zweitenmal starb«, begann Pamela, »war ich vor allem wütend. Als ich zu mir kam, in meinem Elternhaus, wieder vierzehn Jahre alt, wußte ich genau, *was* vor sich ging, wenn auch nicht warum. Und ich wollte bloß etwas zerschlagen. Ich wollte vor Wut schreien, nicht aus Angst. So wie Sie bei Ihrem dritten … ah … Replay gefühlt haben. Es schien mir alles eine solche Verschwendung: das Medizinstudium, das Krankenhaus, all die Kinder, die ich behandelt hatte … so sinnlos alles.

Ich wurde meiner Familie gegenüber extrem aufsässig, sogar bösartig. Ich hatte mehr Jahre als Erwachsener verbracht als meine Mutter und mein Vater zusammen, war zweimal verheiratet gewesen, hatte Karriere als Ärztin gemacht. Und hier war ich formal ein Kind, ohne Rechte oder irgendwelche Wahlmöglichkeiten. Ich stahl meinen Eltern etwas Geld und rannte von zu Hause weg. Aber es war schrecklich – niemand wollte mir eine Wohnung vermieten, ich konnte keinen Job bekommen … Es gibt nichts, was ein Mädchen in diesem Alter von sich aus tun kann, außer auf die Straße zu gehen, und ich hatte nicht vor, mich *dieser* Art von Hölle auszusetzen. Also kroch ich nach Westport zurück, vernichtet, unglaublich allein. Ging wieder zur Schule und verachtete jeden einzelnen Moment davon, schmiß die Hälfte meiner Kurse, weil ich es einfach nicht ertragen konnte, dieselben verdammten Algebraformeln zum dritten Mal auswendig zu lernen.

Sie schickten mich zu der Psychiaterin, bei der ich vorher gewesen war, zu der, die dermaßen aus der Fassung geraten war, weil ich im voraus von der Kennedy-Ermordung wußte. Diesmal erzählte ich ihr nicht die Wahrheit über mich. Ich hatte inzwischen die meisten Standardtexte über Kindesentwicklung und Kinderpsychologie selbst studiert, also setzte ich ihr die Antworten vor, von denen ich wußte, daß sie mich als leicht verdrehte Heranwachsende durchgehen lassen würde, die ›eine Phase durchmachte‹, aber noch gut innerhalb des normalen Rahmens.«

Sie machte eine Pause, als die Serviererin ihre Drinks abstellte, und wartete, bis das Mädchen weit genug von ihrem Tisch entfernt war, bevor sie ihre Erzählung wieder aufnahm.

»Um mir wenigstens einen Rest von geistiger Gesundheit

zu bewahren, kehrte ich zu meiner ersten Liebe zurück, der Malerei. Meine Eltern kauften mir alles an Material, um das ich sie bat, und ich wollte den ganzen Krempel nicht. Aber sie waren stolz auf meine Kunst; sie war das einzige, was ich tat, das sie als konstruktiv erkennen konnten. Gleichgültig, ob ich Gin aus ihrem Likörschrank stibitzte, mich die halbe Nacht mit Jungs in den Zwanzigern rumtrieb oder jedes Schuljahr zur Nachprüfung mußte. Sie hatten einfach den Versuch aufgegeben, mich zu kontrollieren. Sie spürten, daß etwas zu Starkes und Eigensinniges hinter meiner Ungezogenheit stand, als daß sie damit hätten fertig werden können. Aber ich hatte mein Talent; es war ziemlich real, und ich arbeitete ebenso hart daran, wie ich daran gearbeitet hatte, Ärztin zu werden. Das konnten sie nicht ignorieren; niemand konnte das.

Ich flog von der High-School, als ich siebzehn war, und meine Eltern fanden eine Kunstakademie in Boston, die bereit war, mich trotz meiner scheußlichen Schulzeugnisse aufgrund meiner Mappe aufzunehmen. Dort blühte ich auf; ich konnte endlich wieder anfangen, als Erwachsene zu leben. Ich teilte mir eine Wohnung mit einem älteren Mädchen von der Schule, begann mit meinem Lehrer für Komposition auszugehen, malte Tag und Nacht. Meine Sachen waren voller bizarrer, manchmal brutaler Bilder: verstümmelte Kinder, die in einen schwarzen Schlund hineinfielen, fotorealistische Großdarstellungen von Ameisen, die aus chirurgischen Schnitten krochen ... starker Tobak, so wenig schulmädchenhaft, wie man sich nur vorstellen kann. Niemand wußte, was er von mir halten sollte.

Mit zwanzig hatte ich meine erste Ausstellung in New York. Bei dieser Gelegenheit traf ich Dustin. Er kaufte zwei meiner Bilder, und dann, nachdem die Galerie geschlossen hatte, gingen wir einen trinken. Er sagte mir, er hätte ...«

»Dustin?« unterbrach Jeff.

»Dustin Hoffmann.«

»Der Schauspieler?«

»Ja. Jedenfalls mochte er meine Gemälde, und ich war immer schon von seiner Arbeit beeindruckt gewesen – *Asphaltcowboy* war gerade angelaufen, und ich mußte mich daran erinnern, ihm gegenüber nichts von *Kramer gegen Kramer* oder *Tootsie* zu erwähnen. Wir verstanden uns auf Anhieb. Wir fingen an, uns zu treffen, wann immer wir in New York waren. Ein Jahr später heirateten wir.«

Jeff konnte sein belustigtes Erstaunen nicht verbergen. »Sie haben Dustin Hoffmann geheiratet?«

»In einer Version meines Lebens, ja«, sagte sie mit einer Spur Verärgerung. »Er ist ein sehr netter Mann, sehr klug. Jetzt kennt er mich natürlich nur als Autorin und Produzentin; er hat keine Ahnung, daß wir sieben Jahre miteinander verbracht haben. Letzten Monat begegnete ich ihm zufällig auf einer Party. Es ist komisch, einen solchen Mangel an Wiedererkennen bei jemandem zu sehen, mit dem man in jeder Weise intim war und soviel Zeit verbracht hat.

Wie auch immer, es war eine gute Ehe – im großen und ganzen; wir respektierten uns gegenseitig, unterstützten uns bei unseren unterschiedlichen Zielsetzungen ... Ich machte mit dem Malen weiter, hatte bescheidenen Erfolg damit. Meine bekannteste Arbeit war ein Triptychon mit dem Titel *Echos des Selbst, in Vergangenheit und Zukunft*. Es war ...«

»Mein Gott, ja! Ich hab das im Whitney Museum gesehen, während eines New York-Aufenthalts mit meiner dritten Frau Judy! Ihr gefiel es, aber sie konnte nicht verstehen, warum ich davon so überwältigt war. Verdammt, ich kaufte eine Reproduktion davon, hängte sie über den Schreibtisch in meinem Arbeitszimmer! *Damals* hörte ich Ihren Namen zum erstenmal.«

»Nun, das war meine letzte größere Arbeit. Irgendwie ... trocknete ich danach einfach aus, ich weiß nicht. Es gab so viel, was ich ausdrücken wollte, aber entweder wagte ich es nicht, oder ich konnte es nicht länger alles auf Leinwand einfangen. Ich weiß nicht, ob meine Technik versagte oder ich, aber im wesentlichen gab ich um 1975 die Malerei auf. Das war auch das Jahr, in dem Dustin und ich uns trennten. Ohne großen Krach; es war einfach vorbei, und beide wußten wir es. Wie mit meiner Malerei.

Ich vermute, es hatte etwas mit der Tatsache zu tun, daß ich meine Wiederholung halb durchlaufen hatte und wußte, daß alles, was ich erreichte, in ein paar Jahren ausgelöscht werden würde. Deshalb wurde ich einfach zu einer Art Schmetterling, streifte in der Welt herum und war mit Leuten wie Roman Polanski und Lauren Hutton und Sam Shephard zusammen. Bei ihnen fand ich so etwas wie … flüchtige Gemeinschaft, ein Netzwerk interessanter Freundschaften, das niemals zu eng wurde und unterbrochen und jederzeit wieder aufgenommen werden konnte, abhängig von meiner Stimmung und dem Land, in dem ich mich gerade befand. Es war nicht wirklich wichtig.«

»Nichts ist wichtig«, sagte Jeff. »Das Gefühl hatte ich auch schon, mehr als einmal.«

»Es ist eine deprimierende Art zu leben«, sagte Pamela. »Man hat die Illusion von Freiheit und Offenheit, aber nach einer Weile verschwimmt einfach alles miteinander. Leute, Städte, Gedanken, Gesichter … alles ist Teil einer sich verwandelnden Wirklichkeit, die nie zu einer klaren Form findet und nirgendwohin führt.«

»Ich weiß, was Sie meinen«, sagte Jeff und dachte an die Jahre des zufälligen, flüchtigen Sex, die er und Sharla gemeinsam erlebt hatten. »Es scheint unseren Umständen angemessen – aber nur in der Theorie. In der Realität funktioniert es nicht besonders.«

»Nein. Jedenfalls trieb ich mich mehrere Jahre lang so herum, und als die Zeit gekommen war, mietete ich ein stilles, abgelegenes kleines Haus auf Mallorca. Ich war dort einen Monat lang allein, wartete einfach nur darauf zu sterben. Und ich versprach mir … ich beschloß, in diesem Monat, daß die Dinge beim nächstenmal, *dieses Mal,* anders laufen würden. Daß ich in der Welt etwas bewirken, Dinge verändern mußte.«

Jeff betrachtete sie skeptisch. »Das taten Sie, als Sie Ärztin waren. Und als das nächste Replay begann, waren die Kinder, die Sie behandelt hatten, dazu verdammt, ihr ganzes Leiden noch einmal durchzumachen. Nichts hatte sich verändert.«

Sie schüttelte ungeduldig den Kopf. »Das ist eine falsche Analogie. Im Krankenhaus war ich mit Flickwerk-Reparaturen an ein paar Individuen beschäftigt. Mit rein körperlicher Arbeit, deren Reichweite begrenzt war. Es war gut gemeint, aber bedeutungslos.«

»Und jetzt wollen Sie die Kollektivseele der ganzen Welt retten, ist es so?«

»Ich will die Menschheit aufwecken, damit sie begreift, was vor sich geht. Ich will sie lehren, sich dieser Zyklen bewußt zu werden, so wie Sie und ich uns ihrer bewußt sind. Das ist der einzige Weg, wie wir – wir alle, alle miteinander – jemals aus dem Schema ausbrechen können, verstehen Sie?«

»Nein.« Jeff seufzte. »Ich verstehe es nicht. Wie kommen Sie darauf, man könnte die Menschen *lehren,* dieses Bewußtsein von einer Wiederholung zur nächsten mitzuschleppen? Sie und ich haben das jetzt dreimal hinter uns, und wir wußten von Anfang an, was mit uns geschah. Niemand mußte es uns sagen.«

»Ich glaube, wir wurden dazu bestimmt, die anderen zu führen. Zumindest glaube ich das von mir; ich habe nie mit Ihrem Erscheinen gerechnet. Begreifen Sie nicht, welch wichtige Aufgabe uns anvertraut wurde?«

»Von wem, oder von was? Gott? Diese ganze Erfahrung hat meine Übereinstimmung mit Camus noch verstärkt: Wenn es einen Gott gibt, dann verachte ich ihn.«

»Nennen Sie es Gott, nennen Sie es Atman, nennen Sie es wie Sie mögen. Sie kennen die *Gita*:

> Wo Nacht für alle Wesen ist,
> Ist Wachheit dem, der sich bezwingt,
> Wo jene wachen, da ist Nacht
> Für den, der nach der Wahrheit ringt.

Wir können Licht ins Dunkel bringen«, sagte sie mit unerwarteter Heftigkeit. »Wir können ...«

»Moment! Lassen wir diesen spirituellen Kram mal eine Minute beiseite. Beenden Sie Ihre Geschichte. Was haben Sie während dieses Replay gemacht? Wie haben Sie es fertiggebracht, diesen Film zu machen?«

Pamela zuckte die Achseln. »Es war nicht schwer, weil ich das meiste Geld selbst aufbrachte. Ich saß meine Zeit in der Schule ab, schmiedete Pläne. Kinofilme waren offensichtlich der beste Weg, meine Gedanken einem Massenpublikum nahezubringen, und ich war durch Dustin und all die Leute, die ich beim letztenmal gekannt hatte, mit der Filmindustrie ziemlich vertraut. Als ich achtzehn war, begann ich ein paar der gleichen Investitionen zu machen, von denen Sie gesprochen haben: IBM, Investmentfonds, Polaroid ... Sie wissen, wie es in den Sechzigern auf dem Aktienmarkt zuging. Es war schwierig, Geld zu verlieren, sogar wenn man blindlings kaufte, und für jemanden mit einigem Vorauswissen über die Zukunft war es leicht, in drei oder vier Jahren aus ein paar Tausend Dollar mehrere Millionen zu machen.

Ich bin stolz auf den Film, den ich gemacht habe, aber ich mußte viele, viele Jahre darüber nachdenken. Nachdem ich ihn geschrieben und meine Produktionsgesellschaft gegründet hatte, kam es nur noch darauf an, die richtigen Leute zu engagieren. Ich kannte sie alle und wußte, wo ihre Stärken lagen. Eins kam zum anderen, genauso, wie ich es geplant hatte.«

»Und jetzt ...«

»Jetzt ist es an der Zeit, den nächsten Schritt zu tun. Es ist an der Zeit, das Bewußtsein der Welt zu verändern, und ich kann es schaffen.« Sie beugte sich vor, blickte ihn intensiv an. »*Wir* können es schaffen ... wenn du dich mir anschließt.«

12

»... offensichtlich Massenselbstmord. Die ersten Berichte lassen auf ein grauenhaftes Blutbad schließen, mit Toten über die ganze Siedlung verteilt, die Leichen der Kinder noch in den Armen ihrer toten Mütter. Einige der Opfer wurden erschossen, doch die meisten scheinen sich selbst das Leben genommen zu haben, in einem makabren Ritual ohne jedes ...«

Jeff griff nach dem Einstellknopf des Kurzwellengeräts, drehte ihn von der BBC Nachrichtensendung weg, bis er einen Jazzsender gefunden hatte.

Die Kaffeekanne begann zu murmeln. Er schenkte sich einen Becher ein, fügte der Extrawärme wegen einen Schuß Myer's Rum hinzu. In der Nacht war frischer Schnee gefallen, fünfzehn Zentimeter oder mehr; eine Schneeverwehung verdeckte bereits die untere Hälfte des Küchenfensters. Er sollte ihn am Nachmittag wirklich wegschaufeln, dachte er. Und es war an der Zeit, daß er zu dem Lagerschuppen hinausging, einen neuen Stapel Zedernholz zum Ofenanzünden spaltete und weiteres weißes Eichenholz zur Hinterveranda schleppte. Aber ihm war nicht danach zumute, irgend etwas davon zu tun, zumindest nicht gerade jetzt.

Vielleicht war er immer noch anfällig für die allgemeine Malaise, welche die Welt in der Woche des Horrors von Jonestown immer packte, auch wenn er die Enthüllung dieser widerlichen Geschichte bereits dreimal erlebt hatte. Woran es auch liegen mochte, alles was er heute tun wollte war, neben dem prasselnden Holzofen zu sitzen und zu lesen. Er hatte den zweiten Band von Hannah Arendts *Vom Leben des Geistes* zur Hälfte durch und plante die erneute Lektüre von *Der ferne Spiegel.* Beide Bücher waren soeben erschienen, aber er hatte zuerst das Buch von Barbara Tuchman gelesen, vor zwanzig Jahren, in dem Sommer, als er mit Judy und den Kindern mit der Transsibirischen Eisenbahn quer durch Sowjetasien gefahren war. Schon der Anblick des Buchumschlags brachte die Erinnerungen an die weite Steppe zurück, die Unermeßlichkeit der silbernen Birken jenseits von Nowosibirsk und die Begeisterung der kleinen April angesichts des alten gelben Samowars auf dem Korridor ihres Eisenbahnwaggons. Die Schaffnerin hatte den Samowar mit kokelnden Torfbrokken am Kochen gehalten, hatte während der Sechstausendmeilenreise von Moskau nach Khabarowsk im Norden der Mandschurei unaufhörlich Gläser heißen Tees daraus serviert. In die Metallhalter für die Gläser waren Bilder von Kosmonauten und Sputniks eingraviert gewesen. Am Ende der Reise hatte die Schaffnerin April zwei davon als Souvenir geschenkt. Jeff sah in der Erinnerung seine Adoptivtochter vor dem Kamin in dem Haus an der West Paces Ferry Road in Atlanta liegen und an einem Glas heißer Milch in einem dieser Halter nippen, nur eine Woche, bevor er gestorben war …

Er räusperte sich, zwinkerte die Erinnerungen weg. Vielleicht wäre es am besten, sagte er sich, wenn er heute ein paar unangenehme Arbeiten erledigte, sich selbst körperlich beschäftigt hielt, anstatt bloß in der Hütte herumzusitzen und nachzudenken. Es würde jetzt im Winter sowieso noch genug solcher Tage geben.

Jeff spitzte die Ohren, glaubte einen Motor gehört zu haben. Nein, das konnte nicht sein. Niemand wäre verrückt genug, sich vor dem Frühling hier herauszuwagen, es sei denn, Jeff setzte über sein Kurzwellengerät einen Notruf ab. Aber da war es wieder, bei Gott, ein Heulen und ein Dröhnen, lauter, es hörte sich an, als käme jemand direkt seine Straße entlanggefahren.

Er zog einen Daunenparka an und setzte eine Wollmütze auf, trat ins Freie. Gab es drüben bei den Mazzinis irgendwelche Probleme? War jemand krank oder verletzt, brannte es vielleicht?

Ein Schimmer des Wiedererkennens durchfuhr ihn, als der dreckbespritzte Land Rover einen harten Schwenk nach links durch sein offenes Tor machte; dann sah er das glatte blonde Haar der Fahrerin, und er wußte Bescheid.

»Morgen«, sagte Pamela Phillips, indem sie einen gestiefelten Fuß auf das Trittbrett des robusten vierradangetriebenen Wagens schwang. »Eine Scheißzufahrt, die du da hast.«

»Gibt gewöhnlich nicht viel Verkehr hier.«

»Überrascht mich nicht«, sagte sie und sprang herunter. »Sieht so aus, als wäre irgendein armer Teufel mit seinem Wagen auf eine Landmine gefahren, vor langer Zeit.«

»Ich hab' sagen hören, es sei ein Mann namens Hector gewesen, George Hector. Er hatte während der Prohibition eine transportable Destille auf diesem T-Modell montiert, fuhr damit von einem Ort zum andern, damit er nicht erwischt wurde. Eines Nachts ging sie hoch.«

»Was war mit Hector? Ging er mit ihr zusammen hoch?«

»Er war offenbar unverletzt. Mußte eine neue Destille bauen, aber er gab die Idee von der Transportierbarkeit auf. Wenigstens erzählt man sich das.«

»Soviel zum innovativen Denken, hm?« Sie atmete tief die saubere, kalte Bergluft ein, stieß sie langsam wieder aus und sah ihn an. »Also schön. Wie ist es dir ergangen?«

»Es ging. Und du?«

»Ziemlich beschäftigt, seit wir uns zum letztenmal sahen. Das war ... Gott, vor dreieinhalb Jahren.« Sie rieb ihre Hände heftig aneinander. »Hey, gibt es hier irgendwo einen Ort, an dem sich eine Dame aufwärmen kann?«

»Tut mir leid; komm rein, ich hab' etwas Kaffee da. Du hast mich überrascht, das ist alles.«

Sie folgte ihm in die Hütte, zog ihre Jacke aus und nahm auf einem Stuhl neben dem Ofen Platz, während er Kaffee einschenkte. Er hielt die Flasche Myer's mit einem fragenden Gesichtsausdruck hoch, und Pamela nickte. Er gab einen Schuß der tiefgoldenen Flüssigkeit in ihre Tasse, reichte sie ihr. Sie nippte an der Mischung, drückte mit ihrem Mund und den Augenbrauen Zustimmung aus.

»Wie hast du mich gefunden?« fragte er und nahm ihr gegenüber in einem Sessel Platz.

»Na, du hast mir erzählt, der Ort befände sich nahe Redding; mein Anwalt sprach mit deinem Broker in San Francisco, und er war so freundlich, den Bereich ein wenig mehr einzuengen. Als ich hierher kam, fragte ich in der Stadt herum; es dauerte aber eine Weile, bis ich jemanden fand, der bereit war, mir den Weg zu beschreiben.«

»Man hat hier tiefen Respekt vor der Privatsphäre.«

»Das dachte ich mir.«

»Eine Menge Leute mögen es nicht, wenn jemand ohne Vorankündigung auf ihr Grundstück gefahren kommt. Besonders dann nicht, wenn's ein Fremder ist.«

»Ich bin keine Fremde für dich.«

»Verdammt nah dran«, sagte Jeff. »Ich denke, das trifft es ganz gut, wie wir in Los Angeles auseinandergingen.«

Sie seufzte, strich geistesabwesend über den Schafsfellkragen der verblichenen Jeansjacke, die sie auf ihrem Schoß gefaltet hatte. »Soviel wir gemeinsam hatten, kamen wir doch aus gegensätzlichen Richtungen. Wir hatten dort zum Schluß voneinander ziemlich die Schnauze voll.«

»Ja, so könnte man sagen. Oder man könnte sagen, du warst bloß zu verdammt verbohrt, um über deine Obsessionen hinauszusehen, um ...«

»Hey!« erwiderte sie empört und setzte die Kaffeetasse heftig neben dem Kurzwellengerät ab. »Mach es mir nicht schwerer, als es schon ist, okay? Ich bin sechshundert Meilen gefahren, um dich zu sehen. Jetzt hör mich auch an.«

»Einverstanden. Schieß los!«

»Hör mal, ich weiß, daß du überrascht bist, mich hier auftauchen zu sehen. Aber versuch dir vorzustellen, wie überrascht ich war, als *du* auftauchtest. Du hattest *Starsea* gesehen. Du hattest Zeit gehabt, über mich zu spekulieren, und warst auf die naheliegenden Schlußfolgerungen gekommen. Du wußtest, daß ich wahrscheinlich ebenfalls ein Wiederholer war, aber ich hatte keine Ahnung davon, daß es dort draußen noch jemanden wie mich gab. Ich dachte, ich hätte die einzige mögliche Erklärung gefunden, für das, was mit mir passierte – mit der Welt. Ich glaubte, ich täte das Richtige.

Nun, ich weiß immer noch nicht. Vielleicht tat ich das, vielleicht nicht; das ist jetzt ein hypothetischer Gesichtspunkt.«

»Warum?«

»Könnte ich noch einen Schuß Rum hier rein bekommen? Und vielleicht noch etwas Kaffee?«

»Sicher.« Er füllte ihre Tasse auf, setzte sich zurück, um zuzuhören.

»Ich hatte bereits mit der Arbeit am Drehbuch für meinen nächsten Film begonnen, als du nach LA kamst; im Oktober hatten wir den Drehplan fertig.

Das Budget war natürlich kein Problem. Ich verpflichtete Peter Weir für die Regie; er hatte *Die letzte Flut* noch nicht gemacht, weshalb mich jeder für verrückt hielt, ihn einzusetzen.« Sie lächelte gequält, beugte sich vor, ihre langen Hände um die dampfende Tasse gelegt. »Das Team für die Spezialeffekte, das ich zusammenstellte, war interessant. Zunächst verpflichtete ich John Whitney. Damals hatte er schon die ganze Grundlagenarbeit für computererzeugte Bilder geleistet, und viele seiner Kurzfilme hatten sich mit Mandalas befaßt; ich wollte das zum zentralen Motiv des Films machen. Ich gab ihm freie Hand, stellte ihm einen der allerersten Prototypen der Cray Supercomputer zur Verfügung.

Dann erwischte ich Douglas Trumbull, der die Spezialeffekte für *2001* gemacht hatte. Ich stupste ihn in die Richtung, die Showscan-Technik ein paar Jahre früher zu entwickeln, als er es sonst getan hätte. Wir nahmen den ganzen Film nach diesem Verfahren auf, wenn auch ...«

»Moment«, unterbrach Jeff. *»Showscan?«*

Pamela schenkte ihm einen überraschten Blick, der eine Spur verletzten Stolzes enthielt. »Du hast *Continuum* nicht gesehen?«

Er zuckte entschuldigend die Achseln. »Er wurde nie in Redding gezeigt.«

»Nein, nicht in dieser Gegend, er lief nur in San Francisco und Sacramento. Wir mußten alle Kinos speziell dafür umbauen.«

»Weshalb?«

»Das Showscan-Verfahren produziert auf einer Kinoleinwand unglaublich realistische Bilder, aber um diesen Effekt zu erreichen, braucht man eine besondere Projektionsanlage. Du kennst das Grundprinzip, nach dem das Kino funktioniert, nicht wahr? Vierundzwanzig Standbilder in der Sekunde ... Während ein Bild auf der Netzhaut zu verblassen beginnt, erscheint das nächste und erzeugt den Eindruck einer flüssigen, ununterbrochenen Bewegung. Trägheit des

Auges wird das genannt. Eigentlich sind es achtundvierzig Bilder pro Sekunde, weil jedes Bild einmal wiederholt wird, um das Auge besser zu täuschen. Aber es ist natürlich in Wirklichkeit nicht das Auge, das überlistet wird, es ist das Gehirn. Wenn wir auch glauben, auf der Leinwand eine ununterbrochene Bewegung zu sehen, sind wir uns auf einer tieferen, unbewußten Ebene doch der Unterbrechungen bewußt. Das ist einer der Gründe, weshalb Videoaufzeichnungen ein schärferes, ›realeres‹ Aussehen haben als ein Film; sie werden mit dreißig Bildern pro Sekunde aufgenommen, deshalb gibt es weniger Lücken.

Nun, Showscan geht darin einen Schritt weiter. Dabei werden volle sechzig Bilder pro Sekunde aufgenommen, ohne redundante Bilder. Trumbull benutzte EEGs, um die Gehirnwellen von Leuten zu überwachen, die mit verschiedenen Bildfrequenzen aufgenommene und projizierte Filme betrachteten. Es scheint so, als ob das Sehzentrum des Cortex darauf programmiert wäre, mit dieser speziellen Geschwindigkeit wahrzunehmen, mit sechzig visuellen Impulsen pro Sekunde. Es ist kein 3-D; dieser Effekt ist subtiler. Die Bilder scheinen tiefgelegene Saiten des Wiedererkennens anzuschlagen; in ihnen schwingt Authentizität mit.

Jedenfalls nahmen wir den ganzen Film in Showscan auf, einschließlich aller computererzeugten Mandalas und Mandelbrotgrafiken und anderer Effekte, die uns die Whitneys und ihr Team anboten. Den größten Teil filmten wir in den Pinewood Studios in London. Die Schauspieler waren alle talentierte Unbekannte, größtenteils von der Royal Academy of Dramatic Arts. Ich wollte nicht, daß das Ego irgendeines Stars oder seine Präsenz das Thema dieses Films … und seine Botschaft überlagerte.«

Sie trank ihren Kaffee aus, starrte auf den Boden der schweren braunen Tasse. »*Continuum* lief am 11. Juni an, weltweit. Und es war ein totaler Flop.«

Jeff runzelte die Stirn. »Wie meinst du das?«

»So wie ich's gesagt habe. Der Film fiel durch. Ungefähr einen Monat lang brachte er gute Einnahmen, und dann fiel er ins Bodenlose. Die Kritiker haßten ihn. Ebenso das Publikum. Die mündlichen Kommentare waren sogar noch schlechter als die Besprechungen, und die waren schon schlecht genug. ›Überholter Mystizismus der Sechziger Jahre‹, so faßten ziemlich viele die allgemeine Reaktion zusammen. ›Verworren‹, ›unverständlich‹ und ›prätentiös‹, diese Worte fielen ebenfalls häufig. Der einzige Grund, warum die meisten Leute ihn sich überhaupt ansehen gingen, war der Neuheitswert des Showscan-Verfahrens und der Computergrafiken. Die wurden gut aufgenommen, aber das waren auch schon in etwa die einzigen Dinge, die man an dem Film mochte.«

Es trat ein langes, unangenehmes Schweigen ein. »Tut mir leid«, sagte Jeff schließlich.

Pamela lachte bitter. »Komisch, nicht? Du wolltest nichts mehr mit mir zu tun haben, weil du dir Sorgen wegen der möglichen gefährlichen Auswirkungen machtest, die der Film haben könnte, wegen der globalen Veränderungen, die er in Gang setzen könnte … und es lief darauf hinaus, daß die Welt ihn ignorierte, ihn wie einen schalen Witz behandelte.«

»Was war schiefgegangen?« fragte er sanft.

»Teilweise lag es am Timing: an der ›Ich-Generation‹, den Discos, dem Kokain, all dem. Niemand wollte mehr Lektionen über die Einheit des Universums und die ewige Kette des Seins. Davon hatten sie in den Sechzigern genug gehabt; jetzt wollten sie sich nur noch amüsieren. Aber es war hauptsächlich mein eigener Fehler. Die Kritiker hatten recht. Es war ein schlechter Film. Er war zu abstrakt, zu esoterisch; es gab keinen Plot, es gab keine echten Charaktere, niemand, mit dem sich das Publikum identifizieren konnte. Es war eine rein philosophische Übung, ein maßlos in seine Botschaft verliebter Film, ein Knochen ohne Fleisch. Die Leute blieben scharenweise weg, und ich kann ihnen keinen Vorwurf deswegen machen.«

»Du gehst ziemlich hart mit dir ins Gericht, findest du nicht?«

Sie drehte ihre leere Tasse in den Händen, hielt ihren Blick gesenkt. »Ich stelle mich bloß den Fakten. Es war eine schmerzhafte Lektion für mich, aber ich hab' sie akzeptieren gelernt. Wir beide mußten vieles akzeptieren. Mußten eine Menge verlieren.«

»Ich weiß, wieviel er für dich bedeutet hat, wie sehr du an das geglaubt hast, was du tatest. Das respektiere ich, auch wenn ich mit deinen Methoden nicht einverstanden war.«

Sie sah ihn an, der Blick ihrer grünen Augen weicher, als er ihn je gesehen hatte. »Danke. Das bedeutet mir viel.«

Jeff stand auf, nahm seinen Parka vom Haken neben der Tür. »Zieh deinen Mantel an«, sagte er zu ihr. »Ich möchte dir etwas zeigen.«

Sie standen im Neuschnee auf der Hügelkuppe, wo er in der Woche, bevor er zum erstenmal *Starsea* sah, das Bewässerungssystem gereinigt hatte. Der Pit River war jetzt voller Eis, nicht mehr voller Lachse, und auf den Bäumen auf dem Buck Mountain lastete schwer der Schnee. In der Ferne ragte der majestätische symmetrische Kegel des Mount Shasta in den klaren Novemberhimmel.

»Ich habe von diesem Berg geträumt«, sagte Jeff zu ihr. »Geträumt, daß er mir etwas Wichtiges mitzuteilen hätte, eine Erklärung für alles, was ich durchgemacht habe.«

»Er sieht ... unwirklich aus«, murmelte sie. »Sogar heilig. Ich kann verstehen, daß ein solcher Anblick Herrschaft über deine Träume gewinnt.«

»Die Indianer in dieser Gegend hielten ihn für heilig. Nicht nur, weil er ein Vulkan ist; ein paar der anderen Gipfel aus dem Cascade-Gebirge waren aktiver, hatten unmittelbarere Auswirkungen auf die Umgebung. Aber keiner von ihnen besaß die gleiche Anziehungskraft, wie sie der Shasta hatte.«

»Und noch hat«, wisperte Pamela, den schweigenden Berg anstarrend. »Dort ... ist etwas Mächtiges, ich fühle es.«

Jeff nickte, den Blick wie sie auf die weit entfernten imposanten Hänge gerichtet. »Es gibt einen Kult – weißen Ursprungs, nicht indianischen –, der den Berg immer noch verehrt. Sie glauben, er habe etwas mit Jesus zu tun, mit der Wiederauferstehung. Andere glauben, es gäbe dort fremde Wesen oder irgendeinen alten Ableger der menschlichen Rasse, der in den Magmatunnels unter ihm lebe. Merkwürdiges, verrücktes Zeug; der Mount Shasta scheint diese Art Gedanken irgendwie zu inspirieren.«

Der Wind blies jetzt kälter, und Pamela zitterte. Automatisch legte ihr Jeff einen Arm um die Schulter, zog sie an seine Wärme.

»Im Laufe der Zeit«, sagte er, »habe ich, gleich wie bizarr, so ungefähr jede mögliche Erklärung erwogen für das, was mit mir passiert ist – mit uns. Zeitverwerfungen, Schwarze Löcher, ein wahnsinnig gewordener Gott ... Ich habe die Leute erwähnt, die glauben, der Mount Shasta sei von fremden Wesen bewohnt; nun, einmal habe ich mir eingeredet, dies alles sei eine Art von Experiment, das von einer außerirdischen Rasse durchgeführt wird. Dir muß doch sicher der gleiche Gedanke gekommen sein; ich habe Hinweise darauf in *Starsea* gesehen. Und vielleicht ist das die Wahrheit – vielleicht sind wir die empfindungsfähigen Ratten, die sich den Weg aus diesem Labyrinth heraussuchen müssen. Oder vielleicht kommt es Ende 1988 zu einem atomaren Holocaust, und der kollektive psychische Wille all der Männer und Frauen, die je gelebt haben, hat diesen Weg gewählt, damit es nicht zum totalen Ende der Menschheit kommt. Ich weiß nicht.

Und das ist der Punkt: Ich *kann* es nicht wissen, und ich bin schließlich dahin gekommen, meine Unfähigkeit zu akzeptieren, es zu verstehen oder etwas daran zu ändern.«

»Das bedeutet nicht, daß du dir nicht weiter Fragen stellen kannst«, sagte sie, das Gesicht nahe an seinem.

»Natürlich nicht, und das tue ich auch. Ich denke andauernd darüber nach. Aber diese Suche nach Antworten verzehrt mich nicht mehr, schon lange nicht mehr. Unser Dilemma, so ungewöhnlich es auch ist, ist im wesentlichen kein anderes als das, mit dem jeder konfrontiert ist, der je auf dieser Welt wanderte: Wir sind hier, und wir wissen nicht warum. Wir können soviel philosophieren, wie wir wollen, den Schlüssel zu diesem Geheimnis auf tausend verschiedenen Pfaden suchen, und wir werden einer Lösung niemals näher kommen.

Uns wurde ein unvergleichliches Geschenk gemacht, Pamela; das Geschenk des Lebens, des Bewußtseins und der größeren Möglichkeiten, als sie jemals jemand zuvor besaß.

Warum können wir es nicht einfach als das annehmen, was es ist?«

»Jemand – Platon, glaube ich – hat einmal gesagt: ›Das ungeprüfte Leben ist es nicht wert, gelebt zu werden‹.«

»Stimmt. Aber ein zu sehr hinterfragtes Leben führt in den Wahnsinn, wenn nicht zum Selbstmord.«

Sie sah auf ihre Fußstapfen in dem ansonsten jungfräulichen Schnee hinunter. »Oder einfach zum Scheitern«, sagte sie ruhig.

»Du bist nicht gescheitert. Du hast einen Versuch gemacht, die Welt zusammenzuführen, und dabei hast du ein großartiges Kunstwerk geschaffen. Die Anstrengung, der Schaffensprozeß – diese Dinge stehen für sich.«

»Vielleicht solange, bis ich wieder sterbe. Bis zum nächsten Replay. Dann wird alles ausgelöscht.«

Jeff schüttelte den Kopf, seinen Arm fest um ihre Schultern gelegt. »Nur die Früchte deiner Arbeit werden verschwinden. Die Mühe, die Hingabe, die du in deine Anstrengungen hineingelegt hast … Dort liegt der eigentliche Wert, und der wird überdauern – in dir.«

Ihre Augen füllten sich mit Tränen. »Aber soviel Verlust, soviel Schmerz; die Kinder …«

»Jedes Leben umfaßt auch Verlust. Ich habe viele, viele Jahre gebraucht, um damit fertigwerden zu lernen, und ich erwarte nicht, daß ich mich jemals ganz damit abfinden werde. Aber das heißt nicht, daß wir uns von der Welt abwenden sollen, oder aufhören, nach dem besten zu streben, was wir tun und sein können. Soviel schulden wir zumindest uns selbst, und wir verdienen, was immer an Gutem sich daraus entwickeln mag.«

Er küßte ihre tränennassen Wangen, dann küßte er sie leicht auf die Lippen. Im Westen kreiste ein Adlerpaar langsam am Himmel über dem Teufelscanyon.

»Bist du schon mal gesegelt?« fragte Jeff.

»Meinst du in einem Segelflugzeug oder mit einem Boot? Nein. Nein, bin ich nicht.«

Er legte beide Arme um ihre Taille, hielt sie eng umarmt. »Wir werden segeln«, flüsterte er in die Weichheit ihres lohfarbenen Haars. »Wir werden zusammen segeln.«

Hinter Revelstoke fuhr der Zug an großen, düsteren Gletschern entlang, während er in die Rocky Mountains hochzuklettern begann. Dichte Wälder von Rotzedern und Schierlingstannen bedeckten die umliegenden Berghänge, und hinter einer Biegung kam plötzlich ein zwischen zwei Gletschern eingeschlossenes Erikafeld in Sicht. Die rosa und purpurfarbenen Blüten bewegten sich leicht und schimmerten im weichen Frühlingswind, ihre vergängliche Schönheit ein stiller Vorwurf an die teilnahmslosen Wände aus Eis, die sie umgaben.

Den Blumen war eine gewisse erotische Qualität zu eigen, dachte Jeff: Ihr fragiles, windbewegtes Schmeicheln vor dem Hintergrund des unnachgiebigen Gletschers, ihre kraftvolle Farbe, die so sehr den Lippen einer Frau glich, oder ...

Er lächelte Pamela auf dem Nebensitz an, legte seine Hand auf ihr bloßes Knie und ließ seine Finger unter ihren Rocksaum gleiten. Ihre Wangen röteten sich, als er zärtlich die Innenseite ihres Schenkels streichelte; sie sah sich in dem Aussichtswagen um, ob ihnen jemand zusah, doch die Augen der anderen Fahrgäste blieben auf das draußen vorbeiziehende Schauspiel gerichtet.

Jeffs Hand bewegte sich höher, berührte feuchte Seide. Pamela gab einen winzigen Seufzer von sich, als er sanft ihre Spalte drückte, und sie krümmte sich gegen den Ledersitz zurück. Er zog seine Hand langsam weg, indem er seine Fingerspitzen leicht an ihrem Bein hinunterlaufen ließ.

»Lust auf einen Spaziergang?« fragte er, und sie nickte. Er nahm ihre Hand, geleitete sie aus dem Aussichtswagen und zum hinteren Ende des Zugs. Zwischen Salon- und Speisewagen legten sie eine Pause ein, hielten zusammen ein prekäres Gleichgewicht aufrecht, während sie dastanden und sich auf der schwingenden Metallplattform küßten. Der durch das offene Fenster peitschende Wind war mindestens fünfzehn Grad kälter, als es am Morgen bei ihrem Aufbruch in Vancouver gewesen war, und Pamela zitterte in seinen Armen.

Ihr Schlafwagen war leer; wie es schien, waren alle anderen weggegangen, um die Aussicht des Panoramawagens zu genießen oder um zu speisen. Im Innern ihres Doppelabteils angelangt, klappte Jeff eins der Betten herunter, und Pamela streckte die Hand aus, um die Sonnenjalousie herunterzuziehen. Jeff hielt sie auf, zog sie an sich.

»Lassen wir uns durch die Landschaft inspirieren«, sagte er.

Sie widersprach im Scherz. »Wenn wir sie offenlassen, werden wir selbst zu einem Teil der Landschaft.«

»Niemand kann uns sehen, außer ein paar Vögeln und Hirschen. Ich möchte dich im Sonnenlicht sehen.«

Pamela trat von ihm zurück. Umrahmt von dem wechselnden Hintergrund aus schneegespeisten Flüssen und Felsen aus purem Eis knöpfte sie ihre Bluse auf, streifte sie sich über die Arme. Sie zupfte am Rockgürtel, und das Kleidungsstück fiel sanft zu Boden.

»Warum siehst du nicht auf die Landschaft?« fragte sie mit einem Lächeln.

»Das tu' ich doch.«

Sie streifte den Rest ab, stand nackt vor der zerklüfteten Wildnis, die draußen vorüberhuschte. Jeffs erwartungsvoller Blick wanderte über ihren Körper, während sie sich auszog, und dann trat er zu ihr, umarmte sie, drückte sie in den weichen Sessel neben dem offenen Fenster und vereinigte sich mit ihr, während die Nachmittagssonne über ihre Gesichter flimmerte und unter ihnen die Räder in stetigem Rhythmus über die Schienen klackten.

Der Zug brauchte vier Tage und Nächte, um Montreal zu erreichen, und eine Woche später fuhren sie mit ihm wieder zurück in den Westen.

»Was ist mit dem Mittelalter?« fragte Pamela. »Stell dir vor, wie das gewesen wäre, wieder und wieder die gleiche schreckliche Eintönigkeit.«

»Das Mittelalter war nicht ganz so trübselig, wie die meisten Leute annehmen. Ich glaube jedenfalls, ein größerer Krieg und die Jahre davor wären viel schlimmer gewesen; stell dir vor, immer wieder ins Deutschland von 1939 zurückzukehren.«

»Wenigstens hätte man es verlassen, in die USA gehen und sich in Sicherheit wissen können.«

»Nicht als Jude. Was, wenn du schon in Auschwitz wärst?«

Diesen Monat war es ihr Lieblingsthema: wie die Erfahrung des Wiederholens für jemanden in einem anderen Zeitalter gewesen wäre, wie man am besten mit Anordnungen von Weltereignissen und Lebensumständen fertiggeworden wäre, die völlig anders waren als die, welche sie so gut kannten.

Waren die Schleusentore der Unterhaltung zwischen ihnen erst einmal geöffnet, schien die Anzahl der Gesprächsthemen endlos: Spekulationen, Pläne, Erinnerungen ... Sie waren ihre verschiedenen eigenen Leben im Detail erneut durchgegangen und hatten die kurzen Lebensgeschichten, die sie sich im Verlauf des ersten vorsichtigen Treffens 1974 in Los Angeles erzählt hatten, ausgeweitet. Jeff hatte ihr alles über die leere Verrücktheit seiner Zeit mit Sharla berichtet, den heilsamen Charme der Jahre, die er in Montgomery Creek allein verbracht hatte. Sie wiederum hatte ihm einen lebendigen Eindruck ihrer hingebungsvollen medizinischen Laufbahn vermittelt, ihrer Enttäuschung darüber, diese Ausbildung nie wieder zu voller Anwendung bringen zu können, und der darauffolgenden kreativen Begeisterung, *Starsea* zu machen.

Ein hochgewachsener, bärtiger junger Mann rollte auf einem Skateboard an ihnen vorbei, sich gewandt einen Weg über den belebten Bürgersteig der Neunundfünfzigsten Straße Ost in Richtung des Eingangs zum Central Park bahnend. Giorgio Moroders pulsierendes Arrangement von Blondies »Call Me« plärrte aus dem großen Panasonic-Radio, das er auf der Schulter balancierte, und übertönte Pamelas Antwort auf Jeffs hypothetische Frage bezüglich des erneuten Durchlebens der Hölle von Auschwitz.

Sie waren seit sechs Wochen in New York, nachdem sie über ein Jahr lang ihre Zeit zwischen Jeffs Hütte in Nordkalifornien und Pamelas Haus im Topanga Canyon aufgeteilt hatten. Jetzt, da sie zusammen waren, sagte ihnen die Abgeschiedenheit der beiden Refugien um so besser zu. Es gab soviel nachzuholen, soviele höchst intime Gedanken und Gefühle miteinander zu teilen. Doch sie hatten sich nicht aus der Welt zurückgezogen, nicht ganz. Jeff hatte begonnen, sich ein wenig mit Risikokapital zu befassen, kleine Firmen und Produkte zu unterstützen, die bei den vorherigen Wiederholungen offenbar nicht in der Lage gewesen waren, adäquate Mittel zu bekommen und deren Erfolg oder Scheitern er unmöglich voraussagen konnte. Ein Schreibtischspielzeug, ein Plexiglas-Würfel mit kleinen Magneten, die in einer klaren viskosen Flüssigkeit ein Zeitlupenballett aufführten, war bereits groß herausgekommen, war die 1979er Weihnachtsversion des Pet Rock[1] gewesen. Mit einem holografischen Videosystem, das zwei von Pamelas Filmerfreunden vorgeschlagen hatten, hatte er bislang noch nicht soviel Glück gehabt. Es gab andauernd technische Probleme mit der Kamera, und vielleicht war die Idee immer aus diesen Gründen gescheitert. Aber darauf kam es nicht an; die Unwägbarkeit dieser Projekte, ihre ausgesprochene Unvorhersagbarkeit waren gerade das, was ihn reizte.

Was Pamela betraf, so hatte sie sich mit einem Gefühl neuer Begeisterung und Freiheit ins Filmemachen gestürzt. Nicht mehr länger von ihrer selbstauferlegten Mission geknebelt, die Menschheit zu neuen Stufen des Bewußtseins und Seins emporzuheben, hatte sie eine leicht pikante Komödie über ungleiche, nicht zueinander passende Liebespaare geschrieben. Die weibliche Hauptrolle war mit einer jungen Unbekannten, Darryl Hannah, besetzt worden, und Pamela hatte darauf bestanden, die Regieverantwortung einem Fernsehkomiker zu übergeben, Rob Reiner. Wie immer waren ihre Kollegen entsetzt über ihre Wahl solch unerprobter Talente, doch als Produzentin und alleiniger Financier des Projekts behielt sie sich in solchen Angelegenheiten das letzte Wort vor. Sie war mit Jeff nach New York gekommen, um die Vorproduktion und das Location Scouting für den neuen Film zu überwachen. Die Dreharbeiten würden in wenigen Tagen beginnen, in der zweiten Juniwoche.

Sie wandten sich nach rechts und gingen auf der Fifth Avenue nordwärts, wobei sie ihr Gespräch über historische Phantasien wieder aufnahmen.

---

1 Ein als pflegeleichtes Haustier angebotener mit Tiergesichtern bemalter Stein – *Anm. d. Übers.*

»Denk mal, was da Vinci hätte erreichen können, wenn er unsere Möglichkeiten gehabt hätte«, sagte Pamela versonnen. »Die Skulpturen, die Gemälde, die er in verschiedenen Leben hätte machen können.«

»Nimm mal an, es wäre so; vielleicht bestand die Welt auf einem anderen Zeitstrang für jede seiner Existenzen fort, ebenso wie bei uns. In einer Version der Realität des zwanzigsten Jahrhunderts könnte er durch seine Erfindungen bekannter sein als durch seine Kunst, wenn er die Zeit gehabt hätte, sie zu überarbeiten und zu verbessern. In einer anderen Version könnte er sich in seine Gedanken zurückgezogen haben und absolut nichts Bemerkenswertes hinterlassen haben. Desgleichen gibt es vielleicht eine Zukunft, in der man sich an dich wegen *Starsea* erinnern wird, und eine andere, in der die Future Incorporation weiter als große Filmgesellschaft überdauert hat.«

»Überdauert *hat?*« Sie runzelte die Stirn. »Meinst du nicht ›überdauern wird‹?«

»Nein«, sagte Jeff. »Wenn der Fluß der Zeit kontinuierlich ist – ununterbrochen, insofern es den Rest der Welt betrifft, diese Schleife, die du und ich weiter durchlaufen, außer acht gelassen, und wenn sich die Zeit aus jeder Version der Schleife in neue Realitätslinien verzweigt, abhängig von den Veränderungen, die wir bei jedem Durchgang in Gang setzen – dann müßte sich die Geschichte für jede Wiederholung, die wir durchlaufen haben, um fünfundzwanzig Jahre fortentwickelt haben.«

Sie schürzte die Lippen, dachte einen Moment lang nach. »Wenn das wahr ist, wären die individuellen Zeitstränge jedenfalls versetzt angeordnet. Jede Verzweigung würde sich auf ihrem Weg von 1988 an, als wir starben, fortgesetzt haben, aber die vorhergehende wäre ihr um fünfundzwanzig Jahre voraus.«

»Das ist richtig. Also ist es in der Welt unserer allerletzten Wiederholung, in der du mit Dustin Hoffmann verheiratet warst und ich in Atlanta lebte, erst siebzehn Jahre her, daß wir gestorben sind. Man schreibt das Jahr 2005; die meisten der Leute, die wir kannten, würden noch leben.

Aber von unserem ersten Replay ausgehend, dem Leben,

in dem du Ärztin in Chicago warst und ich meinen ersten Konzern aufbaute, sind zweiundvierzig Jahre vergangen. Man schriebe das Jahr 2029; meine Tochter Gretchen wäre über fünfzig, hätte wahrscheinlich eigene erwachsene Kinder …«

Jeff verstummte, ernüchtert von dem Gedanken, daß sein einziges wahres Kind noch lebte, wenn auch objektiv um zehn Jahre älter, als er je gewesen war.

Pamela führte den Gedanken für ihn zu Ende. »Und auf dem Zeitstrang unserer ursprünglichen Leben wären siebenundsechzig Jahre vergangen. Die Welt, in der wir aufwuchsen, befände sich in der zweiten Hälfte des einundzwanzigsten Jahrhunderts. Meine eigenen Kinder … sie wären in den Siebzigern. Mein Gott!«

Ihr Spekulationsspiel war ernsthafter, beunruhigender geworden, als sie beide es erwartet hatten. Jeder für sich in stilles Nachdenken versunken, hätten sie die elegant gekleidete blonde Frau in den späten Dreißigern und den Jungen im Teenageralter, die wartend neben ihnen vor dem Sherry-Netherland Hotel standen, während der Portier ein Taxi herbeirief, fast nicht bemerkt.

Die Frau hob in mildem Erstaunen die Brauen, als Jeff und Pamela vorbeigingen. Etwas in ihrem Gesichtsausdruck stellte plötzlich in seinem beschäftigten Verstand einen Kontakt her.

»Judy?« sagte er zögernd und hielt unter der Hotelmarkise inne.

Die Frau trat einen Schritt zurück. »Ich fürchte, ich erinnere mich nicht … nein, warten Sie«, sagte sie, »Sie waren in Emory, nicht wahr? Universität Emory, in Atlanta?«

»Ja«, sagte Jeff leise, »das war ich. Wir waren beide dort.«

»Wissen Sie, ich dachte gerade, der kommt mir doch bekannt vor. Ich hätte schwören können …« Sie errötete, genauso, wie sie es immer getan hatte. Vielleicht erinnerte sie sich plötzlich an eine Nacht auf dem Rücksitz des alten Chevy, oder an eine Bank draußen vor Harris Hall vor der Sperrstunde; aber Jeff bemerkte, daß sie Probleme hatte, auf seinen Namen zu kommen, und er sprach rasch weiter, um ihr die Verlegenheit zu ersparen.

»Ich bin Jeff Winston«, sagte er. »Wir gingen ab und zu zusammen ins Kino oder bei Moe's and Joe's ein Bier trinken.«

»Ja, natürlich, Jeff, ich erinnere mich an dich. Wie ist es dir ergangen?«

»Gut. Wirklich gut. Pamela, das ist ... jemand, den ich vom College her kenne, Judy Gordon. Judy, meine Freundin Pamela Phillips.«

Judys Augen weiteten sich, und einen Moment lang sah sie beinahe wieder wie achtzehn aus. »Die Filmregisseurin?«

»Produzentin«, sagte Pamela und lächelte liebenswürdig. Sie wußte genau, wer Judy war und wieviel diese Frau Jeff bedeutet hatte, in einer anderen Wiederholung.

»Du meine Güte, das ist ja was. Sean, wie findest du das?« fragte Judy den schlaksigen Jungen an ihrer Seite. »Das ist ein alter Studienkamerad von mir, Jeff Winston, und seine Freundin hier ist Pamela Phillips, die Filmproduzentin. Das ist mein Sohn Sean.«

»Ich bin sehr erfreut, Sie kennenzulernen, Miss Phillips«, sagte der Junge unerwartet begeistert. »Ich möchte Ihnen nur sagen ... also, Ihnen sagen, wieviel *Starsea* für mich bedeutet hat. Dieser Film hat mein Leben verändert.«

»Er scherzt nicht, wissen Sie«, strahlte Judy. »Er war zwölf Jahre alt, als er ihn zum erstenmal sah, und er muß ihn seitdem Dutzende von Malen gesehen haben. Schließlich redete er nur noch von Delphinen und wie man mit ihnen kommunizieren könne. Es war auch kein vorübergehendes Interesse. Sean wird im Herbst aufs College gehen, auf die Universität von Kalifornien in San Diego, und als Hauptfach wird er wählen ... Sag du es ihnen, Schatz.«

»Meeresbiologie. Mit Linguistik und Informatik als Nebenfach. Ich hoffe, eines Tages mit Dr. Lilly zusammenzuarbeiten, über Mensch-Tier-Kommunikation. Und wenn ich das schaffen sollte, dann habe ich das Ihnen zu verdanken, Miss Phillips. Sie wissen nicht, wieviel mir das bedeutet, aber, nun, vielleicht tun Sie das doch. Es würde mich freuen.«

Ein hochgewachsener Mann mit ergrauenden Schläfen kam aus dem Hotel, gefolgt von einem Hotelpagen, der ein Handwägelchen mit Gepäck vor sich herschob. Judy stellte

Jeff und Pamela ihren Ehemann vor, erklärte, daß die Familie gerade einen Urlaub in New York beendete. Kamen Jeff oder Pamela jemals nach Atlanta hinunter? Falls ja, sollten sie doch vorbeischauen: ihr Name war jetzt Christiansen, hier Adresse und Telefonnummer. Wie würde der neue Film heißen? Sie würden ihn sich bestimmt ansehen und allen ihren Freunden davon erzählen.

Das Taxi fuhr ab, und Jeff und Pamela verschränkten die Arme miteinander, hielten sich fest umarmt. Sie lächelten, während sie weiter die Fifth Avenue zum Pierre hinaufgingen, doch in ihrem Blick lag die Einsicht in eine wechselseitige Trauer um all die Welten, die sie einmal gekannt hatten, und die ihnen jetzt verschlossen waren.

Jeff goß sich ein weiteres Glas Monticello ein, beobachtete, wie die untergehende Sonne die steile, felsige Küstenlinie im Westen in helles Licht tauchte. Unterhalb des Hangs, auf dem die Villa thronte, und hinter einem weiteren Hügel, der grün war von Mandel- und Olivenbäumen, sah er die Fischerboote zu dem rotgedeckten Dorf Puerto de Andraitx heimkehren. Ein Umschlagen der immer noch warmen Oktoberbrise trug plötzlich den Geruch des Mittelmeers durch das offene Fenster herein, und er mischte sich mit dem kräftigen Aroma der kochenden Paella aus der Küche hinter ihm.

»Noch Wein?« rief er.

Pamela lehnte sich aus der Küchentür, einen großen Holzlöffel in einer Hand. Sie schüttelte den Kopf. »Der Koch bleibt trocken«, sagte sie. »Zumindest bis das Essen auf dem Tisch steht.«

»Willst du auch bestimmt keine Hilfe?«

»Mmmm ... du könntest etwas Nelkenpfeffer schneiden, wenn du magst. Alles andere ist gleich fertig.«

Jeff schlenderte in die Küche, begann den süßen roten Pfeffer in dünne Streifen zu schneiden. Pamela tauchte ihren Löffel in die flache Eisenpfanne, hielt ihm eine Kostprobe der Paella hin. Er trank die tiefrote Suppe, kaute ein zartes Stück *calamari*.

»Zuviel Safran im Reis?« fragte sie.

»Genau richtig.«

Sie lächelte befriedigt, bedeutete ihm, die Teller herauszuholen. Er tat es, obwohl es schwierig für sie beide war, sich in der vollgestopften Küche zu bewegen. Das kleine Haus am Hang war nur vom Standpunkt des Maklers aus betrachtet eine »Villa«; es war viel kleiner und einfacher, als die grandiose Bezeichnung implizierte. Aber schließlich hatte Pamela den vorübergehenden Wohnsitz nur mit einem einfachen Hintergedanken bezogen. Jeff versuchte, so wenig wie möglich daran zu denken, wenn es ihm auch schwerfiel.

Sie sah den Ausdruck seiner Augen, berührte seine Wange leicht mit den Fingerspitzen. »Komm«, sagte sie, »Zeit zu essen.«

Er hielt die Teller, während sie die dampfende Paella austeilte, dann den nahrhaften Eintopf aus Meeresfrüchten mit grünen Erbsen und den Pfefferstreifen krönte, die er geschnitten hatte. Sie nahmen ihr Essen zu dem Tisch am Fenster des Vorderzimmers mit. Pamela zündete Kerzen an und legte eine Kassette von Laurinado Almeida ein, das »Concierto de Aranjuez«, während Jeff ihre Weingläser neu füllte. Sie aßen schweigend, sahen zu, wie die Lichter weit unten im Fischerdorf angingen.

Als sie fertig waren, räumte Jeff das Geschirr ab, während Pamela einen Teller Manchego-Käse mit Melonenscheiben garnierte. Er stocherte halbherzig in dem Nachtisch, nippte an einem Gläschen Sobero-Brandy und versuchte, wiederum vergeblich, nicht an den Grund zu denken, warum sie hier auf Mallorca waren.

»Ich breche am Morgen auf«, sagte er schließlich. »Du brauchst mich nicht zu fahren; ich kann mit dem Boot zurück nach Palma fahren, mir ein Taxi zum Flughafen nehmen.«

Sie griff quer über den Tisch, nahm seine Hand. »Du weißt, ich wünschte, du würdest bleiben.«

»Ich weiß. Ich möchte nur nicht, daß ... daß du es mitansiehst.«

Pamela drückte seine Hand. »Ich würde damit fertig. Ich könnte für dich da sein, bei dir sein ... Andererseits, wenn ich die erste wäre, würde ich nicht wollen, daß du es mitansiehst. Deshalb verstehe ich deine Gefühle. Ich respektiere das.«

Er räusperte sich, blickte durch den erdfarbenen Raum. Im schwachen Kerzenlicht, dieser Gedanke drängte sich ihm auf, erschien er genau als das, was er war: ein Ort zum Sterben. Derselbe Ort, wo sie gestorben war, vor einem Vierteljahrhundert, und wo sie in nicht mehr ganz zwei Wochen wieder sterben würde, bald nachdem sein eigenes Herz ein weiteres Mal versagt hätte.

»Wo wirst du hingehen?« fragte sie leise.

»Montgomery Creek, nehme ich an. Ich glaube, deine Idee war richtig, einen abgelegenen Ort auszuwählen um ... es geschehen zu lassen. Einen besonderen Ort.«

Sie lächelte, ein warmes, offenes Lächeln der Zärtlichkeit und wiedererinnerten Freude. »Erinnerst du dich an den Tag, als ich zum ersten Mal in deiner Hütte auftauchte? Gott, ich hatte solche Angst.«

»Angst?« sagte Jeff, inzwischen selber lächelnd. »Wovor?«

»Vor dir, nehme ich an. Vor dem, was du zu mir sagen, wie du reagieren würdest. Du warst so wütend auf mich, als ich dich das letzte Mal gesehen hab', in Los Angeles; ich dachte, du wärst es vielleicht immer noch.«

Er legte beide Hände auf ihre. »Es war nicht so sehr, daß ich wütend auf dich war; ich war nur besorgt wegen der möglichen Konsequenzen deines Tuns.«

»Jetzt weiß ich das. Aber damals ... Als du bei Starsea in mein Büro kamst, aus heiterem Himmel, wußte ich einfach nicht, wie ich reagieren sollte. Ich glaube, mir war gar nicht ganz bewußt, wie einsam, wie verzweifelt ich geworden war. Ich ging damals einfach davon aus, daß ich nie jemanden wie dich treffen würde, nicht einmal jemanden, der mir glauben würde, was ich bis dahin durchgemacht hatte, geschweige denn jemanden, der die Erfahrung mit mir geteilt hatte. Du hattest dich aufs Land zurückgezogen, in deine Berge und zu deinen Feldern ... während ich eine andere Art von Gefühlsbarriere aufgebaut hatte: nach außen gerichtete, eine sehr öffentliche Form von Einsamkeit. Das zuzugeben war keine leichte Sache – dir gegenüber oder mir.«

»Ich bin froh, daß du den Mut dazu hattest. Dadurch lernte ich, daß ich meine eigenen Gefühle und Ängste nicht vor mir verstecken mußte.«

Pamela sah ihn lange und intensiv an, mit Zärtlichkeit in den Augen und im Gesicht. »Wir sind gesegelt, richtig gesegelt, findest du nicht? Das sind wir wirklich.«

»Ja«, flüsterte er, ihren Blick erwidernd. »Und wir werden wieder segeln, schon bald. Halt dich daran fest. Vergiß es nicht.«

Jeff stand am Heck des Bootes und schaute zu, wie das Dorf und die Hügel in die Ferne zurückwichen. Er schaute, bis er Pamelas Gestalt auf dem hölzernen Kai nicht mehr ausmachen konnte. Dann hob er den Blick zu dem rot-weißen Flecken, der ihre kleine Villa war, und schaute, bis auch er bis zur Unsichtbarkeit verblaßt war.

Der vom offenen Meer kommende Wind brannte ihm in den Augen, und er ging in den abgeschlossenen Teil der Passagierfähre, kaufte sich ein Bier und setzte sich allein hin, abseits von den schwatzenden französischen und deutschen Nachsaisontouristen.

Es war nicht wirklich zu Ende, rief er sich gewaltsam in Erinnerung, so wie er Pamela geraten hatte, es zu tun. Es endete bloß dieses Replay; sehr bald würden sie wieder zusammen sein, könnten sie mit allem von neuem beginnen. Aber, Herrgott noch mal, wie sehr er es haßte, gerade diese spezielle Wirklichkeit hinter sich zu lassen, dieses Leben, in dem er und sie sich kennen und lieben gelernt hatten. Sie hatten es so weit gebracht, so viel getan; er war ebenso stolz auf Pamelas filmische Errungenschaften, als wären es seine eigenen gewesen. Wie herzzerreißend, daran zu denken, eine Welt zu betreten, in der *Starsea* und die enorm erfolgreiche Reihe von rührenden, allzumenschlichen Komödien und Dramen, die sie in den Jahren seitdem gemacht hatte, nie existiert hatten und nie existieren würden.

Er klammerte sich hartnäckig an dem Konzept der Zeitstränge fest, über das sie, Jahre zuvor, in New York diskutiert hatten. Irgendwo, da war er sich sicher, gäbe es einen Wirklichkeitsstrang, in dem ihre künstlerische Hinterlassenschaft fortlebte und das Publikum zukünftiger Generationen bewegen und belehren würde. Vielleicht würde Judys Sohn Sean wirklich einen Weg finden, wie die beiden intelligenten Spezies, die der irdischen Meere und seiner Kontinente, miteinander kommunizieren konnten; schaffte er es, so hätte dieses größte Geschenk geteilter planetarischer Weisheit seinen unmittelbaren Ursprung in Pamelas Vision.

Es war eine Hoffnung, die zu hegen, ein Traum, den hochzuhalten sich lohnte; doch jetzt würden sie sich auf neue Hoffnungen konzentrieren müssen, auf neue Träume, ein anderes, noch ungelebtes Leben.

Jeff griff in seine Jackentasche, holte das kleine flache Päckchen heraus, das sie ihm überreicht hatte, als er an Bord ging. Er entfernte behutsam die Papierumhüllung, und seine Kehle zog sich vor Rührung zusammen, als er sah, was sie ihm gegeben hatte.

Es war ein Bild, eine präzise ausgeführte Miniatur des Mount Shasta, so wie er von dem Hügel auf seinem Grundstück aus erschien; und im heiteren Himmel über dem Berg sausten und segelten zwei Gestalten auf leuchtend gefiederten Schwingen dahin: Jeff und Pamela, wie zum Leben erwachte mythologische Gestalten, in einem ewigen frohlockenden Flug in eine gemeinsame Zukunft begriffen, die nie zuvor von Realität oder Mythos umfangen worden war.

Er starrte das winzige Kunst- und Liebeswerk eine Weile an, dann wickelte er es wieder ein und steckte es in die Tasche zurück. Er schloß die Augen, horchte auf die Bewegungen des Bootes, das durch die Wellen der Bucht von La Palma schnitt, und machte es sich auf dem ersten Abschnitt seiner Heimreise zum Sterben bequem.

13

Ein trübes graues Frühmorgenlicht sickerte durch das schräggestellte Fenster und die blaugrünen Vorhänge. Als Jeff die Augen öffnete, sah er eine schlanke Sealpoint-Siamkatze, die friedlich am Fußende des übergroßen Bettes schlief. Sie hob den Kopf, als er sich bewegte. Die Katze gähnte einmal, dann gab sie ein ärgerliches und deutlich fragendes »Rowwr?« von sich.

Jeff setzte sich auf, machte die Nachttischlampe an und musterte den Raum: Stereoanlage und Fernseher an der gegenüberliegenden Wand, flankiert von Regalen voller Flugzeuge und Raketen; ein Bücherschrank an der rechten Wand; eine unbehängte Garderobiere unterhalb der Fenster zu seiner Linken. Alles sauber, ordentlich, aufgeräumt.

Oh, Scheiße, dachte er; er befand sich im Kinderzimmer seines Elternhauses in Orlando. Etwas war schiefgegangen, fürchterlich schief. Warum war er nicht im Wohnheim in Emory? Großer Gott, was, wenn er diesmal als *Kind* zurückgekehrt war? Er warf die Zudecke ab, blickte an sich hinunter. Nein, er hatte Schamhaare, hatte sogar eine Morgenerektion; er rieb sich übers Kinn, fühlte Stoppeln. Wenigstens befand er sich nicht in der Vorpubertät.

Er sprang aus dem Bett, eilte ins angrenzende Bad. Die Katze folgte ihm in der Hoffnung auf ein frühes Frühstück, wenn sie schon einmal zu dieser Stunde aufstanden. Jeff knipste das Licht an, starrte in den Spiegel: Sein Aussehen schien so zu sein, wie er immer mit achtzehn ausgesehen hatte. Was, zum Teufel, tat er dann zu Hause?

Er zog ein Paar verwaschener Jeans und ein T-Shirt an, schlüpfte mit den sockenlosen Füßen in alte Sneakers. Auf der Uhr neben seinem Bett war es fast Viertel vor sieben. Vielleicht wäre seine Mutter auf; sie trank immer gerne in Ruhe eine Tasse Kaffee, bevor sie ihren Tag begann.

Er strich der Katze über den Nacken. Es war Shah, natürlich, die während Jeffs erstem Collegejahr überfahren worden war; er würde der Familie sagen müssen, sie im Haus zu behalten. Das königliche Tier stolzierte neben ihm einher, als Jeff in die Diele hinunterging, durch das Floridazimmer mit dem Terrazzoboden und in die Küche. Seine Mutter war auf, las den *Orlando Sentinel* und trank ihren Kaffee.

»Ach du meine Güte«, sagte sie, die Brauen hebend. »Was tut die Nachteule denn so früh am Morgen?«

»Ich konnte nicht schlafen, Mom. Hab' heute eine Menge zu tun.« Er wollte sie fragen, welcher Tag es war, welches Jahr es war, traute sich aber nicht.

»Was ist denn so wichtig, daß es dich im Morgengrauen aus dem Bett holt? Ich versuch' es schon seit Jahren und hab's nie geschafft. Muß etwas mit einem Mädchen zu tun haben, stimmt's?«

»Irgendwie schon. Könnte ich bitte einen Teil von der Zeitung haben? Vielleicht die Titelseite, wenn du damit fertig bist?«

»Du kannst sie ganz haben, Schatz. Ich fange sowieso gleich mit dem Frühstück an. Etwas französischen Toast? Oder Eier mit Würstchen?«

Er setzte an, um »nichts« zu sagen, dann erkannte er, wie hungrig er war. »Äh ... Eier mit Würstchen wäre großartig, Mom. Und vielleicht etwas Hafergrütze?«

Sie bedachte ihn mit einem spöttisch-beleidigten Stirnrunzeln. »Also, wann habe ich dir jemals ein Frühstück ohne Hafergrütze gemacht? Du bekommst davon Fleisch auf die Rippen, das weißt du doch.«

Jeff grinste über diesen alten Frühstücksscherz seiner Mutter, und sie machte sich daran, das Essen vorzubereiten, während er sich die Zeitung vornahm.

Die wichtigsten Titelgeschichten handelten von Bürgerrechtskonflikten in Savannah und einer totalen Sonnenfinsternis im Nordosten der USA. Es war Mitte Juli 1963. Sommerferien; deshalb befand er sich hier in Orlando. Aber, Herr im Himmel, es war ganze drei Monate später als es sein sollte! Pamela mußte wahnsinnig werden, während sie sich fragte, warum er sich noch nicht bei ihr gemeldet hatte.

Er aß rasch sein Frühstück und ignorierte die Ermahnung seiner Mutter, sich mehr Zeit zu lassen. Ein Blick auf die Küchenuhr sagte ihm, daß es kurz nach sieben war; sein Vater und seine Schwester würden jede Minute aufstehen. Er wollte nicht in eine Familiendiskussion darüber verwickelt werden, was er glaubte tun zu müssen.

»Mom ...«

»Mm-hmm?« machte sie zerstreut, während sie weitere Eier für die Spätaufsteher vorbereitete.

»Hör mal, ich muß für ein paar Tage weg aus der Stadt.«

»Was? Wohin? Willst du runter nach Miami, um Martin zu treffen?«

»Nein, ich muß ... äh ... ein Stück nach Norden.«

Sie musterte ihn argwöhnisch. »Was soll das heißen, ›ein Stück nach Norden‹? Willst du jetzt schon zurück nach Atlanta?«

»Ich muß nach Connecticut. Aber ich möchte nicht mit Dad darüber sprechen, und ich brauche noch etwas Geld für die Reise. Ich zahl's dir wirklich bald zurück.«

»Was, in aller Welt, ist in Connecticut? Oder sollte ich sagen, wer in aller Welt? Ist es ein Mädchen von der Schule?«

»Ja«, log er. »Es ist ein Mädchen von Emory; ihre Familie lebt in Westport. Sie haben mich eingeladen, eine Woche oder so zu bleiben.«

»Welches Mädchen ist es? Ich erinnere mich nicht, daß du jemanden aus Connecticut erwähnt hättest. Ich dachte, du gingest noch mit dem niedlichen kleinen Mädchen aus Tennessee aus, mit Judy.«

»Nicht mehr«, sagte Jeff. »Wir haben uns kurz vor den Abschlußprüfungen getrennt.«

Seine Mutter sah ihn besorgt an. »Das hast du mir nie erzählt; ist das der Grund, weshalb du nicht mehr richtig ißt, seit du zu Hause bist?«

»Nein, Mom, mir geht's gut. Es ist keine große Sache; wir haben uns einfach getrennt, das ist alles. Jetzt mag ich wirklich dieses Mädchen in Westport, und ich muß hinfahren und sie sehen. Kannst du mir also aushelfen?«

»Kommt sie nicht im September aufs College zurück? Kannst du nicht bis dahin mit dem Wiedersehen warten?«

»Ich würde sie wirklich gerne jetzt sehen. Und ich war noch nie in New England. Sie meinte, wir könnten nach Boston hochfahren. Sie und ihre Familie«, fügte er rasch hinzu, als er sich an den Sittencodex der Zeit und seiner Mutter Sinn für Anstand erinnerte.

»Also, ich weiß nicht ...«

»Bitte, Mom. Es würde mir sehr viel bedeuten. Es ist wirklich wichtig.«

Sie schüttelte wütend den Kopf. »In deinem Alter ist alles wichtig; alles muß *jetzt gleich* passieren. Dein Vater hat sich auf diesen Angelausflug nächste Woche verlassen. Du weißt, wie sehr ...«

»Wir werden fischen gehen, wenn ich zurück bin. Sieh mal, ich muß dort hinfahren, so oder so; ich wollte nur, daß du Bescheid weißt, wo ich bin, und es wäre eine große Hilfe für mich, wenn du mir außer der Reihe ein bißchen Geld leihen könntest. Wenn du nicht willst, dann ...«

»Nun, du bist alt genug, um aufs College zu gehen, dann bist du auch alt genug, dorthin zu gehen, wo immer du hin willst. Ich mach' mir bloß Sorgen um dich, das ist alles. Dafür sind Mütter da ... und zum Geldleihen.« Sie zwinkerte und öffnete ihre Geldbörse.

Jeff warf ein paar Kleidungsstücke in einen Koffer, steckte die zweihundert Dollar, die ihm seine Mutter gegeben hatte, in ein Paar aufgerollter Socken. Er war aus dem Haus, bevor sein Vater oder seine Schwester aufgestanden waren.

Der alte Chevy parkte in der geschwungenen Zufahrt, hinter dem großen Buick Electra seines Vaters und dem Pontiac seiner Mutter. Der Wagen gab ein vertrautes Husten von sich, als ihn Jeff anließ, dann erwachte er grollend zum Leben.

Er ließ die vorstädtische Neubaugegend hinter sich, in der seine Eltern wohnten, fuhr den Little Lake Conway entlang und blieb eine Weile mit dem Motor im Leerlauf stehen, als er an die Kreuzung von Hoffner Road und Orange Avenue gelangte. War der Beeline Expressway zum Cape bereits gebaut worden? Es fiel ihm nicht mehr ein. Falls ja, wäre das ein direkterer Weg zur I-95 nach Norden. In der Zeitung hatte nichts von einem Start heute morgen gestanden, deshalb wäre der Verkehr rund um Cocoa und Titusville nicht besonders schlimm; aber wenn der Expressway noch nicht gebaut worden war, würde er allzulange auf einer alten zweispurigen Straße voller Schlaglöcher festsitzen. Er entschied sich, auf Nummer sicher zu gehen, in die Stadt hineinzufahren und die I-4 nach Daytona zu nehmen.

Jeff fuhr durch die verschlafene kleine Stadt, die vom kommenden Disney-Boom noch unberührt war und gerade erst die sich überstürzende Entwicklung der NASA-Niederlassung in vierzig Meilen Entfernung zu spüren begann. Er erreichte die I-95 früher, als er erwartet hatte, stellte im Radio WAPE in Jacksonville ein: »Little« Stevie Wonder spielte »Fingertips, Part II«, dann schmetterte Marvin Gaye »Pride and Joy«.

Drei Monate. Wie in aller Welt hatte er diesmal drei Monate verlieren können? Was hatte das zu bedeuten? Nun, es war sinnlos, sich jetzt den Kopf darüber zu zerbrechen; er konnte nichts daran ändern. Pamela würde ärgerlich sein, aus gutem Grund, aber wenigstens würde er sie bald sehen. Konzentrier dich darauf, sagte er sich, während er durch ausgedehnte Pinienwälder und Buschland nordwärts fuhr.

Am Mittag erreichte er Savannah; dort gab es eine kurze Lücke in der Autobahn, die ihn langsamer vorankommen ließ, und die Straßen der Stadt waren unpassenderweise von finster blickenden, behelmten Polizisten gesäumt. Jeff fuhr vorsichtig an den Barrikaden vorüber, sich der Demonstrationen und der darauffolgenden rassistischen Gewalt bewußt, die hier diese Woche ausgebrochen waren. Es war traurig, dies alles wieder von neuem beginnen zu sehen, doch er konnte nichts weiter tun, als den blutigen Auseinandersetzungen aus dem Weg zu gehen.

Kurz nach drei hielt er für einen raschen Imbiß an einem Howard Johnson's Restaurant außerhalb von Florence, South Carolina an. Das Flachland von Florida und der Küstenstreifen von Georgia lagen jetzt hinter ihm, und er fuhr durch eine ländliche Hügellandschaft, wobei er den kraftvollen Achtzylinder eine Idee über der angezeigten Geschwindigkeitsbegrenzung von 70 Meilen pro Stunde hielt.

Es war dunkel, als er an der Ausfahrt zu seiner Grundschule in Virginia vorüberfuhr, zu der er vor so vielen Jahren ungeplant gepilgert war, um die kleine Brücke wiederzusehen, die für ihn zum Sinnbild des Verlustes und der Vergeblichkeit geworden war. Er konnte die Lichter des Hauses der Rendells vom Highway aus sehen; seine hübsche, junge frühere Lehrerin, das Objekt seiner einstmaligen Verehrung, würde gerade das Abendessen für ihren Mann und das Kind bereiten, dessen Geburt Jeffs pubertäre Eifersuchtsraserei ausgelöst hatte. Hab deine Familie lieb, wünschte er ihr im stillen, als er an dem friedvollen Haus auf seinem malerischen Hügel vorüberfuhr; es gibt schon genug Leid auf der Welt, so wie sie ist.

Spät am Abend aß er an einem Truckstop nördlich von Richmond Brathähnchen und Süßkartoffeln, kaufte eine Thermoskanne und ließ die Bedienung schwarzen Kaffee einfüllen. Der Beltway trug ihn um Washington herum, und kurz nach Mitternacht hatte er Baltimore erreicht. In Wilmington, Delaware, wechselte er von der I-95 auf den Jersey Turnpike über, um auszuweichen, was es an Frühmorgenverkehr durch Philadelphia und Trenton hindurch geben mochte. Als die Nacht voranschritt, staunte er wieder, so wie er es stets zu Anfang eines Replays tat, über seine jugendliche Kondition; in seinen Dreißigern und Vierzigern hätte er diese Fahrt auf mindestens zwei Tage verteilen müssen, und selbst dieses Reisetempo würde ihn erschöpft haben.

Die George Washington Bridge war um vier Uhr früh alles andere als ausgestorben, und Jeff stellte das Radio auf volle Lautstärke, als Cousin Brucie zusammen mit den Essex »Easier Said Than Done« brüllte und winselte. Als er auf dem New England Thruway durch New Rochelle fuhr, kamen ihm Bilder einer Pamela in den Sinn, die er nie gekannt hatte: In ihrem ersten Leben hatte sie hier gelebt, eine Familie großgezogen ... war hier gestorben, in der Annahme, ihr Leben wäre zu Ende, ohne sich der Tatsache bewußt zu sein, daß ihre vielen Leben gerade erst begonnen hatten.

Wie war sie bei diesem ersten Mal gestorben, fragte er sich, dort auf Mallorca? Friedlicher, hoffte er, mit größerem Einverständnis als er in seiner Hütte nahe dem Montgomery Creek, mit dem Wissen, daß sie diesmal zueinander zurückkehren konnten. Doch er wollte nicht bei dem Gedanken an ihre Agonie verweilen, wie kurz sie auch gewesen sein mochte. Dieser Teil war für den Augenblick vorüber, und vor ihnen lag eine unbegrenzte gemeinsame Zukunft, auf die er sich freuen konnte.

Das erste Tageslicht begann gerade den Himmel im Osten rötlich zu färben, als Jeff Westport erreichte. Er schlug die Adresse von Pamelas Familie an einer Shell-Tankstelle in einem Telefonbuch nach. Es war viel zu früh am Morgen, als daß er sie schon zu Hause hätte besuchen können. Er fand einen Vierundzwanzig-Stunden-Coffeeshop, zwang sich, die *New York Times* von der ersten bis zur letzten Seite durchzulesen, um die Zeit totzuschlagen. Die Lage in Savannah war noch immer angespannt, las er; Ralph Ginzburg legte Berufung gegen seine Verurteilung wegen Obszönität nach Veröffentlichung des *Eros*-Magazins ein, und der Streit um den jüngsten Spruch des Supreme Court gegen das obligatorische Schulgebet wurde heftiger.

Jeff sah auf seine Armbanduhr: 7 Uhr 25. Wäre 8 Uhr zu früh? Die Familie müßte dann bereits auf sein, wäre vielleicht gerade beim Frühstück. Sollte er sie stören, wenn sie gerade beim Essen war? Welchen Unterschied machte es schon aus, dachte er. Pamela würde ihn als einen Freund vorstellen, und sie würde ihn bitten, sich ihnen anzuschließen. Er trödelte über seinem Kaffee nervös bis zwanzig vor acht herum, dann fragte er den Kassierer des Coffeeshops nach dem Weg zu der Adresse, die er sich notiert hatte.

Das Haus der Phillips' war ein zweistöckiges Gebäude im Neokolonialstil, das in einer schattigen Straße der oberen Mittelklasse lag. Nichts, was es von tausend anderen Häusern in tausend anderen Städten im ganzen Land unterschieden hätte; nur Jeff wußte von dem rätselhaften Geschehen, das sich dort zugetragen hatte.

Er betätigte die Klingel, stopfte sich das T-Shirt in die Jeans. Plötzlich fiel ihm ein, daß er sich hätte umziehen sollen; zumindest hätte er eine Toilette aufsuchen und sich rasieren sollen …

»Ja?«

Die Frau wies eine verblüffende Ähnlichkeit mit Pamela

auf; nur die Frisur war anders, eine gemäßigte Hochfrisur anstelle des glatten Pagenschnitts, den Jeff so liebgewonnen hatte. Sie war ungefähr in demselben Alter, in dem Pamela gewesen war, als er sie zum letztenmal gesehen hatte, und der Eindruck war beunruhigend.

»Ist ... äh ... Pamela zu Hause, Ma'am?«

Die Frau runzelte die Stirn, schürzte ein wenig die Lippen, mit dem gleichen Ausdruck milder Bestürzung, den Jeff so häufig auf Pamelas Gesicht gesehen hatte. »Sie ist noch nicht auf. Sind Sie ein Schulfreund von ihr?«

»Nicht gerade ein Schulfreund, aber ich ...«

»Wer ist es, Beth?« ertönte die Stimme eines Mannes im Innern des Hauses. »Ist es der Mann für die Klimaanlage?«

»Nein, Liebling, es ist ein Freund von Pam.«

Jeff trat unbehaglich von einem Fuß auf den anderen. »Es tut mir leid, daß ich Sie so früh am Morgen störe, aber es ist wirklich wichtig, daß ich mit Pamela spreche.«

»Ich weiß nicht einmal, ob sie schon wach ist.«

»Wenn ich hereinkommen und warten könnte ... Ich möchte Ihnen keine Ungelegenheiten machen, aber ...«

»Nun ... Warum kommen Sie nicht rein und setzen sich, wenigstens für eine Minute?« Jeff trat in die kleine Diele, folgte ihr in ein gemütlich eingerichtetes Wohnzimmer, in dem ein Mann in einem grauen Nadelstreifenanzug vor einem Spiegel stand und sich die Krawatte band.

»Wenn dieser Kerl heute morgen auftaucht«, sagte der Mann gerade, »sag ihm, daß der Thermostat ...« Er brach ab, als er Jeff im Spiegel erblickte. »Sie sind ein Freund von Pam?« fragte er, sich zu Jeff umwendend.

»Ja, Sir.«

»Werden Sie von ihr erwartet?«

»Ich ... glaube, ja.«

»Was meinen Sie damit, Sie ›glauben ja‹? Ist es nicht ein bißchen früh, bei jemandem unangemeldet hereinzuplatzen?«

»David, bitte ...« warnte ihn seine Frau.

»Sie erwartet mich«, sagte Jeff.

»Also, das höre ich jetzt zum erstenmal. Beth, hat Pam gestern abend zu dir irgend etwas darüber gesagt, daß heute morgen jemand vorbeikommen würde?«

»Nicht daß ich wüßte, Liebling. Aber ich bin sicher ...«

»Wie heißen Sie, junger Mann?«

»Jeff Winston, Sir.«

»Ich kann mich nicht erinnern, daß Pam jemanden dieses Namens erwähnt hätte. Du, Beth?«

»David, sei nicht so grob mit dem Jungen. Möchten Sie etwas Zimttoast, Jeff? Ich habe gerade welchen gemacht, und auch eine frische Kanne Kaffee.«

»Nein, Ma'am, vielen Dank, aber ich habe gerade gefrühstückt.«

»Woher kennen Sie meine Tochter?« fragte Pamelas Vater.

Aus Los Angeles, dachte Jeff, schwindelig vor Schlafmangel und zuvielen Tassen Kaffee und tausend Meilen Highway. Ich kenne sie von Montgomery Creek, wollte er sagen; aus New York und Mallorca.

»Ich sagte, wo haben Sie Pam kennengelernt? Sie sehen ein wenig zu alt aus, um ein Klassenkamerad von ihr zu sein.«

»Wir ... haben uns durch einen gemeinsamen Freund kennengelernt. Im Tennisclub.« Das sollte plausibel klingen; sie hatte ihm erzählt, daß sie Tennis gespielt hatte, seit sie zwölf war.

»Und wer sollte das sein? Ich glaube, wir kennen die meisten von Pams Freunden, und ...«

»Daddy! Habe ich mein Rabattmarkenheft im Wagen gelassen? Es war fast voll, und jetzt kann ich es nicht finden ...«

Sie stand oben auf der Treppe, nichts als schlaksige Teenagerarme und -beine, in weißen Bermudashorts und einem gelben Polohemd, ihr zartes blondes Haar zu zwei kleinen Pferdeschwänzen gebunden, einer über jedem Ohr.

»Könntest du mal herunterkommen, Pam?« sagte ihr Vater. »Hier möchte dich jemand sprechen.«

Pamela kam langsam die Treppe herunter, wobei sie Jeff ansah. Er wollte zu ihr hinlaufen, sie in seine Arme nehmen und die ganze Qual hinwegküssen, die sie durchgemacht haben mußte; doch dafür bliebe noch genügend Zeit. Er lächelte, und sie erwiderte sein Lächeln.

»Kennst du diesen jungen Mann, Pam?«

Ihre Augen waren voller Jugend und Versprechen, als sie Jeffs liebevollem Blick begegneten.

»Nein«, sagte sie. »Ich glaube nicht.«

»Er sagt, er hätte dich im Tennisclub kennengelernt.«

Sie schüttelte den Kopf. »Ich glaube, daran würde ich mich erinnern. Kennst du Dennis Whitmire?« fragte sie Jeff unschuldig.

»Mallorca«, sagte Jeff mit vor Anspannung heiserer Stimme. »Das Bild, der Berg ...«

»Wie bitte?«

»Ich glaube, Sie sollten besser verschwinden, wer immer Sie sind«, schaltete sich ihr Vater ein.

»Pamela. O mein Gott, Pamela ...«

Der Mann packte Jeff fest am Arm, führte ihn zur Tür. »Hören Sie, Freundchen«, sagte er in leisem, aber befehlendem Ton, »ich weiß nicht, welches Spielchen Sie spielen, aber ich möchte Sie hier nicht wieder sehen. Ich möchte nicht, daß Sie meine Tochter belästigen, nicht hier zu Hause, nicht in der Schule, nicht im Tennisclub. Nirgendwo. Verstanden?«

»Sir, das ist alles ein Mißverständnis, und ich entschuldige mich wegen der Störung. Aber Pamela kennt mich; sie ...«

»Jeder, der meine Tochter kennt, nennt sie ›Pam‹, nicht ›Pamela‹. Und darf ich Sie daran erinnern, daß sie vierzehn Jahre alt ist, ist das klar? Haben Sie mich verstanden? Ich möchte nämlich nicht, daß Sie behaupten, es habe irgendein ›Mißverständnis‹ darüber gegeben, daß Sie eine Minderjährige belästigen.«

»Ich will niemanden belästigen. Ich will bloß ...«

»Dann scheren Sie sich zum Teufel und verlassen Sie mein Haus, bevor ich die Polizei rufe!«

»Sir, Pamela wird sich bald erinnern, wer ich bin. Wenn ich eine Nummer hinterlassen könnte, unter der sie mich erreichen kann ...«

»Sie hinterlassen gar nichts. Sie verlassen mein Haus! Sofort!«

»Es ist schade, daß wir uns so kennenlernen mußten, Mr. Phillips. Ich möchte wirklich, daß wir in Zukunft miteinander auskommen, und ich hoffe ...«

Pamelas Vater stieß ihn grob auf die Außentreppe, und die Tür wurde ihm vor dem Gesicht zugeknallt. Jeff konnte durch das Wohnzimmerfenster erhobene Stimmen hören: Pamela weinte vor Verwirrung, ihre Mutter bat um Ruhe, die durchdringenden Laute ihres Vaters waren abwechselnd beschützend und anklagend.

Jeff ging zu seinem Wagen zurück, setzte sich auf den Fahrersitz und legte seinen müden, brummenden Schädel auf das Lenkrad. Nach einer Weile ließ er den Motor an und machte sich auf den Weg nach Süden.

Liebe Pamela,
es tut mir leid, wenn ich dich gestern durcheinander gebracht oder deine Eltern aufgeregt habe. Ich hoffe, eines baldigen Tages wirst du alles verstehen. Wenn diese Zeit gekommen ist, kannst du über meine Familie in Orlando, Florida, mit mir Kontakt aufnehmen. Ihre Telefonnummer ist 555-9561. Sie werden wissen, wo ich zu erreichen bin.
Bitte verlier diesen Brief nicht; halte ihn irgendwo gut versteckt. Du wirst wissen, wann du ihn brauchst.

Mit besten Grüßen
Jeff Winston

Juli und August waren ein Abgrund an betäubender Lethargie, die feuchte Hitze der »Hundstage« Floridas wurde nur von heftigen Gewittern durchbrochen, die beinahe jeden Nachmittag auftraten. Jeff ging mit seinem Vater fischen, brachte seiner Schwester das Autofahren bei; doch die meiste Zeit verbrachte er auf seinem Zimmer und sah sich die Wiederholungen von »The Defenders« und »The Dick Van Dyke Show« an. Und wartete auf das Klingeln des Telefons.

Seine Mutter ärgerte sich über seine Inaktivität, sein plötzlich verlorengegangenes Interesse an Freunden und Mädchen und den Mitternachtsausflügen zu den umliegenden Drive-Ins. Jeff wollte wegfahren, der bedrückenden elterlichen Anteilnahme und der verdummenden Langeweile von Orlando entfliehen, doch es gab keinen Ort, wo er hingehen konnte. Seine Bewegungsfreiheit, an die er sich so gewöhnt hatte, wurde durch seinen Geldmangel stark eingeschränkt: Das Derby und das Belmont-Rennen hatten bereits stattgefunden, und er besaß keine andere unmittelbare Einnahmequelle.

Der Sommer endete ohne eine Nachricht von Pamela. Jeff kehrte nach Atlanta zurück, vorgeblich, um sein zweites Collegejahr in Emory zu beginnen. Er schrieb sich für die volle Anzahl von Kursen ein, damit er einen Platz in einem der Wohnheime zugeteilt bekam, machte sich aber nie die Mühe, eine der Vorlesungen zu besuchen. Er ignorierte die drohenden Briefe aus dem Büro des Dekans, wartete seine Zeit bis Oktober ab.

Frank Maddock hatte im Juni sein Examen gemacht und war jetzt auf der Columbia-Universität, wo er sein Jurastudium begann, ohne seinen ehemaligen Partner überhaupt kennengelernt zu haben. Jeff fand einen anderen eingefleischten Spieler in der Abschlußklasse, der damit einverstanden war, bei der Baseball-Meisterschaft für ihn zu wetten, jedoch nur für ein sattes Honorar; niemand wollte einen Prozentanteil von einer so offenkundig törichten Wette. Jeff verwettete knapp zweitausend Dollar, gewann einhundertfünfundachtzigtausend. Wenigstens brauchte er sich um Geld wieder eine Zeitlang keine Sorgen zu machen.

Er zog nach Boston, mietete ein Apartment in Beacon Hill. Die Geschichte ging ihren vertrauten Gang: Diem wurde in Saigon gestürzt; John Kennedy wurde wieder einmal ermordet. Das Vatikanische Konzil entlatinisierte die katholische Messe, und die Beatles kamen, um die Herzen Amerikas zu erobern.

Jeff rief im März bei den Phillips' an, in der Woche, in der Jack Ruby wegen der Ermordung Lee Harvey Oswalds schuldig gesprochen und zum Tode verurteilt wurde; niemand hatte jemals etwas von Nelson Bennett gehört. Pamelas Mutter ging ans Telefon.

»Hallo, könnte ich mit … Pam sprechen, bitte?«

»Kann ich ihr sagen, wer angerufen hat?«

»Hier ist Alan Cochran, ein Schulfreund von ihr.«

»Nur eine Minute, lassen Sie mich nachsehen, ob sie beschäftigt ist.«

Jeff wickelte nervös die Telefonschnur auf und ab, während er darauf wartete, daß Pamela an den Hörer kam. Er hatte den falschen Namen aus seiner Erinnerung hervorgekramt, als jemanden, von dem Pamela einmal erwähnt hatte, daß sie sich mit ihm auf der High-School verabredet hatte; aber hatte sie den Jungen zu diesem Zeitpunkt überhaupt schon kennengelernt? Er konnte es nicht sagen.

»Alan? Hi, was gibt's denn?«

»Pam, bitte leg nicht auf; hier ist nicht Alan, aber ich muß mit dir sprechen.«

»Wer denn dann?« In ihrer kindlich verspielten Stimme lag mehr Interesse als Verärgerung.

»Hier ist Jeff Winston. Ich war letzten Sommer eines Morgens bei euch zu Hause, und ...«

»Yeah, ich erinnere mich. Mein Dad meinte, ich sollte nie wieder mit dir sprechen.«

»Ich kann ihm nachempfinden, daß er so fühlt. Du darfst ihm nicht sagen, daß ich angerufen habe. Ich habe mich ... nur gefragt, ob du schon angefangen hast, dich an irgendwas zu erinnern.«

»Was meinst du damit? An was erinnern?«

»Oh, vielleicht an Los Angeles?«

»Ja, klar.«

»Du erinnerst dich?«

»Klar, meine Eltern und ich haben Disneyland besucht, als ich zwölf war. Wie sollte ich mich nicht daran erinnern?«

»Ich dachte eher an etwas anderes. Einen Film vielleicht, einer mit dem Titel *Starsea?* Klingt das ein bißchen bekannt für dich?«

»Ich glaube nicht, daß ich den je gesehen hab'. Hey, du bist reichlich seltsam, weißt du das? Wie kommt es eigentlich, daß du mit mir sprechen willst?«

»Ich mag dich einfach, Pamela. Das ist alles. Macht es dir was aus, wenn ich dich so nenne?«

»Alle nennen mich Pam. Und abgesehen davon sollte ich nicht mit dir sprechen. Ich lege jetzt besser auf.«

»Pamela ...«

»Was?«

»Hast du den Brief noch, den ich dir geschickt habe?«

»Ich hab' ihn weggeworfen. Wenn mein Dad ihn gefunden hätte, dann hätte er Zustände bekommen.«

»Das macht nichts. Ich bin nicht mehr in Florida; ich lebe jetzt in Boston. Ich weiß, du willst dir meine Nummer nicht aufschreiben, aber ich bin bei der Auskunft registriert. Wenn dir je danach sein sollte, mit mir Kontakt aufzunehmen ...«

»Wie kommst du darauf, daß ich das würde tun wollen? Mann, du bist *wirklich* seltsam.«

»Ich glaube auch. Aber vergiß nicht, du kannst mich jederzeit anrufen, bei Tag und bei Nacht.«

»Ich werd' jetzt auflegen. Ich glaube, du solltest mich nicht mehr anrufen.«

»Werd' ich nicht. Aber ich hoffe, bald von dir zu hören.«

»Bye.« Sie klang nachdenklich, als hätte dieser hartnäckige junge Mann mit seinen seltsamen Fragen ihre Neugier geweckt. Aber Neugier bedeutete nichts, dachte Jeff traurig, als er ihr auf Wiedersehen sagte; er blieb für sie ein Fremder.

Der Angestellte im Harvard-Coop tippte den Preis in die Kasse ein, gab Jeff sein Wechselgeld und das *Candy*-Exemplar, das er gerade gekauft hatte. Draußen wimmelte der Platz von Studenten, die sich auf den Beginn des neuen Schuljahres vorbereiteten. Ein absichtsvoll schmuddeliger Haufen, bemerkte Jeff; und als er zum Universitätskino hinüberblickte, in dem gerade *A Hard Day's Night* lief, sah er einen bärtigen jungen Mann diskret Fünf-Dollar-Streichholzdöschen mit Marihuana verkaufen. Es war bereits anderthalb Jahre her, daß Leary und Alpert von Harvard entlassen worden waren und auf der anderen Flußseite am Emerson Place ihre eigene kurzlebige »Internationale Vereinigung für inneren Frieden« gegründet hatten. Die Sechziger, wie man sich an sie erinnern würde, schienen Cambridge früher zu erreichen als Emory. Dennoch war der Epochenwechsel noch nicht ganz vollendet; nur ein einsamer Protestierer stand auf dem Harvard Square und verteilte ruhig Flugblätter, die Amerikas Präsenz in Vietnam beklagten. An dem Tisch, der neben dem Zeitungskiosk aufgestellt war, boten ein paar Studenten Buttons mit der Aufschrift »Stoppt Goldwater« und »L.B.J. 64« an. Ihre Desillusionierung würde nicht lange auf sich warten lassen.

Jeff ging die Stufen des MTA-Bahnhofs hinunter, stieg in einen der straßenbahnähnlichen U-Bahn-Wagen. Hinter Kenmore Square gelangte die Bahn an die Oberfläche, überquerte den Charles auf der Longfellow Bridge. Zu seiner Rechten sah Jeff Arbeiter auf Gerüsten, die letzte Hand an das neue Prudential Center legten; der John Hancock Tower mit seinen häßlichen vorspringenden Fenstern lag noch weit in der Zukunft.

Was würde er mit dieser Zukunft jetzt anfangen, fragte er sich, mit den langen und leeren Jahren, die er, wieder allein, vor sich hatte? Es war über ein Jahr her, daß er die vierte Wiederholung seines Lebens begonnen hatte, und sein ganzer Optimismus, mit dem er diesem Replay an der Seite von jemandem, den er von ganzem Herzen liebte, dessen Erfahrung und Verständnis seinem entsprach, entgegengesehen hatte, war verschwunden. Pamela blieb ein Kind, das nichts davon wußte, wer und was sie, sie beide, früher einmal gewesen waren.

Vielleicht waren einige ihrer Ideen über östliche Religion richtig gewesen, in einer für sie beide unbegreiflichen Weise. Vielleicht hatte sie in ihrem letzten Leben vollständige Erleuchtung erlangt, und ihre Seele, oder ihr Wesen, oder was auch immer, war fortgegangen, um eine Art von Nirwana aufzusuchen. Was bedeutete dies dann für das unschuldige junge Mädchen, das jetzt in Westport lebte? War diese Person nur eine körperliche Hülle ohne jeden Geist; ein Abklatsch der wirklichen Pamela Phillips, der sich ohne Sinn und Zweck durchs Leben bewegte? Vielleicht konnte ihr oder sein Zweck mit dem einer animierten Puppe in einem Schauspiel oder einem Film verglichen werden, dem eines seelenlosen Roboters. Die unbegreifliche äußere Macht, die diese Wiederholungen in Gang gesetzt hatte, könnte die falsche Pamela einzig und allein dazu benutzen, die Illusion aufrecht zu erhalten, daß die Welt ihren normalen, ursprünglichen Mustern folgte, mit einem intakten Milliardenpersonal.

Doch zu wessen Nutzen? Wer war das Publikum, das getäuscht werden sollte? Jeff? Er hatte geglaubt, der erste und, bis er Pamela traf, der einzige Mensch zu sein, dem dies jemals widerfahren war; vielleicht war er auch der letzte gewesen oder zumindest einer der letzten, die sich der endlosen Wiederholungen bewußt werden sollten. Pamela hatte spekuliert, diese Jahre würden solange fortfahren sich zu wiederholen, bis jeder auf der Erde erkannt hatte, was vor sich ging. Konnte es statt dessen sein, daß die Erkenntnis stückweise stattfinden sollte, bei jeweils nur einem Individuum anstelle einer plötzlichen planetarischen Bewußtwerdung? Und wenn jeweils ein Mensch die Wahrheit erkannte, hatte er oder sie damit aufzusteigen begonnen, um der ewigen Wiederkehr dessen, was einmal als Realität erschienen war, zu entfliehen?

Das hieße, daß die ganze Menschheitsgeschichte, Vergangenheit und Zukunft, möglicherweise nichts als eine Täuschung waren: falsche implantierte Erinnerungen und Berichte, trügerische Hoffnungen auf eine zukünftige Welt. Daß das Entstehen der menschlichen Rasse, ihre Kulturen und ihre Technik und ihre Annalen vorherbestimmt und von irgendeiner unsichtbaren Macht, die 1963 aufgetaucht sein mochte, bereits festgelegt waren ... und daß die ganze Spanne der Menschheit auf dieser Erde nach subjektiver Zeitrechnung nicht weiter reichte als bis 1988, oder kurz darüber hinaus. Diese sich wiederholende Schleife konnte die Gesamtheit der menschlichen Erfahrung umfassen, und die Erkenntnis dieser Tatsache konnte das Merkmal dafür sein, daß ein Individuum den Gipfel der Bewußtheit erreicht hatte.

Was bedeuten würde, daß Jeff und jedermann unbewußt seit Äonen, wortwörtlich seit dem Anbeginn der Zeit an wiederholt hatten; und dies könnte sein letzter Zyklus sein, wie es der vorhergehende für Pamela gewesen war. Der Rest der Bevölkerung existierte entweder in einem Zustand der Vorbewußtheit oder als Automaten, deren ursprüngliche Seelen und Identitäten aus diesen Körpern herausgewachsen waren, wie es bei Pamela der Fall gewesen war. Und es gab keine Möglichkeit festzustellen, welche der Leute, die er traf, noch »schliefen« und welche bereits eine andere Seinsstufe erreicht und ihr lebendiges, atmendes Ebenbild als Teil des riesigen Bühnenbilds, welches die Erde darstellte, hinter sich gelassen hatten.

Es war zuviel, um es auf einmal zu verdauen. Selbst wenn er davon ausging, daß es wahr war, blieben ihm immer noch mindestens fünfundzwanzig Jahre seines Replay, um sich mit dem Gedanken herumzuschlagen. Im Augenblick mußte er sich allmählich entscheiden, wie er tagtäglich mit diesen Jahren umgehen wollte, jetzt, da er den einzigen vollkommenen Gefährten verloren hatte, den er jemals gekannt hatte.

Jeff stieg an der nächsten Haltestelle aus, ging die Charles Street entlang, vorbei an Blumenläden und Cafés. Das nasale Winseln eines Folksängers wehte aus der offenen Tür des Turk's Head, und vor der Loft kündigte ein Schild Jug-Band-Livemusik an Wochenenden an. Die Chestnut Street hinauf boten die seriösen alten Häuser, von denen viele jetzt in Apartments umgewandelt worden waren, eine Fassade urbaner Heiterkeit.

Was sollte er anfangen? Nach Montgomery Creek zurückkehren, den Rest seines Lebens – vielleicht seines letzten – mit dem Nachdenken über die Unergründlichkeit des Universums verbringen? Vielleicht sollte er einen letzten, wenn auch letztendlich vergeblichen Versuch unternehmen, das Los der Menschheit zu verbessern: die Future Incorporation wieder als philanthropische Stiftung ins Leben rufen, all diese Hunderte von Millionen nach Äthiopien oder Indien pumpen.

Er stieg die Stufen zu seinem Apartment im zweiten Stock empor, während sein Verstand gegen die Flutwelle von tausend widerstreitenden Gedanken und verschiedenen Optionen anschwamm. Wenn er einfach aufgäbe, Selbstmord beginge, was dann? Würde er …?

Die Ecke eines gelben Briefumschlags ragte unter seiner Tür hervor. Er hob das Telegramm hoch, riß es auf:

HABE DEN GANZEN TAG ÜBER ANGERUFEN. WO BIST DU GEWESEN? ICH BIN WIEDER DA. BIN WIEDER DA. BIN WIEDER DA. KOMM SOFORT HER. ICH LIEBE DICH.
PAMELA

Es war nach elf Uhr am gleichen Abend, als er vor dem Haus in Westport vorfuhr. Er hatte versucht, einen Flug von Logan nach Bridgeport zu bekommen, doch die Maschine ging erst in drei Stunden. Er war mit dem Wagen früher dort, sagte er sich, und er schaffte die kurze Strecke in Rekordzeit.

Pamelas Vater öffnete die Tür, und Jeff sah sofort, daß dies nicht einfach werden würde.

»Sie sollten von vornherein wissen, daß ich diesem Treffen nur zustimme, weil meine Frau darauf bestanden hat«, begann der Mann ohne Vorrede. »Und selbst sie ließ sich nur durch Pams Drohungen überreden, von zu Hause wegzulaufen, wenn wir Sie nicht mit ihr sprechen ließen.«

»Es tut mir leid, daß so ein Aufstand daraus geworden ist, Mr. Phillips«, sagte Jeff mit dem ganzen Ernst, den er aufbringen konnte. »Wie ich Ihnen letztes Jahr bereits sagte, war es niemals meine Absicht, Ihrer Familie irgendwelche Probleme zu bereiten; es war alles ein unglückliches Mißverständnis.«

»Was es auch ist, es wird sich nicht wiederholen. Ich habe mit meinem Anwalt gesprochen, und er meint, wir können bis zum Wochenende ein Unterlassungsurteil erwirken. Das heißt, daß Sie festgenommen werden, wenn Sie sich meiner Tochter in irgendeiner Weise nähern, bevor sie achtzehn ist; also was auch immer Sie ihr zu sagen haben, sagen Sie es besser heute. Ist das klar?«

Jeff seufzte, versuchte durch die halboffene Tür hindurchzuspähen. »Könnte ich Pamela jetzt sehen, Sir? Ich werde Ihnen keine Ungelegenheiten bereiten, aber ich habe lange darauf gewartet, mit ihr zu sprechen.«

»Kommen Sie rein. Sie ist im Wohnzimmer. Sie haben eine Stunde.«

Pamelas Mutter hatte offenbar geweint; ihre Augen waren rotgerändert und von der Niederlage gezeichnet. Ihre fünfzehnjährige Tochter, die neben ihr auf dem Sofa saß, war im Gegensatz zu ihr vollkommen gefaßt, wenn das breite Lächeln des Mädchens Jeff auch sagte, daß sie darum kämpfte, die übergroße Erleichterung, die sie jetzt zum Schluß empfand, zu unterdrücken. Die Pferdeschwänze waren verschwunden; sie hatte sich das Haar ungefähr so gekämmt, wie sie es als Erwachsene getragen hatte. Sie trug einen Kaschmirpullover und einen beigen Wollrock, Strümpfe, Schuhe mit Absätzen und ein helles, meisterhaft aufgetragenes Make-up. Die Veränderung, die sie durchgemacht hatte, seit er sie das letztemal gesehen hatte, ging über ihre äußere Erscheinung noch weit hinaus; in ihren wachen, wissenden Augen erkannte Jeff sofort, daß sie tatsächlich die Frau war, die er geliebt und mit der er ein Jahrzehnt lang zusammengelebt hatte.

»Hallo, du«, sagte er, ihr breites Lächeln erwidernd. »Lust zum Segeln?«

Sie lachte, ein volltönendes, kehliges Lachen voll reifer Ironie und Weltklugheit. »Mutter, Vater«, sagte sie, »das ist mein lieber Freund Jeff Winston. Ich glaube, ihr kennt euch schon.«

»Wie kommt es, daß du dich plötzlich entschlossen hast, diesen ... Mann nun doch zu kennen?« Jeff sah, daß ihr Vater die drastische Veränderung in Pamelas Stimme und Verhalten ebenfalls bemerkt hatte und über ihre unerklärliche nächtliche Verwandlung in eine Erwachsene in höchstem Maße beunruhigt war.

»Ich glaube, meine Erinnerungen müssen letztes Jahr ein paar Lücken gehabt haben. Also, ihr habt mir versprochen, wir könnten eine Stunde miteinander allein sein. Würde es euch etwas ausmachen, wenn wir damit anfangen, bitte?«

»Versuch nicht, das Haus zu verlassen.« Ihr Vater blickte sie finster an. »Verlaßt nicht einmal das Wohnzimmer.«

Mrs. Phillips erhob sich widerwillig von ihrem Platz neben ihrer Tochter. »Dein Vater und ich sind im Arbeitszimmer, wenn du uns brauchst, Pam.«

»Danke, Mutter. Alles in Ordnung, das verspreche ich euch.«

Ihre Eltern verließen den Raum, und Jeff schloß Pamela in die Arme, drückte sie an sich, so fest er konnte, ohne ihr den Atem abzuschnüren. »Mein Gott«, krächzte er an ihrem Ohr. »Wo bist du gewesen? Was ist passiert?«

»Ich weiß es nicht«, sagte sie und trat zurück, um ihn anzusehen. »Ich starb in dem Haus auf Mallorca genau zu dem Zeitpunkt, den ich erwartet hatte, am achtzehnten. Meine Wiederholung fing erst heute morgen an; ich war verblüfft, als ich herausfand, welches Jahr es war.«

»Ich bin auch zu spät aufgetaucht«, sagte Jeff, »aber nur

runde drei Monate. Ich habe über ein Jahr auf dich gewartet.«

Sie berührte sein Gesicht, schenkte ihm einen Blick voll zärtlichen Mitgefühls. »Ich weiß«, sagte sie. »Meine Eltern erzählten mir, was letzten Sommer passiert ist.«

»Dann erinnerst du dich nicht mehr? Nein, natürlich nicht.«

Sie schüttelte traurig den Kopf. »Meine einzigen Erinnerungen an diese Zeit stammen aus meinem ersten Leben und den darauffolgenden Replays. Aus meiner Perspektive habe ich dich erst vor zwölf Tagen noch gesehen, am Dock von Puerto de Andraitx.«

»Die Miniatur«, sagte er mit einem warmen Lächeln. »Sie war vollkommen. Ich wünschte, ich hätte sie behalten können.«

»Ich bin sicher, das hast du«, sagte sie ruhig. »Dort, wo es am meisten zählt.«

Jeff nickte, umarmte sie erneut. »Und ... wie hast du mich in Boston gefunden?«

»Ich rief deine Eltern an. Sie schienen mich zu kennen – zumindest vage.«

»Als ich beim erstenmal hierherkam, hab' ich ihnen erzählt, ich würde auf der Schule ein Mädchen aus Connecticut kennen.«

»Mein Gott, Jeff, es muß schrecklich gewesen sein, als ich dich nicht wiedererkannte.«

»Das war es. Aber jetzt, wo du wieder da bist, bin ich dankbar, einen Eindruck davon bekommen zu haben, wie du mit vierzehn wirklich warst.«

Sie lächelte. »Ich wette, ich fand dich süß, wer immer du warst. Wirklich, ich bin ein bißchen überrascht, daß ich nicht gelogen und meinen Eltern gesagt habe, ich würde dich kennen.«

»Ich hab' dich letzten März angerufen. Du sagtest, du hieltest mich für ›seltsam‹ ... aber du klangst irgendwie interessiert.«

»Das war ich bestimmt auch.«

»Pam?« rief ihr Vater aus der Diele. »Alles in Ordnung da drinnen?«

»Alles klar«, antwortete sie.

»Du hast noch fünfundvierzig Minuten«, erinnerte er sie und verschwand wieder in den Hinterzimmern des Hauses.

»Das wird wirklich ein Problem werden«, sagte Jeff und runzelte besorgt die Stirn. »Rechtlich gesehen bist du eine Minderjährige; dein Vater sprach davon, ein Unterlassungsurteil zu erwirken, um zu verhindern, daß ich mich mit dir treffe.«

»Ich weiß«, sagte sie kläglich. »Das ist teilweise mein Fehler. Heute nachmittag hatten wir einen Mordskrach, nachdem ich ihnen gesagt hatte, ich würde einen Anruf oder deinen Besuch erwarten. Ich hatte keine Ahnung, daß sie von dir schon früher gehört hatten; mein Vater ging an die Decke, als ich deinen Namen erwähnte, und ich fürchte, ich habe mich ebenfalls nicht besonders gut aufgeführt. Sie haben in diesem Alter noch nie eine solche Sprache aus meinem Mund gehört, abgesehen von meiner zweiten Wiederholung, als ich aufsässig wurde. Und daran erinnern sie sich natürlich nicht.«

»Glaubst du, es ist ihm ernst damit, uns auseinander zu halten? Er könnte die Dinge wirklich schwierig machen, wenn er darauf aus ist.«

»Leider meint er, was er sagt. Es könnte sein, daß für uns erst mal harte Zeiten kommen.«

»Wir könnten ... zusammen weglaufen.«

Pamela lachte trocken. »Nein. Diesen Weg hab' ich schon ausprobiert, erinnerst du dich? Es hat damals nicht geklappt, und das würde es jetzt auch nicht.«

»Außer daß ich jetzt Geld habe und Zugang zu soviel weiterem Geld, wie wir brauchen. Es ist nicht so, daß wir auf der Straße stehen würden.«

»Aber ich bin noch minderjährig; vergiß das nicht. Du bekämst eine Menge Schwierigkeiten, wenn sie uns schnappen würden.«

Jeff brachte ein Grinsen zustande. »Verführung Minderjähriger. Irgendwie gefällt mir dieser Gedanke.«

»Da möchte ich drauf wetten«, sagte sie spöttisch. »Aber es ist kein Scherz, besonders nicht in dieser Zeit. Bis zum ›Sommer der Liebe‹ sind es noch drei Jahre; 1964 nahm man diese Angelegenheit sehr, sehr ernst.

Wir werden einfach eine kleine Weile warten müssen. In ein paar Monaten werde ich sechzehn sein; vielleicht lassen sie uns bis dahin wenigstens einander treffen, wenn ich ihnen Honig um den Bart schmiere und eine Zeitlang die Rolle der gehorsamen Tochter spiele.«

»Herrgott noch mal ... Ich habe schon anderthalb Jahre darauf gewartet, wieder mit dir zusammenzusein.«

»Ich wüßte nicht, was wir sonst tun könnten«, sagte sie voller Mitgefühl. »Mir gefällt diese Aussicht nicht besser als dir, aber ich glaube nicht, daß wir im Moment eine andere Wahl haben.«

»Nein«, gab er zu. »Haben wir nicht.«

»Was wirst du in der Zwischenzeit machen?«

»Ich schätze, ich werde nach Boston zurückkehren; es ist eine nette Stadt, nicht zu weit von hier, und ich hab' mich dort mehr oder weniger eingelebt. Wahrscheinlich werde ich daran arbeiten, unsere Spargroschen aufzuhäufen, damit wir uns nicht ums Geldverdienen kümmern müssen, wenn wir erst wieder zusammensein können. Kann ich dich wenigstens anrufen? Dir schreiben?«

»Nicht hierher, glaube ich, noch nicht. Ich werd' mir ein Postfach besorgen, damit wir uns schreiben können, und ich werd' dich so oft anrufen wie ich kann. Von außerhalb, nach der Schule.«

»Herr im Himmel. Du gehst wirklich wieder auf die High-School zurück?«

»Ich muß.« Sie zuckte die Achseln. »Ich werd's überleben. Ich hab' es schon so oft getan, daß ich die Antworten auf jeden Test auswendig kenne, glaube ich.«

»Du wirst mir fehlen ... Das weißt du.«

Sie küßte ihn, lange und leidenschaftlich. »Du mir auch, Lieber; du mir auch. Aber das Warten wird sich mehr als lohnen.«

14

Pamela rückte die Quaste an ihrem Barett zurecht, blickte ins überfüllte Auditorium hinaus und entdeckte Jeff, der neben ihren Eltern saß. Ihre Mutter strahlte vor freudigem Stolz. Pamela fing Jeffs Blick auf, zwinkerte und bekam ein schiefes Lächeln zurück. Sie waren sich beide der Komik dieser Zeremonie bewußt: Ihr, einer Frau, die praktizierende Ärztin, erfolgreiche Künstlerin und gefeierte Filmproduzentin gewesen war, wurde endlich das High-School-Diplom verliehen. Zum dritten Mal.

Es hatte ein erhebliches Maß an Zähigkeit erfordert, und sie war froh, daß Jeff Verständnis dafür gehabt hatte, wie zermürbend die vergangenen drei Jahre für sie gewesen waren. Er hatte selbst die Erfahrung des Wiedereintritts in die akademische Welt gemacht, auf dem College-Niveau, während seiner zweiten Wiederholung; aber wieder die High-School zu durchlaufen, immer und immer wieder, das war die Hölle.

Ihre Beharrlichkeit hatte sich jedoch ausgezahlt, wie sie es sich gedacht hatte. Ihre Familie war etwas nachgiebiger geworden, als sie sechzehn geworden war, eine wohlerzogene Musterschülerin, die kein Interesse zeigte, mit den Jungen ihrer eigenen Altersklasse auszugehen, und es wurde ihr erlaubt, Jeff zweimal die Woche zu treffen. Er mietete ein Apartment in Bridgeport und achtete peinlich genau darauf, sie jeden Freitag- und Samstagabend vor Mitternacht wieder nach Hause zu bringen. Was ihre Eltern betraf, sah das junge Paar eine Menge Filme; und wenn einmal irgendwelche Fragen dazu gestellt wurden, konnten sie die Handlung solcher Filme wie *Morgan!*, *Georgy Girl* oder *Ein Mann für alle Jahreszeiten* problemlos nacherzählen, da sie sie in den vergangenen Jahren mindestens zweimal gesehen hatten.

Das Arrangement hatte auf eine seltsame Art irgendwie Spaß gemacht, sobald der negative elterliche Druck einmal nachgelassen hatte. Die Begrenzung der gemeinsamen Zeit und die notwendige Flüchtigkeit ihrer Leidenschaft hatte eine köstliche erotische Spannung entstehen lassen. Sie hatten sich mit ihren neuen jungen Körpern geliebt, als wären sie nie zuvor miteinander intim gewesen, als hätten sie eine solche Sinnenlust nie zuvor miteinander – oder mit jemand anderem – geteilt.

Wenn ihre Eltern jemals wegen ihrer sexuellen Beziehung mit Jeff Verdacht geschöpft hatten – und das hatten sie inzwischen bestimmt –, dann hatten sie darüber ein bewundernswertes Schweigen bewahrt. Ihre anfängliche vorsichtige Tolerierung Jeffs war bald einem Akzeptieren gewichen, dann Zustimmung und schließlich einer regelrechten Zuneigung. Die vier Jahre Altersunterschied, die in den Augen ihrer Eltern so befremdlich ausgesehen hatten, als sie achtzehn und vierzehn gewesen waren, war zu einem ganz und gar konventionellen Abstand geworden, als sie zweiundzwanzig und achtzehn waren. Außerdem waren ihre Eltern in diesem Zeitalter des LSD und des promiskuitiven Nonkonformismus offensichtlich erleichtert darüber, daß sie eine stabile Beziehung zu einem so anständigen, wohlerzogenen und vermögenden jungen Mann entwickelt hatte.

Die letzten Zeugnisse waren ausgeteilt, und die frischgebackenen Schulabgänger, die sie umstanden, rannten unter stürmischem Gelächter von der Bühne. Pamela bahnte sich ruhig einen Weg dorthin, wo Jeff mit ihren Eltern wartete.

»Oh, Pam«, sagte ihre Mutter, »du hast großartig dort oben ausgesehen? Neben dir ist der ganze übrige Rest verblaßt.«

»Meinen Glückwunsch, Schatz«, sagte ihr Vater und umarmte sie.

»Ich muß den Hut und den Talar zurückgeben«, teilte Pamela Jeff mit. »Dann können wir los.«

»Müßt ihr wirklich schon aufbrechen?« fragte ihre Mutter gekränkt. »Ihr könntet zum Dinner bleiben und morgen früh losfahren.«

»Jeffs Familie erwartet uns Dienstagabend, Mom; wir sollten heute noch wenigstens bis Washington kommen. Hier, halt das«, sagte sie zu Jeff und reichte ihm das zusammengerollte Zeugnis. »Ich bin gleich wieder da.«

Im Umkleideraum der Mädchen legte sie die schwarze Baumwollrobe ab, zog einen blauen Rock und eine weiße Bluse an. Ein paar der anderen Mädchen gratulierten ihr schüchtern, und sie ihnen, aber sie war von ihrer allgemeinen Kameradschaft, den aufgeregten Gesprächen über Freunde und Pläne für den Sommer und die unterschiedlichen Colleges, die sie im Herbst besuchen würden, auf subtile Weise ausgeschlossen. Diese Mädchen waren in ihrem ersten Leben ihre Freundinnen gewesen; sie hatte ihre Streiche und ihren Schwatz und ihre zögernden ersten Schritte zur Frau vollkommen mit ihnen geteilt. Doch diesmal, ebenso wie bei dem Neudurchgang der High-School zu Beginn ihrer zweiten Wiederholung, gab es eine Kluft zwischen ihnen, welche die Mädchen irgendwie gespürt hatten, auch wenn sie unfähig waren zu begreifen, um was es sich handelte. Pamela hatte Abstand von ihnen gehalten, die sozialen Aspekte der Pubertät ignoriert, hatte getan, was sie hatte tun müssen, um das ihren Eltern gegebene Versprechen zu erfüllen, die Schule zu beenden, bevor sie mit Jeff von zu Hause wegging. Jetzt war dieser Tag gekommen, und sie hoffte, daß die Peinlichkeit ihres Aufbruchs auf ein Minimum beschränkt bliebe.

Sie war mit dem Umkleiden fertig, ging durch das sich allmählich leerende Auditorium zurück zu ihren Eltern und dem Mann, mit dem sie den Rest ihres Lebens verbringen würde.

»Also«, sagte ihr Vater gerade zu Jeff, »glaubst du wirklich, ich sollte an diesen Vierteldollars festhalten?«

»Ja, Sir«, erwiderte Jeff. »Als langfristige Investition bestimmt. Ich würde sagen, in zehn bis zwölf Jahren dürfte sich das für Sie ordentlich auszahlen.«

Die Frage ihres Vaters war dazu gedacht gewesen, die Spannung zu mildern, erkannte Pamela, und sie war ihm dafür dankbar. Der Wortwechsel bekräftigte, daß er Jeff als klugen, einfallsreichen Investor schätzen gelernt hatte und sich bewußt war, daß für seine Tochter gut gesorgt werden würde. Jeff hatte sich aus dem Verkehr gezogene Zehncent- und Vierteldollarstücke mit neunzig Prozent Silberanteil im Wert von mehreren tausend Dollar gekauft, bevor die Münzen verschwanden, und hatte ihrem Vater empfohlen, das auch zu tun. Es war eine logische, konservativ wirkende Transaktion, die ihren Vater nicht dadurch verwirren würde, daß ihr Wert mit verdächtiger Geschwindigkeit in die Höhe schoß, oder ihm Sorgen bereiten würde, weil sie undurchsichtig und riskant erschien. Sie würde sich zu seinen Lebzeiten aber bestimmt auszahlen; zumal im Januar 1980, wenn der Preis des kostbaren Metalls durch die illegalen geheimen Manipulationen des Silbermarktes durch die Brüder Hunt auf über fünfzig Dollar die Unze getrieben werden würde. Jeff hatte Pamela gesagt, daß er sich in diesem Monat an ihren Vater wenden und sicherstellen würde, daß er die Münzen vor dem bald darauf erfolgenden Crash loswurde.

»Werdet ihr lange in Orlando bleiben, Schatz?« fragte ihre Mutter.

»Bloß ein paar Tage«, sagte Pamela. »Dann werden wir zu den Keys runterfahren, vielleicht für ein paar Wochen ein Boot mieten.«

»Habt ihr euch schon entschieden, wo ihr hingehen werdet, wenn ... wenn der Sommer vorüber ist?«

Das war immer noch ein wunder Punkt zwischen ihnen; auch wenn ihre Eltern wußten, daß es ihr und Jeff an nichts Materiellem fehlen würde, beklagten sie ihre Weigerung, aufs College zu gehen.

»Nein, Mom. Wir suchen uns vielleicht eine Wohnung in New York; wir wissen es einfach noch nicht genau.«

»Es ist noch nicht zu spät, sich auf der NYU einzuschreiben; du weißt, daß sie dir die Aufnahme wegen deiner Auszeichnung automatisch bewilligt haben.«

»Ich werd' drüber nachdenken. Ist alles im Wagen, Jeff?«

»Alles gepackt, vollgetankt und fertig zum Aufbruch.«

Pamela umarmte ihre Mutter und ihren Vater, konnte die Tränen, die ihr in die Augen schossen, nicht zurückhalten. Sie hatten nur ihr Bestes gewollt, hatten nicht gewußt, daß ihre liebevolle Führung und ihre Vorschriften schon lange unnötig gewesen waren; sie konnte ihnen dafür keinen Vorwurf machen. Doch jetzt waren sie und Jeff endlich frei: frei, sie selbst zu sein, in diese vertraute Welt als die unabhängigen Erwachsenen – und mehr – hinauszugehen, die sie unterhalb ihres täuschend jugendlichen Äußeren immer schon gewesen waren. Es war ein glücklicher Tag, nach allem, was sie durchgemacht hatten.

Sie zog sich mit einer anmutigen Bewegung aus dem Wasser, kletterte die kurze Leiter am Heck des Bootes hoch und fing das Handtuch auf, das Jeff ihr zuwarf, als sie sich an Bord hievte.

»Bier?« fragte er und griff in die Kühlbox.

»Klar«, sagte Pamela, während sie sich das große blaue Handtuch um den nackten Körper schlang und ihrem Haar einen heftigen Schwung versetzte.

Jeff öffnete zwei Flaschen Dos Equis, reichte ihr eine und streckte sich auf einem Deckstuhl aus Segeltuch aus. »Schön im Wasser.« Er lächelte.

»Mmmm«, stimmte sie zufrieden zu, drückte sich die eiskalte Flasche ans Gesicht. »Das Wasser war fast wie ein Jacuzzi.«

»Der Golfstrom. Die warmen Strömungen reichen vom Atlantik bis hierher. Wir stehen genau über der Heizung, die Europa davor bewahrt, eine neue Eiszeit zu bekommen.«

Pamela hob ihr Gesicht in die Sonne, schloß die Augen und inhalierte die frische salzige Luft. Ein plötzliches Geräusch riß sie aus ihren Träumereien, und als sie aufsah, erblickte sie einen großen weißen Reiher, der elegant auf das Boot herabstieß, die langen Beine und den spitz zulaufenden Schnabel in aerodynamischer Symmetrie abgespreizt, als er in Richtung der Küstensaum des namenlosen Riffs verschwand, an dem sie diesen Morgen geankert hatten.

»Mein Gott.« Sie seufzte. »Ich möchte diesen Ort niemals verlassen.«

Jeff lächelte, hob die Flasche Dos Equis in einem wortlosen Toast des Einverstandenseins.

Pamela ging zur Seite des Bootes, lehnte sich an die Reling und starrte auf das funkelnde blaugrüne Meer hinaus, aus dem sie gerade aufgetaucht war. In der Ferne, nach Westen zu, schäumte das ruhige Wasser von den verspielten Neckereien einer vorbeiziehenden Delphinschule. Sie beobachtete sie eine Weile, dann wandte sie sich Jeff zu.

»Es gibt etwas, dem wir bisher ausgewichen sind«, sagte

sie. »Etwas, worüber wir hätten sprechen sollen, aber nicht gesprochen haben.«

»Was denn?«

»Warum ich diesmal so lange brauchte, um mit der Wiederholung anzufangen. Warum ich anderthalb Jahre verloren habe. Wir haben das alles zu lange ignoriert.«

Es stimmte. Sie hatten die lästige Abweichung von dem zyklischen Muster, das ihnen beiden so vertraut geworden war, nie diskutiert. Jeff war so dankbar gewesen, sie einfach wieder zurückzuhaben, und sie hatte ihre eigenen Besorgnisse in den Hinterkopf verbannt, solange sie sich auf die mühsame Aufgabe konzentrierte, die Schule zu beenden, und auf die heikle Diplomatie, die nötig war, um ihre Eltern dazu zu bringen, ihr Bedürfnis, mit ihm zusammenzusein, zu akzeptieren.

»Warum jetzt darüber reden?« fragte er, und seine sonnengebräunte Stirn legte sich in Falten.

Sie zuckte die Achseln. »Wir müssen, früher oder später.«

Sein flehender Blick begegnete ihrem. »Aber für die nächsten zwanzig Jahre brauchen wir uns keine Sorgen darum zu machen. Können wir bis dahin nicht einfach Spaß haben? Die Gegenwart genießen?«

»Wir könnten es nie ignorieren«, sagte sie sanft, »nicht vollständig. Das weißt du.«

»Wie kommst du darauf, wir könnten eher herausfinden, warum es dazu kam, als sonst irgend etwas über die Replays herauszubekommen? Ich dachte, das Thema hätten wir erledigt.«

»Ich meine nicht unbedingt, *warum* es passierte oder wie; aber ich habe drüber nachgedacht, und ich glaube, vielleicht ist es Teil eines allgemeinen Musters, nicht nur eine einmalige Abweichung.«

»Wieso? Ich weiß, ich bin selbst drei Monate später zurückgekommen als üblich, aber das ist vorher noch nie passiert, keinem von uns.«

»Ich bin mir nicht so sicher; bestimmt noch nie in diesem Ausmaß, aber es hat in den Replays eine … Asymmetrie gegeben, beinahe von Anfang an. Jetzt hat sie sich bloß beschleunigt.«

»Eine Asymmetrie?«

Sie nickte. »Denk mal drüber nach. Am Anfang deiner zweiten Wiederholung warst du nicht in deinem Zimmer im Wohnheim; du warst in einem Kino, zusammen mit Judy.«

»Es war jedenfalls am gleichen Tag.«

»Ja, aber … wieviel später? Acht oder neun Stunden? Und beim erstenmal, als ich zurückkam, war es früher Nachmittag, aber beim nächstenmal war es mitten in der Nacht. Ich würde sagen, zwölf Stunden später.«

Jeff wurde nachdenklich. »Beim drittenmal – zu Beginn der vorletzten Wiederholung, als ich mit Judy zusammen in Martins Wagen war …«

»Ja?« drängte sie.

»Ich nahm einfach an, es wäre am gleichen Abend, daß wir von einem Konzert der *Birds* nach Hause führen. Ich war so außer mir über den Verlust meiner Tochter Gretchen, daß ich meiner Umgebung wirklich nicht besonders viel Beachtung schenkte. Ich betrank mich einfach und blieb ein paar Tage lang betrunken. Aber das Kentucky Derby schien diesmal viel schneller näherzurücken. Ich brachte meine Wette durch Frank Maddock erst am Tag vorher unter. Ich erinnere mich, daß ich, so mitgenommen, wie ich war, erleichtert war, daß ich wenigstens diese Gelegenheit nicht verpaßt hatte. Ich glaubte, ich hätte wegen des Saufgelages mein Zeitgefühl verloren, aber es könnte sein, daß ich die Wiederholung mit zwei oder drei Tagen Verspätung begonnen habe. Ich könnte an einem ganz anderen Abend mit Judy nach Hause gefahren sein.«

Pamela nickte. »Ich hab' damals auch nicht auf das Datum geachtet«, teilte sie ihm mit. »Aber ich erinnere mich daran, daß meine Eltern beide zu Hause waren, als an diesem Morgen das Replay anfing, also muß es ein Wochenende gewesen sein; und das vorhergehende hatte an einem Dienstag angefangen, am letzten Tag des April. Also betrug der Unterschied wahrscheinlich vier Tage, vielleicht fünf.«

»Wie konnten aus einer Angelegenheit von fünf Tagen – Monate werden? Mehr als ein Jahr, in deinem Fall?«

»Vielleicht handelt es sich um eine geometrische Progression. Wenn wir die genauen Zeitunterschiede zwischen allen unseren Wiederholungen kennen würden, dann könnten wir es herausfinden, glaube ich, und wahrscheinlich sogar vorhersagen, wie groß die Verschiebung ... beim nächstenmal sein wird.«

Der Gedanke an den Tod und eine weitere, wahrscheinlich längere Trennung warf plötzlich einen Mantel des Schweigens zwischen sie. Die Reiher am abgelegenen Strand hinter der Brandung stolzierten auf ihren spindeldürren Beinen vor und zurück, einsam und fern. Die Delphinschule im Westen hatte sich weiterbewegt, die Wasseroberfläche hatte sich geglättet.

»Dafür ist es jedenfalls zu spät, oder?« sagte Jeff. Es war eher eine Feststellung als eine Frage. »Wir werden diese Abweichungen nie genau bestimmen können. Wir haben ihnen nicht genügend Beachtung geschenkt.«

»Wir hatten keine Veranlassung dazu. Es war alles zu neu, und die Verschiebungen waren zu klein. Uns lagen eine Menge anderer Dinge auf dem Herzen als das.«

»Dann ist es sinnlos, zu spekulieren. Wenn es eine geometrische Progression gibt und sie von Stunden zu Tagen und Monaten eskaliert ist, dann würde jede grobe Schätzung, die wir anstellen könnten, um Jahre danebenliegen.«

Pamela sah ihn lange und fest an. »Vielleicht hat jemand anders genauer auf diese Verschiebungen geachtet?«

»Was meinst du mit ›jemand anders‹?«

»Du und ich, wir haben einander fast zufällig entdeckt, weil du auf *Starsea* als etwas Neues reagiert hast und ein Treffen mit mir arrangieren konntest. Aber es könnte andere Wiederholer geben, viele; wir haben nie eine konzertierte Aktion unternommen, sie ausfindig zu machen.«

»Wieso glaubst du, daß sie existieren?«

»Ich weiß nicht, ob sie's tun, aber schließlich hätte ich auch nie damit gerechnet, dich zu treffen. Wenn es zwei von uns gibt, könnten es ebensogut mehr sein.«

»Glaubst du nicht, wir würden von ihnen inzwischen gehört haben?«

»Nicht unbedingt. Meine Filme hatten eine Menge Publicity, und deine Intervention bei der Ermordung Kennedys bei deiner ersten Runde hat einen ziemlichen Wirbel gemacht.

Aber davon mal abgesehen, welche feststellbaren Auswirkungen auf die Gesellschaft haben wir denn gehabt? Selbst die Existenz deines Konzerns, der Future Incorporation, war außerhalb der Finanzwelt wahrscheinlich nicht besonders bekannt. Ich weiß, daß ich während meines Medizinstudiums in Chicago nichts von ihr wußte. Es gab vielleicht alle möglichen Arten kleinerer, lokaler Veränderungen – zurückzuführen auf andere Wiederholer –, die wir einfach nicht bemerkt haben.«

Jeff dachte einen Moment lang darüber nach. »Ich habe mich das natürlich schon oft gefragt. Ich war bloß immer zu sehr mit meinen Erfahrungen beschäftigt, um dem nachzugehen – bis ich *Starsea* sah und dich dann fand.«

»Vielleicht ist es für uns an der Zeit, etwas zu unternehmen. Etwas Einfacheres, Direkteres als das, was ich zu verwirklichen versuchte, als du mich zum erstenmal trafst. Wir hätten uns eine ganze Menge zu sagen.«

»Stimmt«, sagte Jeff und lächelte. »Aber im Moment gerade bist du die einzige Person, mit der ich alles teilen möchte. Wir haben lange darauf gewartet, wieder so zusammenzusein.«

»Lange genug.« Sie lächelte zurück, löste das Frotteehandtuch und ließ es auf das sonnenüberströmte Deck fallen.

Sie plazierten die Kleinanzeige in der *New York Times*, der *Post* und der *Daily News*; der *Los Angeles Times* und dem *Herald Examiner*; in *Le Monde*, *L'Express* und *Paris-Match*; *Ashai Shimbun* und *Yomiyuri Shimbun*; der *London Times*, dem *Evening Standard* und der *Sun*; der *O Estado de Sao Paulo* und dem *Journal do Barzil*. Ihren eigenen speziellen Interessegebieten während mehrerer Wiederholungen Rechnung tragend, ließen sie die Anzeige ebenfalls regelmäßig im *Journal of the American Medical Association*, in *Lancet* und *Le Concours Médical* erscheinen; außerdem im *Wall Street Journal*, der *Financial Times* und *Le Nouvel Economiste*; in *Daily Variety* und den *Cahiers du Cinéma*; im *Playboy*, in *Penthouse*, *Mayfair* und *Lui*.

Insgesamt mehr als zweihundert Zeitungen und Magazine weltweit verbreiteten die äußerlich harmlose Anzeige, die vollkommen bedeutungslos bliebe, abgesehen von jenen unbekannten und möglicherweise nicht existierenden Personen, für die sie gedacht war.

> Erinnern Sie sich an Watergate? Lady Di? Das Shuttle-Unglück? Den Ayatollah? *Rocky? Flashdance?*
> Falls ja, sind Sie nicht allein. Schreiben Sie an PO Box 1988, New York, N Y.

»Hier ist noch einer mit einer Dollarnote drin«, sagte Jeff, den Briefumschlag beiseite schiebend. »Warum in aller Welt glauben so viele, wir hätten etwas zu verkaufen?«

Pamela zuckte die Achseln. »Die meisten Leute haben etwas.«

»Noch schlimmer sind die, die glauben, wir würden eine Art Preisausschreiben veranstalten. Das könnte Probleme geben, weißt du.«

»Wieso?«

»Mit den Postbehörden, es sei denn, wir nehmen uns in acht. Wir werden einen Formbrief entwerfen müssen, in dem erklärt wird, daß es sich bei der Anzeige um keinerlei Köder handelt, und ihn all diesen Leuten schicken müssen. Zumal denen, die uns Geld geschickt haben. Wir müssen darauf achten, daß alles zurückgeschickt wird. Beschwerden können wir nicht gebrauchen.«

»Aber wir haben niemandem etwas angeboten«, protestierte Pamela.

»Selbst so«, sagte Jeff. »Wie würdest du einem Postinspektor des Jahres 1967 erklären wollen, was ›Watergate‹ bedeutet?«

»Ich schätze, du hast recht.« Sie öffnete einen weiteren Umschlag, überflog den Brief und lachte. »Hör dir den mal an«, sagte sie. »›Bitte senden Sie mir weitere Informationen über Ihr Gedächtnistraining. Ich erinnere mich an keines der Dinge, die Sie in Ihrer Anzeige erwähnt haben.‹«

Jeff lachte mit ihr zusammen, froh darüber, daß sie bei alldem nicht den Humor verlor. Er wußte, wieviel ihr die Suche bedeutete: Die zeitliche Verschiebung der Startdaten ihrer Replays war offensichtlich viel größer als bei ihm, und wenn sie einer Kurve folgte, die sie von vier oder fünf Tagen Verspätung in einem Sprung gleich auf achtzehn Monate gebracht hatte, dann könnte die Dauer ihres nächsten wiederholten Lebens erheblich beschnitten sein. Sie hatten nie darüber gesprochen, doch sie waren sich beide der Möglichkeit bewußt, daß sie vielleicht überhaupt nicht mehr zurückkommen könnte.

In den vergangenen vier Monaten hatten sie Hunderte von Antworten auf die Anzeigen erhalten, von denen die meisten annahmen, es handele sich um ein Preisausschreiben oder eine Werbemasche für alles mögliche, angefangen von Zeitschriftenabos bis hin zu den Rosenkreuzern. Einige waren quälend mehrdeutig, doch hatten sie sich bei anschließenden Nachforschungen als wertlos erwiesen. Die vielversprechendste, wenn auch aufreizendste von allen, war eine in Sydney, Australien, abgestempelte Nachricht ohne Unterschrift oder Rückadresse gewesen: »Diesmal nicht«, lautete sie. »Warte.«

Jeff hatte an der ganzen Unternehmung zu verzweifeln begonnen. Es war sinnvoll gewesen, es zu versuchen, und er glaubte, daß sie es auf die bestmögliche Weise getan hatten, doch es hatte nicht die erhofften Resultate erbracht. Vielleicht gab es wirklich keine anderen Wiederholer dort draußen, oder falls sie existierten, hatten sie sich dazu entschlossen, nicht zu reagieren. Jedenfalls glaubte Jeff jetzt fester als jemals zuvor, daß er und Pamela die einzigen waren und es bleiben würden.

Er öffnete einen weiteren Briefumschlag aus dem täglichen Stapel, dazu bereit, ihn zu den anderen wertlosen, wirren Antworten zu werfen; doch die erste Zeile hielt ihn davon ab, und er las den Rest des Briefes mit überwältigtem Erstaunen.

Lieber Unbekannter,
Sie vergaßen Chappaquidick zu erwähnen. Das wird bald wieder passieren. Und was ist mit der Tylenol-Phobie oder dem Abschuß der koreanischen 747 durch die Sowjetunion? Das weiß doch jeder.

Falls Sie sich unterhalten möchten, kommen Sie jederzeit hier heraus. Wir können in Erinnerungen an die gute alte Zeit schwelgen, die vor uns liegt.

Stuart McCowan
382 Strathmore Drive
Crossfield, Washington

Jeff starrte die Unterschrift an, verglich die Adresse mit dem Poststempel. Sie paßten zusammen. »Pamela ...« sagte er ruhig.

»Hmmm?« Sie blickte von dem Umschlag hoch, den aufzureißen sie im Begriff stand. »Wieder was Lustiges?«

Jeff blickte das hübsche, lächelnde Gesicht an, das er in so seltsamer Reihenfolge gekannt und geliebt hatte; zuerst im Stadium der Reife, dann in der Jugend. Er hatte eine vage Vorahnung, die Nähe, die sie miteinander geteilt hatten, könnte schon bald beeinträchtigt, ihre zweisame Einzigartigkeit von einem Fremden zerstört werden. Sie hatten gefunden, wonach sie gesucht hatten, doch jetzt war er sich überhaupt nicht mehr sicher, ob sie die Suche je hätten beginnen sollen.

»Lies das«, sagte er und reichte ihr den Brief.

Aus dem bleigrauen Himmel begann es leicht zu schneien, als sie nach Crossfield hineinfuhren, rund fünfunddreißig Meilen südlich von Madison. Auf dem Beifahrersitz des großen Plymouth Fury zerriß Pamela ein Kleenex in dünne Streifen, knüllte sie einen nach dem anderen zusammen und deponierte sie im Aschenbecher des Armaturenbretts. Jeff hatte die nervöse Angewohnheit bei ihr seit der Nacht im Restaurant in Malibu nicht mehr gesehen, als sie sich kennengelernt hatten, vor neunzehn Jahren und fünf Jahre in der Zukunft.

»Glaubst du immer noch, daß es nur dieser eine Mann ist?« fragte sie und blickte auf die kahlen Winterskelette der Birken hinaus, welche die Straßen der kleinen Stadt säumten.

»Wahrscheinlich«, sagte Jeff, durch den Schnee auf die

schwarz-grauen Straßenschilder hinausspähend. »Ich glaube nicht, daß der Hinweis auf ›jeden‹, der sich an die Tylenol-Toten und das koreanische Flugzeug erinnere, irgendwas bedeutet. Ich bin sicher, er bezog sich auf die Leute im allgemeinen, nachdem die Unfälle passierten, nicht auf eine Gruppe von Wiederholern, die er um sich geschart hat.«

Pamela hörte auf, das Kleenex zu zerrupfen, griff nach einem neuen. »Ich weiß nicht, ob ich hoffe, daß es so oder andersherum ist«, sagte sie verwirrt. »Einerseits wäre es eine unglaubliche Erleichterung, ein ganzes Netzwerk von Menschen vorzufinden, die verstehen, was wir durchgemacht haben. Aber ich bin mir nicht sicher, ob ich darauf vorbereitet bin, mit … mit soviel angehäuftem Schmerz einer so vertrauten Sorte umzugehen. Oder mir all die Dinge anzuhören, die sie vielleicht über das Replay in Erfahrung gebracht haben.«

»Ich dachte, darum ginge es im Grunde.«

»Es ist einfach ein bißchen erschreckend, jetzt wo wir so nahe dran sind, das ist alles. Ich wünschte, dieser Stuart McCowan wäre bei der Vermittlung registriert gewesen; mir wäre erheblich wohler, wenn wir ihn hätten anrufen, uns ein besseres Bild von ihm machen können als nur durch seine Nachricht. Ich hasse es, irgendwo so unvorbereitet aufzutauchen.«

»Ich bin sicher, er erwartet uns. Es war klar, daß wir seine Einladung nicht ablehnen würden, nicht nach den Anstrengungen, die wir unternommen haben, um ihn zu finden.«

»Da ist der Strathmore Drive«, sagte Pamela, zu einer Straße hinüberzeigend, die sich links einen Hügel hinaufwand. Jeff war an der Abzweigung bereits vorbeigefahren; er wendete, bog auf die breite, verlassene Straße ab.

Nummer 382 war ein einzelnes dreistöckiges viktorianisches Gebäude auf der anderen Seite des Hügels. Eigentlich eher ein Landgut, mit weitläufigen, gepflegten Gartenanlagen hinter den Bruchsteinmauern. Pamela begann an einem weiteren Kleenex zu reißen, als sie durch das imposante Tor fuhren, aber Jeff hielt ihre unstete Hand fest und schenkte ihr ein warmes Lächeln der Ermutigung.

Sie parkten unter dem breiten Säulengang, dankbar für den Schutz vor dem stetig heftiger werdenden Schneefall. Auf der Vordertür des Hauses war ein verzierter Messingklopfer befestigt, doch Jeff entdeckte einen Klingelknopf und betätigte statt dessen ihn.

Eine matronenhafte Frau in einem strengen braunen Kleid mit einem weißen Kragen öffnete die Tür. »Kann ich Ihnen helfen?« fragte sie.

»Ist Mr. McCowan da, bitte?«

Die Frau runzelte über ihrem Kneifer mit Doppelschliff die Stirn. »Mr. ...«

»McCowan. Stuart McCowan. Wohnt er nicht hier?«

»Ach, du meine Güte, *Stuart*. Natürlich. Haben Sie einen Termin?«

»Nein, aber ich glaube, er erwartet uns; wenn Sie ihm einfach sagen würden, daß seine Freunde aus New York da sind, ich bin sicher ...«

»Freunde?« Ihr Stirnrunzeln vertiefte sich. »Sie sind Freunde von Stuart?«

»Ja, aus New York.«

Die Frau schien verwirrt. »Ich fürchte ... warum kommen Sie nicht herein aus der Kälte und nehmen einen Moment Platz? Ich bin gleich wieder da.«

Jeff und Pamela setzten sich nebeneinander auf ein stark gepolstertes kleines Sofa in der muffigen Eingangshalle, während die Frau über den Korridor entschwand.

»Es ist *mehr* als einer hier«, flüsterte Pamela. »Offenbar gehört ihm dieses Haus nicht einmal. Das Hausmädchen kannte ihn nur mit seinem Vornamen. Es ist eine Art Gemeinschaft, irgendeine ...«

Ein hochgewachsener, grauhaariger Mann in einem Tweedanzug tauchte aus dem Korridor auf, hinter sich die plumpe Frau mit dem Kneifer. »Sie sagen, Sie sind Freunde von Stuart McCowan?« fragte er.

»Wir sind ... äh ... Wir haben mit ihm korrespondiert«, sagte Jeff und stand auf.

»Und wer hat diese Korrespondenz begonnen?«

»Sehen Sie, wir sind hier auf Mr. McCowans ausdrückliche Einladung. Wir sind den ganzen Weg von New York hergekommen, um ihn zu sprechen, wenn Sie ihm also einfach Bescheid sagen würden ...«

»Welcher Art war Ihre Korrespondenz mit Stuart?«

»Ich sehe nicht, was Sie das angehen würde. Warum fragen Sie nicht ihn?«

»Alles, was Stuart betrifft, geht mich etwas an. Er befindet sich in meiner Obhut.«

Jeff und Pamela wechselten einen raschen Blick. »Was meinen Sie damit, in Ihrer Obhut? Sind Sie ein Arzt? Ist er krank?«

»Recht schwer. Warum interessieren Sie sich für seinen Fall? Sind Sie Journalisten? Ich werde keine Beeinträchtigung der Privatsphäre meines Patienten dulden, und wenn Sie von einer Zeitung oder einem Magazin sind, dann schlage ich vor, daß Sie augenblicklich verschwinden.«

»Nein, keiner von uns beiden ist Reporter.« Jeff reichte dem Mann eine seiner Geschäftskarten, die ihn als Anlageberater auswies, und stellte Pamela als seine Teilhaberin vor.

Die argwöhnische Spannung im Gesicht des Mannes ließ nach, und er lächelte entschuldigend. »Es tut mir ja so leid, Mr. Winston; wenn ich gewußt hätte, daß es etwas Geschäftliches ist ... Ich bin Dr. Joel Pfeiffer. Bitte haben Sie Verständnis dafür, daß ich nur Stuarts Interessen zu schützen versuchte. Dies ist eine sehr exklusive, sehr diskrete Einrichtung, und jegliche ...«

»Dann ist dies nicht Stuart McCowans Haus? Dies ist eine Art von Krankenhaus?«

»Ein Behandlungszentrum, ja.«

»Ist es sein Herz? Sind Sie Kardiologe?«

Der Arzt runzelte die Stirn. »Sie sind nicht mit seinem Hintergrund vertraut?«

»Nein, sind wir nicht. Unsere Verbindung zu ihm ist rein ... ah ... geschäftlicher Natur. Investmentangelegenheiten.«

Pfeiffer nickte verständnisvoll. »Ungeachtet seiner übrigen Probleme, hat sich Stuart ein enormes Gespür für den Markt bewahrt. Ich ermutige seine fortdauernde Beteiligung an finanziellen Transaktionen. Natürlich gehen alle seine Gewinne jetzt in eine Stiftung, aber eines Tages vielleicht, wenn er weiterhin Fortschritte macht ...«

»Dr. Pfeiffer, wollen Sie damit sagen ... Ist dies eine psychiatrische Klinik?«

»Keine Klinik. Eine private Einrichtung, das ja.«

Herrgott noch mal, dachte Jeff. So ist das also; McCowan hat den falschen Leuten irgendwann einmal zuviel erzählt, und sie haben ihn eingeliefert. Jeff blickte Pamela an, sah, daß sie ebenfalls sofort begriffen hatte. Sie hatten beide das Risiko erkannt, daß ein allzu offenes Eingeständnis ihrer Erfahrungen einen Außenseiter zu der Annahme verleiten konnte, sie wären verrückt; jetzt hatten sie den lebendigen Beweis dafür vor sich.

Der Arzt verstand ihren Gedankenaustausch falsch. »Ich hoffe, Sie machen Stuart keinen Vorwurf aus seinen Problemen«, sagte er besorgt. »Ich versichere Ihnen, sein Urteil in finanziellen Dingen war bisher immer tadellos.«

»Das ist kein Thema«, sagte Jeff zu ihm. »Wir haben Verständnis dafür, daß es für ihn … ah … schwierig gewesen sein muß, aber wir sind uns der ordentlichen Führung, die er seinem Portefeuille hat angedeihen lassen, wohl bewußt.« Die Lüge schien Pfeiffers Ängste zu zerstreuen. Jeff vermutete, daß die McCowan-Stiftung für einen Großteil der Unterhaltungskosten dieser Einrichtung verantwortlich war, vielleicht sogar für seine ursprüngliche Gründung.

»Könnten wir ihn jetzt sprechen?« fragte Pamela. »Wenn wir die Umstände vorher gekannt hätten, würden wir natürlich über Sie einen Termin ausgemacht haben, aber in Anbetracht des weiten Wegs, den wir bereits zurückgelegt haben …«

»Natürlich«, versicherte ihr Dr. Pfeiffer. »Wir haben hier keine festgelegten Besuchszeiten; Sie können ihn gleich sehen. Marie«, sagte er, sich der grauhaarigen Frau hinter sich zuwendend, »könnten Sie Stuart bitte ins Wohnzimmer herunterbringen lassen?«

Eine hübsche junge Frau in einem gelben Spitzenkleid saß an der Fensternische des Raums, in den Dr. Pfeiffer sie führte. Sie beobachtete den fallenden Schnee, drehte sich jedoch bei ihrem Eintreten erwartungsvoll um.

»Hallo«, sagte das Mädchen. »Sind Sie gekommen, um mich zu besuchen?«

»Sie sind gekommen, um Stuart zu besuchen, Melinda«, sagte der Doktor sanft zu ihr.

»Schon in Ordnung«, sagte sie mit einem freundlichen Lächeln. »Am Mittwoch kommt mich jemand besuchen, nicht wahr?«

»Ja, Ihre Schwester wird am Mittwoch kommen.«

»Ich könnte Stuarts Gästen aber etwas Tee und Kuchen bringen, ja?«

»Wenn sie etwas möchten, natürlich.«

Melinda stieg von ihrem weiß hinterlegten Thron herunter. »Möchten Sie etwas Tee und Kuchen?« fragte sie höflich.

»Ja, danke«, sagte Pamela. »Das wäre sehr nett.«

»Dann geh' ich ihn holen. Der Tee ist in der Küche und der Kuchen ist in meinem Zimmer. Meine Mutter hat ihn gebacken. Werden Sie warten?«

»Natürlich, Melinda. Wir werden hier sein.«

Sie ging durch eine Nebentür aus dem Zimmer, und sie hörten ihre eiligen Schritte auf der Treppe. Jeff und Pamela musterten ihre Umgebung: behagliche Ledersessel, in einem Halbkreis um den Backsteinkamin arrangiert, in dem zwei Scheite hell brannten; gedämpfte blaue Tapeten mit einem feinen Lilienmuster; eine Tiffany-Lampe, die in der gegenüberliegenden Zimmerecke über einem Mahagonitisch hing, auf dem jemand das Puzzle eines Chrysippusfalters halb komplettiert hatte. Hinter aufgezogenen dunkelblauen Plüschvorhängen sah man auf eine verschneite Hügelkuppe.

»Das ist recht hübsch«, sagte Jeff. »Es sieht gar nicht aus wie ...«

»Wie das, was es ist?« Der Arzt lächelte. »Nein, wir bemühen uns um eine so normale und so angenehme Umgebung wie nur möglich. Keine Gitterstäbe vor den Fenstern, wie Sie sehen können; keiner der Angestellten trägt eine Uniform. Ich glaube, daß die Atmosphäre den Gesundungsprozeß beschleunigt und die Rückkehr ins Alltagsleben viel leichter macht, wenn ein Patient so weit ist, daß er wieder nach Hause zurückkehren kann.«

»Was ist mit Stuart? Glauben Sie, er wird bald soweit sein, daß er hier weg kann?«

Pfeiffer spitzte die Lippen, sah aus dem Fenster auf den stetig fallenden Schnee. »Er hat seit seiner Einlieferung ausgezeichnete Fortschritte gemacht. Ich setze große Hoffnungen auf Stuart. Es gibt natürlich Komplikationen, eine Reihe rechtlicher Hürden, die ...«

Ein schmächtiger, bläßlicher Mann Anfang Dreißig kam in den Raum, gefolgt von einem muskulösen jungen Mann in Jeans und einem grauen Wollpullover. Der blasse Mann trug blaue Freizeithosen, tadellos polierte italienische Slipper und ein weißes Frackhemd mit offenem Kragen. Sein Haar hatte zurückzuweichen begonnen und dünnte sich oben etwas aus.

»Stuart«, sagte der Doktor freundlich. »Sie haben unerwarteten Besuch. Geschäftspartner, glaube ich, aus New York. Jeff Winston, Pamela Phillips; Stuart McCowan.«

Der vorzeitig kahl werdende Mann lächelte erfreut, streckte die Hand aus. »Endlich«, sagte er und ergriff erst Jeffs Hand, dann Pamelas. »Ich habe lange auf diesen Moment gewartet.«

»Ich weiß, wie Ihnen zumute ist«, erwiderte Jeff ruhig.

»Also«, sagte Dr. Pfeiffer, »ich werde Sie jetzt alleinlassen. Ich fürchte, Mike hier wird bleiben müssen. Das ist eine Bedingung, die uns gerichtlich auferlegt wurde; mir bleibt in dieser Hinsicht keine andere Wahl. Aber er wird Ihnen nicht im Wege sein. Sie können so vertraulich miteinander sprechen, wie Sie wünschen.«

Der stämmige Wärter nickte, setzte sich an den Tisch unter der Tiffany-Lampe und begann an dem Puzzle zu arbeiten, während der Doktor den Raum verließ.

»Nehmen Sie Platz«, sagte Stuart, auf die Sessel vor dem Kamin deutend.

»Mein Gott«, sagte Jeff mit spontanem Mitgefühl, »wie schrecklich muß das für Sie sein.«

Stuart runzelte die Stirn. »Es ist gar nicht so schlimm. Viel, viel besser als manche anderen Orte.«

»Ich meine nicht den Ort an sich, ich meine die Tatsache, daß Ihnen das überhaupt passiert ist. Wir werden alles tun, was wir können, um Sie so bald wie möglich hier herauszuholen. Ich habe einen ausgezeichneten Anwalt in New York; ich werde mich darum kümmern, daß er sich morgen in ein Flugzeug hierher setzt. Er kann das in Ordnung bringen, ich weiß es.«

»Ich weiß Ihre Anteilnahme zu schätzen. Es wird aber eine Weile dauern.«

»Wie sind Sie ...«

»Tee und Kuchen«, gab Melinda heiter bekannt, als sie mit einem Silbertablett durch die Tür trat.

»Danke, Melinda«, sagte Stuart. »Das ist sehr lieb von dir. Ich möchte dir Freunde von mir vorstellen, Jeff und Pamela. Sie sind aus meiner eigenen Zeit, von 1980.«

»Oh«, sagte das Mädchen erfreut, »Stuart hat mir alles über die Zukunft erzählt. Über Patty Hearst und die SLA und was in Kambodscha passiert ist und ...«

»Lassen Sie uns über all das jetzt nicht sprechen«, unterbrach sie Jeff und sah über die Schulter zu dem Wärter hinüber, der offensichtlich in das Puzzle vertieft dasaß. »Danke für die Erfrischungen. Warten Sie, ich nehme das Tablett.«

»Wenn Sie noch etwas möchten, ich bin im Vorderzimmer. War nett, Sie kennengelernt zu haben; können wir uns später über die Zukunft unterhalten?«

»Vielleicht«, sagte Jeff kurz angebunden. Das Mädchen lächelte und verließ den Raum. »Herr im Himmel«, sagte Jeff, als sie gegangen war, »das hätten Sie nicht tun sollen. Sie hätten sich ihr nicht anvertrauen sollen, geschweige denn, ihr von uns zu erzählen. Was würde geschehen, wenn sie irgend jemand etwas davon sagte?«

»Niemand achtet hier wirklich auf das, was wir sagen. Heh, Mike«, rief er, und der Wärter sah herüber. »Weißt du, wer von 1972 an dreimal hintereinander die Baseballmeisterschaft gewinnen wird? Oakland.«

Der Wärter nickte verständnislos, machte sich wieder an sein Puzzle.

»Sehen Sie, was ich meine?« Stuart grinste. »Sie hören nicht einmal zu. Wenn Oakland zu gewinnen anfängt, wird er sich nicht mehr daran erinnern, daß ich es ihm gesagt habe.«

»Trotzdem glaube ich, ist es keine gute Idee. Es könnte unsere Bemühungen, Sie hier herauszubekommen, viel schwieriger machen.«

Der bleiche Mann zuckte die Achseln. »Das ist nicht gesagt.« Er wandte sich an Pamela. »Sie haben *Starsea* gemacht, nicht wahr?«

»Ja«, sagte sie mit einem Lächeln. »Es ist nett, jemanden zu kennen, der sich daran erinnert.«

»Sehr, sehr schön. Ich hätte Ihnen beinahe einen Brief geschrieben, nachdem ich ihn gesehen hatte; ich wußte gleich, daß Sie eine Wiederholerin sein mußten, und der Film hat eine Menge Dinge bestätigt, die ich selbst erfahren habe. Er hat meinem Leben wieder einen Sinn gegeben.«

»Danke. Sie erwähnen die Dinge, die Sie erfahren haben. Ich frage mich – haben Sie ... die Asymmetrie erlebt? Die vorrückenden Anfangsdaten der Wiederholungen?«

»Ja«, sagte Stuart. »Diese letzte verspätete sich fast um ein Jahr.«

»Bei mir waren es anderthalb Jahre; bei Jeff nur drei Monate. Wir dachten uns, wenn wir die unterschiedlichen Startzeiten mit einer exakten Kurve verbinden würden, könnten wir vielleicht voraussagen ... wieviel Zeit wir beim nächsten Zyklus verlieren werden. Aber es müßte sehr präzise sein. Haben Sie darauf geachtet, wie ...«

»Nein, das war mir nicht möglich.«

»Wenn wir alle drei unsere Notizen verglichen, würde es Ihrem Gedächtnis vielleicht auf die Sprünge helfen; wir könnten es zumindest einengen.«

Er schüttelte den Kopf. »Es würde nicht funktionieren. Die ersten drei Male war ich bewußtlos, als ich mit der Wiederholung anfing. Im Koma.«

»Was?«

»Ich hatte 1963 einen Autounfall – Sie fingen 1963 an, zurückzukehren, nicht wahr?« fragte er, von Pamela zu Jeff blickend und wieder zurück.

»Ja«, versicherte ihm Jeff. »Anfang Mai.«

»Richtig. Nun, in jenem April hatte ich einen Unfall, einen Totalschaden. Ich lag acht Wochen im Koma, und jedesmal, wenn ich aufwachte, fing ich an zu wiederholen. Ich dachte, das Koma hätte etwas damit zu tun, bis zu diesem Mal. Deshalb weiß ich nicht, ob meine – wie sagten Sie? Der Unterschied der Startdaten?«

»Die Asymmetrie.«

»Ich weiß nicht, ob die Asymmetrie bei mir eine Sache von Stunden oder Tagen oder Wochen war. Oder ob es überhaupt eine gab.« Die Enttäuschung war Pamela deutlich vom Gesicht abzulesen, selbst für McCowan. »Tut mir leid«, sagte er. »Ich wünschte, ich könnte mehr für Sie tun.«

»Sie können nichts dafür«, sagte sie. »Ich bin sicher, es muß furchtbar für Sie gewesen sein, auf diese Weise in einem Krankenhaus wieder zu sich zu kommen, und jetzt ...«

»Es gehört mit zum Spiel; ich akzeptiere es.«

»›Spiel‹? Ich verstehe nicht.«

Stuart sah sie mit gerunzelter Stirn fragend an. »Sie hatten doch Kontakt mit dem Schiff, oder?«

»Ich weiß nicht, was Sie meinen. Welches Schiff?«

»Das antareanische Schiff. Kommen Sie, Sie haben *Starsea* gemacht. Ich bin ebenfalls ein Wiederholer; Sie müssen vor mir nicht die Unwissende spielen.«

»Wir wissen wirklich nicht, wovon Sie sprechen«, sagte Jeff zu ihm. »Wollen Sie damit sagen, daß Sie Kontakt hatten mit den ... ah ... Leuten oder Wesen, die für all das verantwortlich sind? Daß es Außerirdische sind?«

»Natürlich. Mein Gott, ich dachte ... Dann haben Sie nicht die Beschwichtigungspolitik verfolgt?« Sein bereits blasses Gesicht wurde noch weißer.

Jeff und Pamela sahen einander verwirrt an, dann wieder ihn. Sie hatten beide die Möglichkeit erwogen, daß an den Wiederholungen irgendwie eine fremde Intelligenz beteiligt sein könnte, hatten aber nie den kleinsten Hinweis erhalten, daß dies tatsächlich der Fall war.

»Ich fürchte, Sie werden alles von Anfang erzählen müssen«, sagte Jeff.

McCowan blickte auf den immer noch unbeteiligten jungen Mann, der sich in der entfernten Zimmerecke weiter über sein Puzzle beugte. Er rückte seinen Stuhl näher an Jeff und Pamela heran, sprach mit gedämpfter Stimme.

»Diese Wiederholungen – dafür interessieren sie sich überhaupt nicht«, sagte er und bewegte den Kopf ruckartig in Richtung des Wärters. »Es ist das Beschwichtigen, was sie aufbringt.« Er seufzte, blickte fragend in Jeffs Augen. »Sie wollen wirklich die ganze Geschichte hören? Von Anfang an?«

15

»Ich wuchs in Cincinnati auf«, erzählte Stuart McCowan. »Mein Vater war Bauarbeiter, aber er war Alkoholiker, weshalb er nicht immer Arbeit finden konnte. Dann, als ich fünfzehn war, betrank er sich bei der Arbeit und ließ ein Kabel schießen. Er verlor ein Bein, und danach stammte unser ganzes Einkommen von der Mutter – sie machte Akkordarbeit für eine Firma, die Polizeiuniformen herstellte – und aus dem, was ich an Trinkgeldern als Gepäckjunge bei Kogner's bekam.

Mein Vater war immer hinter mir her, weil ich so mager war und körperlich nicht besonders stark; er selbst war ein großer, kräftiger Mann, hatte Unterarme, die anderthalbmal so dick waren wie die von Mike dort. Nachdem er das Bein verloren hatte, wurde zwischen uns alles noch schlimmer. Er konnte es nicht ertragen, daß ich, so schwächlich ich war, wenigstens heil war. Manchmal mußte ich Sachen für ihn tragen, wenn er nicht gleichzeitig mit einem Stapel Pakete und seinen Krücken zurechtkam. Er haßte das. Nach einer Weile begann er mich wirklich zu verachten, und mit dem Trinken wurde es schlimmer ...

Ich ging mit achtzehn von zu Hause weg; das war '54. Ging in den Westen, raus nach Seattle. Ich war nicht besonders stark, aber meine Augen und meine Hände waren sicher. Ich schaffte es, bei Boeing Arbeit zu finden, lernte Werkzeugmacher, baute Formen für ein paar der leichteren Flugzeugteile, Steuerklappen und so was. Ich lernte dort ein Mädchen kennen, heiratete, hatte ein paar Kinder. Es war gar nicht so schlecht.

Dann hatte ich im Frühjahr '63 meinen Unfall, von dem ich Ihnen erzählt habe. Ich hatte selbst ein wenig getrunken, nicht wie mein Dad üblicherweise, aber ein paar Bier auf dem Heimweg von der Arbeit und ein oder zwei Schluck, als ich zu Hause war, wissen Sie ... und ich war betrunken, als ich gegen diesen Baum fuhr. Kam acht Wochen lang nicht mehr zu mir, und danach war nichts mehr wirklich so wie vorher. Die Gehirnerschütterung hatte meine Hand-Auge-Koordination ruiniert, weshalb ich bei der Arbeit nicht mehr klar kam. Es sah so aus, als würde bei mir alles genauso laufen wie bei meinem Dad. Ich fing stärker an zu trinken und mit meiner Frau und den Kindern rumzubrüllen ... Schließlich packte sie einfach und zog aus, nahm die Kinder mit.

Kurz danach verlor ich das Haus; die Bank versteigerte es. Ich kehrte auf die Straße zurück, begann herumzuziehen, zu trinken. Tat das fast fünfundzwanzig Jahre lang. Einer der ›Nichtseßhaften‹, wie man in den Achtzigern dazu sagt. Aber ich wußte immer, wer ich war – bloß ein Penner, ein Säufer. Ich starb auf einer Straße in Detroit; wußte nicht einmal, wie alt ich damals war. Ich fand es erst später heraus; ich war zweiundfünfzig.

Und dann kam ich zu mir, wieder in demselben Krankenhausbett, erwachte aus meinem Koma. So als hätte ich die ganzen schlechten Jahre bloß geträumt, und die meiste Zeit über glaubte ich das tatsächlich – ich wußte auch nicht mehr viel davon, wie auch immer. Aber ich erinnerte mich an genug, und ziemlich bald erkannte ich, daß etwas wirklich Seltsames vor sich ging.«

McCowan sah Jeff mit einem plötzlichen Funkeln in den Augen an, die beim Nacherzählen seines ersten Lebens matt geworden waren. »Sind Sie Baseballfan?« fragte er. »Haben Sie in jenem Jahr auch gewettet?«

Jeff grinste ihn an. »Klar hab' ich.«

»Wieviel?«

»Eine Menge. Ich wettete erst auf Chateaugay im Kentucky Derby und das erste Belmont-Rennen, machte einen guten Schnitt.«

»Wieviel haben Sie gesetzt?« beharrte Stuart.

»Ich hatte damals einen Partner – keinen anderen Wiederholer, bloß jemanden, den ich von der Schule her kannte – und wir beide setzten zusammen fast hundertfünfundzwanzig.«

»Tausend?«

Jeff nickte, und McCowan stieß einen gedehnten leisen Pfiff aus. »Sie hatten den Volltreffer früh«, sagte Stuart. »Alles, was ich zusammenkratzen konnte, waren ein paar Hunderter, und meine Frau war verdammt nahe daran, das Haus zu verlassen, als sie's rausfand – aber nicht mehr, als ich zwanzigtausend zurückbrachte; da wollte sie nicht mehr weg.

Also wettete ich weiter – nur auf die großen Sachen, die offensichtlichen – Schwergewichtsweltmeisterschaften, Super Bowls, Präsidentenwahlen, auf all die Sachen, deren Ausgang nicht einmal ein lebenslanger Säufer hatte vergessen können. Ich hörte zu trinken auf, gab es meiner Gesundheit zuliebe auf. Hab' seitdem nicht mal mehr ein Bier angerührt, nicht in all den Wiederholungen, die ich durchgemacht habe.

Wir zogen in ein großes Haus in Alderwood Manor, oben in Snohomish County, nördlich von Seattle. Kauften ein hübsches Boot, mit Liegeplatz in der Shilshole Bay Marina; kreuzten im Sommer ab und zu den Pudget Sound rauf und runter, manchmal bis nach Victoria, BC. Ein Leben wie Riley, Sie wissen schon, wie das ist. Und dann – dann begann ich von ihnen zu hören.«

»Von …?« Jeff ließ die Frage im Raume stehen.

McCowan beugte sich in seinem Sessel vor, senkte die Stimme. »Von den Antareanern, von denen, die das tun.«

»Wie … nahmen sie Kontakt mit Ihnen auf?« fragte Pamela zögernd.

»Zuerst durch den Fernseher. Für gewöhnlich während der Nachrichten. Auf diese Weise kam ich drauf, daß alles eine Vorstellung war.«

Jeff wurde zunehmend nervös. »Was war eine Vorstellung?«

»Alles, das ganze Zeug in den Nachrichten. Und den Antareanern gefiel es so gut, daß sie es immer und immer wieder laufen ließen.«

»Was gefiel den Antareanern?« fragte Pamela stirnrunzelnd.

»Das blutrünstige Zeug, das Schießen und Töten, all das. Vietnam; Richard Speck, der diese Krankenschwestern in Chicago umbrachte; die Manson-Geschichte; Jonestown … und die Terroristen – Herrgott noch mal, sie fuhren wirklich auf die Terroristen ab: Lod Airport, die ganzen IRA-Bombenanschläge, die LKW-Bombe im Hauptquartier der Marines in Beirut, und so weiter. Sie können nicht genug davon bekommen.«

Jeff und Pamela tauschten einen raschen Blick aus, ein kurzes Nicken. »Warum?« fragte Jeff McCowan. »Warum mögen die Außerirdischen so sehr die Gewalt auf der Erde?«

»Weil sie selber schwach geworden sind. Sie sind die ersten, die es zugeben. Bei all ihrer Macht, der Kontrolle über Weltraum und Zeit, sind sie *schwach!*« Er schmetterte eine dünne Faust hart auf den Tisch, daß die Teller und Tassen schepperten. Mike, der stämmige Wärter, sah einen Moment lang mit erhobenen Brauen herüber, aber Jeff winkte ihm zu, daß alles in Ordnung sei, und der Mann wandte sich wieder seinem Puzzle zu.

»Keiner von ihnen stirbt mehr«, fuhr Stuart gleichmütig fort, »und sie haben die Tötungsgene verloren, deshalb gibt es dort, wo sie herkommen, keinen Krieg oder Mord mehr. Aber der animalische Teil ihres Gehirns braucht das alles noch, wenigstens aus zweiter Hand. Hier kommen wir ins Spiel.

Wir sind ihre Unterhaltung, wie das Fernsehen oder das Kino. Und dieser Abschnitt des zwanzigsten Jahrhunderts ist der beste Teil, die willkürlichste, blutigste aller Zeiten, deshalb spielen sie sie wieder und wieder ab. Aber die einzigen Menschen, die das alles wissen, sind die Darsteller, die auf der Bühne stehen: die Wiederholer. Manson ist einer von uns, ich weiß es; ich erkenne es in seinen Augen, und die Antareaner haben es mir gesagt. Lee Harvey Oswald auch, und Nelson Bennett, als er Kennedy als erster erwischte. Oh, es gibt inzwischen viele von uns.«

Jeff behielt einen so ruhigen, so freundlichen Tonfall wie möglich bei, als er wieder sprach. »Aber was ist mit Ihnen und mir und Pamela?« fragte er im Versuch, in dem Mann einen Rest von Rationalität wachzurufen. »Wir haben all diese schrecklichen Dinge nicht getan; warum wiederholen wir dann?«

»Ich habe meinen Teil Beschwichtigung geleistet«, erklärte McCowan stolz. »Niemand kann mir dabei Laschheit vorwerfen.«

Jeff war plötzlich übel, und er wollte die nächste Frage nicht stellen, die gestellt werden mußte. »... Sie haben das Wort ›Beschwichtigung‹ benutzt. Was meinen Sie damit?«

»Na, es ist unsere Pflicht. Wir Wiederholer, wir müssen verhindern, daß die Antareaner sich langweilen. Oder sie stellen alles ab, und dann ist es aus mit der Welt. Wir müssen sie besänftigen, sie unterhalten, damit sie weiter zusehen.«

»Und – wie haben Sie das Ihrerseits getan? Sie besänftigt?«

»Ich fange immer mit dem kleinen Mädchen in Tacoma an. Ich erledige es mit einem Messer. Das ist leicht, und ich werde nie geschnappt. Dann ziehe ich weiter, mache ein paar Nutten in Portland, vielleicht Vancouver fertig … niemals zuviele nah an meiner Wohnung, aber ich reise eine Menge herum. Manchmal in Übersee, aber meistens erledige ich sie hier in den Staaten: Tramper in Texas, Straßenkinder in LA und San Francisco … Glauben Sie nicht, ich versuch's nochmal in Wisconsin; diesmal wurde ich hier ziemlich früh geschnappt. Aber in vier oder fünf Jahren bin ich wieder draußen. Sie sagen immer, ich wär' verrückt, und ich lande in einer dieser Anstalten, aber ich bin wirklich gut darin geworden, die Ärzte und Entlassungskommissionen zum Narren zu halten. Am Ende komme ich immer heraus, und dann kann ich mit dem Besänftigen weitermachen.«

Pamela lehnte sich schluchzend gegen den Türrahmen des Wagens, während sie durch den wirbelnden Schnee fuhren.

»Es ist meine Schuld!« rief sie, während die Tränen unbeachtet über ihre Wangen rannen. »Er meinte, es wäre *Starsea* gewesen, was … seinem ›Leben ein Ziel‹ gegeben hätte. Mit allem, was ich durch den Film erreichen wollte, habe ich am Ende nichts weiter getan, als einen Massenmörder zu ermutigen!«

Jeff behielt seine Hände fest am Lenkrad des gemieteten Plymouth, während er die vereiste Straße entlangfuhr. »Es war nicht bloß der Film. Er hatte viel früher mit dem Morden angefangen, bei der allerersten Wiederholung. Zunächst einmal war er verrückt; ich weiß nicht, ob es dieser Unfall war, den er hatte, oder der Schock des Wiederholens oder eine Kombination von beidem. Vielleicht eine Menge anderer Faktoren; das läßt sich unmöglich sagen. Aber gib dir um Himmels willen nicht die Schuld an dem, was er getan hat.«

»Er hat ein kleines Mädchen getötet! Er tötet es *weiter*, ersticht es, jedesmal!«

»Ich weiß. Aber es ist nicht deine Schuld, verstehst du?«

»Es ist mir egal, wessen Schuld es ist. Wir müssen ihn aufhalten.«

»Wie?« fragte Jeff und blinzelte, um die Straße durch die Schneemassen hindurch auszumachen.

»Dafür sorgen, daß er diesmal nicht wieder rauskommt. Ihn nächstes Mal aufsuchen, bevor er mit dem Morden anfängt.«

»Wenn man ihn für ›geheilt‹ erklärt, wird man ihn freilassen, ganz gleich, was wir sagen. Warum sollten die Ärzte oder die Gerichte auf uns hören? Sollen wir ihnen erzählen, wir wären Wiederholer, genau wie McCowan, aber wir wären gesund und er nicht? Du weißt, wohin uns das bringen würde.«

»Dann beim nächstenmal …«

»Wir gehen zur Polizei in Seattle oder Tacoma und sagen ihnen, dieser ehrbare Bürger mit seinem teuren Vorstadthaus und seiner Yacht wird demnächst umherstreifen und wahllos Menschen ermorden. Es würde nicht funktionieren, Pamela; du weißt, daß es das nicht tun würde.«

»Aber wir müssen *irgend etwas* tun!« flehte sie.

»Was sollen wir tun? Ihn töten? Ich könnte das nicht; und du auch nicht.«

Sie weinte leise, die Augen vor dem blendenden Weiß des Schneesturms geschlossen. »Wir können uns nicht einfach zurücklehnen und es geschehen lassen«, flüsterte sie schließlich.

Jeff bog vorsichtig nach links auf den Highway ab, der zurück nach Madison führte. »Ich fürchte, das müssen wir«, sagte er. »Wir müssen uns einfach damit abfinden.«

»Wie kannst du dich mit so etwas abfinden!« erwiderte sie heftig. »Daß unschuldige Menschen sterben, von diesem Wahnsinnigen ermordet werden, wo wir im voraus wissen, daß er es tun wird!«

»Wir haben uns schon immer damit abgefunden, von Anfang an: Manson, Berkowitz, Gacey, Buono und Bianchi … diese Art von zielloser Barbarei ist ein Teil dieses Zeitalters. Wir haben uns daran gewöhnt. Ich erinnere mich nicht einmal mehr an die Hälfte der Namen der Massenmörder, die in den nächsten zwanzig Jahren auftauchen werden, oder etwa du?«

Pamela schwieg, die Augen rot vom Weinen, die Zähne fest zusammengepreßt.

»Wir haben bei all diesen anderen Morden nicht zu intervenieren versucht, oder?« fragte Jeff. »Wir sind nicht einmal auf diesen Gedanken gekommen, abgesehen von diesem ersten Mal, als ich Kennedys Ermordung aufzuhalten versuchte, und das war eine ganz andere Kategorie. Wir – nicht nur du und ich, sondern jeder in dieser Gesellschaft – wir leben mit der Brutalität, mit dem willkürlichen Tod. Wir ignorieren das nahezu, außer wenn es uns unmittelbar zu bedrohen scheint. Schlimmer noch, manche Leute finden es sogar unterhaltsam, ein Kitzel aus zweiter Hand. Das sind die achtzig Prozent, um die es sich im Nachrichtengeschäft vor allem dreht: Amerika mit seinem täglichen Schuß Tragödie zu versorgen, aus anderer Menschen Blut und Qual.

Wir sind die Antareaner aus Stuart McCowans Wahnsinnsphantasien. Er und all die anderen unmenschlichen Schlächter dort draußen sind tatsächlich Darsteller auf einer Bühne, aber das blutgeile Publikum befindet sich unmittelbar hier, nicht irgendwo im Weltraum. Und es gibt nichts, was du oder ich jemals tun könnten, um etwas daran zu ändern oder um auch nur den kleinsten Spritzer dieser Blutwoge aufzuhalten. Wir tun bloß, was wir immer getan haben und immer tun werden: es akzeptieren, aus unserem Bewußtsein verdrängen, so gut wir können, und unser Leben weiterleben. Find dich damit ab, wie wir es auch mit all dem anderen hoffnungslosen, unausweichlichen Leiden tun.«

Die Anzeige erbrachte weiter Antworten, wenn auch keine davon Früchte trug. Im Jahre 1970 schränkten sie die Anzahl der Publikationen ein, in denen sie erschien; in der Mitte des Jahrzehnts wurde sie nur noch einmal im Monat abgedruckt, in weniger als einem Dutzend der Zeitungen und Magazine mit der weitesten Verbreitung.

Ihr Apartment in der Bank Street, im Westen des Village, wurde allmählich von Reihen von Aktenschränken beherrscht. Jeff und Pamela bewahrten selbst die allervagesten

Antworten auf die Anzeige auf, zusammen mit Ausschnitten aus voluminösen Stapeln der Periodika, die sie täglich auf der Suche nach potentiellen Anachronismen studierten, die ihnen einen Hinweis auf das Wirken eines anderen Wiederholers irgendwo auf der Welt geben könnten. Häufig war es schwer zu entscheiden, ob irgendein unbedeutenderes Ereignis oder Produkt oder Kunstwerk in den früheren Wiederholungen existiert hatte oder ob nicht; sie hatten nie zuvor so intensiv auf solche Kleinigkeiten geachtet. Viele Male kontaktierten sie Erfinder oder Unternehmer, deren neutral publizierte Produkte ihnen nicht vertraut waren; die offenkundigen Hinweise erwiesen sich ausnahmslos als falsch.

Im März 1979 entdeckten Jeff und Pamela diesen Artikel in der *Chicago Tribune:*

MÖRDER VON WISCONSIN FREIGELASSEN: VON ÄRZTEN FÜR ›GESUND‹ ERKLÄRT

Crossfield, Wisc. (AP) Der anerkannte Massenmörder Stuart McCowan, nach der Ermordung vierer junger Collegestudentinnen im Jahre 1966 in einem Verbindungshaus in Madison wegen Unzurechnungsfähigkeit für schuldunfähig erklärt, wurde heute aus der privaten psychiatrischen Anstalt entlassen, in der er die vergangenen zwölf Jahre über festgehalten wurde. Dr. Joel Pfeiffer, Direktor des Crossfield-Heims, sagte, ›McCowan ist von seinen Wahnvorstellungen vollkommen genesen und bedeutet heute keine Gefahr mehr für die Allgemeinheit.‹

McCowan wurde der Ermordung der vier Studentinnen und deren Verstümmelung angeklagt, nachdem ein Zeuge seinen Wagen als den identifiziert hatte, der den Parkplatz des Kappa Gamma-Verbindungshauses in den frühen Morgenstunden des 6. Februar 1966 verlassen hatte, des Tages, an dem die Leichen entdeckt wurden. Die Bundespolizei von Wisconsin nahm McCowan im Verlauf des gleichen Tages außerhalb der Stadt Chippewa Falls fest. Sie entdeckte im Kofferraum seines Wagens einen blutverschmierten Eispickel, eine Bügelsäge und eine Reihe von Folterinstrumenten.

McCowan gab offen zu, die jungen Frauen ermordet zu haben, und behauptete, von außerirdischen Wesen dazu angespornt worden zu sein. Des weiteren behauptete er daran zu glauben, mehrmals wiedergeboren worden zu sein und in seinen ›früheren Leben‹ weitere Morde begangen zu haben.

Er wurde ähnlicher Mehrfachmorde in Minnesota und Idaho in den Jahren 1964 und 1965 verdächtigt, doch wurde seine Verbindung mit diesen Verbrechen niemals nachgewiesen. Am 11. Mai 1966 wurde McCowan für nicht verhandlungsfähig erklärt und in das Bundeskrankenhaus von Wisconsin für kriminelle Geistesgestörte überwiesen. Er wurde im März 1967 auf eigene Kosten in das Crossfield-Heim verlegt.

Pamela zog den Gummiriemen um Jeffs Arm fester, zeigte ihm, welche Vene er treffen mußte und wie er die Injektionsnadel mit der Schräge nach oben und dem schlanken Schaft parallel zur Vene seitlich einstechen mußte.

»Wie steht es aber mit der psychischen Abhängigkeit?« fragte er. »Ich weiß, daß unsere Körper davon frei sein werden, wenn wir zurückkommen, aber werden wir nicht auch weiterhin ein Verlangen nach dem Gefühl haben?«

Sie schüttelte den Kopf, während sie beobachtete, wie er die Übungsinjektion machte und die harmlose Salzlösung gleichmäßig in die hervortretende blaue Vene in seiner Armbeuge floß. »Nicht, wenn wir es nur ein paarmal benutzen«, sagte sie. »Warte bis zum Morgen des Achtzehnten: Nimm nur soviel, um dich ruhig zu halten. Dann verdopple die Dosis bis zu der Menge, die ich dir gezeigt habe, und injizier das ein paar Minuten vor ein Uhr. Du müßtest bewußtlos sein bis zu dem Zeitpunkt wo ... es zum Herzstillstand kommt.«

Jeff entleerte die Spritze in seinen Arm, wartete einen Herzschlag lang, bevor er die Nadel herauszog. Er warf die Spritze in den Papierkorb, rieb den Einstich mit einem alkoholgetränkten Wattebausch ab. Zwei gleiche Lederbehälter lagen auf dem Kaffeetisch; jeder enthielt einen Vorrat neuer steriler Nadeln und Spritzen, ein aufgewickeltes Stück Gummiband, ein kleines Fläschchen Alkohol, eine Schachtel Wattebäusche und vier gläserne Phiolen, gefüllt mit Heroin von pharmazeutischer Qualität. Es war nicht schwer gewesen, die Droge und die Ausrüstung dafür zu bekommen; Jeffs Börsenmakler hatte einen zuverlässigen Kokaindealer empfohlen, und der Dealer war ebenso gut für den wachsenden Heroinhandel mit der oberen Mittelschicht gerüstet gewesen.

Jeff starrte auf die teuer ausgestatteten Todeswerkzeuge, sah hoch in Pamelas Gesicht. Auf ihrer Stirn war eine zarte Andeutung feiner Linien. Das letzte Mal, als er sie in diesem Alter gekannt hatte, hatte sie die winzigen Falten in ihren Mundwinkeln und um die Augen gehabt; ihre Stirn war so glatt gewesen wie damals, als sie noch ein Mädchen gewesen war. Der Unterschied zwischen einem Leben voller Glück und dem voll ununterbrochener Angst war in ihre Haut eingegraben.

»Wir haben nicht gerade viel daraus gemacht, nicht wahr?« sagte er bedrückt.

Sie versuchte zu lächeln, stockte, gab es auf. »Nein. Ich schätze, nein.«

»Nächstesmal ...« begann er, und seine Stimme verlor sich. Pamela streckte ihren Arm nach ihm aus, und sie drückten sich gegenseitig die Hände.

»Beim nächstenmal«, sagte sie, »werden wir mehr auf unsere eigenen Bedürfnisse achten, Tag für Tag.«

Er nickte. »Wir haben diesmal irgendwie die Kontrolle verloren, sie uns einfach entgleiten lassen.«

»Ich hab' mich von der Suche nach anderen Wiederholern vereinnahmen lassen. Es war lieb von dir, mich so gewähren zu lassen, aber ...«

»Ich wollte ebensosehr Erfolg haben wie du«, unterbrach er sie, ihre Hand an seine Lippen führend. »Es war etwas, das wir tun mußten; es hat niemand Schuld daran, daß es so gekommen ist.«

»Ich schätze, nein ... aber im Rückblick erscheinen diese Jahre so flau, so passiv. Wir sind selten auch nur aus New York herausgekommen, aus Angst, den Kontakt, auf den wir warteten, zu versäumen.«

Jeff zog sie an sich, legte seine Arme um sie. »Nächstesmal übernehmen wir wieder die Initiative«, versprach er. »Wir werden diejenigen sein, die die Dinge passieren lassen – für uns.«

Sie wiegten sich sanft auf dem Sofa, ohne daß einer von ihnen aussprach, was ihnen besonders schwer auf der Seele lag: daß sie nicht wissen konnten, wie lange es dauern würde, bis sich Pamela nach seinem neuerlichen Tod wieder zu ihm gesellte … oder auch nur, ob die nächste Wiederholung es ihnen ermöglichen würde, überhaupt wieder zusammen zu sein.

Der Heroinschlaf wurde mit schockierender Abruptheit unterbrochen. Jeff fand sich auf allen Seiten von kaskadenartig herabstürzenden Strömen weißglühender Flammen umgeben, ein zylindrischer Niagarafall aus milchigem Feuer, in dessen Zentrum er sich unerklärlicherweise befand. Gleichzeitig wurden seine Ohren von den plärrenden Trompeten und den übersteigerten Harmonien einer Mariachi-Band beleidigt, die mit peinigender Lautstärke »Feliz Navidad« spielte.

Jeff erinnerte sich diesmal nicht daran, gestorben zu sein, entsann sich nicht der Agonie, die er jedesmal empfunden hatte, wenn sein Herz zu schlagen aufhörte. Die Droge hatte ihren anästhesierenden Zweck erfüllt, verschaffte ihm jedoch keinen leichten Übergang aus dem dumpfen Schlummer in diese verwirrende und unbekannte Umgebung hinüber. Der neue, junge Körper, den er nun wieder bewohnte, hatte keine Spur des Narkotikums in seinem Kreislauf, und er war gezwungen, ohne einen Moment des Atemschöpfens hellwach zu werden.

Der ihn umgebende Feuerregen und die Musik bestürmten seine überforderten Sinne, hielten ihn in einem erschreckenden Zwischenstadium der Orientierungslosigkeit gefangen. Es gab kein Licht an diesem Ort, abgesehen von diesem brennenden Katarakt um ihn herum, doch vor dem Hintergrund seiner leuchtenden Phosphoreszenz nahm er jetzt die Silhouetten anderer Menschen wahr, die saßen, standen, tanzten. Er selbst saß an einem kleinen Tisch, in seiner zitternden Hand hielt er einen eiskalten Drink. Er nippte daran, schmeckte den salzigen Biß eines Margarita.

»Verdammt!« schrie ihm jemand ins Ohr, durch den Musiklärm hindurch. »Ist das ein Anblick? Ich frag' mich, wie es von draußen aussieht.«

Jeff stellte den Drink ab und wandte den Kopf, um zu sehen, wer gesprochen hatte. Im weißen Schein der herabstürzenden Flammen konnte er die scharfknochigen Gesichtszüge von Martin Bailey ausmachen, seinem Stubenkameraden von Emory. Er sah sich erneut um, während sich seine Augen allmählich an das von allen Seiten des großen Raums bizarr ausstrahlende Licht gewöhnten. Es war eine Bar oder ein Nachtclub; lachende Paare saßen zu Dutzenden an weiteren kleinen Tischen, die Mariachi-Band neben der Tanzfläche war mit abscheulicher Eleganz kostümiert, und grellfarbene *piñatas* in der Form von Eseln und Stieren hingen von der Decke.

Mexico City. Weihnachtsferien 1964; in jenem Jahr war er mit Martin hier heruntergefahren, einer Eingebung des Augenblicks folgend. Wüstenstraßen mit räudigem Vieh, das über den zweispurigen Highway wanderte, Gebirgspässe mit uneinsehbaren Kurven und mit Pemex-Tanklastern, die im weichen Nebel an dem Chevy vorüberfuhren. Ein Hurenhaus in der Zona Rosa, der lange Aufstieg über die Steintreppen der Sonnenpyramide.

Das herabstürzende Leuchten draußen vor den Fenstern dieses Ortes war eine Feuerwerksveranstaltung, begriff er, Ströme flüssigen Feuerwerks, die sich vom Dach des Hotels ergossen, auf dem der Nachtclub thronte. Martin hatte recht; es mußte unten von der Straße aus imposant aussehen. Das Hotel würde wie eine Feuernadel wirken, die dreißig oder vierzig Stockwerke hoch in den Nachthimmel der Stadt emporloderte.

Was war das, Weihnachten, Silvester? Dies waren in Mexico die Nächte für diese Art Pomp. Was auch immer, es war Ende '64, Anfang '65. Er hatte weitere vierzehn Monate von seiner Wiederholung verloren; soviel wie Pamela bei ihrer letzten. Der Himmel wußte, was das diesmal für Pamela bedeuten mochte, und für sie beide.

Martin grinste, versetzte ihm einen ausgelassenen, freundschaftlichen Hieb auf die Schulter. Jawohl, sie hatten viel Spaß auf dieser Reise gehabt, erinnerte sich Jeff. Nichts war schiefgegangen; damals hatte es so ausgesehen, als ob niemals etwas in ihrer beiden Leben je würde schiefgehen können. Viel Spaß heute, viel Spaß in der Zukunft – so hatten sie es damals gesehen. Wenigstens hatte Jeff es geschafft, den Selbstmord seines Freundes bei jeder Wiederholung zu verhindern, ungeachtet seiner eigenen Lebensumstände. Auch wenn er Martin nicht davon abhalten konnte, sich unglücklich zu verheiraten, und keine multinationale Gesellschaft mehr besaß, in der er seinem alten Stubenkameraden eine lebenslange Position anbieten konnte, hatte er Martin immer den schließlichen Ruin vermeiden helfen, indem er ihn frühzeitig mit einigen ausgezeichneten Aktien ausstattete.

Was die Frage aufwarf, was Jeff nun tun sollte, um sich Bargeld zu verschaffen; sein altes Standbein, die Meisterschaftsserie von '63 stand inzwischen in den Rekordbüchern, und es gab nicht viele andere Wetten, die der kurzfristigen Rentabilität dieser einen auch nur nahekamen. Die Footballsaison der Profis war bereits vorbei, und erst in zwei Jahren würden sie wieder Super Bowls spielen. Wenn dies hier das Neujahrsfest war, mochte die Zeit reichen, von Mexico City aus eine Wette beim Rose Bowl morgen mit Illinois gegen Washington zu arrangieren. Es konnte sein, daß er sich die nächste Zeit über mit dem zufriedengeben mußte, was er aus der laufenden Basketball-Tabelle herausschlagen konnte, aber er würde es nicht schaffen, gute Quoten auf die Boston Celtics zu bekommen, nicht in ihrer achten NBA-Meisterschaft hintereinander.

Der Feuerregen draußen vor den Fenstern verebbte stotternd, und die gedämpfte Nachtclubbeleuchtung trat wieder hervor, während die Band »Cielito Lindo« zu spielen begann. Martin hatte sich eine zierliche Blondine ein paar Tische weiter ausgeguckt, und er hob eine Braue, um zu fragen, ob Jeff vielleicht an ihrer rothaarigen Freundin interessiert wäre. Die Mädchen waren Touristinnen aus den Niederlanden, erinnerte sich Jeff; er und Martin würden sie nicht herumkriegen, aber sie würden – sie hatten mit den holländischen Mädchen einen recht angenehmen Abend mit Trinken und Tanzen zugebracht. Klar, signalisierte er Martin achselzuckend; warum nicht?

Was das Geldproblem betraf, nun, Geld bedeutete ihm sowieso nicht viel, jedenfalls nicht im Augenblick. Er brauchte lediglich genug, um sich solange über Wasser zu halten ... wie es dauerte, bis Pamela auftauchte. Von jetzt an war es ein reines Geduldsspiel.

Pam war stoned; sie war total geschafft. Das war wirklich ein mörderisches Kraut, was Peter und Ellen da mitgebracht hatten, das beste, das sie geraucht hatte seit dem Zeug, das ihr dieser Typ letzten Monat im Electric Circus gegeben hatte, und das war ihr wegen all der Stroboskope und der Musik und den Feuerschluckern auf der Tanzfläche und alldem wahrscheinlich besser vorgekommen, als es tatsächlich gewesen war. Die Musik war im Moment ebenfalls toll, dachte sie, als Clapton mit dem Wahnsinnsriff begann, der in »Sunshine of Your Love« überging; sie wünschte bloß, das kleine tragbare Stereogerät könnte es lauter spielen, das war alles.

Sie schlug ihre bloßen Füße unter die Schenkel, lehnte sich gegen das große Peter Max-Poster zurück, das die Wand hinter ihrem Bett bedeckte, und vertiefte sich in das Rückseitencover von »Disraeli Gears«. Dieses Auge war wirklich ein Ding, mit den Blumen, die direkt aus den Wimpern wuchsen, und den Songnamen, die über dem weißen Teil der Iris kaum sichtbar waren ... und, Herrgott, da war noch ein Auge, wenn man genauer hinsah, schien es, als wären da nichts als Augen, das war alles, was man wahrnahm. Selbst die Blumen sahen aus, als hätten sie Augen, geschlitzt wie Katzenaugen oder die eines Orientalen ...

»Hey, guck dir das mal an!« rief Peter. Sie blickte auf; er und Ellen sahen sich Lawrence Welk mit abgestelltem Ton an. Pam starrte auf das Schwarzweißbild alter Paare, die eine Polka oder etwas ähnliches tanzten, und tatsächlich sah es gerade so aus, als bewegten sie sich im Takt der Musik. Dann wechselte das Bild zu Welk, der seinen kleinen Taktstock auf und nieder schwenkte, und sie begann zu lachen; Welk hielt genau den Takt, als dirigierte der alte Scheißer gerade »Dance the Night Away« von den Cream.

»Auf, auf, Leute, laßt uns auf die Straße runtergehn«, drängte Ellen, vom Fernsehen gelangweilt. »Alle werden heut' da sein.« Die vergangene Stunde über hatte sie sie zu motivieren versucht, das Zimmer zu verlassen und die Reise zum Adolph's zu unternehmen. Sie hatte recht: Es würde ein guter Abend in der College-Bar werden; es gab eine Menge zu feiern. Anfang der Woche war Eugene McCarthy verdammt nahe daran gewesen, Johnson bei den Vorwahlen zu schlagen, und gerade heute hatte Bobby Kennedy bekanntgegeben, er hätte es sich anders überlegt und würde die Nominierung der Demokraten doch noch durchlaufen.

Pam zog ihre Stiefel an, schnappte sich einen dicken Wollschal und ihre alte Navy-Jacke vom Haken an der Tür. Ellen nahm sich die Zeit, über das runde Treppenhaus hinunterzugehen, das zur Lobby führte; sie fuhr derzeit auf die zum Wohnheim umgebaute Villa als Tara ab, aus *Vom Winde verweht*. Als sie draußen angelangt waren, hatte Peter sich dem Spiel angeschlossen. Er wanderte in die angrenzende Gartenanlage hinüber und fing an, mit starkem Pseudosüdstaatenakzent wirkliche und ausgedachte Zeilen aus dem Film zu deklamieren. Doch die Märznacht war zu schneidend kalt, um die spielerische Verstellung lange aufrecht zu erhalten, und bald knirschten sie alle drei durch den Schnee in Richtung des warm einladenden Holzgebäudes am Rand des Campus, gegenüber dem Annandale-Postgebäude.

Im Adolph's drängte sich die übliche Samstagabendmeute. Jeder, der das Wochenende über nicht nach New York gefahren war, endete früher oder später hier; es war die einzige Bar, die von der Schule zu Fuß zu erreichen war, und die einzige auf dieser Seite des Hudson, wo die zottigen, unkonventionell gekleideten Bard-Studenten sich entspannen und vollkommen willkommen fühlen konnten. In der allgemein konservativen Gegend nördlich von Poughkeepsie gab es einen ernsten Konflikt zwischen Stadt und Studentenschaft; die permanenten Anwohner, jung und alt, verachteten die extravagante Nonkonformität in der Erscheinung und dem Auftreten der Bard-Studenten und erzählten sich Geschichten – manche davon wahrer, als sie sich je hätten träumen können, dachte Pam amüsiert – von zügellosem Drogenmißbrauch und sexueller Promiskuität auf dem Campus.

Manchmal kamen die jungen Stadtburschen ins Adolph's und versuchten, die »Hippie-Girls« aufzureißen. An diesem Abend waren aber offenbar keine Städter da, bemerkte Pam erleichtert, abgesehen von dem einen komischen Typ, der das ganze Jahr über auf dem Campus herumhing, aber der schien okay zu sein. Er war ein Einzelgänger und sehr still; er hatte nie jemandem Ärger gemacht. Manchmal hatte sie das Gefühl, daß er sie beobachtete, ihr nicht gerade nachlief oder so, aber vorsätzlich mehrere Male die Woche an Orten auftauchte, an denen sie wahrscheinlich sein würde: in der Bibliothek, der Galerie der Kunstabteilung, hier ... Er hatte sie jedenfalls nie belästigt, sie nicht einmal angesprochen. Manchmal lächelte er und nickte, und sie lächelte ein wenig zurück, gerade genug, um kundzutun, daß sie sich gegenseitig bemerkt hatten. Yeah, er war okay; er wäre sogar attraktiv gewesen, wenn er sein Haar hätte wachsen lassen.

In der Jukebox spielten Sly and the Family Stone »Dance to the Music«, und die Tanzfläche im Vorderraum war überfüllt. Pam, Ellen und Peter bahnten sich einen Weg durch die Menge, auf der Suche nach einem Sitzplatz.

Pam war immer noch stoned. Sie hatten auf dem Weg vom Campus hierher noch einen Joint geraucht, und die farbenprächtige, wilde Szenerie in der Bar kam ihr plötzlich wie ein Gemälde vor, oder wie eine Reihe von Gemälden. Als Schlaglicht eine wirbelnde gefranste Weste hier, ein Schopf langen schwarzen Haares dort, die Gesichter und die Musik und der Lärm ... ja, sie hätte die *Geräusche* dieses so angenehm vertrauten Orts gern auf Film eingefangen, sie ins Visuelle übertragen, in der Art, wie diese synästhetische Transformation oft in ihrem Kopf geschah, wenn sie stoned war. Sie blickte in der Bar umher, pickte sich Leute und Einzelheiten der Szenerie heraus, und ihre Augen blieben an dem seltsamen Typ hängen, auf den sie immerzu stieß.

»Hey«, sagte sie, Ellen anstoßend, »weißt du, wen ich gern malen würde?«

»Wen?«

»Diesen Typ dort drüben.«

Ellen blickte in die Richtung, in die Pam diskret zeigte. »Welchen? Du meinst doch nicht diesen ordentlichen Typ, oder? Den Stadtmenschen?«

»Yeah, den. Es liegt etwas in seinen Augen; sie sind ... Ich weiß nicht, es ist, als wären sie uralt oder so, als wäre er ein ganzes Stück älter, als er wirklich ist, und hätte soviel gesehen ...«

»Klar«, sagte Ellen mit anzüglichem Sarkasmus. »Er ist wahrscheinlich ein Ex-Marine, und er hat 'ne Menge tote Babys und Frauen gesehen, die er in Vietnam gekillt hat.«

»Redest du schon wieder von der Tat-Offensive?« fragte Peter.

»Nein, Pam ist scharf auf so 'nen Stadtmenschen.«

»Pervers.« Peter lachte.

Pam errötete verärgert. »So was hab' ich nie gesagt. Ich sagte bloß, er hätte interessante Augen, und ich würde sie gern malen.«

Aus der Jukebox ertönte »Dock of the Bay«, und die meisten Tänzer gingen zu ihren Tischen zurück. Pam fragte sich, wer die traurig-nachdenkliche Otis Redding-Weise gespielt hatte, ein solch selbstironisches Trauergedicht des Sängers, der starb, bevor die Platte erschienen war. Vielleicht war es dieser Typ mit den seltsamen Augen gewesen. Es schien die Art Musik zu sein, auf die er stand.

»Wastin' tiiime ...« sang Peter die Aufnahme mit, dann grinste er schelmisch. Er nahm seine Armbanduhr ab, warf sie mit einer theatralischen Gebärde in den halbvollen Bierkrug. »Wir ertränken die Zeit!« erklärte er und hob sein Glas, stieß mit den anderen an.

»Es heißt, Bobby hascht«, kommentierte Ellen zusammenhanglos, als sie auf den Toast getrunken hatten. »Bekommt sein Gras vom selben Dealer, der die Stones versorgt, wenn sie hier sind.«

Jetzt waren sie bei einem von Peters Lieblingsthemen angelangt. »Es heißt, R. J. Reynolds hat insgeheim ... wie heißt das richtige Wort dafür, patentiert? Die ganzen guten Markennamen.«

»Namensschutz beantragt.«

»Richtig, richtig, Namensschutz beantragt. ›Acapulco Gold‹, ›Panama Red‹ ... die Zigarettenleute haben die ganzen guten Namen, für alle Fälle.«

Pam lauschte auf die vertrauten Geräusche, nickte interessiert. »Ich frage mich, wie die Packungen aussehen würden, und die Anzeigen.«

»Paisleyschachteln«, sagte Ellen lächelnd.

»Hendrix wird für die Fernsehspots engagiert«, warf Peter ein.

Sie krümmten sich vor Lachen, steigerten sich allmählich in einen dieser endlosen gemeinschaftlichen Lachkrämpfe hinein, die Pam so sehr liebte. Sie lachte so heftig, daß ihr die Augen tränten; ihr wurde schwindelig, sie begann zu hyperventilieren, sie ...

Wo, in aller Welt, war sie diesmal, fragte sich Pamela, und warum fühlte sie sich so benommen? Sie blinzelte einen unerklärlichen Tränenschleier weg, nahm die neue Umgebung in sich auf. Herrgott noch mal, es war das Adolph's.

»Pam?« fragte Ellen, als sie plötzlich bemerkte, daß ihre Freundin zu lachen aufgehört hatte. »Alles in Ordnung?«

»Mir geht's gut«, sagte Pamela und nahm einen langen, langsamen Atemzug.

»Du bist nicht am Ausflippen oder so was?«

»Nein.« Sie schloß die Augen, versuchte sich zu konzentrieren, doch ihre Gedanken wollten nicht zur Ruhe kommen; sie trieben fort. Die Musik war extrem laut, und dieser Ort, sogar ihre Kleider, stanken nach – Sie war stoned, erkannte sie. War es üblicherweise gewesen, wenn sie ins Adolph's ging, ›die Straße hinunter‹, wie sie es immer nannten, schön langsam, immer schön langsam ...

»Trink noch ein Bier«, sagte Peter mit besorgter Stimme. »Du siehst ulkig aus; bist du sicher, daß mit dir alles in Ordnung ist?«

»Bestimmt.« Sie hatte nach dem Wintersemester ihres ersten Studienjahrs mit Peter und Ellen Freundschaft geschlossen. Peter hatte seinen Abschluß gemacht, und Ellen war ausgestiegen und mit ihm nach London gezogen, als Pamela im zweiten Studienjahr war; das hieß, daß es 1968 oder 1969 sein mußte.

Eine neue Platte begann in der Jukebox zu spielen, Linda Ronstadt sang »Different Drum«. Nein, dachte Pamela, nicht Linda Ronstadt, die Stone Poneys. Ruhig bleiben, sagte sie sich, akklimatisier dich langsam, das Marihuana darf es deinem Kopf nicht schwerer machen, als es schon ist. Versuch jetzt keine Entscheidungen zu treffen oder auch nur zuviel zu reden. Warte, bis du ganz da bist, warte bis ...

Da war er, Herr im Himmel! Und saß keine zwanzig Fuß von ihr entfernt, sah sie direkt an. Pamela schnappte ungläubig nach Luft bei dem widersinnigen, unmöglich wundervollen Anblick von Jeff Winston, der ruhig inmitten des jugendlichen Getöses ihres College-Stammlokals saß. Sie sah, daß er die Veränderung in ihren Augen bemerkte, und er lächelte ein warmes, langanhaltendes Lächeln des Willkommens und der Bestätigung.

»Hey, Pam?« sagte Ellen. »Wieso weinst du denn? Hör mal, vielleicht gehen wir besser ins Wohnheim zurück.«

Pamela schüttelte den Kopf, legte zur Beruhigung eine Hand auf den Arm ihrer Freundin. Dann stand sie vom Tisch auf und ging quer durch den Raum, durch die Jahre, zu Jeffs wartender Umarmung.

»Tätowierte Lady«, kicherte Jeff und küßte die rosafarbene Rose auf der Innenseite ihres Schenkels. »Ich erinnere mich nicht, daß die vorher dagewesen wäre.«

»Es ist keine Tätowierung, es ist ein Abziehbild. Die lassen sich abwaschen.«

»Lassen sie sich auch ablecken?« fragte er, mit einem verruchten Funkeln in den Augen an ihr hinaufblickend.

Sie lächelte. »Du kannst es gerne ausprobieren.«

»Vielleicht später«, sagte er und glitt nach oben, um sich neben ihr auf den Kissen aufzustützen. »Irgendwie gefällst du mir als Blumenkind.«

»Das glaube ich«, sagte sie und knuffte ihn in die Rippen. »Schenk uns etwas Champagner ein.«

Er griff nach der Flasche Mumm auf dem Nachttisch, füllte ihre Gläser wieder auf.

»Woher wußtest du, daß meine Wiederholung angefangen hatte?« fragte Pamela.

»Wußte ich nicht. Ich beobachte dich schon seit Monaten; ich mietete das Haus hier in Rhinebeck zu Beginn des Schuljahres, und seitdem habe ich gewartet. Es war frustrierend, und ich wurde allmählich ungeduldig; aber diese Zeit hier hat mir geholfen, mit ein paar alten Erinnerungen ins reine zu kommen. Früher wohnte ich ein Stück flußaufwärts, in einem der alten Landsitze, als ich mit Diane zusammen war … und mit meiner Tochter Gretchen. Ich dachte immer, ich würde nie hierher zurückkehren können, aber du hast mir einen Grund dafür gegeben, und ich bin froh, es getan zu haben. Abgesehen davon, daß es mir Spaß gemacht hat zu sehen, wie du damals, ursprünglich, wirklich warst.«

Sie verzog das Gesicht. »Ich war ein College-Hippie. Lederfransen und Batik-T-Shirt. Ich hoffe, du hast mich nie mit meinen Freunden reden hören; wahrscheinlich habe ich ziemlich oft ›super‹ gesagt.«

Jeff küßte sie auf die Nasenspitze. »Du warst süß. Du *bist* süß«, verbesserte er sich, ihr das lange, glatte Haar aus dem Gesicht streichend. »Aber ich konnte nicht anders, ich mußte mir diese Kids fünfzehn Jahre in der Zukunft vorstellen, wie sie dreiteilige Anzüge tragen und mit BMWs ins Büro fahren.«

»Nicht alle«, sagte sie. »Bard brachte eine Menge Schriftsteller, Schauspieler, Musiker hervor … und«, fügte sie mit einem kläglichen Lächeln hinzu, »mein Mann und ich, wir hatten keinen BMW; wir fuhren einen Audi und einen Mazda.«

»Eins zu Null für dich.« Er lächelte und nahm einen Schluck Champagner. Sie lagen zufrieden beieinander, doch Jeff nahm den Ernst hinter ihrem fröhlichen Gesichtsausdruck wahr.

»Siebzehn Monate«, sagte er.

»Was?«

»Ich habe diesmal siebzehn Monate verloren. Das hast du dich doch gerade gefragt, oder?«

»Ich wollte gerade danach fragen«, gab sie zu. »Ich mußte einfach daran denken. Meine Zeitverschiebung beträgt jetzt … Es ist März, sagtest du? '68?«

Jeff nickte. »Dreieinhalb Jahre.«

»Vom letzten Mal an gezählt. Von den ersten Wiederholungen an sind es fünf Jahre. Mein Gott. Beim nächstenmal könnte ich …«

Er legte ihr einen Finger auf die Lippen. »Wir wollten uns doch auf *dieses* Mal konzentrieren, weißt du noch?«

»Natürlich weiß ich das noch«, sagte sie und kuschelte sich unter der Decke enger an ihn.

»Und ich habe darüber nachgedacht«, sagte er. »Ich hatte eine Menge Zeit, um darüber nachzudenken, und ich glaube, mir ist da eine Art Plan eingefallen.«

Sie zog ihren Kopf zurück, sah ihn mit interessiertem Stirnrunzeln an. »Was meinst du damit?«

»Also, zuerst einmal dachte ich daran, die Wissenschaft mit alldem zu konfrontieren – die Nationale Wissenschaftsstiftung, ein paar private Forschungseinrichtungen ... welche Gruppe auch immer geeignet erscheinen könnte, vielleicht die physikalische Fakultät in Princeton oder das MIT, irgend jemand, der das Wesen der Zeit erforscht.«

»Sie würden uns niemals glauben.«

»Genau. Das war schon immer der Stolperstein. Und trotzdem haben wir unseren Teil dazu beigetragen, dieses Hindernis aufrechtzuerhalten, indem wir jedesmal so geheimnistuerisch taten.«

»Wir mußten diskret sein. Die Leute würden uns für verrückt halten. Guck dir Stuart McCowan an; er ...«

»McCowan *ist* verrückt – er ist ein Mörder. Aber es ist kein Verbrechen, Vorhersagen über die Zukunft zu machen; niemand würde uns dafür einsperren. Und wenn die Dinge, die wir vorhergesagt haben, erst einmal eingetroffen sind, werden wir unsere Kenntnis der Zukunft bewiesen haben. Sie würden uns zuhören *müssen*. Sie würden wissen, daß etwas Wirkliches – etwas Unerklärliches, aber Wirkliches – vor sich geht.«

»Wie könnten wir überhaupt erst mal einen Fuß in die Tür bekommen?« widersprach Pamela. »Niemand in einer Einrichtung wie dem MIT würde sich auch nur die Mühe machen, eine Liste unserer Vorhersagen anzusehen. Sie würden uns in einen Topf mit den Ufo-Fanatikern und den Parapsychologen werfen, sobald wir ihnen sagten, was wir beabsichtigen.«

»Das genau ist der Punkt. Wir wenden uns nicht an sie; sie kommen zu uns.«

»Warum sollten ...? Was du sagst, ergibt keinen Sinn«, sagte Pamela und schüttelte verwirrt den Kopf.

»Wir gehen an die Öffentlichkeit«, erklärte Jeff.

16

Diesmal bestand kein Anlaß für eine weltweite Verbreitung wie bei ihrer letzten Anzeige, der kleinen, mit der sie die Aufmerksamkeit nur einiger weniger anderer Wiederholer auf sich zu lenken gehofft hatten. Desgleichen waren sowohl die Zweideutigkeit wie auch die Anonymität der ersten Anzeige für ihren gegenwärtigen Zweck unnötig.

Die *New York Times* weigerte sich, die einmalige, ganzseitige Anzeige zu bringen, aber sie erschien in der *New York Daily News,* der *Chicago Tribune* und der *Los Angeles Times.*

IN DEN NÄCHSTEN ZWÖLF MONATEN:

Das amerikanische Atom-U-Boot *Scorpion* wird Ende Mai auf dem Meer verlorengehen.

Eine größere Tragödie wird die Kampagne zur amerikanischen Präsidentschaftswahl im Juni unterbrechen.

Der Mörder von Martin Luther King Jr. wird außerhalb der Vereinigten Staaten festgenommen werden.

Oberrichter Earl Warren wird am 26. Juni zurücktreten, Richter Abe Fortras wird seine Nachfolge antreten.

Die Sowjetunion wird am 21. August eine Invasion der Tschechoslowakei durch den Warschauer Pakt anführen.

Fünfzehntausend Menschen werden am 1. September bei einem Erdbeben im Iran umkommen.

Ein unbemanntes sowjetisches Raumfahrzeug wird den Mond umkreisen und am 22. September aus dem Indischen Ozean geborgen werden.

Im Oktober wird es sowohl in Peru wie auch in Panama einen Militärputsch geben.

Richard Nixon wird Hubert Humphrey bei den Präsidentschaftswahlen knapp schlagen.

Drei amerikanische Astronauten werden den Mond umkreisen und in der Weihnachtswoche wohlbehalten zur Erde zurückkehren.

Im Januar 1969 wird es einen erfolglosen Mordversuch an dem Sowjetführer Leonid Breschnew geben.
Eine große Ölkatastrophe wird im Februar die Strände von Kalifornien verschmutzen.
Der französische Präsident Charles de Gaulle wird Ende April nächsten Jahres zurücktreten.
Wir werden vor dem 1. Mai 1969 keinen weiteren Kommentar zu dieser Erklärung abgeben. An diesem Datum werden wir uns den Nachrichtenmedien stellen, an einem Ort, der in einem Jahr bekanntgegeben werden wird.

Jeff Winston & Pamela Phillips
New York, N Y, 19. April 1968

Jeder Sitzplatz des großen Konferenzraums, den sie im New Yorker Hilton gemietet hatten, war besetzt, und diejenigen, welche keinen Stuhl finden konnten, liefen ungeduldig auf den Korridoren oder an den Seiten des Raumes herum, wobei sie versuchten, sich mit den Füßen nicht in den sich schlängelnden Mikrophon- und Fernsehkabeln zu verheddern.

Genau um drei Uhr nachmittags betraten Jeff und Pamela den Raum und stellten sich zusammen auf die Sprecherplattform. Sie lächelte nervös, als die blendenden Scheinwerfer der Fernsehkameras angingen, und Jeff drückte ihr verstohlen aufmunternd die Hand. Von dem Moment an, als sie hereinkamen, gab es einen Tumult gerufener Fragen, da die Reporter alle gleichzeitig um ihre Aufmerksamkeit wetteiferten. Jeff bat mehrere Male um Ruhe, schaffte es schließlich, den Geräuschpegel auf ein gedämpftes Brummeln abzusenken.

»Wir werden alle Ihre Fragen beantworten«, teilte er den versammelten Journalisten mit, »aber lassen Sie uns eine gewisse Ordnung einhalten. Nehmen wir die hinterste Reihe zuerst dran, eine Frage pro Person, von links nach rechts. Dann gehen wir zur nächsten Reihe über, nach dem gleichen Schema.«

»Was ist mit den Leuten, die keine Sitzplätze haben?« schrie einer der Männer an der Seite des Raums.

»Wer zu spät gekommen ist, kommt als letzter dran, die

linke Raumseite zuerst, von hinten nach vorne. Jetzt«, sagte Jeff und streckte seine Hand aus, »nehmen wir die erste Frage von der Dame in dem blauen Kleid entgegen. Es ist nicht nötig, daß Sie sich identifizieren; fragen Sie einfach, was Sie wollen.«

Die Frau erhob sich, Kugelschreiber und Notizblock in der Hand. »Das Naheliegendste: Wie waren Sie in der Lage, dermaßen präzise Prophezeiungen über eine so breite Spannweite von Ereignissen zu machen? Behaupten Sie, im Besitz parapsychischer Kräfte zu sein?«

Jeff holte tief Luft, sprach so ruhig wie möglich. »Immer nur eine Frage auf einmal, bitte, aber ich werde diesmal beide beantworten Nein, wir behaupten nicht, paranormal veranlagt im gewöhnlichen Sinne des Wortes zu sein. Miss Phillips und ich sind Nutznießer – oder Opfer – eines wiederkehrenden Phänomens, an das zu glauben uns anfänglich ebenso schwerfiel, wie es Ihnen heute zweifellos schwerfallen wird. Kurz gesagt, wir durchleben unser eigenes Leben, oder bestimmte Abschnitte daraus, neu. Wir beide starben – oder werden sterben – im Oktober 1988 und sind ins Leben zurückgekehrt und anschließend wieder gestorben, mehrere Male hintereinander.«

Der Lärm, der sie beim Hereinkommen empfangen hatte, war nichts verglichen mit dem Tumult, der auf diese Äußerung folgte, und der vorherrschende höhnische Ton der Kakophonie war nicht mißzuverstehen. Eine Fernsehcrew schaltete ihre Scheinwerfer ab und begann die Ausrüstung einzupacken, und mehrere Reporter stolzierten beleidigt und verstimmt aus dem Raum, aber es gab eine Menge andere, die begierig waren, ihre freigewordenen Sitzplätze einzunehmen. Jeff bat erneut um Ruhe, deutete auf den nächsten Journalisten in der Reihe, damit er eine Frage stellte.

»Dies ist ebenfalls naheliegend«, sagte der korpulente, finster blickende Mann. »Wie, zum Teufel, können Sie erwarten, irgend jemand von uns könnte diesen Mist glauben?«

Jeff behielt die Fassung, lächelte Pamela aufmunternd zu und wandte sich ruhig an die spöttische Menge. »Ich sagte Ihnen bereits, daß das, was wir Ihnen mitzuteilen haben, kaum glaubhaft sein würde. Ich kann nur auf die vollkommene Richtigkeit der ›Prophezeiungen‹ verweisen, die wir vor einem Jahr veröffentlichten – und die für uns bereits Erinnerungen waren – und Sie darum bitten, mit Ihrem Urteil solange zu warten, bis Sie uns angehört haben.«

»Werden Sie heute weitere Prophezeiungen machen?« fragte der nächste Reporter.

»Ja«, sagte Jeff, und der Lärm drohte von neuem loszugehen. »Aber erst, nachdem wir alle Ihre Fragen beantwortet und den Eindruck haben, daß wir alles gesagt haben, was wir Ihnen mitteilen sollten.«

Sie brauchten fast eine Stunde, um einen das Wesentliche umfassenden skizzenhaften Überblick über ihre Leben zu geben; wer sie ursprünglich gewesen waren, was sie an Beachtenswertem in jeder ihrer Wiederholungen getan hatten, wie sie sich kennengelernt hatten, die besorgniserregende Tatsache der sich beschleunigenden Zeitverschiebung. Wie sie vorher verabredet hatten, ließen sie eine Menge über ihr Privatleben aus, ebenso wie alles, das zu enthüllen sie für gefährlich oder unklug hielten. Doch dann kam die Frage, von der sie gewußt hatten, daß sie gestellt werden würde, und über deren Behandlung sie noch nicht entschieden hatten: »Kennen Sie noch jemand anderen, der … wiederholt, wie Sie es nennen?« fragte eine zynische Stimme in der dritten Reihe.

Pamela warf Jeff einen Blick zu, dann sprach sie leidenschaftlich, bevor er die Möglichkeit hatte zu antworten. »Ja«, sagte sie. »Einen Mann namens Stuart McCowan in Seattle, Washington.«

Es entstand eine kurze Pause, als hundert Kugelschreiber den Namen auf hundert Notizblöcke krizzelten. Jeff warf ihr einen warnenden Blick zu, den sie ignorierte.

»Soviel wir wissen, ist er der einzige«, fuhr sie fort. »Wir haben den größten Teil einer Wiederholung mit der Suche nach weiteren Wiederholenden zugebracht, aber McCowan ist der einzige, den wir jemals bestätigen konnten. Lassen Sie mich Ihnen sagen, daß er ein paar merkwürdige Vorstellungen zu alldem hat, denen wir heftig widersprechen; deshalb befindet er sich heute nicht hier bei uns. Aber ich denke, Sie könnten es vielleicht interessant finden, ihn zu interviewen, oder sogar alles im Auge zu behalten, was er tut, um zu sehen, wie er mit dieser Situation zurechtkommt, in der wir drei uns befinden. Er ist ein ungewöhnlicher Mann, um nur soviel zu sagen.«

Sie sah wieder Jeff an, und er beglückwünschte sie mit einem befriedigten Lächeln. Sie hatte nichts Verleumderisches oder Diskriminierendes über McCowan gesagt, hatte aber sichergestellt, daß sein Hintergrund gründlich durchforscht und jeder seiner Schritte in der Öffentlichkeit von nun an beobachtet werden würde. Er würde nicht mehr töten, nicht dieses Mal.

»Was erwarten Sie, aus alldem für sich herauszuholen?« fragte ein anderer Reporter. »Ist das eine Art Gewinnmasche, die Sie da anlaufen lassen, irgendeine Art von Kult?«

»Überhaupt nicht«, sagte Jeff bestimmt. »Wir können über normale Investitionskanäle soviel Geld verdienen, wie wir brauchen oder wollen, und es wäre mir lieb, wenn jeder Ihrer Artikel unsere besondere Bitte enthielte, uns *kein* Geld zu schicken, in jedweder Höhe, für welchen Zweck auch immer. Wir werden alle Geschenke zurücksenden. Das einzige, wonach wir suchen, sind Informationen, eine mögliche Erklärung für das, was wir durchmachen und wie es alles enden wird. Ich möchte, daß sich das Wissenschaftsestablishment – insbesondere die Theoretischen Physiker und Kosmologen – der Realität dessen, was mit uns geschieht, bewußt ist und sich mit jedweden Theorien, die sie haben mögen, direkt an uns wenden. Wir haben uns niemals zuvor zu erkennen gegeben und hätten es auch jetzt nicht getan, außer für die sehr konkreten Anliegen, die wir in Umrissen dargelegt haben.«

Der Raum summte vor Skepsis. Jedermann verkaufte irgend etwas, wie Pamela einmal dargelegt hatte; für diese Ansammlung hartgesottener Journalisten war es schwer, die Tatsache zu akzeptieren, daß Jeff und Pamela nicht die eine oder andere Art von Masche abzogen, der offensichtlichen Ernsthaftigkeit des Paares und der unwiderlegbaren Beweiskraft ihres unfaßbar genauen Vorauswissens zum Trotz.

»Was beabsichtigen Sie dann, wenn Sie nicht versuchen, aus diesen Behauptungen Kapital zu schlagen?« fragte jemand anderer.

»Das hängt davon ab, was wir als Folge davon herausfinden, nachdem wir uns auf diesem Wege an die Öffentlichkeit gewandt haben«, erwiderte Jeff. »Die nächste Zeit über werden wir einfach abwarten, was passiert, wenn Sie Ihre Artikel veröffentlichen. Also, gibt es noch weitere Fragen? Falls nicht, habe ich hier eine Reihe von Exemplaren unserer neuesten Liste von ... Prophezeiungen, wie Sie es nennen.«

Es gab eine Balgerei um die vordersten Plätze, eine Unmenge Hände, die nach den fotokopierten Blättern grapschten, einen neuen Ausbruch pointierterer Fragen.

»Wird es einen Atomkrieg geben?«

»Werden wir vor den Russen auf dem Mond sein?«

»Finden wir ein Mittel gegen den Krebs?«

»Tut mir leid«, rief Jeff. »Keine Fragen über die Zukunft. Alles, was wir zu sagen haben, steht in diesem Dokument.«

»Eine letzte Frage«, rief ein Mann mit Brille und einem Fedora-Hut, der aussah, als hätte er darauf gesessen. »Wer wird das Kentucky Derby diesen Samstag gewinnen?«

Jeff grinste, entspannte sich zum erstenmal, seit die spannungsgeladene Pressekonferenz begonnen hatte. »Ich werde für diesen Gentleman eine einzige Ausnahme machen«, sagte er. »Majestic Prince wird das Derby und das Preakness-Rennen gewinnen, aber Arts and Letters wird ihn beim Triple Crown schlagen. Und ich glaube, ich habe meine eigene Wette soeben wertlos gemacht, indem ich Ihnen das sagte.«

Als Majestic Prince die Startmaschine verließ, standen seine Chancen zehn zu eins, und er brachte $ 2,10, die niedrigste Auszahlung, die nach den Gesetzen des Totalisators zulässig war. Nachdem die Geschichte von Jeff und Pamela über die Sender und Nachrichtenagenturen gelaufen war, hatte fast niemand mehr beim Derby auf ein anderes Pferd gesetzt. Die Kentucky State Rennleitung ordnete eine eingehende Untersuchung an, und es gab Gerüchte in Maryland und New York, wonach die kommenden Rennen in Preakness und Belmont abgesagt werden sollten.

Die Telefone in ihrem neuen Büro im Pan Am Building begannen am Montag nach dem Rennen um sechs Uhr morgens zu klingeln; bis zum Mittag hatten sie von Kelly Girls zwei weitere Sekretärinnen eingestellt, damit sie die Anrufe und Telegramme entgegennahmen und die Neugierigen abfertigten, welche ohne vorherige Anmeldung durch die Tür spazierten.

»Ich habe eine Liste der letzten Stunde, Sir«, sagte die eingeschüchterte junge Frau in dem Midi-Faltenkleid, indem sie nervös ihre lange Perlenkette befingerte.

»Können Sie es für mich zusammenfassen?« bat Jeff erschöpft, den Leitartikel der heutigen *New York Times* beiseitelegend, in dem zu ›rationalem Skeptizismus‹ aufgefordert wurde ›angesichts pseudomoderner Nostradamusse und ihrer Manipulation von Zufällen‹.

»Ja, Sir. Es gab zweiundvierzig Anfragen nach privaten Konsultationen – von Leuten, die sehr krank sind, Eltern vermißter Kinder und so weiter –, neun Anrufe von Maklerfirmen mit Angeboten, sie als Kunden zu ermäßigten Kommissionen anzunehmen; wir hatten zwölf Anrufe und neun Telegramme von Leuten, die gewillt sind, Geld für unterschiedliche Wettprojekte aufzubringen; elf Mitteilungen von anderen Psibegabungen, die sich mit Ihnen austauschen wollen ...«

»Wir sind keine Psibegabungen, Miss ... Kendall, nicht wahr?«

»Ja, Sir. Elaine, wenn es Ihnen recht ist.«

»Schön. Ich möchte, daß das klar ist, Elaine; Pamela und ich behaupten nicht, irgendwelche Psikräfte zu besitzen, und jeder, der diese Annahme macht, sollte darüber aufgeklärt werden. Dies ist etwas ganz anderes, und wenn Sie hier arbeiten wollen, dann müssen Sie wissen, wie wir dargestellt werden möchten.«

»Ich verstehe, Sir. Es ist nur ...«

»Es fällt Ihnen natürlich ein wenig schwer, es zu akzeptieren. Ich sagte nicht, daß Sie es selbst glauben müßten; achten Sie einfach darauf, daß die wesentlichen Elemente unserer Erklärungen nicht verdreht werden, wenn Sie mit der Öffentlichkeit sprechen, das ist alles. Fahren Sie jetzt mit der Liste fort.«

Das Mädchen glättete ihre Bluse, konsultierte ihren Stenoblock. »Es gab elf … ich nehme an, Sie würden sie Haßanrufe nennen, einige davon obszön.«

»Damit müssen Sie sich nicht abgeben. Sagen Sie den anderen Mädchen, daß sie bei jedem auflegen können, der ausfällig wird. Wenden Sie sich an die Polizei, wenn irgendein Anrufer hartnäckig bleibt.«

»Danke, Sir. Wir hatten auch mehrere Anrufe von Futuristengruppen aus Kalifornien. Sie möchten, daß Sie dorthin fliegen, um an einer Konferenz teilzunehmen.«

Jeff hob interessiert eine Braue. »Die Rand Corporation?«

Sie blickte wieder auf ihre Notizen. »Nein, Sir; etwas namens ›Ausblick-Gruppe‹.«

»Geben Sie das an meinen Anwalt weiter. Bitten Sie ihn, sie zu überprüfen, nachzuschauen, ob die Leute seriös sind.«

Elaine notierte seine Anweisungen auf ihrem Block, machte mit der Liste weiter. »Wenn ich schon mit Mr. Wade spreche, sollte ich ihm von all den Fluggesellschaften erzählen, die mit Klagen drohen: Aeronaves de Mexico, Allegheny Airlines, Philippine Airlines, Air France, Olympic Airways … ebenso die Fremdenverkehrsämter von Mississippi und Ohio, ihre Anwälte haben angerufen. Sie sind alle sehr aufgebracht, Sir. Ich dachte nur, ich sollte Sie warnen.«

Jeff nickte zerstreut. »Das wär's?« fragte er.

»Ja, Sir, abgesehen von einigen weiteren Magazinen, die alle ein Interview mit Ihnen oder Miss Phillips oder Ihnen beiden vereinbaren wollen.«

»Irgendwelche Wissenschaftsjournale dabei?«

Sie schüttelte den Kopf. »*National Enquirer, Fate* … Ich glaube, man kann sagen, das seriöseste davon war *Esquire*.«

»Immer noch keine Nachricht von einer der Universitäten? Keine Forschungseinrichtung außer diesem Verein in Kalifornien, was immer das sein mag?«

»Nein, Sir. Das ist die ganze Liste.«

»In Ordnung.« Er seufzte. »Danke, Elaine; halten Sie mich auf dem laufenden.«

»Das werde ich, Sir.« Sie klappte ihren Notizblock zu, wandte sich zum Gehen, dann hielt sie inne. »Mr. Winston … ich frage mich nur …«

»Ja?«

»Finden Sie, daß ich heiraten sollte? Ich meine, ich hab' drüber nachgedacht, und mein Freund hat mich zweimal gefragt, aber ich würde gern wissen ... also, ich würde gern wissen, ob es funktionieren würde oder nicht.«

Jeff lächelte nachsichtig, sah den verzweifelten Wunsch nach einem Blick in die Zukunft in den Augen der jungen Frau. »Ich wünschte, ich wüßte es«, sagte er zu ihr. »Aber das ist etwas, was Sie selber herausfinden müssen.«

Aeronaves de Mexico zog seine Klage am 5. Juni zurück, am Tag nachdem einer ihrer Jetliner an einem Berghang nahe Monterrey abgestürzt war, wie Jeff und Pamela es vorausgesagt hatten. Der mexikanische Politiker Carlos Madrazo und Tennisstar Rafael Osuna waren nicht an Bord des Flugzeugs, in dem sie bereits fünfmal zuvor gestorben waren; lediglich elf Personen hatten es diesmal für angebracht gehalten, den Unglücksflug mitzumachen, nicht neunundsiebzig.

Danach entschieden sich von den verbleibenden Fluggesellschaften, für die ein Unglück vorausgesagt worden war, nur Air Algérie und Royal Nepal Airlines, die Warnung zu ignorieren und die in Frage kommenden Flüge nicht abzusagen. Diese beiden Gesellschaften erlitten die einzigen Unfälle mit Todesfolge im weltweiten kommerziellen Flugverkehr für den Rest des Jahres 1969.

Die US Navy weigerte sich, sich dem zu beugen, was der Sekretär des Verteidigungsministeriums Laird ›Aberglaube‹ nannte, und der Zerstörer *Evans* setzte seine Fahrt in die Südchinesische See fort; die australische Regierung jedoch wies ihren Flugzeugträger *Melbourne* in aller Stille an, die Maschinen abzuschalten und die erste Juniwoche über vor Anker zu gehen, und es kam nicht zu dem Zusammenstoß, der die *Evans* immer in zwei Hälften gerissen hatte.

Bei der Überflutung des Erie-Sees sank der Tribut an Menschenleben von einundvierzig auf fünf, da die Anwohner die öffentlichen Warnungen beachteten und höhergelegenes Gelände aufsuchten, bevor das Unwetter begann. Ähnlich verhielt es sich in Mississippi; die Touristenbuchungen an den Erholungsorten Gulfport und Biloxi an der Golfküste sanken bis Mitte August fast auf Null, und die örtliche Bevölkerung floh in einem Ausmaß ins Inland, das nie zuvor bei Zivilschutzübungen erreicht worden war. Der Hurrikan Camille traf auf eine fast menschenleere Küste, und 138 der früheren 149 Opfer überlebten.

Leben veränderten sich. Leben gingen weiter; die bislang nicht fortgedauert hatten. Und die Welt merkte auf.

»Ich möchte, daß eine einstweilige Verfügung beantragt wird, Mitchell! Noch diese Woche; spätestens Mitte nächster Woche.«

Der Anwalt konzentrierte sich auf seine Brille, polierte die dicken Gläser mit einer Präzision, der Sorgfalt angemessen, die man auf ein teures Teleskop verwenden mochte. »Ich weiß nicht, Jeff«, sagte er. »Ich bin mir nicht sicher, daß das möglich sein wird.«

»Bis wann können wir sie dann bekommen?« fragte Pamela.

»Wir bekommen vielleicht gar keine«, gab Wade zu.

»Sie meinen, überhaupt nicht? Diese Leute dürfen ungehindert ihre lächerlichen Phantasien über uns verbreiten, und es gibt nichts, was wir dagegen unternehmen können?«

Der Rechtsanwalt entdeckte einen weiteren unsichtbaren Fleck auf seinen Brillengläsern, wischte ihn behutsam mit einem kleinen viereckigen Polierleder weg. »Es könnte durchaus sein, daß sie sich innerhalb des ersten Nachtragsartikels der Verfassung bewegen.«

»Es sind Blutsauger!« explodierte Jeff und schwenkte das Pamphlet, das der Anlaß dieses Treffens war. Auf der Titelseite der Broschüre stach sein Foto ins Auge, zusammen mit einer ein wenig kleineren Aufnahme von Pamela. »Sie profitieren von unseren Namen und unseren Erklärungen, ohne von uns autorisiert zu sein, und dabei machen sie alles, was wir zu tun versucht haben, zur Zielscheibe des Gespötts.«

»Sie sind eine gemeinnützige Organisation«, erinnerte ihn Wade. »Und sie haben Steuerbefreiung als religiöse Einrichtung beantragt. Dagegen läßt sich schwer angehen; es dauert Jahre, und die Aussichten, sie zu schlagen, sind gering.«

»Was ist mit einer Verleumdungsklage?« beharrte Pamela.

»Sie haben sich selbst zu öffentlichen Personen gemacht;

das läßt Ihnen nicht mehr viel Schutz. Und ich bin mir auch nicht sicher, ob ihre Kommentare über Sie als verleumderisch zu bezeichnen wären. Eine Jury könnte sogar das genaue Gegenteil darin erkennen. Diese Leute verehren Sie. Sie halten Sie für die Inkarnation Gottes auf Erden. Ich glaube, Sie sind besser beraten, sie einfach zu ignorieren; der Rechtsweg würde ihnen bloß mehr Publizität verschaffen.«

Jeff tat einen wortlosen Ausruf des Abscheus, knüllte das Pamphlet in der Hand zusammen und warf es in die entfernte Zimmerecke. »Das ist genau das, was wir vermeiden wollten«, sagte er wutentbrannt. »Selbst wenn wir es ignorieren oder verleugnen, fällt es doch auf uns zurück. Keine angesehene wissenschaftliche Einrichtung wird anschließend noch etwas mit uns zu tun haben wollen.«

Der Rechtsanwalt schob sich die Brille wieder hoch, justierte sie mit einem dicken Zeigefinger auf seinem Nasenrücken. »Ich verstehe Ihr Dilemma«, versicherte er. »Aber ich glaube nicht …«

Die Sprechanlage auf Jeffs Schreibtisch summte zweimal kurz und einmal lang, das Signal, das er als Ankündigung einer dringenden Nachricht festgelegt hatte.

»Ja, Elaine?«

»Hier ist ein Herr, der Sie sprechen möchte, Sir. Er sagt, er sei von der Bundesregierung.«

»Von welcher Abteilung? Zivilverteidigung, der nationalen Wissenschaftsstiftung?«

»Vom Außenministerium, Sir. Er besteht darauf, persönlich mit Ihnen zu sprechen. Sowohl mit Ihnen wie auch mit Miss Phillips.«

»Jeff?« sagte Wade stirnrunzelnd. »Wollen Sie, daß ich dabeisitze?«

»Vielleicht«, sagte Jeff. »Schaun wir mal, was er will.« Jeff schaltete die Sprechanlage wieder ein. »Führen Sie ihn herein, Elaine.«

Der Mann, den sie in das Büro brachte, war Mitte Vierzig, begann kahl zu werden und hatte wache blaue Augen und nikotinbefleckte Finger. Er maß Jeff mit einem raschen, durchdringenden Blick, tat das gleiche mit Pamela, dann sah er Mitchell Wade an.

»Mir wäre es lieber, wir würden dieses Gespräch ungestört führen«, sagte der Mann.

Wade erhob sich, stellte sich vor. »Ich bin Mr. Winstons Rechtsanwalt«, sagte er. »Ich vertrete auch Miss Phillips.«

Der Mann zog eine dünne Brieftasche aus seiner Sakkotasche, reichte Wade und Jeff seine Karte. »Russell Hedges, US State Department. Ich fürchte, die Natur dessen, was ich hier mit Ihnen zu besprechen habe, ist vertraulich. Wenn es Ihnen nichts ausmacht, Mr. Wade …«

»Doch, es macht mir etwas aus. Meine Klienten haben ein Recht …«

»In dieser Situation ist kein Rechtsbeistand erforderlich«, sagte Hedges. »Dies betrifft die nationale Sicherheit.«

Der Anwalt setzte an, ein weiteres Mal zu protestieren, doch Jeff stoppte ihn. »Ist schon in Ordnung, Mitchell. Ich würde ihn gern anhören. Lassen Sie sich durch den Kopf gehen, worüber wir gerade geredet haben, und lassen Sie's mich wissen, wenn Sie eine praktikable Alternative gefunden haben; ich rufe Sie morgen an.«

»Rufen Sie mich heute an, wenn Sie mich brauchen«, sagte Wade, dem Regierungsvertreter einen finsteren Blick zuwerfend. »Ich werde lange in meinem Büro sein, wahrscheinlich bis sechs oder halb sieben.«

»Danke. Falls nötig, werde ich mich melden.«

»Was dagegen, wenn ich rauche?« fragte Hedges, eine Schachtel Camel herausholend, während der Anwalt den Raum verließ.

»Nur zu.« Jeff deutete auf einen der Sessel vor dem Schreibtisch und schob ihm einen Aschenbecher hin. Hedges brachte eine Schachtel Streichhölzer zum Vorschein, zündete seine Zigarette an. Er ließ das Streichholz langsam bis auf einen geschwärzten Stummel herunterbrennen, den er, immer noch kokelnd, in den großen Glasaschenbecher fallen ließ.

»Wir waren natürlich über Sie unterrichtet«, sagte Hedges schließlich. »Schwierig, es nicht zu sein, so wie Sie die vergangenen vier Monate über im Scheinwerferlicht der Medien standen. Obwohl ich zugeben muß, daß die meisten meiner Kollegen geneigt waren, Ihre Ankündigungen als Gesellschaftsspielchen mißzuverstehen … bis zu dieser Woche.«

»Libyen?« fragte Jeff, obwohl er die Antwort bereits kannte.

Hedges nickte, nahm einen tiefen Zug von seiner Zigarette. »In der Mittelost-Abteilung sind alle immer noch wie vom Donner gerührt; unsere verläßlichsten Einschätzungen deuteten darauf hin, daß das Regime von König Idris stabil war. Sie haben nicht nur das Datum des Staatsstreichs genannt: Sie haben ausgeführt, daß die Junta aus den mittleren Rängen der libyschen Armee kommen würde. Ich möchte, daß Sie mir sagen, wie Sie das alles wissen konnten.«

»Ich habe es bereits so deutlich erklärt, wie ich nur kann.«

»Dieses Zeug darüber, Ihr Leben ...« – sein kühler Blick nahm Pamela in sich auf – »Ihre Leben neu zu durchleben. Sie werden doch nicht von uns erwarten, daß wir das glauben, oder?«

»Es bleibt Ihnen keine andere Wahl«, sagte Jeff sachlich. »Ebensowenig wie uns. Es geschieht; das ist alles, was wir wissen. Der einzige Grund, daß wir diesmal so ein Spektakel um uns veranstaltet haben, ist der, daß wir mehr darüber herausfinden wollen. Ich habe das alles schon früher sehr deutlich zum Ausdruck gebracht.«

»Ich habe erwartet, daß Sie das sagen würden.«

Pamela lehnte sich gespannt vor. »Bestimmt gibt es regierungsamtliche Forscher, die dieses Phänomen untersuchen, uns helfen könnten, die Antworten zu finden, nach denen wir suchen.«

»Das ist nicht meine Abteilung.«

»Aber Sie könnten sie auf uns aufmerksam machen, sie wissen lassen, daß Sie uns ernstnehmen. Es gibt Physiker, die vielleicht ...«

»Im Austausch wofür?« fragte Hedges, ein langes Aschestück von seiner Zigarette abklopfend.

»Ich bitte um Verzeihung?«

»Sie sprechen über die Bewilligung finanzieller Mittel, über Menschenpotential, Laboreinrichtungen ... Was würden wir dafür von Ihnen bekommen?«

Pamela schürzte die Lippen, sah Jeff an. »Informationen«, sagte sie nach einer Weile. »Das Vorauswissen über Ereignisse, die die Weltwirtschaft durcheinanderbringen und zum Tod tausender unschuldiger Menschen führen werden.«

Hedges drückte die Zigarette aus, seine stechenden blauen Augen auf ihre geheftet. »Zum Beispiel?«

Sie sah wieder Jeff an; sein Gesicht war ausdruckslos, enthielt weder Zustimmung noch eine Warnung. »Diese Libyengeschichte«, teilte Pamela Hedges mit, »wird furchtbare, weitreichende Konsequenzen haben. Der Mann an der Spitze der Junta, Oberst Ghaddafi, wird sich nächstes Jahr zum Präsidenten ernennen, er ist ein Verrückter, die wirklich bösartigste Figur der nächsten zwanzig Jahre. Er wird aus Libyen eine Brut- und Zufluchtsstätte für Terroristen machen. Fürchterliche, unvorstellbare Dinge werden in seinem Namen geschehen.«

Hedges zuckte die Achseln. »Das ist schrecklich vage«, sagte er. »Es könnte Jahre dauern, bis diese Behauptungen widerlegt oder bestätigt werden. Außerdem sind wir eher an den Ereignissen in Südostasien interessiert, nicht am Auf und Ab dieser kleinen arabischen Staaten.«

Pamela schüttelte entschieden den Kopf. »Hier irren Sie sich. Vietnam ist ein hoffnungsloser Fall; der Mittlere Osten wird die kommenden zwei Dekaden über die Schlüsselregion sein.«

Der Mann betrachtete sie nachdenklich, fischte eine neue Zigarette aus seiner zerknautschten Schachtel. »Es gibt im Außenministerium eine Minderheitenfraktion, die genau diese Meinung vertritt«, sagte er. »Aber wenn Sie unsere Stellung in Vietnam für aussichtslos halten ... wie steht es dann mit dem Tod Ho Chi Minhs am vorgestrigen Tag? Wird das nicht die Entschlossenheit der NLF schwächen? Unsere Analytiker sagen ...«

Jeff ergriff das Wort. »Wenn überhaupt, wird es ihre Entschlossenheit stärken. Ho Chi Minh wird alles außer heiliggesprochen werden, man wird einen Märtyrer aus ihm machen. Man wird Saigon nach ihm benennen, in ... wenn die Stadt erst einmal eingenommen ist.«

»Sie waren im Begriff, ein Datum zu nennen«, sagte Hedges, ihn durch eine Rauchwolke hindurch argwöhnisch anblickend.

»Ich glaube, wir sollten ein wenig wählerisch sein mit dem, was wir Ihnen mitteilen«, sagte Jeff vorsichtig und warf Pamela einen warnenden Blick zu. »Wir wollen die Probleme der Welt nicht vermehren, sondern ihr bloß helfen, einige der klar umrissenen Unglücke zu vermeiden.«

»Ich weiß nicht ... im Ministerium gibt es immer noch eine Reihe ungläubiger Thomasse, und wenn alles, was Sie anzubieten haben, ausweichende Gemeinplätze sind ...«

»Kossygin und Chou En Lai«, erklärte Jeff mit Nachdruck. »Sie werden sich nächste Woche in Peking treffen, und Anfang nächsten Monats werden die Sowjetunion und China übereinkommen, formelle Gespräche über ihre Grenzstreitigkeiten aufzunehmen.«

Hedges runzelte ungläubig die Stirn. »Kossygin würde China niemals besuchen.«

»Er wird«, bekräftigte Jeff mit festem Lächeln. »Und Richard Nixon ebenso.«

Der Märzwind von der Chesapeake Bay verwirbelte den leichten Regen zu einem feinen, kühlen Nebel, fing die vereinzelten Tropfen im Fall auf und fegte sie in diese und in jene Richtung, in einen atmosphärischen Mikrokosmos der schaumgekrönten Wellen in der kabbeligen Bucht. Jeffs Regenmantel mit Kapuze glitzerte schwarz in der allgegenwärtigen Nässe, während der kalte klare Nieselregen belebend in sein Gesicht peitschte und tropfte.

»Was ist mit Allende?« fragte Hedges, der erfolglos eine durchweichte Camel anzuzünden versuchte. »Hat er eine Chance?«

»Sie meinen, trotz der Wühlarbeit, die Ihre Leute in der chilenischen Politik leisten?« Es war Jeff und Pamela seit langem klar, daß Russell Hedges nur äußerst dürftige Verbindungen zum State Department hatte. Ob nun die CIA, die NSA oder etwas ganz anderes dahintersteckte, wußten sie nicht. Es kam auch nicht darauf an; im Endeffekt lief es auf dasselbe hinaus.

Hedges setzte sein mehrdeutiges Beinahelächeln auf, schaffte es, die Zigarette in Brand zu setzen. »Sie brauchen mir nicht zu sagen, ob er tatsächlich gewählt wird oder nicht, bloß ob er eine reelle Chance hat.«

»Und falls ja, was dann? Ergeht es ihm dann so wie Ghaddafi?«

»Dieses Land hat mit der Ermordung Ghaddafis nichts zu tun; ich habe Ihnen das immer und immer wieder gesagt. Sie war eine rein interne Angelegenheit Libyens. Sie wissen doch, wie es bei diesen Dritte-Welt-Machtkämpfen zugeht.«

Es hatte keinen Sinn, mit dem Mann noch einmal darüber zu diskutieren; Jeff wußte verdammt gut, daß Ghaddafi nur deshalb getötet worden war, noch bevor er sein Amt einnehmen konnte, weil er und Pamela Hedges über die zukünftige Politik des Diktators und seine Taten berichtet hatten. Nicht daß Jeff den Tod des blutrünstigen Irren besonders bedauert hätte, doch die Annahme, die CIA stünde mit dem Mord in Verbindung, war weit verbreitet, und diese wohlbegründeten Gerüchte hatten zur Bildung einer früher nicht existierenden terroristischen Vereinigung namens »Gruppe November« geführt, angeführt von Ghaddafis jüngerem Bruder. Die Gruppe hatte im Namen ihres ermordeten Anführers lebenslange Rache geschworen. In der Wüste südlich von Tripolis wütete bereits ein heftiger, außer Kontrolle geratener Ölbrand, wo die Gruppe November eine Anlage der Mobil Oil in die Luft gejagt und dabei elf Amerikaner und dreiundzwanzig Libyer getötet hatte.

Salvadore Allende war kein Ghaddafi; er war ein anständiger, wohlmeinender Mann, der erste frei gewählte marxistische Präsident der Geschichte. Er würde früh genug sterben, so wie es aussah, und wahrscheinlich auf Veranlassung Amerikas. Jeff hatte nicht die Absicht, das Herannahen dieses beschämenden Tages zu beschleunigen.

»Ich habe über Allende nichts zu sagen, weder in dieser noch in jener Hinsicht. Er bedeutet keine Bedrohung für die Vereinigten Staaten. Lassen wir's einfach dabei bewenden.«

Hedges versuchte an der durchnäßten Zigarette zu ziehen, aber sie war wieder ausgegangen, und das feuchte Papier begann aufzureißen. Er warf sie voller Abscheu vom Kai und in das unruhige Wasser. »Sie hatten keine solchen Bedenken, uns zu sagen, daß Heath diesen Sommer in England zum Premierminister gewählt werden wird.«

Jeff warf ihm einen boshaften Blick zu. »Vielleicht wollte

ich sicherstellen, daß Sie nicht beschließen, Harold Wilson erschießen zu lassen.«

»Herrgott noch mal«, fauchte Hedges, »wer hat Sie zum Sittenwächter über die amerikanische Außenpolitik bestellt? Es ist Ihr Job, uns mit Vorausinformationen zu versorgen, Punkt. Lassen Sie die verantwortlichen Leute entscheiden, was wichtig ist und was nicht und wie sie damit umgehen.«

»Ich habe die Resultate einiger solcher Entscheidungen bereits gesehen«, sagte Jeff. »Ich ziehe es vor, bei dem, was ich preisgebe, zu selektieren. Außerdem«, setzte er hinzu, »war dies als fairer Handel gedacht. Wie steht es mit Ihrer Seite der Abmachung – gibt es irgendwelche Fortschritte?«

Hedges hustete, wandte dem von der Bucht herkommenden Wind den Rücken zu. »Warum gehen wir nicht wieder hinein und trinken etwas Warmes?«

»Ich bin gern hier draußen«, sagte Jeff herausfordernd. »Es gibt mir das Gefühl, lebendig zu sein.«

»Nun, ich werde an Lungenentzündung sterben, wenn wir noch länger hier draußen bleiben. Kommen Sie, lassen Sie uns reingehen, und ich erzähle Ihnen, was die Wissenschaftler bis jetzt mitzuteilen haben.«

Jeff gab nach, und sie gingen auf das alte, in Regierungsbesitz befindliche Haus an der Westküste von Maryland, südlich von Annapolis, zu. Sie waren jetzt seit sechs Wochen hier, erörterten die Implikationen der Unabhängigkeit Rhodesiens und den bevorstehenden Sturz Prinz Sihanouks in Kambodscha. Zu Anfang hatten er und Pamela ihren Aufenthalt hier als einen Jux betrachtet, als eine Art Ferien, aber das detaillierte Aushorchen durch Hedges, der ihnen offenbar als permanenter Begleiter zugeteilt worden war, machte Jeff zunehmend besorgt. Sie hatten darauf geachtet, nichts zu sagen, wovon die Nixon-Administration nachteiligen Gebrauch machen könnte, doch es wurde immer schwieriger, zu erkennen, wo die Grenze zu ziehen war. Selbst Jeffs ausweichendes »kein Kommentar« bezüglich der Wahlen in Chile im kommenden Herbst konnte von Hedges und seinen Vorgesetzten zutreffenderweise dahingehend interpretiert werden, daß Allende tatsächlich die Präsidentschaft erlangen würde; und welche Art von verdeckter Aktion seitens der USA mochte diese Annahme provozieren? Sie vollführten hier einen gefährlichen Drahtseilakt, und Jeff bedauerte schon, daß sie diesen Treffen jemals zugestimmt hatten.

»Und?« fragte Jeff, als sie sich dem Haus mit den festverschlossenen Rolläden näherten, aus dessen rotem Backsteinschornstein eine einladende Rauchwolke stieg. »Was gibt's Neues?«

»Von Bethesda noch nichts Bestimmtes«, murmelte Hedges unter dem hochgeschlagenen Kragen seines Regenmantels. »Sie würden gern noch ein paar Tests machen.«

»Wir haben alle erdenklichen medizinischen Tests mitgemacht«, sagte Jeff ungeduldig, »noch bevor Sie mit ins Spiel kamen. Das ist nicht der Punkt; es ist etwas außerhalb von uns, etwas auf der kosmischen oder subatomaren Ebene. Was haben die Physiker herausgebracht?«

Hedges trat auf die Holzveranda, schüttelte wie ein übergroßer Hund die Wassertropfen von seinem Hut und seinem Mantel ab. »Sie arbeiten daran«, teilte er Jeff vage mit. »Berget und Campagna am Cal Tech glauben, es könnte mit Pulsaren zusammenhängen, irgendwas mit starken Neutrino-Informationsflüssen ... aber sie brauchen weitere Daten.«

Pamela wartete im eichengetäfelten Wohnzimmer, auf das Sofa vor dem kräftigen Kaminfeuer gekuschelt. »Heißen Apfelmost?« fragte sie, indem sie ihre Tasse hob und den Kopf mit einem fragenden Ausdruck neigte.

»Etwas, gern«, sagte Jeff, und Hedges nickte zustimmend.

»Ich werd' ihn holen, Miss Phillips«, sagte einer der jungen Männer im dunklen Anzug, die permanent über dieses abgeschiedene Anwesen wachten. Pamela zuckte die Achseln, zog die Ärmel ihres viel zu weiten Pullovers über die Handgelenke hoch und nahm einen Schluck aus der dampfenden Tasse.

»Russell meint, die Physiker kämen allmählich voran«, teilte Jeff ihr mit. Ihre Miene hellte sich auf, ihre vom Feuer geröteten Wangen leuchteten neben der blauen Wolle ihres Pullovers und dem flachsfarbenen Glanz ihres Haars.

»Was ist mit der Zeitverschiebung?« fragte sie. »Schon irgendwelche Vorstellungen?«

Hedges verzog den Mund um eine neue, trockene Zigarette herum, senkte seine Augenlider zu einem zynischen Seitenblick. Jeff erkannte den Ausdruck wieder, wußte inzwischen, daß der Mann ihrer Aussage, bereits gelebt zu haben und wiedergeboren zu werden, wenig Glauben schenkte. Es war unwichtig. Hedges und die anderen konnten denken, was sie wollten, solange andere Köpfe, einfallsreiche und hartnäckige wissenschaftliche Köpfe, sich weiter auf das Phänomen konzentrierten, das, wie Jeff wußte, nur allzu real war.

»Sie sagen, die Daten seien zu unbestimmt«, sagte Hedges. »Alles, was sie tun können, ist, einen Wahrscheinlichkeitsbereich anzugeben.«

»Und wie groß ist dieser Bereich?« fragte Pamela ruhig, die Finger um die heiße Tasse angespannt und weiß.

»Zwei bis fünf Jahre für Jeff; fünf bis zehn Jahre in Ihrem Fall. Unwahrscheinlich, daß es weniger sein würde, wie sie sagen, aber im Endeffekt könnte es mehr sein, wenn die Progression weiter zunimmt.«

»Wieviel mehr?« wollte Jeff wissen.

»Unmöglich vorherzusagen.«

Pamela seufzte, ihre Brust hob und senkte sich im Rhythmus des Windes draußen. »Das ist nichts weiter als eine Schätzung«, sagte sie. »Darauf wären wir auch von allein gekommen.«

»Vielleicht werden ein paar der neuen Tests ...«

»Zur Hölle mit den neuen Tests!« schnauzte Jeff ihn an. »Sie werden genauso ›überzeugend‹ wie all die anderen sein, hab' ich recht?«

Der schweigsame junge Mann in dem dunklen Anzug kehrte mit zwei großen Tassen ins Wohnzimmer zurück. Jeff nahm seine entgegen, rührte sie verärgert mit einem duftenden Zimtstengel um.

»In Bethesda möchte man noch ein paar Gewebeproben«, sagte Hedges nach einem vorsichtigen Schluck von dem heißen Apfelmost. »Eine der Arbeitsgruppen glaubt, die Zellstruktur könnte ...«

»Wir gehen nicht wieder nach Bethesda«, teilte Jeff ihm mit Entschiedenheit mit. »Sie haben schon genug, womit sie arbeiten können.«

»Es besteht keine Veranlassung für Sie, wieder ins Krankenhaus zu gehen«, erklärte Hedges. »Alles, was sie brauchen, sind ein paar Hautabschabungen. Sie haben eine Ausrüstung geschickt; wir können es gleich hier machen.«

»Wir fliegen zurück nach New York. Ich habe Nachrichten eines ganzen Monats, die ich noch nicht gesehen habe; es könnte etwas Brauchbares dabei sein. Können Sie uns für heute abend ein Flugzeug ab Andrews besorgen?«

»Es tut mir leid ...«

»Nun, wenn keine Regierungsmaschine verfügbar ist, dann nehmen wir eben einen Linienflug. Pamela, ruf Eastern Airlines an. Frag sie, zu welcher Zeit ...«

Der Mann, der den Apfelmost gebracht hatte, trat einen Schritt vor, eine Hand vor seinem offenen Jackett in der Schwebe haltend. Ein zweiter Wächter kam wie heimlich herbeigerufen durch die Vordertür herein, und ein dritter erschien auf der Treppe.

»Das habe ich nicht gemeint«, sagte Hedges behutsam. »Ich fürchte, wir ... können Ihnen nicht erlauben, abzureisen. Weder so noch so.«

17

»... versuchten die amerikanische Botschaft in Teheran zu stürmen, wurden jedoch von Einheiten der zweiundachtzigsten Luftlandedivision zurückgeschlagen, welche die diplomatische Niederlassung seit vergangenem Februar umstellt hatte. Mindestens einhundertzweiunddreißig iranische Revolutionäre sollen bei den Kämpfen ums Leben gekommen sein, und die Verluste der Amerikaner belaufen sich auf siebzehn Tote und sechsundzwanzig Verwundete. Präsident Reagan hat weitere Luftangriffe gegen Rebellenstützpunkte in den Bergen östlich von Tabriz angeordnet, wo Ayatollah Khomeini sich angeblich aufhalten soll ...«

»Stellen Sie das verdammte Ding ab«, sagte Jeff zu Russell Hedges.

»... das revolutionäre Oberkommando. Hier in den Vereinigten Staaten stieg die Zahl der Todesopfer vom Bombenattentat im Madison Square Garden am letzten Wochenende inzwischen auf einhundertzweiundachtzig, und ein Kommuniqué der sogenannten ›Gruppe November‹ droht solange mit einer Fortsetzung der Angriffe, bis sich alle US-Streitkräfte aus dem Mittleren Osten zurückgezogen haben. Der sowjetische Außenminister Gromyko erklärte, sein Land hege ›Sympathie für die Freiheitskämpfer des islamischen Dschihad‹, und Gromyko sagte, die Anwesenheit der Sechsten US-Flotte im Arabischen Meer sei ›gleichbedeutend mit ...‹«

Jeff beugte sich vor, stellte den Fernseher ab. Hedges zuckte die Achseln, ließ einen Kaugummi Marke *Life Saver* im Mund platzen und fummelte mit einem Kugelschreiber herum, den er auf die Art hielt, wie er immer seine einst allgegenwärtigen Zigaretten gehalten hatte.

»Was ist mit dem sowjetischen Aufmarsch in Afghanistan?« fragte Hedges. »Planen sie eine Konfrontation mit unseren Kräften im Iran?«

»Ich weiß es nicht«, sagte Jeff mürrisch.

»Wie stark sind die Anhänger Khomeinis? Können wir den Schah an der Macht halten, wenigstens bis zu den Wahlen nächstes Jahr?«

»Verflucht noch mal, ich weiß es nicht!« explodierte Jeff. »Wie könnte ich auch? Reagan war letztesmal nicht einmal Präsident, jedenfalls nicht 1979; mit diesem Schlamassel mußte sich Carter herumschlagen, und wir haben niemals Truppen in den Iran geschickt. Alles ist anders geworden. Ich habe verdammt noch mal keine Ahnung, was jetzt passieren wird.«

»Sie haben doch bestimmt eine Vorstellung davon, ob ...«

»Hab' ich nicht! Ich habe keinerlei Vorstellung!« Er sah Pamela an, die dasaß und Hedges anstarrte. Ihr Gesicht war abgespannt, bleich; in diesen paar Jahren hatte es seine weibliche Rundlichkeit verloren, war fast so eckig geworden wie Jeffs. Er nahm ihre Hand, zog sie auf die Füße. »Wir machen einen Spaziergang«, teilte er Hedges mit.

»Ich habe noch ein paar weitere Fragen.«

»Stecken Sie sich Ihre Fragen irgendwohin. Mir sind die Antworten ausgegangen.«

Hedges saugte an dem *Life Saver*, betrachtete Jeff mit seinen kalten blauen Augen. »Also schön«, sagte er. »Wir sprechen nach dem Dinner weiter.«

Jeff setzte an, ihm ein weiteres Mal zu erklären, daß es nichts nützen würde, weil die Welt jetzt eine seltsame und ungewisse neue Bahn eingeschlagen hatte, über die weder er noch Pamela irgendwelche Ratschläge anbieten konnten, doch er wußte, daß Protestieren zwecklos war. Hedges glaubte immer noch, daß sie eine Art von Psibegabung besäßen, daß sie die zukünftigen Ereignisse ausgehend von jeder beliebigen Anordnung von Gegenwartsumständen vorhersagen konnten. Als sich ihr Vorauswissen angesichts des drastisch veränderten Weltgeschehens zu verflüchtigen begann, hatte er ihnen stillschweigend aber deutlich den Vorwurf gemacht, sie würden Informationen zurückhalten. Sogar die Sitzungen mit Natriumpentothal und Lügendetektor, zu denen man sie gezwungen hatte, erbrachten inzwischen wenig brauchbare Daten, doch sie hatten aufgehört, sich gegen die Befragungen unter Drogen zu sträuben; vielleicht, dachten sie, würde man sie in Ruhe lassen, wenn der Wert ihrer Antworten weiter abnahm, sie eines Tages vielleicht sogar aus dieser andauernden »Sicherheitsverwahrung« entlassen. Diese Hoffnung war unbegründet, wie sie beide wußten, auch wenn sie sich immer noch daran klammerten; es war besser als die Alternative, die bedeutet hätte, die offensichtliche Wahrheit zu akzeptieren, daß sie hier bleiben mußten, bis sie wieder starben.

Das Wasser war ruhig und blau, und während sie an den Dünen entlangspazierten, konnten sie den Höcker der Insel Poplar vor der Ostküste erkennen. Eine Gruppe von Booten rollte zwischen den Markierungsbojen, fischte auf den ergiebigen Muschelbänken der Chesapeake Bay. Jeff und Pamela schöpften soviel Trost aus der trügerischen Heiterkeit des vertrauten Anblicks, wie sie konnten, und taten ihr Bestes, die Paare dunkelgekleideter Herren zu ignorieren, die im gleichbleibenden Abstand von zwanzig Metern vor und hinter ihnen gingen.

»Warum lügen wir ihnen nicht etwas vor?« fragte Pamela. »Erzählen ihnen, daß es einen Krieg geben wird, wenn wir unsere militärische Präsenz im Iran aufrecht erhalten. Herrgott noch mal, nach allem, was wir wissen, könnte es wirklich dazu kommen.«

Jeff beugte sich vor, um ein schmales Stück Schwemmholz aufzuheben. »Sie würden es durchschauen, zumal wenn sie uns unter Pentothal setzen.«

»Wir sollten es trotzdem versuchen.«

»Aber wer weiß, welche Auswirkungen eine solche Lüge haben würde? Reagan könnte sich sogar dazu entschließen, einen Präventivschlag zu veranlassen. Es könnte dazu führen, daß wir einen Krieg anfangen, der sich immer noch vermeiden läßt.«

Pamela schauderte. »Stuart McCowan ist bestimmt glücklich«, sagte sie bitter, »wo er auch sein mag.«

»Wir haben getan, was wir für das Richtige hielten. Niemand hätte voraussehen können, daß es so ausgehen würde. Und es war auch nicht alles schlecht; wir haben auch eine Menge Leben gerettet.«

»Man kann Menschenleben nicht so gegeneinander aufwiegen!«

»Nein, aber ...«

»Sie unternehmen nicht einmal mehr etwas gegen die Unwetter und Flugzeugunglücke«, sagte sie voller Abscheu, indem sie gegen einen Sandklumpen trat. »Sie wollen, daß alle, besonders die Sowjets, glauben, wir seien einfach verschwunden, deshalb lassen sie all diese Menschen erbarmungslos sterben ... Es schert sie einen Dreck!«

»Genauso, wie sie immer schon gestorben sind.«

Sie wirbelte zu ihm herum, das Gesicht voller Wut, wie er sie noch nie bei ihr gesehen hatte. »Das macht es nicht ungeschehen, Jeff! Wir wollten die Welt diesmal zu einem besseren, sichereren Ort machen – aber in Wirklichkeit ging es uns nur um uns selbst, darum, herauszufinden, wie weit sich unsere eigenen wertvollen kleinen Leben noch verlängern würden; und nicht einmal das haben wir geschafft.«

»Es ist immer noch möglich, daß die Wissenschaftler herausfinden, wie ...«

»Ich scheiß drauf! Wenn ich mir die Nachrichten ansehe, all den Tod, den wir durch das, was wir Hedges gesagt haben, verursachten: die Terrorakte, die Militäraktionen, vielleicht einen kommenden großen Krieg ... Wenn ich das sehe, wünschte ich ... ich wünschte, ich hätte diesen gottverdammten Film nie gemacht, ich wünschte, du wärst nie nach Los Angeles gekommen und hättest mich nie gefunden!«

Jeff schleuderte das Stück Schwemmholz fort, sah sie mit schmerzhaftem Unglauben an. »Das meinst du nicht wirklich«, sagte er.

»Doch, ich tu's! Ich bedaure, dich jemals kennengelernt zu haben!«

»Pamela, bitte ...«

Ihre Hände zitterten, ihr Gesicht war rot vor Zorn. »Ich werde nicht mehr mit Hedges sprechen. Ich will mit dir ebenfalls nicht mehr sprechen. Ich ziehe in eins der Zimmer im dritten Stock um. Du kannst ihnen jeden Scheißdreck erzählen, der dir paßt; mach nur weiter, führ uns in einen Krieg, jag den ganzen verdammten Planeten in die Luft!«

Sie drehte sich um und rannte fort, fiel ungeschickt in den Sand und kam wieder auf die Füße, stürmte auf das Haus zu, das ihr Gefängnis war. Eines der Bewacherteams rannte ihr nach, das andere schloß von beiden Seiten zu Jeff auf. Er sah sie weglaufen, beobachtete, wie die Männer sie ins Hausinnere eskortierten; Hedges stand an der Tür, und Jeff hörte, wie sie ihn anschrie, doch die sommerliche Brise von der Bucht her verschluckte ihre Worte, erstickte die Bedeutung ihrer Schreie.

Er erwachte in einer Strömung kalter, synthetisch riechender Luft. Scharfe, dünne Sonnenstrahlen drangen durch die halbgeschlossenen Schlitze der Jalousie vor dem nahegelegenen Fenster und erhellten das spärlich möblierte Schlafzimmer. Ein tragbares Stereogerät stand stumm auf dem Boden vor dem Bett, und ein alter Kassettenrecorder und ein Mikrophon mit einem WIOD-Firmenemblem lagen gepolstert auf einem Wäschestapel auf der Kommode.

Jeff hörte ein fernes Läuten durch das Summen der Klimaanlage hindurch, begriff, daß es eine Türklingel war; wer es auch sein mochte, er würde weggehen müssen, wenn er ihn ignorierte. Er blickte auf das Buch in seinen Händen: *Der Algier-Zwischenfall* von John Hersey. Jeff warf es beiseite, schwang die Füße vom Bett und ging ans Fenster. Er hob eine der weißen Lamellen der Jalousie, spähte hinaus und sah eine lange Reihe prächtiger Palmen; jenseits davon erstreckte sich nichts als flaches Marschland, bis zum Horizont.

Es klingelte wieder, und dann hörte er das näherkommende Heulen eines Düsenflugzeugs, sah es einige hundert Meter hinter den Palmen vorübergleiten. Es landete in Fort Lauderdale-Hollywood International, erkannte Jeff. Dies war sein Apartment in Dania, eine Meile vom Strand entfernt und zu nahe am Flugplatz, doch es war der erste Ort, den er wirklich sein eigen nennen konnte, seine erste ganz und gar private Wohnung als Erwachsener. Er arbeitete in seiner ersten Ganztagsstelle als Journalist in Miami, stand am Anfang seiner Karriere.

Er nahm einen tiefen Atemzug von der schalen, gekühlten Luft, setzte sich auf dem zerknautschten Bett auf. Er war termingerecht gestorben, um sechs Minuten nach eins am 18.

Oktober 1988; es hatte keinen totalen Krieg gegeben, noch nicht, obwohl die Welt am Rande ...«

Die Klingel ertönte erneut, langanhaltend diesmal, hartnäckig. Verdammt noch mal, warum gingen sie nicht einfach weg? Das Klingeln hörte auf, dann ertönte die Glocke augenblicklich zum vierten Mal. Jeff zog ein T-Shirt und ein Paar abgeschnittener Blue-Jeans vom Wäschestapel auf der Kommode an, schlappte verärgert aus dem Zimmer, um loszuwerden, wer auch immer an der Tür sein mochte. Als er ins Wohnzimmer kam, traf ihn eine Wand drückend heißer, feuchter Luft; mit der Klimaanlage hier mußte etwas nicht in Ordnung sein, was der Grund dafür war, daß er sich mitten am Tag im Schlafzimmer aufhielt. Selbst der breitblättrige Farn in der Ecke war als Folge der klaustrophobischen Hitze schlaff. Jeff riß die Tür gerade in dem Moment auf, als die Klingel ein weiteres Mal mit ihrem durchdringenden Läuten begann.

Draußen stand Linda, lächelnd, die goldenen Strähnen in den Wellen ihres rostbraunen Haars von der Sonne hinter ihr hell beschienen. Seine Frau, seine Ex-Frau, seine Noch-nicht-Frau: Linda, strahlend im unverhohlenen Übermaß ihrer gerade erwachten Liebe für ihn, und in ihrer ausgestreckten Hand ein Strauß Gänseblümchen. Alle Gänseblümchen dieser Welt, so schien es, und aus diesem lieben, unvergessenen Gesicht leuchtete die innige Wonne und Fülle der Jugend.

Jeff fühlte, wie sich seine Augen mit Tränen füllten, doch er konnte den Blick nicht von ihr abwenden, getraute sich nicht einmal zu blinzeln, aus Angst, auch nur einen kostbaren Moment dieser Vision zu versäumen, die in seiner Erinnerung so viele Jahrzehnte gelebt hatte und nun wiederhergestellt in all ihrem zärtlichen Glanz vor ihm stand. So lange, es war so unendlich lange her ...

»Willst du mich nicht reinlassen?« fragte sie, ihre mädchenhafte Stimme gleichzeitig scheu und einladend.

»Ahh ... natürlich. Ja, tut mir leid, komm nur rein. Das ist ... wunderbar. Die Blumen sind wunderschön. Danke. So unerwartet.«

»Hast du was, um sie reinzustellen? Herrgott, hier drin ist es heißer als draußen!«

»Die Klimaanlage ist kaputt, ich ... Eine Minute bloß, ich will mal sehen, ob ich was für die Blumen finden kann.« Er sah sich zerstreut im Zimmer um, versuchte sich zu erinnern, ob er eine Vase besaß.

»Vielleicht in der Küche?« sagte Linda hilfsbereit.

»Yo, das ist eine gute Idee, laß mich gerade mal dort nachsehen. Willst du ein Bier, eine Coke?«

»Etwas Eiswasser wäre nett.« Sie folgte ihm in die vollgestopfte kleine Küche, förderte eine Vase für die Gänseblümchen zutage, während er ihr ein großes Glas Wasser aus einem Krug einschenkte, den er im Kühlschrank entdeckte. »Danke«, sagte sie, sich mit der flachen Hand Luft zufächelnd, als Jeff die Blumen nahm. »Könnten wir ein paar Fenster aufmachen oder so?«

»Die Klimaanlage in meinem Zimmer arbeitet gut; warum gehen wir nicht rüber?«

»Okay. Stell die Blumen besser auch dort rüber. In dieser Hitze verwelken sie.«

Im Schlafzimmer stellte er die Gänseblümchen auf einen Nachttisch, sah zu, wie Linda vor den Lüftungsschlitzen der Aircondition Pirouetten vollführte, auf ihrer bloßen Haut im rückenfreien Strandkleid glänzten Schweißperlen. »Oooh, das tut gut!« sagte sie und hob die schmalen Arme über den Kopf, während sich ihre kleinen festen Brüste unter dem dünnen weißen Kleid aufrichteten.

Genau dasselbe hatte sie schon einmal getan, erinnerte sich Jeff: hatte die Vase für die Blumen gefunden, war in sein Zimmer gekommen, um es kühl zu haben, war auf die gleiche Art herumgewirbelt und hatte posiert ... vor wie langer Zeit? Menschenalter, Welten zuvor.

Ihre großen braunen Augen, die feuchte Wärme darin, als sie ihn anblickte; Herrgott, seit Jahren hatte ihn niemand so angesehen. Pamela hatte sich wie angekündigt in das oberste Stockwerk des Regierungshauses in Maryland zurückgezogen, hatte bei den seltenen Gelegenheiten, wo sie sich den übrigen Bewohnern zum Dinner angeschlossen hatte, den Blick kühl von ihm abgewendet. Die Augen, an die Jeff sich aus den vergangenen neun Jahren am besten erinnerte, waren die gefährlichen blauen Kugeln von Russell Hedges, die ihn mit wachsender Heimtücke anstarrten, während die Welt im höllischen Morast von Terroranschlägen, Attentaten und Grenzscharmützeln und amerikanisch-sowjetischen Konfrontationen versank, von denen Jeff nichts wußte, über die er nichts vorhersagen konnte.

Was würde jetzt aus dieser dramatisch veränderten Welt werden, fragte sich Jeff bang, wenn sie diese divergierende Zeitlinie weiterverfolgte, die Bahn, auf die er und Pamela sie mit den besten Absichten unachtsamerweise gebracht hatten? Drei Jahre schon herrschte in den Vereinigten Staaten Kriegsrecht, als Folge der Zerstörung der Golden Gate Bridge durch die Gruppe November und das Massaker im Hauptsitz der Vereinten Nationen. Die Präsidentschaftswahlen von 1988 waren wegen des geltenden Versammlungsverbots auf unbestimmte Zeit verschoben worden, und die tatsächliche Macht über das Land übten »für die Dauer des Ausnahmezustands« die führenden Köpfe der drei größeren Geheimdienste aus.

Es hatte danach ausgesehen, als wäre ein faschistisches Amerika im Werden, was natürlich von Anfang an das Ziel des internationalen terroristischen Untergrunds gewesen war. Seine Mitglieder hatten sich nichts sehnlicher gewünscht, als in den Vereinigten Staaten ein wahrhaft unterdrückerisches Regime an die Macht zu bringen, eines, für dessen Umsturz sogar gewöhnliche Bürger kämpfen mochten. Es sei denn, natürlich, die militante antikommunistische CIA/NSA/FBA-Troika, welche die Interimsregierung führte, entschied sich als erste, den weltweiten Atomkrieg vom Zaun zu brechen, dessen Ausbruch seit den späten siebziger Jahren gedroht hatte.

Linda stand mit ihrem nackten seidigen Rücken vor dem kühlen Luftschwall, die Augen geschlossen und ihr Haar mit einer Hand hoch über den Kopf haltend, um ihren schlanken Nacken dem wohltuenden Luftstrom darzubieten. Unter den Lichtspeeren von der Jalousie schimmerten ihre Tänzerinnen-Beine durch das hauchdünne Kleid.

Pamela hatte recht damit gehabt, sich gegen ihn zu wenden, dachte Jeff voller Schmerz; recht damit gehabt, sie beide für das zu verurteilen, was sie bewirkt hatten, wie unwissend und altruistisch sie auch gewesen sein mochten. Indem sie sich der Welt gegenüber zu erkennen gegeben und im Austausch gegen ein paar dürftige Informationen mit der Regierung eingelassen hatten, hatten sie die Saat für eine fürchterliche Ernte ausgebracht, die in einer anderen Welt jetzt reifte. Es würde sich zeigen müssen, ob Pamela – oder sie beide, was das betraf – sich wegen der brutalen globalen Gewalt, die sie im Namen von Mildtätigkeit und Mitgefühl angerichtet hatten, jemals würden vergeben können ... Und es würde Jahre brauchen, vielleicht ein Jahrzehnt oder mehr, bis er auch nur die Gelegenheit haben würde, wieder mit ihr zu sprechen und einen Versuch zu unternehmen, die persönliche Entfremdung zwischen ihnen beizulegen und mit dem tragischen, totalen Scheitern ihres Vorhabens, das Los der Menschheit zu verbessern, ins reine zu kommen. Jene Welt war verloren, das war ebenso sicher wie die Tatsache, daß Pamela für eine unbekannte Anzahl von Jahren, vielleicht für immer, für ihn verloren war.

»Kitzel mich«, sagte Linda mit ihrer süßen, klaren Stimme, und einen Moment lang wußte Jeff nicht, was sie meinte. Dann erinnerte er sich an die zarte Berührung, an der sie einst Gefallen gefunden hatte, das langsame, sanfte Gleiten seiner Fingerspitzen über ihre Haut, so leicht, daß es fast keine Berührung war. Er nahm ein Gänseblümchen aus dem Strauß, den sie ihm geschenkt hatte, benutzte seine zarten Blütenblätter dazu, eine imaginäre Linie von ihrem Ohr über Nacken und Schulter zu ziehen, ihren rechten Arm hinunter und dann ihren linken wieder hinauf.

»Oooh, tut das gut«, flüsterte sie. »Hier, mach es hier.« Sie löste die dünnen Schulterträger ihres Kleids, ließ es von ihren jugendlichen Brüsten gleiten. Jeff liebkoste sie mit der Blüte, beugte sich vor, um beide Brustwarzen zu küssen, als sie sich aufrichteten. »Oh, ich liebe das«, seufzte Linda. »Ich liebe dich.«

An diesem vollkommenen, zweifach gelebten Tag fand er den Trost, den er brauchte, in der fraglosen Leidenschaft und Zuneigung dieser Frau, bei der ihm diese Empfindungen so lange vorenthalten worden waren. In ihrer Liebe für ihn, seiner wiederentdeckten Liebe für sie, lebte er wieder auf.

Die zitronengelben Strähnen in Lindas Haar waren durch die Tage unter der marokkanischen Sonne zu einem noch helleren Gelb verblichen, was den Eindruck erweckte, ihr Haar reflektiere das imaginäre Licht des großen goldenen Sonnendurchbruchs auf der Tapete hinter der langgezogenen Bar. Sie umklammerte die Barreling und lachte, während das Schiff sanft in der atlantischen Dünung rollte. Ihr Gintonic begann über die sich neigende eichene Oberfläche zu gleiten, und sie fing ihn mit einer geschickten Bewegung ein. Das Eis im Glas klirrte wie ihr helles Lachen.

»Encore, madame?« fragte der Barkeeper.

Linda wandte sich Jeff zu. »Möchtest du noch einen Drink?«

Er schüttelte den Kopf, trank seinen Jack Daniels mit Soda aus. »Warum machen wir nicht einen Spaziergang draußen an Deck? Die Nacht ist warm; ich würd' gern auf das Meer hinausschauen.« Er setzte ihre Kabinennummer unter die Rechnung, reichte sie dem Barkeeper. *»Merci, Raymond; à demain.«*

»A demain, monsieur; merci.«

Jeff ergriff Lindas Arm, und sie schritten durch die ein wenig schwankende Riviera-Bar hinaus auf das Veranda-Deck. Über ihnen erhoben sich die imposanten rot-schwarzen Schornsteine der SS *France* in den Nachthimmel, ihre schlanken Finnen wie die unbewegten Flossen zweier mitten im Sprung eingefrorener Wale. Das große Schiff hob sich einer herannahenden Woge entgegen, tauchte weich in das Tal zwischen den riesigen, aber gleichmäßigen Wellen. Die Sterne am Himmel waren von keinen Wolken verdeckt, doch weit im Süden erhellte eine Wolkenbank den Horizont mit ständigem Wetterleuchten. Das Unwetter bewegte sich in ihre Richtung, doch mit dreißig Knoten Geschwindigkeit würden sie dem Gewitter entwischen, bevor es mit seinen heftigen Winden und seinem Platzregen diese Meeresgegend erreichte.

Heyerdahl, dachte Jeff, würde nicht den Luxus haben, einer solch unberechenbaren Gewalt zu entfliehen; er würde den nahenden Sturm mit anderen Augen sehen, furchtvoll und besorgt über die Ruderpinne seines kleinen Papyrusbootes gebeugt, so weit vom Land entfernt. Ein solcher Sturm hatte letztes Jahr seine Fahrt zunichte gemacht, ihn gezwungen, sein beschädigtes Schiff in schwerer See aufzugeben, sechshundert Meilen vor dem Ziel.

»Glaubst du wirklich, er wird es diesmal schaffen?« fragte Linda, zu den ungleichmäßig erhellten Wolken in der Ferne hinüberblickend. Sie hatte das gleiche gedacht, besorgt um das Schicksal der umgänglichen bärtigen Norweger, an deren Arbeiten zur Fertigstellung des historischen, absichtsvoll primitiven kleinen Bootes im alten befestigten Hafen von Safi sie sich beteiligt hatten. Es war in der Woche zuvor zu Wasser gelassen worden.

»Er wird es schaffen«, sagte Jeff voller Überzeugung.

Lindas dünnes Kleid flatterte im Wind des sich nähernden Unwetters, und sie hielt die Schiffsreling fest umklammert. »Warum fasziniert er dich so?« wollte sie wissen.

»Aus dem gleichen Grund, warum mich Michael Collins und Richard Gordon faszinieren«, sagte er. Und Roosa, hätte er hinzufügen können, und Worden und Mattingly und Evans und die Kriegsgefangenen, die in drei Jahren heimkehren würden, im Jahre 1973. »Die Isolation, die totale Abgeschiedenheit von der restlichen Menschheit ...«

»Aber Heyerdahl hat eine Sieben-Mann-Crew bei sich«, erklärte sie. »Collins und Gordon waren in ihren Kapseln vollkommen allein, eine Zeitlang jedenfalls.«

»Manchmal kann man Isolation miteinander teilen«, sagte Jeff und blickte auf den wogenden Ozean hinaus. Der warme Geruch des näherrückenden tropischen Unwetters erinnerte ihn ans Mittelmeer, an einen Tag, als dieser Geruch durchs offene Fenster einer Villa auf Mallorca geweht war. Der pfeffrige Geschmack von Paella, die aufwühlende Wehmut von Laurindo Almeidas Gitarre, das Beieinander von Freude und Schmerz in Pamelas Augen, ihren sterbenden Augen.

Linda bemerkte den Schatten, der über Jeffs Gesicht gefallen war, und sie legte ihre Hand in seine, umfaßte sie so fest wie eben noch die Reling. »Dieses ganze Gerede über Einsamkeit und Isolation ... Ich weiß nicht, ob dieses Projekt eine so gute Idee ist. Es sieht so aus, als würde es dich zu sehr deprimieren.«

Er zog sie an sich, küßte sie auf den Kopf. »Nein«, versicherte er ihr mit einem Lächeln voller Zuneigung, »es deprimiert mich nicht. Macht mich bloß nachdenklich, das ist alles.«

Doch es stimmte nicht ganz, das wußte er; seine nachdenkliche Verfassung hatte zu dem Unternehmen geführt, das nun zur Besessenheit geworden war, nicht umgekehrt. Lindas Gegenwart, ihre ungewohnt liebevolle Offenheit hatten seine mitgenommenen Empfindungen seit jenem Tag im August 1968 beruhigt, als er sein Leben wiederaufgenommen und sie mit einem Strauß Gänseblümchen wartend vor seiner Tür wiedergefunden hatte. Doch nicht einmal die unerwartete Wiedergeburt all dessen, was sie vor so langer Zeit miteinander geteilt hatten, hatte ausgereicht, ihn die Qualen vergessen zu lassen, die er in seinem vorigen Leben durch Russell Hedges indirekt über die Welt gebracht hatte, oder die Entfremdung, die all das zwischen ihm und Pamela bewirkt hatte. Schuld und Reue entrann er nicht; sie bildeten eine unablässige Unterströmung seiner wiedererwachten Liebe zu der Frau, die er einmal geheiratet hatte. Und diese andauernde Herabsetzung führte zu neuen Gewissensbissen, zu einem allgegenwärtigen Schuldgefühl, das von seiner Überzeugung noch verstärkt wurde, er müßte fähig sein, seine Gefühle zu verändern, die Vergangenheit loslassen und sich Linda ebenso vollständig hingeben, wie sie es ihm gegenüber tat.

Er hatte seine Reporterstelle bei WIOD in Miami sofort gekündigt, hatte die tagtägliche Aufgabe nicht mehr ertragen, die menschliche Tragödie zu durchforschen, zu beobachten und zu beschreiben, nicht nach alldem, wofür er sich während der sinnlosen Jahre in dem Regierungsschlupfwinkel in Maryland die Verantwortung gab. In jenem Oktober hatte Jeff gewartet, bis Detroit auf drei zu eins Spiele herunter war; dann hatte er seine Ersparnisse auf die Tigers gesetzt, um einen Gewinn auf die letzten drei Spiele der Meisterschaft einzustreichen. Mickey Lolich hatte das Rennen für ihn gemacht, so wie Jeff es gewußt hatte.

Der Gewinn hatte ihn in die Lage versetzt, ein neues Apartment am Strand von Pompano Beach zu kaufen, näher an dem Ort gelegen, wo Linda noch bei ihren Eltern wohnte und das College besuchte. Er traf sie jeden Nachmittag, wenn sie mit dem Unterricht fertig war, schwamm mit ihr im sanften Meer oder saß zu Hause neben ihr am Swimmingpool, während sie lernte. Sie war in diesem Frühjahr bei ihm eingezogen, hatte ihren Eltern erklärt, sie »bräuchte etwas Eigenes«. Sie hielten die Fiktion aufrecht, besuchten nie das meerzugewandte Apartment im zehnten Stock, das Jeff und Linda miteinander teilten, und fuhren fort, ihn jede Woche in ihr Haus zum Sonntagsdinner einzuladen.

In jenem Sommer 1969 hatte er das Projekt entworfen, das ihn nun ganz in Anspruch nahm. Lindas Vater hatte eines Sonntagabends beim Kaffee nach dem Dinner die Saat dafür gelegt. Es war inzwischen Jeffs Angewohnheit geworden, die Nachrichten zu ignorieren, jeder Diskussion über nationale oder internationale Ereignisse höflich auszuweichen. Doch in jener Woche hatte sein ehemaliger Schwiegervater nur ein einziges Gesprächsthema gekannt und nicht mehr damit aufhören wollen: die soeben abgebrochene Reise von Thor Heyerdahl und den närrischen Versuch des Norwegers, zu beweisen, daß frühe, mit Papyrusbooten segelnde Entdecker die ägyptische Kultur mehr als drei Jahrtausende vor Kolumbus nach Amerika gebracht haben könnten.

Lindas Vater hatte über das Vorhaben gespottet, hatte Heyerdahls Beinaheerfolg als vollständiges Scheitern abgetan, und Jeff hatte sein Wissen für sich behalten, daß der Abenteurer und Anthropologe ein Jahr später mit einer zweiten Expedition triumphieren würde. Doch das Gespräch hatte ihn zum Nachdenken gebracht, und in jener Nacht hatte er bis zum Morgen wachgelegen, auf die bewegte Brandung unter seinen Apartmentfenstern gelauscht und sich vorgestellt, wie er in einem leichten Schiff eigener Herstellung auf diesem dunklen Meer trieb, in einem zerbrechlichen Boot, das den Stürmen dieses Jahres unterliegen mochte, das jedoch wiederkehren würde, um das Meer zu überwinden, das ihn für sich gefordert hatte.

Im gleichen Monat waren er und Linda wie bereits zuvor zum Cape hochgefahren, um Zeuge der kontrollierten Gewalt der mächtigen *Saturn V*-Rakete zu sein, die *Apollo 11* zum Mond brachte. Nach dem Start, als sie zusammen mit hunderttausend anderen Wagen voller Zuschauer im Schritttempo an der bereits überentwickelten Goldküste entlang zurückfuhren, war Jeff von Gedanken an Abgeschiedenheit, an Rückzug aus den Tagesgeschäften der Menschheit erfüllt. Nicht die Art Abgeschiedenheit und Zuflucht, die er einmal in Montgomery Creek gesucht hatte, sondern eine *Seefahrt* der Isolation, eine epische Reise der Einsamkeit, auf ein noch unbewiesenes Ziel zu.

Heyerdahl kannte dieses Gefühl, davon war Jeff überzeugt, ebenso wie die Crew der Mission, die sie soeben hatten abheben sehen, und keiner von der Crew kannte es besser als Michael Collins. Armstrong und in geringerem Maße auch Aldrin würden den Ruhm ernten, jene historischen ersten Schritte tun, die gewählten ersten Worte sprechen, die Flagge in den Mondboden pflanzen ... Doch jene dramatischen Stunden über, die seine Crewkameraden auf der Mondoberfläche verbrachten, würde Michael Collins einsamer sein als jemals jemand zuvor: eine Viertelmillion Meilen von der Erde entfernt, im Orbit um eine fremde Welt, die nächsten Menschen irgendwo unter sich auf diesem lebensfeindlichen Halbplaneten. Wenn ihn sein Befehlsmodul an der abgewandten Seite des Mondes vorbeitrug, würde Collins nicht einmal mehr Funkkontakt mit seinen Mitmenschen haben, würde er nicht einmal mehr die blauweiße Kugel sehen können, von der er stammte. Er würde sich der öden Unendlichkeit des Raums gegenübersehen, in äußerster Einsamkeit und Stille, die nur fünf weitere Menschen jemals erfahren würden.

In diesem Augenblick, während er eingekeilt im Fünfunddreißig-Meilen-Verkehrsstau auf dem US Highway 1 nahe Melbourne festsaß, hatte Jeff gewußt, daß er diese Männer kennenlernen, sie verstehen mußte. Auf diese Weise würde er sich selbst und die einsame Reise durch die Zeit, der er und Pamela unterworfen waren, besser verstehen lernen.

In der folgenden Woche hatte er die erste von vielen Fahrten nach Houston unternommen. Aufgrund des Erfolgs seines Earl-Warren-Interviews im Jahr zuvor überredete Jeff NBC, ihm dabei zu helfen, von der NASA den Presseausweis als freier Journalist zu bekommen. Er interviewte Stuart Roosa und, durch seine Vermittlung, Richard Gordon, Alfred Worden und die anderen, und freundete sich allmählich mit ihnen an. Selbst Michael Collins erwies sich als relativ zugänglich. Die Aufmerksamkeit und Lobhudelei der Öffentlichkeit konzentrierte sich weiterhin auf die Männer, die tatsächlich ihren Fuß auf den Mond gesetzt hatten, nicht auf jenen einen, der in der Umlaufbahn geblieben war, und die anderen, die während der nächsten Missionen dort bleiben würden.

Was als persönliche Suche nach Einsicht in seine eigene Geistesverfassung begonnen hatte, wuchs bald darüber hinaus. Zum erstenmal seit vielen Jahren benutzte Jeff seine journalistischen Fähigkeiten dazu, kunstgerecht in die Gedanken und Gefühle dieser Menschen einzudringen, sie am besten in jenen Momenten zu interviewen, wo sie aufgehört hatten, das Gespräch als Interview zu betrachten, wo sie angesichts seines offensichtlichen Interesses ihr Visier heruntergelassen und mit ihm auf einer rein menschlichen Ebene zu sprechen begonnen hatten. Gefühlsüberschwang, Humor, Wut, Angst: Irgendwie entlockte Jeff diesen Männern die ganze Spannweite von Emotionen, welche die Astronauten nie zuvor preisgegeben hatten. Und er wußte, daß ihre spezielle Sicht des Universums Teil von etwas war, das er nicht länger für sich behalten konnte, sondern der Weltöffentlichkeit mitteilen mußte.

In diesem Herbst hatte er an Heyerdahl geschrieben, das erste mehrerer Treffen mit dem Forscher in Norwegen, dann in Marokko arrangiert. Während sich der ursprüngliche Antrieb, weswegen Jeff diese Männer ausgewählt hatte, in seinem Geiste ausweitete, während die Vorstellungen und Gefühle, die er von ihnen vermittelt bekam, eigenständige Macht gewannen, erkannte er schließlich, woran er unbewußt, aber entschieden arbeitete: an einem Buch über sich selbst, das die Metapher dieser einsamen Reisenden dazu benutzte, seine eigene einzigartige Erfahrung zu transportieren und das vielfarbige Gemälde seiner gesammelten Siege und Verluste und Schmerzen zu erläutern.

Eine neue Folge von Blitzen erhellte die weit entfernte Gewitterfront, deren gedämpft weißer Schein die Umrisse von Lindas engelhaftem Gesicht umspielte.

Und Freuden, dachte er und streichelte mit den Fingerspitzen leicht über ihre Wange, während sie zu ihm auflächelte. Er mußte seine Freuden ebenfalls mitteilen.

Jeffs Schreibzimmer hatte, wie die meisten anderen Räume in dem Haus am Hillsboro Beach südlich von Boca Raton, Ausblick auf das Meer. Mit der Zeit hatte er Vertrauen in die Unveränderlichkeit dieser Aussicht und das unablässige Geräusch der Brandung gewonnen, ebenso wie er sich früher vom Anblick des weißüberkrönten Mount Shasta vor seinem Haus in Montgomery Creek angezogen gefühlt hatte. Sie tröstete ihn, verankerte ihn, abgesehen von den Nächten, wenn der Mond sich über den Ozean erhob und ihn an einen bestimmten Film erinnerte, der in dieser Welt ungedreht geblieben war, und an eine Zeit, an die er am besten nicht mehr rührte.

Er drückte das Fußpedal des Sony Diktiergeräts, und selbst aus dem winzigen Lautsprecher des kleinen Abspielgeräts war der volle Klang der Stimme mit dem starken russischen Akzent deutlich zu hören. Jeff war mit der Abschrift dieses Interviews halb fertig, und jedesmal, wenn er die Stimme hörte, sah er das überraschend bescheidene Zuhause des Mannes in Zürich vor sich, die Teller mit *blini* und Kaviar, die gutgekühlte Flasche Pfeffer-Wodka zwischen ihnen auf dem Tisch. Und hörte wieder die Worte, den Strom beredten Weltschmerzes vermischt mit unerwarteten Juwelen von Weisheit und sogar Gelächter seitens des riesigen Mannes mit dem unverwechselbaren roten Fransenbart. Viele Male hatte Jeff in dieser Woche intensiv mitgeteilter Weisheit versucht, dem Mann zu sagen, wie vollständig er seinen Kummer teilte, wie gut er das Gefühl machtloser Wut gegenüber dem Unwiederbringlichen verstand. Aber er hatte es nicht getan, natürlich nicht. Hatte es nicht gekonnt. Er hatte seine Zunge im Zaum gehalten, den unreifen, wenn auch einsichtsvollen Interviewer gespielt und die Gedanken des großen Mannes lediglich aufgezeichnet; ihn mit seinem Schmerz alleingelassen, so wie Jeff mit dem seinen allein war.

An der Tür ertönte ein verhaltenes Klopfen, und Linda rief zu ihm herein: »Liebling? Lust auf eine Pause?«

»Aber ja«, sagte er und stellte die Schreibmaschine und das Tonbandgerät ab. »Komm ruhig rein.«

Sie öffnete die Tür und trat ein, in den Händen ein Tablett mit zwei Limonellenscheiben auf einem Tellerchen und zwei Tassen Jamaica Blue Mountain Coffee. »Eine kleine Stärkung«, lächelte sie.

»Mmmm.« Jeff sog das dunkle Aroma des Kaffees ein, den kühlen Duft der frischen Limonelle. »Mehr als das. *Unendlich* viel mehr als das.«

»Wie geht es mit dem Solschenizyn-Material voran?« fragte Linda und setzte sich, mit dem Tablett im Schoß, im Schneidersitz auf die übergroße Ottomane neben dem Schreibtisch.

»Ausgezeichnet. Ich habe hier eine Menge, mit dem sich arbeiten läßt, und es ist alles so gut, daß ich nicht einmal weiß, wo ich mit dem Kürzen oder Umschreiben anfangen soll.«

»Besser als das Zeug, das du von Thieu bekommen hast?«

»Viel besser«, sagte er zwischen zwei Bissen von der unwahrscheinlich köstlichen Limonelle. »Im Thieu-Material sind genug gute Stellen, die es wert sind, aufgenommen zu werden, aber dies hier wird einmal das Rückgrat des Buches bilden. Es macht mich richtig kribbelig.«

Aus gutem Grund, wußte Jeff; dieses neue Projekt war in seinem Geist herangewachsen, seit er das erste Buch zu schreiben begonnen hatte, das über Heyerdahl und die mondumkreisenden Astronauten. Als es vor zwei Jahren, 1973, erschienen war, hatte es bei der Kritik und in finanzieller Hinsicht mäßigen Erfolg gehabt. Er hatte das sichere Gefühl, daß dieses Buch, für das die Recherchen inzwischen fast abgeschlossen waren, die besten Abschnitte seines früheren Werks noch übertreffen würde.

Diesmal konnte er über aufgezwungenes Exil schreiben, über die Trennung von zu Hause, der Heimat und den eigenen Gefährten. In diesem Thema, fühlte er, konnte er einen Kern universalen Mitgefühls entdecken und vermitteln, einen Funken Verständnis, der dem metaphorischen Exil entstammte, dem wir alle unterworfen sind, und das Jeff besser begriff als jeder andere vor ihm: unser gemeinsames und unentrinnbares Ausgeschlossensein von den Jahren, die wir durchlebt und hinter uns gebracht haben, von den Menschen, die wir einmal waren und kannten und für immer verloren haben.

Die ausführlichen Betrachtungen, die Jeff Solschenizyn entlockt hatte – über sein Exil, nicht über den Gulag – waren, wie er es Linda gesagt hatte, zweifellos die tiefsinnigsten aller Beobachtungen, die er bislang zusammengetragen hatte. Das Buch würde ebenfalls Material aus seinem Briefwechsel mit dem abgesetzten kambodschanischen Prinzen Sihanouk enthalten, außerdem seine Interviews in Madrid und Buenos Aires mit Juan Peron, ebenso wie Reflektionen Nguyen Van Thieus, die er nach dem Fall von Saigon aufgezeichnet hatte. Jeff hatte sogar mit Ayatollah Khomeini in seiner Zuflucht außerhalb von Paris gesprochen. Um sicherzustellen, daß das Buch eine ganz und gar demokratische Tendenz bekam, hatte er Kommentare von Dutzenden gewöhnlicher politischer Flüchtlinge erbeten, Männer und Frauen, die vor rechten wie auch linken diktatorischen Regimes geflohen waren.

Die Notizen und Tonbänder, die er angehäuft hatte, quollen über von eindrücklichen, tief bewegenden Erzählungen und Gefühlen. Jetzt stand Jeff vor der Aufgabe, die Essenz dieser Millionen tiefempfundenen Worte herauszudestillieren, ihre unverfälschte Kraft zu bündeln, indem er sie auf den Kern zurückführte und in den wirkungsvollsten Kontext hineinstellte. *Harfen an den Weiden* wollte er es nennen, nach dem einhundertsiebenunddreißigsten Psalm:

An den Wassern zu Babel saßen wir und weinten,
wenn wir an Zion gedachten.
Unsere Harfen hingen wir
an die Weiden, die daselbst sind …
Wie könnten wir des HERRN Lied singen
in fremden Landen?

Jeff aß seine Limonelle zu Ende, stellte den Teller weg und trank die berauschende Fülle des frisch gebrühten Jamaika-Kaffees.

»Wie lange, glaubst du ...« setzte Linda an, aber ihre Frage wurde vom schrillen Klingeln des Telefons auf dem Schreibtisch unterbrochen.

»Hallo?« meldete er sich.

»Hallo, Jeff«, sagte die Stimme, die er drei verschiedene Leben hindurch gekannt hatte.

Er wußte nicht, was er sagen sollte. Er hatte während der vergangenen Jahre so oft an diesen Moment gedacht, ihn gefürchtet, sich nach ihm gesehnt, bis er schon geglaubt hatte, er würde niemals kommen. Jetzt, da es soweit war, war er vorübergehend sprachlos, entdeckte er, daß all die sorgfältig auswendig gelernten Eröffnungsworte aus seinem Kopf verschwunden waren wie Wolkenfetzen, die der Wind zerstreut hatte.

»Kannst du offen reden?« fragte Pamela.

»Nicht ganz«, sagte Jeff, Linda unbehaglich ansehend. Sie hatte die Veränderung in seinem Gesichtsausdruck bemerkt und blickte ihn neugierig, aber ohne Mißtrauen an.

»Ich verstehe«, sagte Pamela. »Soll ich später wieder anrufen, oder könnten wir uns irgendwo treffen?«

»Das wäre besser.«

»Was? Später zurückrufen?«

»Nein. Nein, ich glaube, wir sollten uns treffen, und zwar bald.«

»Kannst du nach New York kommen?« fragte sie.

»Ja. Jederzeit. Wann und wo?«

»Diesen Dienstag, geht das?«

»Kein Problem«, sagte er.

»Dienstagnachmittag dann, im ... Pierre? Dort in der Bar?«

»Das klingt gut. Um zwei Uhr?«

»Drei wäre für mich besser«, sagte Pamela. »Ich habe um eins eine Verabredung in der West Side.«

»In Ordnung. Ich ... ich seh' dich Dienstag.«

Jeff legte auf und spürte, wie bleich und mitgenommen er aussehen mußte. »Das war ... ein alter Freund vom College, Martin Bailey«, log er und haßte sich dafür.

»Oh, klar, dein Stubenkamerad. Stimmt etwas nicht?« Die Sorge in ihrer Stimme, auf ihrem Gesicht, war aufrichtig.

»Er und seine Frau haben schlimme Probleme. Es sieht so aus, als würden sie sich scheiden lassen. Er ist ziemlich durcheinander deswegen, muß mit jemandem sprechen. Ich fahre ein paar Tage nach Atlanta rauf, um zu sehen, ob ich ihm helfen kann.«

Linda lächelte, unschuldig, voller Mitgefühl, doch Jeff empfand keine Erleichterung darüber, daß sie der improvisierten Lüge so bereitwillig glaubte. Er empfand bloß Schuld, einen scharfen, beinahe körperlichen Stich von Schuld. Und, um das Schuldgefühl noch schlimmer zu machen, ein nicht zu verleugnendes Hochgefühl, daß er Pamela bald schon sehen würde, in nur drei Tagen.

18

Jeff fuhr um zwanzig nach zwei mit dem Aufzug von seinem Zimmer im Pierre hinunter, wandte sich nach links und ging an dem grauen italienischen Marmor mit Messingintarsien vorbei, der den Eingang zum Café Pierre markierte. Er fand einen ruhigen Tisch am Ende der langen, engen Bar, bestellte einen Drink und wartete nervös, den Eingang beobachtend. So viele seiner Erinnerungen waren mit diesem Hotel verbunden: Er und Sharla hatten sich 1963 den Großteil jener entscheidenden Baseballmeisterschaft hier in einem Zimmer angesehen, ziemlich zu Anfang seiner ersten Wiederholung, und er hatte während der vergangenen Jahrzehnte wiederholt hier übernachtet, am häufigsten zusammen mit Pamela.

Sie spazierte fünf Minuten vor drei herein. Ihr glattes blondes Haar war genauso, wie er es in Erinnerung hatte, desgleichen ihre Augen. Ihre üppigen Lippen waren in einem Ausdruck von vertrautem Ernst zusammengepreßt, doch ohne die bittere, niedergeschlagene Festigkeit, die er in jenen letzten Jahren in Maryland angenommen hatte. Sie trug zierliche, zu ihren Augen passende Smaragdohrringe, einen weißen Fuchspelz ... und ein hellgraues, stilvoll geschnittenes Umstandskleid. Pamela war im fünften oder sechsten Monat schwanger.

Sie kam zu seinem Tisch, nahm Jeffs Hände in ihre und hielt sie einen langen, stillen Augenblick. Er blickte hinab, sah den schlichten goldenen Ehering.

»Willkommen zurück«, sagte er, als sie ihm gegenüber Platz nahm. »Du ... siehst wundervoll aus.«

»Danke«, sagte sie zurückhaltend, den Blick auf die Tischplatte gerichtet. Ein Ober kam; sie bestellte ein Glas Weißwein. Das Schweigen hielt an, bis der Wein vor sie gestellt wurde. Sie trank davon, dann begann sie die Cocktailserviette zwischen ihren Fingern zu reiben.

Jeff erinnerte sich und lächelte. »Hast du vor, sie zu zerreißen?« fragte er leichthin.

Pamela blickte auf, erwiderte sein Lächeln. »Vielleicht«, sagte sie.

»Wann ...« begann er, und brach ab.

»Wann, was? Wann das Replay begonnen hat, oder wann ich niederkomme?«

»Beides, nehme ich an. Womit du auch anfangen möchtest.«

»Ich bin seit zwei Monaten zurück, Jeff.«

»Ich verstehe.« Diesmal wandte er sich ab, starrte auf das goldene Teegebäck vor den Satinvorhängen.

Pamela griff über den Tisch, berührte seinen Arm. »Ich konnte mich nicht dazu überwinden anzurufen, verstehst du? Nicht nur wegen der Differenzen, die wir letztesmal hatten, sondern ... deswegen. Es war ein gewaltiger emotionaler Schock für mich.«

Er entspannte sich, sah ihr wieder in die Augen. »Tut mir leid«, sagte er. »Das kann ich mir vorstellen.«

»Ich war in einem Laden für Kinderbekleidung in New Rochelle. Babysachen kaufen. Mein kleiner Sohn, Christopher – er ist drei – war mit mir. Und dann fühlte ich meinen Bauch, und ich wußte Bescheid, und ... ich brach einfach zusammen. Ich fing an zu schluchzen, und das machte Christopher natürlich angst. Er begann zu weinen und ›Mammi, Mammi‹ zu rufen ...«

Pamelas Stimme brach, und sie tupfte sich die Augen mit der Serviette ab. Jeff nahm ihre Hand, streichelte sie, bis sie die Fassung wiedererlangt hatte.

»Das ist Kimberly, mit der ich schwanger bin«, sagte sie schließlich ruhig. »Meine Tochter. Sie wird im März zur Welt kommen. Am achtzehnten März 1976. Es wird ein wunderbarer Tag sein, eigentlich mehr wie Ende April oder Anfang Mai. Ihr Name bedeutet ›von der prächtigen Wiese‹, und ich sagte immer, sie hätte den Frühling mitgebracht.«

»Pamela ...«

»Ich hätte nie gedacht, sie wiederzusehen. Du kannst dir nicht vorstellen – nicht einmal du kannst dir vorstellen, wie das für mich gewesen ist, wie es immer noch ist und die kommenden elf, beinahe zwölf Jahre sein wird. Weil ich sie mehr liebe als je zuvor, und diesmal *weiß* ich, daß ich sie verlieren werde.«

Sie begann wieder zu weinen, und Jeff wußte, daß er nichts sagen konnte, um es leichter für sie zu machen. Er dachte daran, wie es wäre, seine Tochter Gretchen wieder in den Armen zu halten, sie im Garten des Hauses in Dutchess County spielen zu sehen, sich die ganze Zeit über des genauen Datums und der Stunde bewußt, wann sie wieder aus seinem Leben entschwinden würde. Unmögliches Glück, unermeßliches Leid, und niemals eine Aussicht, das eine vom anderen trennen zu können. Pamela hatte recht; die unerträgliche, andauernde Vermischung dieser entgegengesetzten Empfindungen überstieg sein hochentwickeltes Einfühlungsvermögen.

Nach einer Weile entschuldigte sie sich und erhob sich, um ihre Tränen für sich zu stillen. Als sie zurückkam, war ihr Gesicht trocken, ihr helles Make-up frisch aufgetragen und makellos. Jeff bestellte ein neues Glas Wein für sie, einen weiteren Drink für sich.

»Was ist mit dir?« fragte sie sachlich. »Wann bist du diesmal zurückgekehrt?«

Er zögerte, räusperte sich. »Ich war in Miami«, sagte er. »1968.«

Pamela überlegte einen Moment lang, warf ihm einen scharfsichtigen Blick zu. »Zusammen mit Linda«, sagte sie.

»Ja.«

»Und jetzt?«

»Wir sind immer noch zusammen. Nicht verheiratet, noch nicht, aber ... wir leben zusammen.«

Sie lächelte ein versonnenes, wissendes Lächeln, fuhr mit dem Finger am Rand des Weinglases entlang. »Und du bist glücklich.«

»Das bin ich«, gab er zu. »Wir beide sind es.«

»Das freut mich für dich«, sagte Pamela. »Es freut mich wirklich.«

»Diesmal war es anders«, erklärte er. »Ich habe eine Vasektomie machen lassen, deshalb wird sie nie die Schwierigkeiten haben, die sie früher bei der Schwangerschaft hatte. Vielleicht adoptieren wir ein Kind. Ich käme damit zurecht; ich hab's schon einmal getan, als ich mit Judy verheiratet war, und es war nicht das gleiche wie ... Du weißt, was ich meine.« Jeff schwieg einen Moment lang und bedauerte, das Thema Kinder wieder aufgebracht zu haben, dann sprach er rasch weiter. »Die finanzielle Sicherheit hat unserer Beziehung ausgesprochen gutgetan«, sagte er. »Ich hatte es nicht drauf angelegt, mit den Investitionen aufs Ganze zu gehen, aber wir sind recht wohlhabend. Und ich schreibe jetzt, gehe einer lohnenden Beschäftigung nach. Es war für mich eine Art Heilungsprozeß, mehr noch als die Zeit, die ich allein in Montgomery Creek verbracht habe.«

»Ich weiß«, sagte sie. »Ich habe dein Buch gelesen; es war ziemlich bewegend. Es half mir, über so vieles hinwegzukommen, was letztesmal zwischen uns falsch gelaufen war, diese … Bitterkeit.«

»Du … Stimmt ja, ich vergesse andauernd, daß du schon seit zwei Monaten wiederholst. Danke; ich bin froh, daß es dir gefallen hat. Das, an dem ich gerade arbeite, handelt vom Exil; ich hab' Solschenizyn interviewt, Peron … Ich werde dir ein Vorausexemplar schicken, wenn's fertig ist.«

Sie senkte den Blick, legte eine Hand an ihr Kinn. »Ich bin nicht sicher, ob das eine gute Idee wäre.«

Jeff brauchte einen Moment, um zu begreifen, was sie meinte. »Dein Mann?«

Pamela nickte. »Nicht, daß er übertrieben eifersüchtig wäre, aber … ach, mein Gott, wie soll ich das sagen? Es würde zuviele Erklärungen erfordern, wenn du und ich in Kontakt blieben, uns zu schreiben und miteinander zu telefonieren und uns zu treffen anfingen. Siehst du nicht, wie peinlich das werden würde?«

»Liebst du ihn?« fragte Jeff, hart schluckend.

»Nicht so, wie du offenbar Linda liebst«, sagte sie, ihre Stimme unverändert, aber kühl. »Steve ist ein anständiger Mann; auf seine Art hat er mich gern. Aber vor allem denke ich an die Kinder. Christopher ist erst drei, und Kimberly ist noch nicht einmal geboren. Ich könnte sie nicht ihrem Vater wegnehmen, bevor sie auch nur eine Chance hatten, ihn kennenzulernen.« Plötzlicher Zorn flammte in ihren Augen auf, doch dann erstickte sie ihn. »Nicht einmal, wenn du es wolltest«, setzte sie hinzu.

»Pamela …«

»Ich kann dir deine Gefühle für Linda nicht übelnehmen«, sagte sie. »Wir waren zu lange getrennt, als daß ich eifersüchtig werden könnte, und ich weiß, wieviel es dir bedeuten muß, damit ins reine zu kommen, nach den Problemen, die ihr beim erstenmal hattet.«

»Das änderte nichts an meinen Gefühlen für dich.«

»Ich weiß«, sagte sie sanft. »Es hat nichts mit uns zu tun, aber es ist eine Tatsache, und im Moment hat es Vorrang für dich. Genauso, wie ich diese Zeit mit meinen Kindern, meiner Familie brauche; ich brauche sie so dringend.«

»Du bist nicht mehr böse wegen ...«

»Wegen dem, was letztesmal passiert ist, mit Hedges? Nein. Nicht böse auf dich; wir beide haben das in Gang gebracht und haben getan, was wir für das Beste hielten. Es gab so viele Gelegenheiten, besonders in den letzten paar Monaten, wo ich mich dir zuwenden, mich dafür entschuldigen wollte, daß ich dir die Schuld gegeben hatte ... aber ich war dickköpfig. Ich kam mit den ganzen Schuldgefühlen nicht zurecht, die ich hatte. Ich mußte sie jemand anderem zuschieben, um meine eigene geistige Gesundheit zu schützen, und das hätte Hedges sein sollen, nicht du. Es tut mir leid.«

»Ich versteh' dich«, sagte er. »Auch damals verstand ich dich schon, obwohl es mir schwerfiel.«

Die Sehnsucht in ihren Augen, das tiefe Bedauern, spiegelten seine eigenen Empfindungen wider. »Es wird noch schwerer werden«, sagte sie und bedeckte seine Hand mit ihren weichen Handflächen. »Es wird eine Menge Verständnis nötig sein, auf beiden Seiten.«

Die Galerie lag in der Chambers Street. Im TriBeCa, dem Triangle Below Canal Street, das Soho als Manhattans wichtigstes Künstlerviertel abgelöst hatte. Seit Mitte der Achtziger hatte jedoch der gleiche Prozeß, der zum Exodus aus Soho geführt hatte, im TriBeCa von neuem begonnen; schicke Bars und Restaurants schossen in den Nebenstraßen von Hudson und Varick wie Pilze aus dem Boden, die Preise in den Läden und Galerien spiegelten inzwischen die Kaufkraft ihrer Uptown-Stammkunden wider, und Wohnraum war sehr gefragt. Bald würden die jungen Maler und Bildhauer und Performance-Künstler, die diesen desolaten Stadtteil hatten erblühen lassen, in eine neue Bohème verjagt werden, in irgendeinen zutiefst unerfreulichen und deshalb bezahlbaren Sektor dieser übervölkerten Insel.

Jeff erspähte die unauffällige Messingplatte, die auf die Galerie Hawthorne hinwies, und führte Linda durch den Eingang des renovierten Gebäudes, das einmal eine Mietskaserne neben einem gewerblichen Lagerhaus gewesen war. Sie gelangten in eine elegant-spartanische Empfangszone, mit weißen Wänden und Decke, einem niedrigen schwarzen Sofa vor einem geschwungenen schwarzen Schreibtisch. Die einzige Dekoration stellte ein überraschend graziles herabhängendes Stück Schmiedeeisen dar, mit seinen spitz zulaufenden schlanken Wirbeln wie ein Destillat und eine Erweiterung des verschlungenen Eisenfiligrans, das für die Tore und Balkone New Orleans' typisch war.

»Kann ich Ihnen helfen?« fragte die gertenschlanke junge Frau hinter dem Schreibtisch.

»Wir sind wegen der Eröffnung hier«, sagte Jeff und reichte ihr die geprägte Einladung.

»Gewiß«, sagte sie, schaute auf einer gedruckten Liste nach und strich ihre Namen durch. »Gehen Sie am besten gleich hinein.«

Jeff und Linda schritten am Schreibtisch vorbei, hinein in den Hauptraum der Galerie. Die Wände waren im gleichen nüchternen Weiß gehalten, dienten jedoch der Zurschaustellung dessen, was als Bilderorgie erschienen wäre, hätte man auf ihre Plazierung nicht solche gestalterische Mühe verwandt. Der riesige Raum war an einigen Stellen in intime Nischen unterteilt worden, die zum Studium der darin enthaltenen kontemplativen Ausstellungsstücke dienten, während – im Extrem dazu – die ganze Pracht der größeren Arbeiten durch die Offenheit der Zonen verstärkt wurde, in denen man sie präsentierte.

Die Galerie wurde von einer Zwanzig-Fuß-Leinwand mit einem Unterwasseranblick beherrscht, der nur in der Vorstellung des Künstlers existieren konnte: eine friedliche Bergspitze weit unterhalb der Wellen, dessen unverwechselbare Symmetrie ungetrübt war, der Schnee auf seinen Höhen unbeeinträchtigt von dem Wasser, das ihn umgab. Eine Delphinschule schwamm zwischen den Gletscherspalten seiner tiefgelegenen Hänge; beim näheren Hinsehen konnte Jeff erkennen, daß zwei der Delphine alterslose, eindeutig menschliche Augen hatten.

»Es ist ... überwältigend«, sagte Linda. »Und sieh mal, sieh dir das da drüben mal an.«

Jeff wandte sich in die Richtung, in die sie zeigte. Das kleinere Gemälde dort war nicht weniger verblüffend als das mit dem überfluteten Berg; dieses stellte die Sicht aus einem Segelflugzeug dar, wie durch die Optik einer Froschaugenkamera gespreizt, um das 180-Grad-Gesichtsfeld einzufangen. Im Vordergrund waren der Steuerknüppel und Flugzeugverstrebungen sichtbar; durch die Fenster konnte man einen weiteren Segler in der Nähe erkennen – aber beide schwebten nicht am blauen Himmel, sondern in der Unendlichkeit des Raums, im Orbit um einen düster-orangefarbenen, beringten Planeten.

»Ich bin froh, daß Sie kommen konnten«, hörte Jeff eine Stimme hinter sich sagen.

Diesmal waren die Jahre gnädig mit ihr gewesen. Da war nichts mehr von der abgespannten, hageren Leere, die ihr Gesicht in Maryland und in New York nach ihrem Treffen mit Stuart McCowan gezeichnet hatte. Obwohl sie eindeutig eine Frau in den späten Dreißigern war, leuchtete aus ihrem Gesicht das klare Licht der Zufriedenheit.

»Linda, ich möchte dir Pamela Phillips vorstellen. Pamela, das ist meine Frau, Linda.«

»Ich freue mich so, Sie kennenzulernen«, sagte Pamela und ergriff Lindas Hand. »Sie sind noch reizender, als Jeff mir erzählt hat.«

»Danke. Ich kann Ihnen gar nicht sagen, wie sehr ich von Ihrer Arbeit beeindruckt bin; es ist einfach großartig.«

Pamela lächelte wohlwollend. »Das hört man immer gerne. Sie sollten sich auch ein paar der kleineren Arbeiten anschauen; sie sind nicht alle ganz so beeindruckend und streng. Ein paar davon sind sogar ganz humorvoll, finde ich.«

»Ich freue mich darauf, die ganze Ausstellung zu sehen«, sagte Linda erwartungsvoll. »Es war nett von Ihnen, uns einzuladen.«

»Ich freue mich, daß Sie von Florida heraufkommen konnten. Ich war seit Jahren eine Verehrerin der Bücher Ihres Mannes, noch bevor wir uns letzten Monat kennenlernten. Ich dachte, er und Sie hätten vielleicht Spaß daran, ein paar der Sachen zu sehen, die ich gemacht habe.«

Pamela wandte sich einer Traube von Menschen zu, die in der Nähe standen, Wein tranken und auf kleinen Tellern voller Pastasalat mit Piniennüssen und Pestosauce herumstocherten. »Steve«, rief sie, »komm herüber, hier sind ein paar Leute, die ich dir gern vorstellen würde.«

Ein umgänglich aussehender Mann mit Brille und einem grauen Köperjackett löste sich aus der Gruppe und schloß sich ihnen an. »Das ist mein Mann, Steve Robison«, sagte Pamela. »Ich benutze meinen Mädchennamen, Phillips, für meine Arbeit und Robison im Alltag. Steve, das sind Jeff Winston und seine Frau Linda.«

»Angenehm.« Der Mann strahlte, ergriff Jeffs Hand. »Ist mir wirklich ein Vergnügen. Ich glaube, *Harfen an den Weiden* ist eines der besten Bücher, die ich je gelesen habe. Hat den Pulitzer-Preis gewonnen, nicht wahr?«

»Ja«, sagte Jeff. »Es hat mich gefreut, daß es bei so vielen Leuten eine Saite anzuschlagen schien.«

»Ein verdammt gutes Buch«, sagte Robison. »Und Ihr letztes, das über Leute, die zu Orten zurückkehren, an denen sie aufgewachsen sind, das kommt nahe daran. Pamela und ich sind seit langem große Fans von Ihnen; ich glaube, einige Ihrer Gedanken haben sogar ihre eigene Arbeit beeinflußt. Ich konnte es nicht glauben, als sie mir sagte, sie hätte Sie vor ein paar Wochen im Flugzeug aus Boston kennengelernt. Was für ein wunderbarer Zufall!«

»Sie sind bestimmt sehr stolz auf sie«, sagte Jeff, indem er das Märchen überging, das er und Pamela sich ausgedacht hatten, um ihre Bekanntschaft zu erklären. Sie hatte ihm Anfang Sommer geschrieben, ihn wenigstens kurz vor diesem letzten Herbst treffen zu wollen; hatte gewollt, daß er diese Eröffnung sah. Pamela war allein dorthin und wieder zurück geflogen, um ihre vorgefertigte Geschichte zu begründen, während er eine Woche in Atlanta verbrachte, auf dem Campus von Emory herumspazierte und über alles nachdachte, was er seit jenem ersten Morgen, als er dort im Zimmer des Wohnheims aufgewacht war, erlebt hatte.

»Ich bin außerordentlich stolz auf sie«, sagte Steve Robison, einen Arm um seine Frau legend. »Sie haßt es, wenn ich so über sie rede, sie sagt, es höre sich so an, als ob sie gar nicht anwesend wäre. Aber ich kann nicht anders als zu prahlen, wenn ich daran denke, was sie alles zustande gebracht hat, in so kurzer Zeit und mit zwei Kindern, die sie aufziehen mußte.«

»Wo wir gerade davon sprechen« – Pamela lächelte –, »das sind die beiden da drüben bei der Phönix-Skulptur. Und benehmen sich ordentlich, hoffe ich.«

Jeff blickte durch die Galerie, sah die Kinder. Der Junge, Christopher, war ein liebenswert linkischer Vierzehnjähriger an der schwierigen Schwelle zum Manne; und Kimberly war mit ihren elf Jahren bereits ein jüngeres Ebenbild Pamelas. Elf. Nur zwei Jahre jünger als Gretchen, als …

»Jeff«, sagte Pamela, »da ist ein Exponat, das ich Ihnen besonders zeigen möchte. Steve, warum besorgst du Mrs. Winston nicht etwas Pasta und ein Glas Wein?«

Linda folgte Robison zum Buffet und zur Bar, und Pamela geleitete Jeff zu einer kleinen zylindrischen Umfriedung, einem winzigen Raum innerhalb des Raums, im Zentrum der Galerie. Mehrere Leute standen davor und warteten darauf, die Kabine zu betreten, an deren Außenseite ein kleines Schild befestigt war, auf dem darum gebeten wurde, daß sich nicht mehr als vier Personen gleichzeitig darin aufhalten sollten. Pamela drehte das Schild herum, worauf »Wegen Reparaturarbeiten vorübergehend geschlossen« zu lesen war. Sie entschuldigte sich bei denen in der Schlange, erklärte ihnen, sie müsse ein paar Einstellungen an der Anlage vornehmen. Sie nickten verständnisvoll und wanderten in andere Bereiche der Ausstellung. Nach einer Weile tauchte ein Quartett von Besuchern aus der Kabine hervor, und Pamela nahm Jeff mit hinein, schloß hinter ihnen die Tür.

Das Exponat war ein Videodisplay, ein Dutzend Farbmonitore unterschiedlicher Größe, die in die Innenwände des abgedunkelten Zylinders eingelassen waren, mit einem runden Ledersitz in der Mitte. Die Bildschirme flimmerten aus allen Richtungen, auf Armeslänge entfernt, wohin der Betrachter sich auch wandte. Jeffs Augen bewegten sich aufs Geratewohl zu einem der nächsten, stellten sich scharf ein. Dann begann er zu begreifen, was er sah.

Die Vergangenheit. *Ihre* Vergangenheit, seine und Pamelas. Als erstes nahm er den Nachrichtenfilm wahr: Vietnam, die Ermordung Kennedys, *Apollo 11*. Dann sah er, daß es auch Bruchstücke und Sequenzen verschiedener Filme, Fernsehshows, alter Musikvideos gab ... Und plötzlich erhaschte er auf einem der Monitore einen Blick auf seine Hütte in Montgomery Creek, und auf einem anderen ein kurzes Standbild von Judy Gordons Foto im College-Jahrbuch, gefolgt von einer Videoaufzeichnung von ihr als Erwachsene, wie sie zusammen mit ihrem Sohn Sean in die Kamera winkte, dem Jungen, der in einem anderen Leben wegen *Starsea* über Delphine geforscht hatte.

Jeffs Augen huschten jetzt von Monitor zu Monitor, versuchten alles aufzunehmen, nichts zu versäumen: Chateaugay, der das Kentucky Derby von 1963 gewann, sein Elternhaus in Orlando, den Jazzclub in Paris, wo Sidney Bechets Klarinette seine Seele verwundet hatte, die College-Bar, wo er Pamela beim Beginn ihres Replays beobachtet hatte, die Gartenanlagen seines nahegelegenen Besitzes ... Und dort auf dem Monitor war eine lange Einstellung des Dorfes am Berghang auf Mallorca; die Kamera zoomte langsam auf die Villa, in der Pamela gestorben war, dann sprang das Bild abrupt zu einem verschwommenen Heimvideo um, mit ihr im Alter von vierzehn Jahren, zusammen mit ihrer Mutter und ihrem Vater in dem Haus in Westport.

»Mein Gott«, sagte er, wie gelähmt von der sich andauernd verändernden Montage all ihrer Wiederholungen. »Wo hast du das alles aufgetrieben?«

»Einiges davon war leicht«, sagte sie. »An das Nachrichtenmaterial ist leicht heranzukommen. Was den Rest angeht, habe ich das meiste davon selbst aufgenommen, in Paris, Kalifornien, Atlanta ...« Sie lächelte, das Gesicht von den wechselweise aufleuchtenden Bildschirmen erhellt. »Ich bin dafür eine Menge herumgereist. Zu einigen bekannten Orten und zu anderen, die ich nur durch dich kannte.«

Einer der Monitore zeigte jetzt die Korridore und Stationen eines Krankenhauses, die Betten voller Kinder; Jeff nahm an, daß es die Klinik in Chicago war, an der sie bei ihrer ersten Wiederkehr Ärztin gewesen war. Auf einem anderen Monitor war das Boot zu sehen, das sie einmal in Key West gemietet hatten, vor der gleichen verlassenen Insel ankernd, wo sie beschlossen hatten, ihre Suche nach anderen Wiederholern zu beginnen. Unaufhörlich wechselten die Bilder um ihn herum, eine nicht endenwollende Collage ihrer vielen gemeinsamen und getrennten Leben.

»Unglaublich«, flüsterte er. »Ich kann dir gar nicht sagen, wie dankbar ich bin, das alles sehen zu können.«

»Ich hab's für dich gemacht. Für uns. Niemand sonst kann es verstehen; du würdest schallend lachen über die Interpretationen, auf die einige der Kritiker gekommen sind.«

Er wandte den Blick gewaltsam von den Bildschirmen ab, sah Pamela an. »Das alles ... die ganze Show ...«

Pamela nickte, seinen Blick erwidernd. »Hast du gedacht, ich hätte es vergessen? Oder es bedeutete mir nichts mehr?«

»Es ist so lange her.«

»Viel zu lange. Und in einem Monat fangen wir wieder von vorne an.«

»Nächstesmal. Das nächste Mal gehört uns, wenn du es so willst.«

Sie blickte auf einen der Monitore, der Szenen aus dem Strandrestaurant in Malibu zeigte, wo sie ihr erstes langes Gespräch gehabt hatten, ihre erste Unstimmigkeit über ihren geplanten Film, der die Welt von der zyklischen Natur der Realität überzeugen sollte.

»Es könnte mein letztes Mal sein«, sagte sie gefaßt. »Die Zeitverschiebung betrug bei mir diesmal fast acht Jahre; nächstes Mal werde ich erst irgendwann in den Achtzigern zurückkommen. Wirst du auf mich warten? Wirst du ...«

Er zog sie an sich, brachte ihre furchtsamen Worte mit seinen Lippen, seinen Händen zum Verstummen, liebkosend, beruhigend. Sie umarmten sich in dieser stillen Kabine, erhellt vom widerstrahlenden Schein all der Leben, die sie gelebt hatten, und gewärmt vom Versprechen eines letzten kurzen Lebens, das miteinander zu teilen ihnen vielleicht übrigblieb.

»Was ist los, hörst du mich denn nicht? Stell den verdammten Fernseher leiser. Seit wann interessierst du dich überhaupt für Eiskunstlauf?«

Es war Lindas Stimme, doch sie klang nicht so wie gewohnt. Nein, das war eine Stimme aus ferner Vergangenheit, gepreßt vor Anspannung und Sarkasmus.

Sie kam ins Zimmer, drehte den Ton des Fernsehers ab. Auf dem stummen Bildschirm sprang und wirbelte Dorothy Hamill anmutig über das Eis, wobei sich ihr Bubikopf jedesmal, wenn sie zur Ruhe kam, tadellos legte.

»Ich sagte, das Essen ist fertig. Wenn du was willst, komm und iß. Ich mach' hier vielleicht die Köchin, aber ich bin nicht dein Dienstmädchen.«

»Ist schon gut«, sagte Jeff, um Fassung ringend, darum bemüht, seine neue Umgebung zu identifizieren. »Ich hab' eigentlich gar keinen Hunger.«

Linda warf ihm einen höhnischen Blick zu. »Du meinst, du willst nicht essen, was ich gekocht habe. Vielleicht hättest du lieber Hummer, wie? Und etwas frischen Spargel? Champagner?«

Dorothy Hamill setzte zu einer letzten beschleunigten Pirouette an, ihr kurzer roter Rock ein wirbelnder Schemen über ihren Schenkeln. Als sie ihren Lauf beendet hatte, lächelte sie und blinzelte in die Kamera, und der Sender wiederholte diesen Blick in Zeitlupe: beglückter Stolz, das sich allmählich ausbreitende Lächeln wie eine aufgehende Sonne, das verlangsamte Blinzeln wurde zu einem Ausdruck von Bescheidenheit und gleichzeitig Sinnlichkeit. In diesem einen verlängerten Moment erschien das Mädchen als das Sinnbild frischer, vitaler Jugend.

»Sag mir doch einfach«, geiferte Linda, »welches Feinschmeckermahl du statt Hackbraten morgen gern hättest. Und dann erzähl mir mal, wie wir das bezahlen sollen – würdest du das tun?«

Dorothy Hamills eingefrorenes Lächeln löste sich in Schwärze auf, wurde von einem der ABC-Abfahrtsläufe in Innsbruck abgelöst. Die Winterolympiade, 1976! Er und Linda waren also in Philadelphia. In Camden, New Jersey, genaugenommen; dort hatten sie gelebt, während er bei WCAU gearbeitet hatte, auf der anderen Seite des Flusses.

»Na?« fragte sie. »Hast du irgendwelche klugen Vorschläge zu machen, womit wir uns nächste Woche etwas anderes als billiges Suppenfleisch oder Huhn kaufen könnten?«

»Linda, bitte ... laß uns das nicht tun.«

»Was nicht tun – Jeffrey?«

Sie wußte, wie sehr er die Langform seines Namens haßte; wann immer sie sie gebraucht hatte, hatte sie ihn offen zum Kampf herausgefordert.

»Laß uns nicht streiten«, sagte er entgegenkommend. »Es besteht kein Grund mehr zum Streiten; es hat sich alles ... verändert.«

»Ach, wirklich? Einfach so, hm?« Sie stemmte die Arme in die Hüften und drehte sich langsam um die eigene Achse, indem sie übertrieben vorgab, die vollgestopfte Wohnung zu mustern, die geliehenen Möbel. »Ich kann nicht erkennen, daß sich irgend etwas verändert hätte. Es sei denn, du wirst mir gleich erzählen, du hättest eine besser bezahlte Stelle bekommen, nach all den Jahren.«

»Vergiß die Stelle. Das ist belanglos. Es wird keine Geldsorgen mehr geben.«

»Und was soll das heißen? Hast du in der Lotterie gewonnen?« giftete sie hämisch.

Jeff seufzte, stellte mit der Fernbedienung den ablenkenden Fernseher ab. »Darauf kommt es nicht an«, erklärte er ihr. »Es wird keine finanziellen Probleme mehr geben, das ist alles. Für den Augenblick brauchst du nichts weiter tun, als mir zu vertrauen.«

»Geschwätz! Das fällt dir leicht, stimmt's? Dein andauerndes Gerede über ›Rundfunkjournalismus‹, was für eine Nachrichtenkanone du werden würdest, irgendeine Art von modernem Edward R. Murrow. Herrgott, du hast mich zugelabert! Und was ist am Ende daraus geworden? Eine belanglose Radiostation nach der anderen, Umzüge im ganzen

Land, um an beschissenen Orten wie diesem zu leben. Ich glaube, du hast *Angst* davor, erfolgreich zu sein, Jeffrey L. Winston. Du fürchtest dich davor, zum Fernsehen zu wechseln oder zur Sendeleitung aufzusteigen, weil du Angst hast, du könntest einfach nicht bringen, was von einem gefordert wird. Und ich glaube allmählich, du bringst es wirklich nicht.«

»Hör auf damit, Linda, sofort! Das hilft keinem von uns beiden, und es ist sinnlos.«

»Klar, ich hör' schon auf. Ich hör' endgültig auf!«

Sie stürmte in die Küche. Er hörte, wie sie wütend ihr Essen zubereitete, wie sie absichtlich laut klirrend den Tisch deckte, die Backofentür zuschlug. Wie sie in einen ihrer »stillen Anfälle« zurückfiel. Diese hatten um diese Zeit herum begonnen und waren im Laufe der Jahre länger und häufiger geworden. Die Streitereien zwischen ihnen hatten sich fast immer um Geld gedreht, doch dies war nur die am ehesten ins Auge fallende Ursache ihrer Schwierigkeiten. Die Wurzeln der wirklichen Probleme hatten tiefer gelegen, sie lagen in ihrer beider Unfähigkeit – vor allem aber ihrer Unfähigkeit –, über die Dinge miteinander zu sprechen, die sie wirklich bedrückten, zum Beispiel ihre Bauchhöhlenschwangerschaft. Die hatte sich im Jahr zuvor ereignet, und sie hatten sich nie offen damit auseinandergesetzt, was diese Enttäuschung für sie beide bedeutet hatte, wie sie sie überwinden und gemeinsam darüber hinwegkommen konnten.

Jeff spähte in die Küche, sah Linda verbittert über den Tisch gebeugt in ihrem Essen stochern; sie machte sich nicht die Mühe, zu ihm aufzusehen. Er schloß die Augen, erinnerte sich daran, wie sie mit einem Strauß Gänseblümchen vor seiner Tür gestanden hatte, stellte sie sich in einer warmen Brise auf dem Deck der SS *France* vor. Aber das war eine andere Person gewesen, begriff er; jemand, mit dem er seine innersten Gefühle geteilt hatte, wenn auch nicht die Einzelheiten seiner zahlreichen Leben; alles Geld der Welt würde nicht helfen, so wie die Dinge lagen, nicht wenn sie nicht einmal über die Dinge miteinander sprechen konnten, auf die es ankam.

Er fand einen Mantel in der winzigen Dielengarderobe, zog ihn an und verließ die Wohnung. Kein Wort wurde zwischen ihnen gewechselt, als er hinausging.

Der Schnee, schmutzig, fleckig, unterschied sich ebenso von den unberührten Schneefeldern, die das Fernsehen aus Innsbruck übertragen hatte, wie die Frau in der Küche sich von der Linda unterschied, die er in den vergangenen neunzehn Jahren geliebt hatte.

Diesmal würde er schnell zu Geld kommen, beschloß er, und dafür sorgen, daß sie genug hatte, um sie für den Rest ihres Lebens zu versorgen; doch nichts mehr konnte ihn zum Bleiben veranlassen, jetzt nicht mehr. Die einzige Frage war, was er mit sich anfangen sollte, bis Pamela ankam, wann immer das sein mochte.

19

Der vor dem Küchenfenster herumflitzende Blauhäher, der sein Nest in der Ulme im Hinterhof baute, war das erste, was Pamela sah. Sie schaute dem farbenfrohen luftigen Tanz des Vogels zu, tat mehrere tiefe Atemzüge, um sich zu beruhigen, bevor sie sich umsah oder bewegte.

Sie war dabei, sich eine Tasse Kaffee zu machen, und hatte gerade den Filter in die Maschine einsetzen wollen. Die Küche war gemütlich, vertraut. Anders als beim letztenmal, aber sie erinnerte sich gut an sie aus ihrem ersten Leben, bevor die Replays angefangen hatten. Bei der letzten Wiederholung hatte sie nicht viel Zeit darin verbracht, war in ihrem Atelier mit Malen und Bildhauen zu beschäftigt gewesen; der Raum hatte mehr den Charakter der von ihnen angestellten Küchenhilfe angenommen als ihren eigenen. Diese Küche nun trug den Stempel ihrer eigenen Persönlichkeit, oder zumindest der Persönlichkeit, die sie beim ersten Durchgang gewesen war.

Auf dem Tisch lag ein aufgeschlagener Roman von Barbara Cartland, und daneben ein Exemplar von *Better Homes and Gardens.* Verschiedene Notizen und Nachrichten an sich selbst waren mit kleinen Magneten, die wie winzige Kornähren oder Selleriestangen geformt und bemalt waren, an der Kühlschranktür befestigt. Eine Zeichnung, die sie von den Kindern angefertigt hatte – ordentlich ausgeführt, doch ohne die Raffinessen der Schattierung und Komposition, die sie während der Jahre der Praxis in anderen Leben erworben hatte –, war an einen der Schränke geklebt. Ein großer Küchenkalender hing über dem Tisch. Er war bis März 1984 umgeblättert, und die Tage waren bis fast zum Monatsende hin säuberlich durchgestrichen. Pamela war vierunddreißig. Ihre Tochter Kimberly würde gerade acht werden; Christopher wäre elf.

Sie legte den Kaffeefilter beiseite, wollte die Küche verlassen, hielt jedoch inne und lächelte, als sie sich an etwas erinnerte. Sie öffnete eine der unteren Schubladen unter der Anrichte, wühlte hinter den Mehl- und Reisschachteln ... Und, na bitte, da war er, genau dort, wo sie ihn immer versteckt hatte: ein verschlossener Plastikbeutel mit fast einer Unze Gras und einem Päckchen E-Z Wider-Zigarettenpapier darin. Ihr einsames Laster in jenen Tagen, ihr einziges wirkliches Fluchtmittel aus der Eintönigkeit der Hausarbeit und der Mutterschaft.

Pamela legte das Marihuana dorthin zurück, wo sie es gefunden hatte, und ging ins Wohnzimmer. Die Familienfotos waren dort aufgehängt, zusammen mit zwei ihrer Gemälde vom College. Die Ansätze, die sie hatten erkennen lassen, waren innerhalb dieser Lebensspanne niemals entwickelt worden. Warum hatte sie ihr Talent bloß brachliegen lassen?

Von oben kam gedämpfte Musik: Cyndi Laupers karikierend hüpfende Stimme, die »Girls Just Want to Have Fun« sang. Kimberly mußte von der Schule zurück sein; Christopher würde wahrscheinlich in seinem Zimmer sein und mit dem Apple II Computer spielen, den sie ihm zu Weihnachten gekauft hatten.

Sie setzte sich in den Sessel in der Diele, nahm einen Kugelschreiber und einen Notizblock vom Telefontischchen und wählte die Auskunft von New York City. Es gab keine Eintragung für einen Jeff oder Jeffrey Winston in Manhattan oder Queens. Auch keine Linda oder L. Winston. Es war bloß ein Versuch gewesen; es bestand kein Grund zu der Annahme, er könnte wieder in New York leben. Pamela versuchte es erneut bei der Auskunft, diesmal in Orlando. Seine Eltern waren aufgeführt. Sie rief sie an, und Jeffs Mutter nahm den Hörer ab.

»Hallo, mein Name ist Pamela Phillips, und ...«

»Ach, du meine Güte! Jeff sagte uns, daß Sie versuchen würden, mit ihm Kontakt aufzunehmen, aber mein Gott, das ist schon eine Ewigkeit her. Drei *Jahre*, glaube ich, vielleicht sogar vier.« Die Stimme der Frau wurde leiser, als sie sich vom Mundstück offenbar abwandte und beiseite sprach: »Liebling! Das Phillips-Mädchen ist dran, von dem Jeff meinte, daß es vielleicht anrufen würde, weißt du noch? Könntest du mir den Umschlag raussuchen, den er geschickt hat?« Sie sprach wieder in den Hörer. »Pamela? Warten Sie bloß eine Minute; wir haben eine Nachricht von Jeff für Sie. Mein Mann holt sie gerade.«

»Danke. Könnten Sie mir sagen, wo Jeff ist, wo er jetzt lebt?«

»Er ist in Kalifornien, in einer kleinen Stadt – jedenfalls ganz in der Nähe davon, sagt er – namens Montgomery Creek, nahe Oregon.«

»Ja«, sagte Pamela. »Ich weiß, wo das liegt.«

»Er sagte, Sie wüßten es. Wissen Sie, es gibt nicht einmal ein Telefon dort draußen, können Sie sich das vorstellen? Wenn ich daran denke, was mit ihm bei einem Notfall passieren könnte, wird mir ganz schlecht vor Sorge, aber er sagt immer, er hätte ein Kurzwellenfunkgerät für solche Fälle. Ich weiß einfach nicht, was über ihn gekommen ist, ein erwachsener Mann, der seinen Job aufgibt und seine Frau verläßt und … Oh, es tut mir ja so leid. Ich hoffe, ich hab' keinen Unsinn geredet, weil …«

»Ist schon in Ordnung, Mrs. Winston. Wirklich.«

»Jedenfalls war es eine äußerst merkwürdige Angelegenheit. So eine Dummheit würde man bei einem College-Jungen erwarten, aber bei einem Mann seines Alters – nicht mehr lange, und er wird vierzig, wissen Sie … Oh, danke, Liebling. Pamela? Ich habe den Umschlag in der Hand, den er uns für den Fall geschickt hat, daß Sie anrufen. Er sagte, wir sollten ihn einfach öffnen und Ihnen vorlesen. Möchten Sie sich einen Kugelschreiber oder irgendwas holen?«

»Ich bin bereit.«

»Okay, dann wollen wir mal sehen … Hmmm. Man sollte glauben, nach all dieser Zeit und so viel Geheimniskrämerei sollte es mehr als das sein.«

»Wieso? Was steht denn da?«

»Es ist bloß eine Zeile. Sie lautet: ›Wenn du kommst, bring unbedingt deine Kinder mit. Ich liebe dich. Jeff.‹ Das ist alles. Haben Sie es mitbekommen? Möchten Sie, daß ich es noch einmal vorlese?«

»Nein«, sagte Pamela, während sich auf ihrem plötzlich rot gewordenen Gesicht ein Lächeln ausbreitete. »Haben Sie vielen Dank, aber ich habe es ausgezeichnet verstanden.«

Sie legte den Hörer auf, blickte zur Treppe. Christopher und Kimberly waren jetzt alt genug. Der Gedanke, ihr Zuhause zu verlassen, würde ihnen zunächst nicht gefallen, doch sie wußte, daß sie Montgomery Creek und Jeff bald liebgewinnen würden.

Außerdem, dachte Pamela und biß sich auf die Lippe, würde es nicht für lange sein. Sie würden wieder in New Rochelle, bei ihrem Vater sein, bevor sie auf die High-School kämen.

Dreieinhalb Jahre. Ihre letzte Wiederholung; die letzten Monate und Tage ihres auf so phantastische Weise verlängerten Lebens.

Sie hatte vor, sie alle zu genießen – bis zur Neige.

Es war einer dieser Regen, die niemals aufhören, sondern einfach mit dumpfer und unablässiger Beharrlichkeit weitergehen.

Seit zwei Tagen saßen sie auf diese Weise in der Hütte fest; es wurde allmählich stickig, die Luft war muffig vom Geruch des Schimmels auf einer Lederjacke, die Christopher über Nacht auf dem Verandageländer hatte hängenlassen, und die er am nächsten Morgen hereingeholt hatte, um sie am Ofen zu trocknen.

»Kimberly!« sagte Pamela aufgebracht. »Würdest du bitte damit aufhören, auf den Teller zu trommeln!«

»Sie kann dich nicht hören«, sagte Christopher und beugte sich über den Tisch, um den winzigen Schaumstoffkopfhörer vom linken Ohr seiner Schwester zu heben. »Mom sagt, du sollst damit aufhören!« schrie er durch die blechernen Klänge von Madonnas »Like a Virgin«.

»Stell das ganz ab«, sagte Pamela. »Es ist unhöflich von dir, Musik zu hören, wenn wir gerade beim Mittagessen sind.«

Das Mädchen setzte ihr beleidigstes Gesicht auf und zog eine Schnute, nahm den Kopfhörer jedoch ab und legte den Walkman beiseite, wie ihr gesagt worden war. »Ich möchte noch ein Glas Milch«, sagte sie in gereiztem Ton.

»Die Milch ist uns ausgegangen«, erinnerte sie Jeff. »Ich fahre morgen in die Stadt; ich bringe dann welche mit. Du kannst mit mir fahren, wenn du Lust hast; bis dahin hat es vielleicht zu regnen aufgehört, und wir könnten am Wasserfall spazierengehen.«

»Ich hab' den Wasserfall schon gesehen«, quengelte Kimberly. »Ich will mir MTV anschauen.«

Jeff lächelte nachsichtig. »Damit wirst du hier kein Glück haben, Kleine«, sagte er. »Wir könnten aber Kurzwelle hören; mal sehen, was sie über China oder Afrika zu sagen haben.«

»China und Afrika sind mir egal! Ich hab' Langeweile!«

»Warum unterhalten wir uns dann nicht einfach«, schlug Pamela vor. »Das war früher so üblich, weißt du.«

»Ja, klar«, murmelte Christopher. »Aber was hatten sie bloß immer miteinander zu reden?«

»Manchmal haben sie sich gegenseitig Geschichten erzählt«, warf Jeff ein.

»Das ist eine Idee«, sagte Pamela, munterer werdend. »Möchtet ihr, daß ich euch eine Geschichte erzähle?«

»Mein Gott, Mom, bloß nicht!« protestierte Christopher. »Wo glaubst du, daß wir sind, im Kindergarten oder wo?«

»Ich weiß nicht«, sagte Kimberly, nachdenklich werdend. »Vielleicht würde es Spaß machen, eine Geschichte zu hören. Das haben wir schon lange nicht mehr gemacht.«

»Bist du einverstanden, es auf einen Versuch ankommen zu lassen?« fragte Pamela ihren Sohn. Er zuckte die Achseln, gab keine Antwort.

»Also«, begann sie, »vor vielen tausend Jahren gab es einen weiblichen Delphin namens Cetacea. Eines Tages erwachte in ihrem Kopf eine seltsame neue Bewußtheit, als wäre diese vom Himmel über dem Meer und von noch weiter her über sie gekommen. Dies geschah zu der Zeit, als Delphine und Menschen gelegentlich miteinander sprachen, doch ...«

Und mit dem sanften Sommerregen im Hintergrund erzählte sie ihnen die Geschichte von *Starsea,* vom gemeinsamen Band liebevoller Hoffnung, das die intelligenten Wesen der Erde, des Meeres, der Sterne miteinander verband ... und des katastrophalen Verlustes, der schließlich zum von Trauer überschatteten ersten vollständigen Kontakt der Menschheit mit ihren Meeresgeschwistern führte.

Zu Anfang zappelten die Kinder ein wenig herum, doch als die Erzählung voranschritt, lauschten sie mit zunehmender Faszination, während ihre Mutter mit Worten den Film nacherschuf, der ihr einmal weltweite Anerkennung eingetragen und sie mit Jeff zusammengeführt hatte. Als sie geendet hatte, weinte Kimberly, doch mit einem Schimmer jenseitiger

Hingerissenheit in ihren jungen Augen; Christopher hatte das Gesicht zum Fenster abgewandt und sprach lange nicht.

Kurz vor der Dämmerung brach ein einzelner Sonnenstrahl durch die Wolken, und Jeff und Pamela stellten sich auf die Veranda, um ihn langsam verblassen zu sehen. Die Kinder zogen es vor, drinnen zu bleiben; Kimberly hatte sich einige von Pamelas Wasserfarben ausgeborgt und malte Bilder mit Sternen und Delphinen, während Christopher in eins von John Lillys Büchern vertieft war.

Das veränderliche Licht spielte lebhaft über die regennasse Wiese, und die Milliarden von Tropfen, die an dem frisch geschnittenen Gras aufgereiht waren, schimmerten wie unirdische Juwelen in einem Feld aus grünem Feuer. Jeff stand ruhig hinter Pamela, die Arme um ihre Hüfte gelegt, ihr Haar an seiner Wange. Kurz bevor das Licht versiegte, flüsterte er ihr etwas ins Ohr, eine Zeile von Blake: »›Willst du die Welt erkennen in einem Sandkorn‹«, murmelte er, »›und den Himmel in einer wilden Blume.‹«

Sie preßte ihre Hände an seine, vervollständigte leise das Zitat: »›Umfasse die Unendlichkeit mit deiner hohlen Hand‹«, sagte sie, »›und Ewigkeit in einer Stunde.‹«

Das Schleppflugzeug rollte in Position, und als es mit laufendem Motor zum Halten gekommen war, rannte der Streckenjunge vor, um das achtzig Meter lange Nylonseil des Segelflugzeugs am Schwanz der voraus wartenden Cessna einzuhaken.

»Christopher, willst du die Kontrollen für mich checken?« sagte Jeff zu dem Jungen, der vor ihm im Sitz des Copiloten saß.

»Klar doch«, antwortete Pamelas Sohn in feierlichem Tonfall, voller Stolz darüber, an den Vorbereitungen teilzuhaben, anstatt einfach nur mitzufliegen. Der Junge schlackerte mit dem Steuerknüppel nach rechts und links, und die Querruder an jeder Tragflügelspitze reagierten; dann drückte er den Knüppel vor und zurück, und Jeff drehte sich herum und sah, daß sich das Höhenruder am Schwanz des Flugzeugs vorschriftsmäßig auf und ab bewegte, gefolgt vom Tanzen des Seitenruders, als Christopher auf die Pedale trat.

Alle Kontrollen schienen gut zu funktionieren, und Jeff lächelte beifällig.

Das Schleppflugzeug vor ihnen begann sich zentimeterweise zu bewegen, straffte langsam das Seil. Der Pilot fragte durch ein Wackeln des Seitenruders an, ob sie soweit seien, und Jeff antwortete mit einer entsprechenden Rechts-Links-Bewegung seines Seitenruders. Die Cessna fuhr die Rollbahn entlang, das Segelflugzeug hinter sich herziehend. Der Tragflächenjunge rannte neben ihnen her, indem er den Segler in der Horizontalen und in Windrichtung hielt. Jeff behielt die Schleppmaschine im Blick, wobei er die Neigung seiner Tragflächen nach der Horizontlinie vor ihm schätzte. Sie gewannen an Geschwindigkeit, der Junge vom Bodenpersonal fiel zurück, und Jeff gab den Steuerknüppel ein wenig nach; sie waren in der Luft.

Aus dem Augenwinkel bemerkte Jeff langsame Wirbel wattiger weißer Wolken in der Nähe des Bergsockels vor ihnen. Ein gutes Zeichen; es bedeutete, daß sich bereits Thermik in der instabilen Feuchtluft entwickelte. Aber noch war keine Zeit, sich darum zu kümmern; er starrte intensiv auf das Schleppflugzeug und die Leine, hielt das Nylonseil unnachgiebig straff und flog eine sanfte Wende, wenn die Cessna eine flog.

Sie erreichten die gewünschte Höhe, dreitausend Fuß über den niedrigeren Berghängen. Jeff zog den Freigabeknopf, wartete einen Moment lang, bis er das lose Seil wie ein Gummiband vorwärtsschnellen sah, dann ging er in eine Steigkurve nach rechts, während das Schleppflugzeug nach unten links abschwenkte. Der Motor der Cessna verstummte, als sie zu dem kleinen Flugplatz zurückkehrte, von dem sie gestartet waren, und bald gab es kein anderes Geräusch mehr als das sanfte Rauschen der Luft an der Plexiglashaube. Sie befanden sich in gleichmäßigem, antriebslosem Flug.

»Mann, Jeff! Das ist Wahnsinn!«

Jeff lächelte und nickte, als Christopher sich auf dem Sitz herumdrehte und zu ihm zurückschaute, die Augen groß und leuchtend. Er flog eine lange Schleife, benutzte die übriggebliebene Energie ihrer Schleppgeschwindigkeit dazu, soviel Höhe wie nur möglich zu gewinnen. Der unirdisch weiße Kegel des Mount Shasta glitt zu ihrer Linken vorbei, dann tauchte er vor ihnen wieder auf, ein sonnenhelles Fanal, das sie immer weiter in die Höhe trieb.

Jeff blickte Richtung Südwesten zurück, wo sich die nach dem Berg benannte Stadt in den ausgedehnten Wald aus Ponderosa-Pinien schmiegte. Eine zweite einmotorige Cessna näherte sich, die ein weiteres weiß-blaues Segelflugzeug schleppte. Jeff kreiste langsam, und seine Geschwindigkeit sank auf die normale Dauergeschwindigkeit von vierzig bis fünfzig Meilen pro Stunde ab, während er darauf wartete, daß sich ihm der andere Segler anschloß.

Als er etwa eine Meile entfernt war, befreite sich der zweite Segler von seiner Nabelschnur und schoß mit genau dem gleichen Manöver in die Höhe und hinweg von dem motorangetriebenen Schlepper, wie es Jeff zuvor ausgeführt hatte. Christopher preßte sein Gesicht an die Seite der durchsichtigen Haube, beobachtete den Neuankömmling, während dieser auf sie zu sauste und in zügigem Formationsflug mit ihnen gleichzog.

Pamela lächelte und signalisierte vom hinteren Pilotensitz des anderen Segelflugzeugs mit dem Daumen ein »Alles in Ordnung!«, und auf dem Vordersitz strahlte Kimberly ekstatisch und winkte Jeff und ihrem Bruder zu.

Jeff berührte leicht das linke Seitenruderpedal, während er die Tragflächen mit dem Steuerknüppel nach links neigte, aus der Kurve ausbrach, die sie gerade flogen und auf den großen symmetrischen, massigen Berg zuhielt. Pamela folgte augenblicklich, wobei sie sich rechts hinter ihm hielt.

Die verschneiten Baumwipfel auf dem Berghang schienen nach ihnen zu greifen, als sie näherkamen und das Gefälle der Hänge unter ihnen zunahm. Ein einzelner Hirsch sah zufällig auf und erschauerte überrascht, dann stand er wie angewurzelt da und starrte zu den großen lautlosen Vögeln über sich empor. Christopher deutete aufgeregt auf einen Schwarzbären weiter voraus, der ungeachtet der seltsamen, tief an seinem Himmel dahinsausenden Metallwesen dahintrottete.

Sie stießen auf einen Kammwind, einen aufwärtsgerichteten Wirbel reflektierter Luft vor und über dem Grat eines vorspringenden Abhangs auf der stärker zerklüfteten Rückseite des Berges. Jeff und Pamela glitten mehrere Minuten an dem Grat entlang, vor und zurück, wobei sie aus so großer Nähe auf den stillen, unberührten Schnee hinabblickten, daß es ihnen so vorkam, als bräuchten sie nur die Arme auszustrecken, um eine pudrige Handvoll davon zu schöpfen. Dann machte Jeff einen dünnen Wolkenfetzen östlich des Berges aus. Er verließ die Formation, steuerte auf das neugebildete Dampfwölkchen zu.

Als er es erreichte, hob sich seine rechte Flügelspitze ein wenig und steuerte in diese Richtung. Sofort begann das Flugzeug zu steigen, und er verlangsamte es in einer gesteuerten Kurve. Das Segelflugzeug stieg rapide, fuhr fort zu steigen.

Pamela hatte gesehen, was er entdeckt hatte. Sie wandte sich abrupt von der sanften Aufwärtsströmung über dem Bergkamm ab, hielt in seine Richtung. Ihr Segler schien mit jeder Sekunde kleiner zu werden, während Jeff und Christopher auf den sich hebenden Luftmassen höher und höher stiegen, in einer steilen Kurve innerhalb der engen Grenzen des thermischen Zentrums begriffen.

Pamela flog unterhalb seiner Position Schleifen und suchte. Schließlich erwischte sie den wolkigen warmen Aufwind, und der Abstand zwischen ihnen verringerte sich, während ihr Segler rasch und lautlos zu seinem emporstieg ... bis sie, Flügelspitze an Flügelspitze, gemeinsam im frischen, klaren Himmel über dem alterslosen und rätselhaften Gipfel des Mount Shasta schwebten.

Kimberly hatte aufgehört zu weinen, war draußen, um einen Strauß wilder Septemberblumen zu pflücken, den sie auf die Reise nach Osten mitnehmen wollte. Christopher nahm es auf sich wie ein Mann. Er war schließlich fünfzehn und hatte seit langem damit begonnen, Jeffs Haltung nachzueifern, das Mißgeschick hinzunehmen und sich ungehemmt zu freuen, wo Freude – die sie so häufig während der vergangenen Jahre empfunden hatten – angebracht war.

»Meine Wanderschuhe passen nicht in den Koffer, Mom.«

»Du wirst sie in New Rochelle bestimmt nicht brauchen, Schatz«, sagte Pamela.

»Ich schätze, nein. Außer vielleicht, wenn Dad mit uns in den Berkshires zelten fährt, wie er gesagt hat, dann könnte ich sie tragen.«

»Wie wär's, wenn ich sie dir schicke?«

»Also ... Das brauchst du nicht. Ist okay. Wir sind sowieso vor Weihnachten wieder zurück, und ich müßte sie dann wieder hierher zurückschicken.«

Pamela nickte, wandte den Kopf ab, damit ihr Sohn nicht ihre Augen sah.

»Ich weiß, daß du sie gerne mitnehmen würdest«, warf Jeff ein. »Warum schicken wir sie dann nicht ab und ... besorgen dir ein neues Paar für hier. Wir können das mit deinem ganzen Gepäck so machen, wenn du möchtest.«

»Hey, das wäre toll!« rief Christopher strahlend aus.

»Es wäre praktisch«, sagte Jeff.

»Klar, wenn ich das halbe Jahr bei Dad verbringe und die andere Hälfte hier bei dir und Mom ... Glaubst du wirklich, das ginge in Ordnung? Mom, bist du auch einverstanden?«

»Scheint eine ausgezeichnete Idee zu sein«, sagte Pamela und zwang sich zu einem Lächeln. »Warum macht ihr nicht eine Liste von allen Sachen, die wir euch schicken sollen?«

»Okay«, sagte Christopher und steuerte auf den Schlafzimmeranbau zu, mit dem Jeff die Hütte für den Jungen und seine Schwester erweitert hatte. Dann hielt er an und drehte sich um. »Soll ich Kimberly Bescheid sagen? Ich wette, es gibt eine Menge Sachen, die sie ebenfalls gern nach Hause geschickt haben möchte.«

»Natürlich«, sagte Pamela, »aber laßt euch nicht zu lange damit Zeit. Wir müssen uns in einer Stunde nach Redding aufmachen, oder wir verpassen unseren Flug.«

»Wir beeilen uns, Mom«, versicherte er und lief hinaus, um seine Schwester zu holen.

Pamela wandte sich zu Jeff um, ließ die Tränen hervorströmen, die sie zurückgehalten hatte. »Ich will nicht, daß sie weggehen. Es ist bloß noch ein Monat bis ... bis ...«

Er umarmte sie, streichelte ihr Haar. »Darüber haben wir doch schon gesprochen«, sagte er sanft. »Es ist für sie das beste, wenn sie ein paar Wochen Zeit haben, sich bei ihrem Vater wieder einzuleben, neue Freundschaften zu schließen … Das hilft ihnen vielleicht, den Schock ein bißchen besser zu verkraften.«

»Jeff«, sagte sie schluchzend, »ich hab' solche Angst! Ich will nicht sterben! Nicht … *für immer* sterben, und …«

Er drückte sie fest an sich, wiegte sie in seinen Armen und spürte, wie ihm seinerseits die Tränen über das Gesicht rannen. »Denk einfach daran, wie wir gelebt haben. Denk an alles, was wir getan haben, und laß uns versuchen, dafür dankbar zu sein.«

»Aber wir hätten so viel mehr tun können. Wir hätten …«

»Schhhh«, machte er. »Wir haben alles getan, was wir konnten. Mehr als wir beide uns je geträumt hätten, als wir uns auf den Weg machten.«

Sie lehnte sich zurück, suchte seine Augen, als sehe sie sie zum ersten- oder zum letztenmal. »Ich weiß«, seufzte sie. »Es ist nur … Ich hab' mich so an die endlosen Möglichkeiten gewöhnt, an die *Zeit* … nie von unseren eigenen Fehlern abhängig zu sein, immer zu wissen, daß wir zurückkehren, alles anders, besser machen können. Aber das haben wir nicht getan, nicht wahr? Wir haben die Dinge bloß verändert.«

Eine Stimme dröhnte unaufhörlich im Hintergrund von Jeffs Bewußtsein. Es war bedeutungslos, wessen Stimme das war oder was sie sagte.

Pamela war tot, würde niemals wieder zurückkommen. Diese Erkenntnis überschwemmte ihn wie Meerwasser eine offene Wunde, füllte seinen Geist mit einem allumfassenden Schmerz, wie er ihn seit dem Tod seiner Tochter Gretchen nicht mehr empfunden hatte. Er ballte die Fäuste, senkte den Kopf unter der Last des Unbestreitbaren, des Unerträglichen … und immer noch lallte die Stimme ihre sinnlose Litanei:

»… sehen, ob Charlie von Bürgermeister Koch eine Reaktion bezüglich Reagans Besuch in Bitburg bekommen kann. Sieht so aus, als würde das noch eine Menge Staub aufwirbeln; die Ehrenlegion wird ihm deswegen aufs Dach steigen, und im Kongreß beginnt es zu brodeln. Das ist … Jeff? Alles in Ordnung mit dir?«

»Yeah.« Er sah kurz auf. »Mir geht's gut. Mach weiter.«

Er befand sich im Konferenzraum von WFYI in New York,

dem Nachrichtensender, an dem er als Nachrichtendirektor gearbeitet hatte, als er zum erstenmal gestorben war. Er saß am Kopfende eines langen ovalen Tisches; die Morgen- und Mittagsredakteure saßen an den Seiten, und die Reporter hielten die übrigen Stühle besetzt. Er hatte die Leute jahrzehntelang nicht gesehen, doch Jeff erkannte den Ort, die Situation augenblicklich wieder: die tägliche Redaktionskonferenz, auf der das Nachrichtenangebot des Tages geplant wurde, soweit das im voraus möglich war. Gene Collins, der diensthabende Mittagsredakteur, runzelte vor ihm besorgt die Stirn.

»Fühlst du dich auch bestimmt gut? Wir könnten bald Schluß machen; es gibt nicht mehr viel zu diskutieren.«

»Mach nur weiter, Gene. Es wird schon gehen.«

»Also ... Okay. Jedenfalls soviel zu den Hauptstadtnachrichten und dem Lokalen. Auf der nationalen Seite haben wir dieses Shuttle, das heute startet, und ...«

»Welches?« krächzte Jeff.

»Was?« fragte Gene verwirrt.

»Welches Shuttle?«

»Die *Discovery*. Mit dem Senator an Bord, weißt du.«

Wenigstens dafür sei Gott gedankt; so unmittelbar nach Pamelas endgültigem Tod war Jeff sich nicht sicher, ob er mit einer Neuauflage des Chaos und der Niedergeschlagenheit im Nachrichtenraum mit der *Challenger*-Katastrophe fertiggeworden wäre. Er hätte es bei etwas klarem Nachdenken jedenfalls wissen müssen; Reagan hatte Bitburg im Frühjahr 1985 besucht. Dann wäre es jetzt gegen Mitte April des gleichen Jahres, also neun oder zehn Monate, bevor das Shuttle explodieren würde.

Alle am Tisch blickten ihn merkwürdig an, fragten sich, warum er so zerstreut schien, so desorientiert. Zur Hölle damit. Sollten sie denken, was immer sie wollten.

»Machen wir Schluß, Gene, in Ordnung?«

Der Redakteur nickte, begann die verstreuten Papiere einzusammeln, die er zur Konferenz mitgebracht hatte. »Die einzige andere gute ausbaufähige Story ist diese Berufungsgeschichte wegen Vergewaltigung in Illinois. Dotson kommt heute wieder ins Gefängnis, während sein Anwalt einen Einspruch vorbereitet. Das wär's. Hat jemand noch Fragen?«

»Es sieht so aus, als würde die Tagung der Schulbehörde

heute lange dauern«, sagte einer der Reporter. »Ich weiß nicht, ob ich das bis um zwei schaffen kann. Die Sache mit den Feuerwehr-Orden. Soll ich früher aus der Schulbehörde abhauen, oder wollt ihr lieber jemand anders auf die Orden ansetzen?«

»Jeff?« fragte Collins, sich zu ihm vorbeugend.

»Ist mir gleich. Entscheide du.«

Gene runzelte erneut die Stirn, setzte an, etwas zu sagen, tat es aber nicht. Er drehte sich wieder zu den Reportern um, die zu brummeln angefangen hatten. »Bill, bleib bei der Schulbehörde solange wie nötig. Charlie, du gehst zur Feuerwehrfeier, nachdem du mit dem Bürgermeister gesprochen hast. Gib uns eine Liveeinspielung von Koch und Bitburg in einem. Dann kannst du das Rumfeilen solange aufschieben, bis die Ordensverleihung vorbei ist. Ach, und Jim, Mobil Vier ist in der Werkstatt; du nimmst Mobil Sieben.«

Die Versammlung brach ruhig auf, ohne die üblichen Witzeleien und ohne rauhes Gelächter. Die Reporter und der nach Hause gehende Frühredakteur marschierten aus dem Konferenzraum, wobei sie Jeff rasche, versteckte Blicke zuwarfen. Gene Collins blieb zurück, stapelte seine Blätter und ordnete sie wieder neu.

»Möchtest du drüber reden?« fragte er schließlich.

Jeff schüttelte den Kopf. »Gibt nichts zu bereden. Ich sagte doch, mit mir wird's schon wieder.«

»Hör mal, wenn es Probleme mit Linda gibt ... Ich meine, ich versteh' dich. Du weißt, was für eine harte Zeit Carol und ich vor ein paar Jahren hatten. Du hast mir dabei eine Menge geholfen – Gott weiß, wie oft ich dir in den Ohren gelegen hab' –, deshalb sag mir einfach Bescheid, wenn du dich mit mir über einem Bier zusammensetzen möchtest.«

»Danke, Gene. Ich weiß deine Anteilnahme zu schätzen, das tue ich wirklich. Aber das ist etwas, womit ich selber fertigwerden muß.«

Collins zuckte die Achseln, erhob sich vom Tisch. »Das ist deine Sache«, sagte er. »Aber wenn dir danach ist, deine Probleme irgendwo abzuladen, kannst du ruhig an mich denken. Das bin ich dir schuldig.«

Jeff nickte kurz, dann verließ Collins den Raum, und er war wieder allein.

20

Jeff kündigte, tätigte genügend Wetten und kurzfristige Investitionen, um Lindas Auskommen für die nächsten drei Jahre zu sichern. Es blieb keine Zeit mehr, eine größere Hinterlassenschaft für sie aufzubauen; er erhöhte die Deckungssumme seiner Lebensversicherung auf das Zehnfache und ließ es dabei bewenden.

Er zog in ein kleines Apartment in der Upper West Side um, verbrachte die Tage und Abende damit, in den Straßen von Manhattan umherzuwandern, all die Anblicke und Gerüche und Geräusche der menschlichen Gesellschaft in sich aufzunehmen, von denen er sich so lange isoliert hatte. Die alten Menschen faszinierten ihn am meisten, mit ihren Augen voll ferner Erinnerungen und verlorener Hoffnung, mit ihren in Vorwegnahme der abgelaufenen Zeit eingefallenen Körpern.

Jetzt, wo Pamela nicht mehr war, kehrten die Trauer und die Ängste wieder, von denen sie gesprochen hatte, und plagten ihn ebensosehr, wie sie Pamela am Ende zu schaffen gemacht hatten. Er hatte getan, was er konnte, um sie zu beruhigen, den Schmerz und das Entsetzen ihrer letzten Tage zu mildern, doch sie hatte recht gehabt: So sehr sie sich auch bemüht, soviel sie auch erreicht hatten, das Endresultat war Null. Selbst das Glück, das sie miteinander hatten finden können, war enttäuschend kurz gewesen; ein paar hier und da zusammengestohlene Jahre, vorübergehende Augenblikke der Liebe und Erfüllung – wie verschwindende Schaumflecken in einem Meer einsamer, überflüssiger Absonderung.

Es hatte so ausgesehen, als würden sie auf ewig eine unbegrenzte Zahl von Wahlmöglichkeiten und zweiten Versuchen haben. Sie hatten viel zuviel von der unschätzbaren Zeit vergeudet, die ihnen gewährt worden war, verschwendet mit Bitterkeit und Schuldgefühlen und nutzlosen Fragen nach nicht existierenden Antworten – wo doch sie selbst, ihre Liebe zueinander, die ganze Antwort gewesen waren, die sie je gebraucht hätten. Jetzt war ihm sogar auf ewig die Möglichkeit genommen, sie im Arm zu halten und sie fühlen zu lassen, wie sehr er sie verehrte und liebte. Pamela war tot, und in drei Jahren würde auch Jeff sterben, ohne je gewußt zu haben, warum er gelebt hatte.

Er streifte durch die Straßen der Stadt, beobachtend, lauschend: brutal aussehende Punkergruppen, wütend auf die Welt ... Männer und Frauen in Firmentracht, die zu verwirklichen trachteten, welche Ziele auch immer sie sich gesteckt hatten ... kichernde Schwärme von Kindern, übersprudelnd ob der Neuheit ihres Lebens. Jeff beneidete sie alle, sehnte sich nach ihrer Unwissenheit, ihren Erwartungen.

Mehrere Wochen, nachdem er seine Stellung bei WFYI gekündigt hatte, erhielt er einen Anruf von einem der Nachrichtenschreiber, die dort beschäftigt waren, von einer Frau – einem Mädchen eher – namens Lydia Randall. Alle im Sender machten sich Sorgen um ihn, sagte sie, waren geschockt gewesen, als er gekündigt hatte, und waren noch stärker beunruhigt, als sie hörten, daß seine Ehe entzweigegangen war. Wie bereits zu Gene Collins, sagte ihr Jeff, daß es ihm gut ginge. Doch sie verfolgte das Thema weiter, bestand darauf, daß er sich mit ihr auf einen Drink traf, damit sie persönlich mit ihm sprechen konnte.

Sie trafen sich am nächsten Nachmittag im »Sign of the Dove« an der Ecke Third Avenue und Fünfundsechzigste Straße, nahmen einen Tisch an einem der Fenster, die auf einen herrlich sonnigen New Yorker Juni hin offen standen. Lydia trug ein schulterfreies weißes Baumwollkleid und einen dazu passenden breitkrempigen Hut, von dem ein rosafarbenes Seidenband herunterhing. Sie war eine außergewöhnlich hübsche junge Frau, mit einer Masse welligen blonden Haars und großen, feuchten grünen Augen.

Jeff gab die Geschichte wieder, die er sich zur Erklärung seiner plötzlichen Kündigung zurechtgelegt hatte, eine Standardgeschichte vom ausgebrannten Journalisten, kombiniert mit Halbwahrheiten über das »Glück«, das er kürzlich mit seinen Investitionen gehabt hatte. Lydia nickte verständnisvoll, schien seine Erklärungen unbesehen zu glauben. Was seine Ehe betraf, sagte er ihr, so sei es seit langem damit aus gewesen; keine besonders erwähnenswerten Probleme, bloß ein Fall von zwei Menschen, die sich allmählich auseinandergelebt hatten.

Lydia hörte aufmerksam zu. Sie bestellte noch einen Drink, dann begann sie über ihr eigenes Leben zu sprechen. Sie war dreiundzwanzig, war unmittelbar nach dem Examen von der Universität von Illinois nach New York gekommen, lebte mit ihrem Freund zusammen, den sie auf dem College kennengelernt hatte. Er – sein Name war Matthew – war erpicht darauf zu heiraten, doch sie war sich da nicht mehr so sicher. Sie fühlte sich »eingeengt«, brauchte »Freiraum«, wollte neue Freunde kennenlernen und all die abenteuerlichen Erfahrungen machen, die sie in ihrer Jugend in einer Kleinstadt im Mittelwesten versäumt hatte. Sie und Matthew wären nicht mehr die gleichen Menschen, die sie früher einmal gewesen waren, sagte Lydia; sie habe das Gefühl, ihm entwachsen zu sein.

Jeff ließ sie sich aussprechen, all die abgedroschenen Kümmernisse und Sehnsüchte der Jugend, die für sie so überwältigend neu und in ihrem Leben von beispielloser Wichtigkeit waren. Ihr fehlte der nötige Weitblick, um zu erkennen, wie absolut gewöhnlich ihre Geschichte war, auch wenn sie vielleicht einen Schimmer dieses Bewußtseins besaß, da sie schließlich ihrem dringenden Wunsch Ausdruck gab, sich aus dem Klischee zu befreien, zu dem ihr Leben geworden war.

Er bemitleidete sie, sprach mit ihr eine Stunde lang oder länger über das Leben und die Liebe und Unabhängigkeit ... sagte ihr, sie müsse ihre eigenen Entscheidungen treffen, sagte, sie müsse lernen, etwas zu riskieren, sagte all die naheliegenden und notwendigen Dinge, die man jemandem sagen mußte, der zum erstenmal in seinem Leben eine allgemein-menschliche Krise erlebte.

Ein Windstoß vom offenen Fenster brachte ihr Haar durcheinander, wehte ihr das Band vom Hut ins Gesicht. Lydia wischte es weg, und Jeff entdeckte etwas unerklärlich Anrührendes in dieser Geste, in der mädchenhaften Weise, wie sich ihre Hand bewegte. In ihrem angeregten Gesicht sah er plötzlich ein Spiegelbild Judy Gordons und Lindas an jenem Tag, als sie ihm die Gänseblümchen gebracht hatte: leuchtendes Versprechen, den Schmuck noch unausgereifter Träume.

Sie tranken ihre Drinks aus, und er begleitete sie zu einem Taxi. Als sie in das Taxi stieg, sah sie zu ihm auf und sagte mit dem ganzen Optimismus und der scheinbaren Unbegrenztheit der Jugend: »Ich glaube, es wird alles gut; ich meine wir haben eine Menge Zeit, um es zu schaffen. Wir haben *soviel* Zeit.«

Jeff kannte diese Illusion, kannte sie nur allzu gut. Er schenkte der jungen Frau ein halbherziges Lächeln und sah sie wegfahren in Richtung Leben, und das lange rosafarbene Band flatterte ihr nach.

Der Pendlerzug nach Metro North kam absolut pünktlich zum Halten, bemerkte Jeff von seinem Standort dreißig Meter weiter den Bahnsteig hinunter. Um diese Tageszeit war »Pendlerzug« keine zutreffende Bezeichnung, dachte er; nicht viele Geschäftsleute würden den 11-Uhr-Zug in die City genommen haben.

Jeff ging entschlossen den Bahnsteig entlang, als wäre er soeben aus einer anderen Linie ausgestiegen. Er verlangsamte seinen Schritt ein wenig, als er am Zug aus New Rochelle vorüberkam und sah, daß er recht gehabt hatte: Unter den aussteigenden Fahrgästen waren eine Reihe von Frauen, die für einen Einkaufsbummel gekleidet waren, ein Haufen Collegestudenten, doch fast niemand mit Anzug und Krawatte und Aktentasche.

Sie stieg als eine der letzten aus. Er hätte sie beinahe verpaßt und hatte sich bereits gefragt, ob die Auskunft richtig war, die man ihm gegeben hatte. Sie war hübsch gekleidet, doch ohne die fanatische Aufmerksamkeit fürs Detail, die typisch war für die Frauen, die zu Bendel's oder Bergdorf's unterwegs waren. Ihre Schuhe mit flachen Absätzen dienten ausschließlich der Bequemlichkeit, und ihr blaßblaues Leinenkleid und der helle Pullover hatten etwas anziehend Praktisches an sich.

Jeff paßte sich zwanzig oder dreißig Schritte hinter ihr ihrem Tempo an, während sie die Rampe hinauf und in die riesige Haupthalle der Grand Central Station hineinging. Er hatte Angst, sie in der Menge zu verlieren, doch ihre Größe und das unverwechselbare blonde Haar halfen ihm dabei, sie im Auge zu behalten, während sie sich im Zickzack auf unterschiedlichen Wegen durch die Menschenmassen bewegten.

Sie ging die breite Treppe hoch, die zum Pan Am Building führte, und Jeff fiel ein wenig zurück, während er ihr durch die weniger überfüllte Lobby folgte und hinaus auf die Fünfundvierzigste Straße Ost. Sie überquerte die Park Avenue, ging am Roosevelt Hotel vorbei und über den Madison Square zur Fünften Straße, wo sie sich nach Norden wandte. Den Schaufenstern bei Saks und Cartier schenkte sie nur kurz ihre Aufmerksamkeit; Jeff wurde dann langsamer und heuchelte Interesse an einer Pauschalreise der Korean Airlines oder den abgestimmten Garnituren von Mark Cross-Koffern.

Sie wandte sich auf der Dreiundfünfzigsten Straße wieder nach Westen und betrat das Museum of Modern Art. Die Detektivagentur, die Jeff sechs Wochen zuvor angeheuert hatte, hatte recht gehabt, wenigstens was den heutigen Tag betraf: Jeden Dienstag, hatten sie ihm mitgeteilt, führe Pamela Phillips mit dem Zug nach Manhattan, um einen Nachmittag lang Galerien und Museen zu besichtigen.

Er bezahlte seine Eintrittskarte und bemerkte, als er durch das Drehkreuz ging, daß seine Handflächen schweißnaß waren. Für den Augenblick hatte er sie verloren.

Jeff wußte nicht genau, warum er solche Anstrengungen unternahm, um sie zu sehen, und sei es nur von ferne; er war sich vollkommen bewußt darüber, daß diese Frau nicht die Pamela war, die er gekannt und geliebt hatte, und daß sie es niemals sein würde. Er konnte niemals mehr auf diesen plötzlichen Blick der Bewußtheit und des intimen Wiedererkennens hoffen, den er in jener Nacht in der College-Bar in ihrem Gesicht gesehen hatte, als sie begriff, wer sie war und wer und was sie Jahrzehnte über beide gewesen waren.

Nein, diese Version von Pamela würde für immer unwissend bleiben; trotzdem sehnte er sich danach, noch einmal in ihre Augen zu blicken, vielleicht sogar kurz ihre Stimme zu hören. Die Versuchung hatte sich schließlich als unbezwingbar herausgestellt, und er empfand keine Scham darüber, daß er diesen Wunsch hegte, kein Schuldgefühl, ihr gefolgt zu sein.

Jeff sah als erstes im Museumsshop hinter der Lobby nach ihr, ob sie vielleicht nur hereingeschaut hatte, um ein Buch oder ein Poster zu kaufen, doch Pamela war nicht unter denen, die im Laden herumstöberten. Er ging durch die Lobby zurück, hinein in die glasumwandete Garden Hall und hinüber zu den Galerien im Erdgeschoß, bevor er zurückkam, um den Fahrstuhl zu den oberen Stockwerken zu nehmen. Es liefen gerade, zusätzlich zu den bekannten Ausstellungen aus der permanenten Sammlung, zwei größere Ausstellungen: Die eine war eine Schau zum Gedenken des hundertsten Geburtstag von Mies van der Rohe; die andere war eine Retrospektive des Bildhauers Richard Serra. Jeff schenkte den Exponaten nur äußerst flüchtige Beachtung; er mußte Pamela wieder ausfindig machen.

Im vierten Stock sah er etwas, das ihm, seiner wachsenden Ungeduld zum Trotz, ein Lächeln entlockte: Das Museum hatte, als Teil der van der Rohe-Ausstellung, zahlreiche Beispiele der Möbelentwürfe des Architekten installiert – einschließlich eines Barcelona-Sessels genau wie derjenige, den Frank Maddock für Jeffs Büro bei der Future Corporation ausgesucht hatte, vor so langer Zeit.

Immer noch kein Anzeichen von Pamela. Er würde zwei Wochen warten müssen, bis sie wieder in die Stadt käme, ihr bis zu einem anderen Museum nachgehen oder sich vielleicht eine flüchtige, scheinbar zufällige Begegnung unmittelbar im Bahnhof ausdenken müssen ... die gerade lange genug dauerte, um ihr einmal voll ins Gesicht zu sehen, sie vielleicht »Entschuldigung« sagen zu hören oder »Es ist zwanzig vor zwölf«.

Wieder im dritten Stock der Garden Hall angelangt, hielt Jeff an, um sich auszuruhen, lehnte sich gegen das Geländer, starrte durch die große Glaswand hinaus ... und sah im

Skulpturgarten unter sich den glatten Blondschopf ihres Haars und das himmelblaue Leinen ihres Kleides.

Sie war immer noch draußen, als er hinunter in den Garten gelangt war. Sie stand mit verschränkten Armen da und betrachtete eine der Skulpturen von Serra. Jeff hielt drei Meter entfernt von ihr an, während ihm tausend widerstreitende Gefühle und Erinnerungen durch den Kopf gingen. Dann drehte Pamela sich unerwartet zu ihm um und sagte: »Was halten Sie davon?«

Er hatte sich nichts zurechtgelegt für den Fall, daß sie ein Gespräch mit ihm begänne, hatte nicht einmal über den Moment hinausgedacht, da er, und sei es noch so kurz, wieder diesen durchdringenden grünen Augen gegenüberstünde, die er so gut kannte ... Nein, rief er sich gewaltsam in Erinnerung, er kannte diese Augen überhaupt nicht, sie verbargen ein Wesen, das ihm verschlossen war und es immer sein würde. Diese Frau in dem Garten würde nur ein einziges Leben haben – das bald enden würde, ohne wiederaufgenommen zu werden –, in dem er keine Rolle spielte.

»Ich sagte, was halten Sie von Serra?«

So zielstrebig wie immer; es war Teil ihrer Natur, begriff er, nicht etwas, das ihr durch die Erfahrung der Wiederholungen eingeimpft worden war.

»Ein wenig zu abweisend für meinen Geschmack«, antwortete er schließlich, mit seinen Gedanken bei allem möglichen anderen, aber nicht bei dem Kunstwerk.

Sie nickte nachdenklich. »In den meisten seiner Sachen scheint eine Art Drohung versteckt zu sein«, sagte sie. »Wie bei diesem Stück, *Vermesser II?* Das mit der großen Stahlplatte flach auf dem Boden, und der anderen darüber an der Decke festgeschraubt? Ich konnte an nichts anderes denken, als was passieren würde, wenn sich die obere losreißen und herabfallen würde. Alle die darunter stünden, würden totgequetscht werden.«

Er konnte nicht dastehen und mit ihr Museums-Smalltalk reden; im Geiste sprang er von Bild zu Bild ihrer gemeinsamen Leben: Sie, aus der Kabine eines nahen Segelflugzeugs heraus lächelnd – sie, in der Küche auf Mallorca –, sie in den vielen Betten, die sie sich im Laufe der Jahre geteilt hatten ... es war, als hätte er durch bloße Erinnerung eine innere Kopie der Videoinstallation über ihre Leben erschaffen, die sie einmal als Ausstellungsstück zusammengestellt hatte.

»Und das da drüben«, fuhr sie fort, »das mit dem Titel *Umlauf II* ... Ich weiß, die Wirkung davon sollte die einer interessanten Raumaufteilung sein, aber diese scharfen Rechtecke, die aus den Ecken hervorkommen, erwecken in mir das Gefühl, von Guillotinen-Klingen umgeben zu sein.« Sie schenkte ihm ein leichtes, selbstironisches Lachen. »Oder vielleicht, eine besonders morbide Phantasie zu haben, ich weiß nicht.«

»Nein«, sagte Jeff, der allmählich seine Fassung wiederfand. »Ich weiß, was Sie meinen. Ich empfinde das gleiche. Er hat einen sehr aggressiven Stil.«

»Zuviel davon, glaube ich. Er läuft meiner Fähigkeit zuwider, die Formen auf einer objektiven Ebene zu beurteilen.«

»Das hier sieht aus, als könnte es jede Sekunde umkippen«, sagte Jeff.

»Genau! Und in diese Richtung!«

Er lachte widerwillig, empfand einen Ansturm des gleichen leichten Selbstvertrauens ihr gegenüber, das er empfunden hatte, als ... Er brachte seine Gedanken erneut willentlich zum Halten. Es würde nichts nützen, diese alten Zeiten wieder wachzurufen, Zeiten, die er mit jemandem verbracht hatte, der diese Frau bloß äußerlich ähnlich sah. Und dennoch ... und dennoch: Sie hatte immer noch den gleichen nüchternen Verstand, die gleiche Aura von Wärme unter einer kühl-analytischen Sensibilität ... es war ein Vergnügen, sich mit ihr zu unterhalten, auch wenn sie niemals auch nur die kleinste Erinnerung haben würde an das, was sie alles gemeinsam erlebt hatten.

»Hören Sie«, sagte er, »möchten Sie unter diesem Ding hervorkommen, bevor es auf uns fällt, und vielleicht etwas essen?«

Sie aßen in dem Café mit Aussicht auf den Skulpturengarten, lachten noch ein wenig über den offenkundig bedrohlichen Charakter der Serra-Skulpturen, beklagten die zunehmende Abneigung des Museums, neuere Künstler auszustellen. Jeff half ihr die Jacke anzuziehen, als der Schatten des Wohnturms über dem Museum auf den Garten fiel; seine Hand streifte dabei über ihr Haar, und es fiel ihm schwer, sich davor zurückzuhalten, dieses vertraute, langverlorene Gesicht zu liebkosen.

Sie sprachen über ihre aufgegebene Karriere als Künstlerin, über die Enttäuschungen und Freuden, ihre Kinder großzuziehen. Er sah die Ruhelosigkeit in ihren Augen, das nagende Gefühl, ihr Leben nicht ganz gelebt zu haben; ein Leben, das, wie Jeff wußte, bald enden würde. Es drängte ihn, ihr zu erzählen, was sie früher einmal erreicht hatte.

Es kam ein Moment, da das Essen beendet, das Gespräch an einer peinlichen Pause angelangt war.

»Also«, sagte sie mit dem Wunsch, das Zusammensein zu verlängern, ohne jedoch zu wissen wie. »Es war sehr nett mit Ihnen.«

»Ja, das war es«, stimmte er zu, unbehaglich mit seinem Kaffeelöffel spielend.

»Kommen Sie oft in die Stadt?«

»Ein paarmal im Monat. Vielleicht könnten wir ...« Seine Stimme verlor sich; er war sich nicht sicher, ob er überhaupt etwas vorschlagen sollte.

»Könnten was?« fragte sie in das Schweigen hinein.

»Ich weiß nicht. Ein anderes Museum besuchen. Wieder zusammen essen.«

Sie spielte mit dem Löffel. »Ich bin verheiratet, wie Sie wissen.«

»Ich weiß.«

»Ich kann nicht ... Ich meine, ich bin nicht ...«

Er lächelte, reichte ihr eine Papierserviette.

»Wofür ist die?« fragte sie verblüfft.

»Um sie in ganz kleine Stücke zu zerreißen.«

Pamela lachte auf, dann starrte sie ihn mit einem merkwürdigen Blick an. »Woher wußten Sie, daß ich ...« Sie schüttelte langsam den Kopf. »Manchmal habe ich das Gefühl, Sie könnten meine Gedanken lesen. Wie als Sie fragten, ob ich jemals Delphine gemalt hätte. Ich hatte Ihnen vorher gar nicht gesagt, wie sehr ich Wale und Delphine liebe.«

»Ich dachte es mir einfach.«

Sie riß die Serviette mit einer übertriebenen Gebärde genau in der Mitte durch und sah mit neugieriger Fröhlichkeit und einem Ausdruck plötzlicher Erleichterung zu ihm auf.

»Im Guggenheim gibt es eine Jack Youngerman-Ausstellung«, sagte sie. »Ich sehe sie mir nächste Woche vielleicht an.«

Der moschuswarme Geruch ihres Liebesakts haftete an ihm, durchdrang das Schlafzimmer. Dieses süß-bittere Parfüm brachte intensive Erinnerungen von Nächten mit sich, die sie unter dicken Decken in der Hütte in Montgomery Creek zugebracht hatten, von heißen, hellen Tagen auf dem Vordeck einer Yacht vor den Florida Keys, an Sonntagmorgen, in Laken gewickelt in ihrer Suite im Pierre ... und schließlich an die Nachmittage, die wie Jahre zählenden gestohlenen Nachmittage hier in diesem Apartment.

Jeff blickte auf ihr Gesicht an seiner Brust; ihre Augen waren geschlossen, ihre Lippen geöffnet wie die eines schlafenden Kindes. Ihm fielen die Zeilen aus der *Bhagavadgita* ein, die sie einmal mit solch leidenschaftlicher Intensität an jenem lange zurückliegenden Abend in ihrer Zuflucht im Topanga Canyon gesprochen hatte:

Schon viele der Geburten sind
Für mich dahin.
Mir sind sie alle wohlbekannt,
Doch nicht so, Tapfrer, deinem Sinn.

Pamela bewegte sich in seinen Armen, gab einen wortlosen Laut des Behagens von sich, während sie sich streckte, ihren Körper wie ein liebevolles Kätzchen an seinem entlanggleiten ließ.

»Wie spät ist es?« fragte sie gähnend.

»Zwanzig nach sechs.«

»Verdammt«, sagte sie, sich im Bett aufsetzend. »Ich muß mich aufmachen.«

»Wirst du am Dienstag wieder herkommen?«

»Mein Kurs wurde abgesagt, aber ... Ich habe zu Hause

nichts davon erwähnt. Wir können den ganzen Tag zusammen verbringen.«

Jeff lächelte, versuchte erfreut auszusehen. Nächsten Dienstag. Den ganzen Tag zusammen, schwache, bittersüße Echos dessen, was einmal gewesen war; aber davon konnte sie natürlich nichts wissen.

»Vielleicht kann ich das Bild bis dahin beenden«, sagte sie, schlüpfte aus dem Bett und sammelte ihre verstreuten Kleider auf.

»Wann bekomme ich es zu sehen?«

»Nicht bevor es fertig ist; du hast es versprochen.«

Er nickte und empfand ein leichtes Schuldgefühl, weil er am Tag zuvor einen Blick auf die zugedeckte Leinwand geworfen hatte. Ihr Talent hatte sich im letzten Jahr weiterentwickelt, seit sie wieder regelmäßig zu malen begonnen hatte und Fachkurse in fortgeschrittener Komposition an der Universität von New York besuchte; doch sie würde nie wieder das Niveau des Könnens, den verwegenen Schwung phantasievoller Brillanz erreichen, die sie in anderen, unerinnerten Leben besessen hatte.

Das Bild, das sie fast vollendet hatte, war eine Aktstudie von ihnen beiden, wie sie mit ineinandergelegten Händen lachend durch einen sonnengesprenkelten Tunnel weißer, rebenbedeckter Spaliere liefen. Jeff war gerührt von seiner Schlichtheit, von der Naivität der freimütigen Freude, die es darstellte; es war das Bild eines Künstlers, der soeben zu lieben begonnen hatte, der noch keine Gelegenheit gehabt hatte, die Grenzen dieser Liebe, oder des Lebens selbst, zu erproben.

Die Zeit, die sie seit jenem ersten ungeplanten Treffen im Museum miteinander verbrachten, war notwendigerweise beschränkt: Ein oder zweimal die Woche, ein Nachmittag hier in seinem Apartment, selten einmal eine ganze Nacht, wenn sie ihrem Mann gesagt hatte, daß sie wegen eines Konzerts oder einer Theateraufführung in der Stadt bleiben wollte ... und einmal, ein einziges Mal, waren sie auf ein langes Wochenende nach Cape Cod gefahren. Sie hatte ihrer Familie erzählt, sie wäre in Boston und besuchte eine Frau, die sie vom College her kannte.

Die Möglichkeit einer Scheidung war einmal kurz angesprochen worden; aber Jeff wußte, daß sie zu einem solch drastischen Bruch noch nicht bereit war. Es gab mehr Einschränkungen dessen, was sie miteinander teilen konnten, als sie jemals wissen würde, eine scharfe Demarkationslinie zwischen ihrer Kenntnis voneinander. Pamela schien sie manchmal vage zu spüren: in einem abwesenden Ausdruck auf Jeffs Gesicht, in einer plötzlich abbrechenden Unterhaltung.

Er liebte sie, liebte sie aufrichtig als die, die sie heute war, nicht nur als Spiegelbild all jener anderen Pamelas aus anderen Existenzen ... und dennoch gab die stete Mahnung in ihren unwissenden Augen an all das, was einmal gewesen war, allem einen steten Beigeschmack von Melancholie.

Sie war mit dem Ankleiden fertig und kämmte sich gerade ihr schönes glattes Haar. Wieviele Male hatte er ihr dabei zugesehen, in wievielen Spiegeln? Öfter, als sie sich vorstellen konnte oder sich in Erinnerung zu rufen er jetzt ertragen konnte.

»Bis nächste Woche«, sagte Pamela und beugte sich vor, um ihn zu küssen, während sie ihre Handtasche vom Nachttisch hochhob. »Ich werd' versuchen, einen frühen Zug zu erreichen.«

Er erwiderte ihren Kuß, hielt einen sehnsuchtsvollen Moment lang ihr leuchtendes Gesicht zwischen den Händen und dachte an die Jahre, die Jahrzehnte, die Hoffnungen und Pläne ihrer Leben, die sich erfüllt hatten und die gescheitert waren ...

Aber nächste Woche würden sie einen ganzen Tag füreinander haben; einen Tag voller Wärme, einen Vorfrühlingstag. Einen Tag, auf den er sich freuen konnte.

Die erste Winterbrise wehte vom See heran, wirbelte die roten und gelben Blätter auf den Straßen von Cherry Hill auf. Der Springbrunnen in der Bahnhofshalle ließ sein kaltes Wasser plätschern, als Jeff und Pamela an ihm vorbei zur anmutig geschwungenen schmiedeeisernen Bow Bridge im Central Park gingen.

Auf der anderen Seite der Brücke angelangt, wanderten

sie nordwärts die baumumstandenen Spazierwege entlang, mit dem See zu ihrer Linken. Hunderte von Vögeln zwitscherten aufgeregt überall um sie herum, bereiteten sich auf die lange Reise nach Süden vor.

»Wäre es nicht schön, wenn wir uns ihnen anschließen könnten?« sagte Pamela und schmiegte sich im Gehen eng an ihn. »Zu irgendeiner Insel fliegen, oder nach Südamerika ...«

Er gab ihr keine Antwort, drückte sie bloß fester, seinen Arm schützend um ihre Taille gelegt. Aber er wußte mit bitterer Gewißheit, daß er ihr keinen Schutz bieten konnte vor dem, was ihnen beiden bald zustoßen würde.

Am Nordende des Sees blieben sie auf der Balcony Bridge stehen und betrachteten den tiefergelegenen Wald, das die Wolkenkratzer von Manhattan spiegelnde Wasser.

»Weißt du was?« flüsterte Pamela, das Gesicht nahe an seinem.

»Was?« sagte er.

»Ich hab' Steve gesagt, ich würde nächstes Wochenende wieder meine alte Zimmergenossin in Boston besuchen. Freitag bis Montag. Wir *können* irgendwohin fliegen, wenn du magst.«

»Das ist ... fabelhaft.« Es gab nichts, was er hätte sagen können; es wäre der Gipfel der Grausamkeit gewesen, ihr zu sagen, was er wußte: daß dies der letzte Tag war, an dem sie beieinander sein würden. Am kommenden Dienstag, in fünf Tagen, würde die Welt für sie beide für immer zu Ende gehen.

»Du scheinst aber nicht sonderlich begeistert zu sein«, sagte sie stirnrunzelnd.

Jeff setzte ein Lächeln auf, versuchte seinen Kummer und seine Angst zu verbergen. Wie sie sich in ihrem unschuldigen Vertrauen an die Jahre klammerte, die sie glaubte noch erleben zu können; jetzt, kurz vor dem Ende, war das größte Geschenk, das er ihr machen konnte, eine Lüge.

»Das ist wunderbar«, sagte er mit gespielter Begeisterung. »Ich bin bloß überrascht, das ist alles. Wir können fliegen, wohin du nur willst. Überallhin. Nach Barbados, Acapulco, zu den Bahamas ... du entscheidest.«

»Ist mir gleich«, sagte sie und kuschelte sich an ihn. »Solange es nur warm ist und ruhig und ich bei dir bin.«

Wenn er weitersprach, das wußte er, würde seine Stimme zu sehr schwanken. Statt dessen küßte er sie, legte seinen ganzen verzweifelten Schmerz in einen letzten, körperlichen Ausdruck all dessen, was er je für sie empfunden hatte, was sie je …

Sie stöhnte plötzlich auf, fiel schlaff gegen ihn. Er packte ihre Schultern, hielt sie fest, damit sie nicht zu Boden sank.

»Pamela? Mein Gott, nein, was …«

Sie gewann den Halt zurück, wandte ihm ihr Gesicht zu und blickte ihn entgeistert an. »Jeff? Oh mein Gott, *Jeff* …?«

Da war es, alles, in ihren geweiteten Augen: Verstehen, Wiedererkennen, Sich-Erinnern. Das gesamte Wissen und der Schmerz aus acht verschiedenen Leben überschwemmten ihr Gesicht, verzerrten ihren Mund vor unvermittelter Verwirrung.

Sie blickte umher, sah den Park, die Skyline von New York. Ihre Augen füllten sich mit Tränen, suchten wieder Jeff.

»Ich war … es sollte alles vorbei sein!«

»Pamela …«

»Welches Jahr ist es? Wie lange haben wir noch?«

Er konnte es ihr nicht vorenthalten; sie mußte es wissen. »Es ist 1988.«

Sie blickte die Bäume an, die kupferfarbenen Blätter, die sie umwirbelten. »Es ist schon Herbst!«

Er glättete ihr windzerzaustes Haar, wünschte, die Wahrheit einen Augenblick lang hinauszögern zu können; doch es war nicht zu leugnen. »Oktober«, sagte er sanft. »Der dreizehnte.«

»Dann sind's … dann sind's bloß noch fünf Tage!«

»Ja.«

»Es ist nicht fair«, schluchzte sie. »Ich hatte mich letztes Mal vorbereitet, ich hatte mich fast abgefunden …« Sie brach ab, sah ihn verwirrt an. »Was tun wir hier zusammen?«

»Ich … ich mußte dich sehen.«

»Du hast mich geküßt«, sagte sie anklagend. »Du hast *sie* geküßt, die Person, die ich früher einmal war!«

»Pamela, ich dachte …«

»Es ist mir egal, was du dachtest«, sagte sie heftig und zuckte vor ihm zurück. »Du wußtest, daß das eine andere war als ich, wie konntest du etwas so … so Perverses tun?«

»Aber du warst es doch«, beharrte er. »Nicht mit all den Erinnerungen, nein, aber du warst es, wir sind immer noch …«

»Ich kann nicht glauben, was du da sagst! Wie lange geht das schon so, wann hast du damit angefangen?«

»Es sind jetzt beinahe zwei Jahre.«

»Zwei Jahre! Du hast … mich *benutzt*, als wäre ich eine Art lebloser Gegenstand, als …«

»So war es nicht, überhaupt nicht! Wir liebten einander, du fingst wieder zu malen an, gingst wieder zur Schule …«

»Es ist mir egal, was ich gemacht habe! Du hast mich von meiner Familie weggelockt, mich überlistet … und du wußtest genau, was du tatest, welche Saiten du anschlagen mußtest, um mich zu beeinflussen, um mich … fügsam zu machen!«

»Pamela, bitte.« Er griff nach ihrem Arm, versuchte sie zu beruhigen, sich ihr verständlich zu machen. »Du verdrehst alles, du bist …«

»Faß mich nicht an!« schrie sie und wich zurück, drehte sich um und lief von der Brücke, auf der sie sich vor wenigen Augenblicken noch innig umarmt hatten. »Laß mich einfach in Ruhe und laß mich sterben! Laß uns beide sterben, damit wir's endlich hinter uns haben!«

Jeff versuchte sie aufzuhalten, aber sie rannte davon, war verschwunden, bevor er sich aus seiner Benommenheit lösen konnte. Die letzte Hoffnung seines letzten Lebens war verschwunden, verloren auf dem Weg, der zur Siebenundsiebzigsten Straße führte, unterwegs in die anonyme, allesverschlingende Stadt … in den Tod, in den unabänderlichen und sicheren Tod.

21

Jeff Winston starb allein; doch sein Sterben war noch nicht vorbei. Er erwachte in seinem Büro bei WFYI, wo das erste seiner vielen Leben so abrupt geendet hatte: an den Wänden aufgehängte Reporter-Einsatzpläne, ein gerahmtes Foto von Linda auf seinem Schreibtisch, der gläserne Briefbeschwerer, der zerbrochen war, als er sich vor so langer Zeit an die Brust gegriffen und den Telefonhörer fallengelassen hatte. Er sah auf die Digitaluhr in seinem Bücherregal:

12 : 57 18 Okt 88

Noch neun Minuten zu leben. Keine Zeit mehr, an etwas anderes zu denken als an den bedrohlich näherrückenden Schmerz und das Nichts.

Seine Hände begannen zu zittern, aus seinen Augen quollen Tränen.

»Hey, Jeff, wegen dieser neuen Kampagne ...« Der Werbeleiter Ron Sweeney stand in der offenen Bürotür, starrte ihn an. »Herrgott, Jeff, du bist ja kreidebleich im Gesicht! Was ist los?«

Jeff sah wieder auf die Uhr:

1 : 02 18 Okt 88

»Mach, daß du rauskommst, Ron!«

»Kann ich dir ein Alka-Seltzer oder so was holen? Soll ich einen Arzt rufen?«

»Hau schon ab, verdammt noch mal!«

»Hey, tut mir leid, ich wollte bloß ...« Sweeney zuckte die Achseln, schloß die Tür hinter sich.

Das Zucken in Jeffs Händen griff auf seine Schultern über, dann auf seinen Rücken. Er schloß die Augen, biß sich in die Oberlippe und schmeckte Blut.

Das Telefon klingelte. Er nahm mit seiner bebenden Hand

den Hörer ab, schloß den weiten Kreis, der vor so vielen Leben begonnen hatte.

»Jeff«, sagte Linda, »wir brauchen ...«

Der unsichtbare Hammer krachte auf seine Brust, tötete ihn ein weiteres Mal.

Er erwachte wieder, blickte in Panik zu den glühenden roten Ziffern hinüber:

1 : 05 18 Okt 88

Er schleuderte den Briefbeschwerer auf die Uhr, zerschmetterte ihr rechteckiges Plastikgesicht. Das Telefon klingelte, und klingelte fort. Jeff übertönte das Geräusch mit einem Schrei, einem wortlosen tierhaften Brüllen, und dann starb er, und erwachte wieder mit dem Telefon bereits in der Hand, hörte Lindas Worte und starb wieder und wieder und wieder: Erwachen und Sterben, Bewußtheit und Leere wechselten beinahe schneller miteinander ab, als er es wahrnehmen konnte, immer um den Moment jener ersten schweren Agonie in seiner Brust zentriert.

Jeffs gequälter Geist schrie um Erbarmen, doch es wurde ihm keines gewährt; er suchte nach einem Ausweg, ob im Wahnsinn oder im Vergessen, darauf kam es nicht mehr an ... Doch er sah noch und hörte und fühlte, blieb sich der ganzen Qual bewußt, blieb ohne Unterbrechung dieser schrecklichen Dunkelheit des Nichtlebens, des Nichttodes ausgeliefert: dem andauernden, paralysierenden Moment des Sterbens.

»Wir brauchen ...« hörte er Linda sagen,« ... ein Gespräch.«

Irgendwo war Schmerz. Er brauchte eine Weile, um dessen Ursprung zu identifizieren: seine Hand, die starr wie eine Klaue den Telefonhörer umklammert hielt. Jeff entspannte seinen Griff, und der Schmerz in seiner verschwitzten Hand ließ nach.

»Jeff? Hast du gehört, was ich gesagt habe?«

Er versuchte zu sprechen, brachte nichts als ein gutturales

Geräusch heraus, das halb ein Stöhnen, halb ein Grunzen war.

»Ich sagte, wir müssen miteinander reden«, wiederholte Linda. »Wir müssen uns zusammensetzen und ein aufrichtiges Gespräch über unsere Ehe führen. Ich weiß nicht, ob an diesem Punkt noch etwas zu retten ist, aber ich glaube, es ist den Versuch wert.«

Jeff öffnete die Augen, blickte auf die Uhr im Bücherregal:

1 : 07 18 Okt 88

»Willst du mir nicht antworten? Verstehst du, wie wichtig das für uns ist?«

Die Ziffern auf der Uhr wechselten lautlos, sprangen um auf 1 : 08.

»Ja«, sagte er und zwang sich, die Worte zu bilden. »Ich verstehe. Wir werden miteinander reden.«

Sie atmete hörbar aus. »Es ist überfällig, aber vielleicht ist es noch nicht zu spät.«

»Wir werden sehen.«

»Meinst du, du könntest heute früher nach Hause kommen?«

»Ich werd's versuchen«, sagte Jeff. Seine Kehle war trokken und wie zusammengeschnürt.

»Ich seh' dich dann, wenn du heimkommst«, sagte Linda. »Wir haben eine Menge zu bereden.«

Jeff legte auf, starrte immer noch die Uhr an. Die Anzeige rückte auf 1 : 09.

Er berührte seine Brust, fühlte den gleichmäßigen Herzschlag. Am Leben. Er lebte, und die Zeit hatte ihren normalen Fluß wieder aufgenommen.

Aber war er jemals unterbrochen worden? Vielleicht hatte er einen Herzanfall erlitten, aber nur einen kleinen, gerade so schlimm, um ihn über die Schwelle zum Halluzinieren zu treiben. Dafür gab es Beispiele; er selbst hatte den Vergleich zu einem Ertrinkenden gezogen, der die Ereignisse seines Lebens vor sich ablaufen sieht, hatte etwas Derartiges halb erwartet, als ihn der Schmerz zum erstenmal traf. Das Gehirn war zu erstaunlichen Leistungen der Phantasie und der

Zeitkomprimierung oder -dehnung imstande, besonders im Moment einer offensichtlich tödlichen Krise.

Natürlich, dachte er, und rieb sich erleichtert über die schwitzende Stirn. Das ergab eindeutig einen Sinn, viel eher als die Annahme, er habe all diese Leben wirklich durchlebt, die Erfahrung all dieser …

Jeff starrte das Telefon an. Es gab nur einen Weg, sich darüber Gewißheit zu verschaffen. Er kam sich ein wenig albern vor, als er die Nummer der Auskunft von Westchester County wählte.

»Welche Stadt, bitte?« fragte die Telefonistin.

»New Rochelle. Eine Eintragung für … Robison, Steve oder Steven Robison.«

Es folgte eine Pause, ein Klicken in der Leitung, und dann las die computererzeugte Stimme mit gleichgültiger Monotonie die Nummer vor.

Vielleicht hatte er den Namen des Mannes irgendwo aufgeschnappt, dachte Jeff, vielleicht aus einer unbedeutenden Zeitungsmeldung. Er konnte sich in seinem Gedächtnis festgesetzt, sich Wochen oder Monate später subtil mit seiner Selbsttäuschung verwoben haben.

Er wählte die Nummer, die ihm der Computer genannt hatte. Ein junges Mädchen meldete sich, die Stimme belegt von verstopften Nebenhöhlen.

»Ist … äh … deine Mutter zu Hause?« fragte Jeff das Kind.

»Einen Moment. Mammi! Telefon!«

Eine Frauenstimme ertönte in der Leitung, gedämpft und verzerrt, atemlos. »Hallo?« sagte sie.

Es war schwer zu sagen, sie atmete in so raschen, flachen Stößen. »Spreche ich mit … Pamela Robison? Pamela Phillips?«

Schweigen. Sogar das Atmen hörte auf.

»Kimberly«, sagte die Frau. »Du kannst den Hörer jetzt auflegen. Es ist Zeit, daß du noch eine Contac und etwas Hustensaft einnimmst.«

»Pamela?« sagte Jeff, als das Mädchen den Hörer aufgelegt hatte. »Hier ist …«

»Ich weiß. Hallo, Jeff.«

Er schloß die Augen, tat einen tiefen Atemzug und stieß die Luft langsam wieder aus. »Dann ist ... es wirklich geschehen? Alles? *Starsea* und Montgomery Creek und Russell Hedges? Du weißt, wovon ich rede?«

»Ja. Ich war mir selbst nicht sicher, ob es wirklich war, bis ich gerade deine Stimme hörte. Mein Gott, Jeff, ich bin immer und immer wieder gestorben, es war ...«

»Ich weiß. Bei mir war es das gleiche. Aber davor, erinnerst du dich wirklich an all die Dinge, die wir erlebt haben, all diese Leben?«

»An jedes einzelne davon. Ich war Ärztin und Künstlerin ... du hast Bücher geschrieben, wir ...«

»Wir sind gesegelt.«

»Auch das.« Er hörte ihr Seufzen, ein langgezogener, stimmloser Laut des Bedauerns und der Müdigkeit, und mehr. »Was diesen letzten Tag betrifft, im Central Park ...«

»Ich dachte, es würde das letzte Mal sein, ich dachte, du – wärst verschwunden. Für immer. Ich mußte zum Schluß bei dir sein, auch wenn es nur ... ein Teil von dir war, der mich nicht wirklich kannte.«

Sie sagte nichts, und nach mehreren Sekunden lastete das Schweigen zwischen ihnen wie zuvor die verlorenen Jahre.

»Was fangen wir jetzt an?« fragte Pamela.

»Ich weiß nicht«, sagte Jeff. »Ich kann noch nicht klar denken, du etwa?«

»Nein«, gestand sie ein. »Ich weiß nicht, was im Moment das beste wäre, für uns beide.« Sie machte eine Pause, zögerte. »Weißt du ... Kimberly ist heute krank aus der Schule heimgekommen – deshalb ist sie ans Telefon gegangen –, aber sie hat nicht bloß eine Erkältung, heute ist der Tag, an dem sie ihre erste Periode hatte. Ich starb, gerade als sie zur Frau wurde. Und jetzt ...«

»Ich verstehe«, sagte er.

»Ich hab' sie nie großwerden sehen. Und ihr Vater auch nicht. Und Christopher, er fängt gerade mit der High-School an ... Diese Jahre sind so wichtig für sie.«

»Es ist zu früh, als daß wir schon feste Pläne machen könnten«, sagte Jeff. »Es gibt zuviel, was wir aufnehmen, verarbeiten müssen.«

»Ich bin nur so froh zu wissen ... daß ich mir nicht alles eingebildet hab'.«

»Pamela ...« Er suchte vergeblich nach den Worten, mit denen er alles hätte ausdrücken können, was er empfand. »Wenn du wüßtest, wie sehr ...«

»Ich weiß. Du brauchst es mir nicht mehr zu sagen.«

Er legte den Telefonhörer behutsam nieder, starrte ihn lange an. Es war möglich, daß sie *zuviel* zusammen erlebt hatten, mehr gesehen und gewußt und miteinander geteilt hatten, als sie in dieser Welt gewachsen waren. Gewinnen und Verlieren, Ergreifen und Loslassen ...

Pamela hatte einmal gesagt, sie habe »die Dinge bloß anders, nicht besser gemacht«. Das stimmte nicht ganz. Manchmal hatten ihre Handlungen positive Auswirkungen auf sie und die Welt im allgemeinen gehabt, manchmal negative, am häufigsten keins von beiden. Jedes Leben war anders gewesen, unvorhersagbar in seinem Ausgang und seiner Wirkung. Trotzdem hatten diese Entscheidungen getroffen werden müssen, dachte Jeff. Er hatte gelernt, die möglichen Verluste zu akzeptieren, in der Hoffnung, sie würden durch die Gewinne aufgewogen werden. Der einzige und schwerste Fehler, das wußte er, wäre es, niemals etwas zu riskieren.

Jeff blickte auf und sah sein Spiegelbild im dunklen Rauchglas des Bücherregals: graue Stellen im Haar, unter den Augen schwach geschwollene Tränensäcke, dünne Falten, die seine Stirn zu zerknittern begannen. Sie würden niemals wieder geglättet werden, diese Anzeichen des Alters; sie würden sich nur vertiefen und ausbreiten, neue Hieroglyphen einer verlorenen Jugend, mit jedem verstreichenden Jahr unauslöschlich auf sein Gesicht und seinen Körper geschrieben.

Und dennoch, überlegte er, würden die Jahre alle neu und unbekannt sein, ein sich stetig veränderndes Muster unvorhergesehener Ereignisse und Empfindungen, die ihm bis jetzt vorenthalten worden waren. Neue Filme und Theaterstücke, neue technische Entwicklungen, neue Musik – Herrgott, wie er sich nach einem Lied sehnte, irgendeinem Lied, das er noch nie zuvor gehört hatte!

Der unbegreifliche Kreislauf, in dem er und Pamela gefangen gewesen waren, hatte sich als eine Art von Gefängnis erwiesen, nicht als Befreiung. Sie waren dem täuschenden Luxus auf den Leim gegangen, sich ständig auf Zukunftsalternativen zu konzentrieren; ebenso wie Lydia Randall mit der blinden Zuversicht ihrer Jugend geglaubt hatte, des Lebens Wahlmöglichkeiten würden ihr auf ewig zur Verfügung stehen. »Wir haben *soviel* Zeit«, hörte Jeff sie sagen, und dann tönte das Echo seiner eigenen, an Pamela gerichteten Worte ihm aufs neue durch den Kopf: »Nächstes Mal ... nächstes Mal.«

Nun war alles anders. Jetzt war nicht »nächstes Mal«, und das würde es auch nie wieder geben. Jetzt war *diese* Zeit, diese eine begrenzte Zeitspanne, über deren Richtung und Ausgang er absolut nichts wußte. Er würde sie nicht vergeuden oder für selbstverständlich nehmen, nicht einen einzigen Augenblick lang.

Jeff stand auf und ging aus seinem Büro in den geschäftigen Nachrichtenraum hinüber. Dort war ein großer, U-förmiger zentraler Schreibtisch, an dem Gene Collins, der Mittagsredakteur, saß, umgeben von Computerterminals, über die der aktuelle Ausstoß von AP, UPI und Reuters hereinkam, von Fernsehmonitoren, die auf CNN und sämtliche drei Nachrichtensender eingestellt waren, und einem Kommunikations-Schaltpult, das mit den Reportern des Senders vor Ort und den eigenen Korrespondenten in Los Angeles, Beirut und Tokyo verbunden war ...

Jeff fühlte, wie sie ihn durchströmte, die elektrisierende Neuheit der wieder unvorhersagbaren Welt dort draußen. Einer der Nachrichtenschreiber eilte vorbei, reichte ein grünes Nachrichtenblatt in die Funkkabine. Irgend etwas Wichtiges hatte sich ereignet – vielleicht etwas Verhängnisvolles, vielleicht eine unermeßlich wunderbare Entdeckung zum Nutzen der Menschheit. Was es auch sein mochte, Jeff wußte, daß es für ihn so neu wäre wie für jeden anderen auch.

Am Abend würde er mit Linda sprechen. Auch wenn er nicht genau wußte, was er ihr sagen sollte, soviel war er ihr, und sich, wenigstens schuldig. Er war sich überhaupt nichts mehr sicher, und diese Erkenntnis ließ ihn vor Erwartung erschauern. Er konnte es mit Linda erneut versuchen, konnte eines Tages wieder mit Pamela zusammenfinden, konnte den Beruf wechseln. Das einzige, worauf es ankam war, daß das Vierteljahrhundert, das ihm vielleicht noch blieb, *sein* Leben wäre, das er so lebte, wie er sich entschied und wie es seinen ureigensten Interessen entsprach. Nichts hatte davor Vorrang: nicht die Arbeit, keine Freundschaften, keine Beziehungen zu Frauen. Diese waren Teile seines Lebens, und zwar wichtige, doch sie machten es nicht aus oder beherrschten es. Das lag an ihm, ganz allein an ihm.

Die Möglichkeiten, wußte Jeff, waren zahllos.

Epilog

Peter Skjøren erwachte mit einer frischen Erinnerung an einen Schock und quälenden Schmerz. Er war geschäftlich in der Bantu-Republik gewesen, hatte mit einem Vizewirtschaftsminister in Mandela City zu Mittag gespeist – als er *gestorben* war. War nach vorne über den Tisch gefallen, hatte seinen Drink auf die Hose des Regierungsbeamten verschüttet – er hatte das alles wahrgenommen, hatte sich verlegen deswegen gefühlt, trotz des zermalmenden Schmerzes in seiner Brust ... und dann die rotgeränderte Dunkelheit, dann nichts mehr.

Bis jetzt. Hier in dem Laden in Karl Johansgate, wieder zu Hause in Oslo, wo er seine ersten kaufmännischen Kenntnisse erworben hatte, wo er herausgefunden hatte, daß seine Berufung in der Welt des Handels lag.

Der Laden war wegen eines Wohnblocks abgerissen worden, vor zwanzig Jahren.

Peter schlug das Hauptbuch auf seinem Schreibtisch auf, sah das Datum; blickte auf seine Hände und sah junge, glatte Hände, keinen Ehering.

Nichts davon hatte sich ereignet. Nicht die Lawine in der Schweiz, die ihm seinen Sohn Edvard genommen hatte, nicht die Nächte voll brütender Melancholie, die seine Frau Signe in die hoffnungslos abwärtsgerichtete Spirale des Alkoholismus getrieben hatten. Er hatte keinen Sohn, keine Frau; er hatte nur eine helle neue Zukunft vor sich, deren Fallgruben und Möglichkeiten er gründlich kannte und die er vermeiden oder ergreifen konnte, wie die Gelegenheit es erforderte.

Er konnte jene Jahre, jene vertrauten und langvergangenen Jahre von 1988 bis 2017, neu durchleben, im Bewußtsein der Fehler, die er zuvor begangen hatte. Diesmal, schwor sich Peter Skjøren, würde er es richtig machen.